Michael Ondaatje

Der englische Patient

Michael Ondaatje
Der englische Patient
Roman

Aus dem Englischen von
Adelheid Dormagen

Büchergilde Gutenberg

Die Originalausgabe erschien 1992 unter dem Titel
The English Patient
bei Alfred A. Knopf, New York.

Lizenzausgabe für die Büchergilde Gutenberg
Frankfurt am Main und Wien
mit freundlicher Genehmigung des
Carl Hanser Verlages, München

Einbandgestaltung: Klaus Detjen, Holm
Satz: Fotosatz Reinhard Amann, Aichstetten
Druck und Bindung: Franz Spiegel Buch GmbH, Ulm
Printed in Germany 1996 – ISBN 3 7632 4575 8

In Erinnerung an Skip und Mary Dickinson
Für Quintin und Griffin
Und für Louise Dennys, mit Dank

»Die meisten von Ihnen erinnern sich gewiß an die tragischen Umstände des Todes von Geoffrey Clifton im Gilf Kebir und an das spätere Verschwinden seiner Frau Katharine Clifton, das war während der Wüstenexpedition von 1939, auf der Suche nach Zarzura.

Ich möchte die Sitzung heute abend nicht beginnen, ohne mit großer Anteilnahme auf jene tragischen Vorfälle hinzuweisen.

Der Vortrag des heutigen Abends...«

Aus dem Sitzungsprotokoll der Geographischen Gesellschaft vom November 194-, London

I
Die Villa

Sie richtet sich auf, im Garten, wo sie gerade gearbeitet hat, und schaut in die Ferne. Sie spürt einen Wetterumschwung. Wieder ein Windstoß, ein Beben in der Luft, und die hohen Zypressen schwanken. Sie dreht sich um und geht hinauf zum Haus, klettert über eine niedrige Mauer und fühlt die ersten Regentropfen auf den bloßen Armen. Sie durchquert die Loggia und betritt rasch das Haus.

In der Küche bleibt sie nicht stehen, sondern eilt hindurch und steigt die Treppe hoch, die im Dunkel liegt, und geht dann weiter die lange Halle entlang, an deren Ende ein Lichtkegel aus einer offenen Tür fällt.

Sie wendet sich dem Zimmer zu, einem zweiten Garten – dieser hier aus Bäumen und Lauben, die auf Wände und Decke gemalt sind. Der Mann liegt auf dem Bett, sein Körper dem Luftzug ausgesetzt, und er wendet den Kopf langsam zu ihr, als sie hereinkommt.

Alle vier Tage wäscht sie seinen schwarzen Körper, angefangen bei den kaputten Füßen. Sie macht einen Waschlappen naß, preßt ihn über seinen Knöcheln zusammen und läßt das Wasser auf ihn tropfen, blickt auf, als er etwas murmelt, und sieht sein Lächeln. Am Schienbein sind die Verbrennungen am schlimmsten. Tiefviolett. Knochen.

Sie pflegt ihn seit Monaten, und sie ist vertraut mit dem Körper, dem wie ein Seepferdchen schlafenden Penis, den mageren, festen Hüften. Christi Hüftknochen, denkt sie. Er ist ihr verzweifelnder Heiliger. Er liegt flach auf dem Rücken, ohne Kopfkissen, und blickt hinauf zum gemalten Blattwerk an der Decke, dem Baldachin aus Zweigen, und zum blauen Himmel darüber.

Sie läßt Calomin in Bahnen über seine Brust rinnen, wo er weniger verbrannt ist, wo sie ihn berühren kann. Sie liebt die Mulde unterhalb der letzten Rippe, diese Klippe aus Haut. Als sie seine Schultern erreicht, bläst sie kühle Luft auf seinen Nacken, und er murmelt etwas.

Was ist? fragt sie, aus ihrer Konzentration heraus.

Er wendet ihr sein dunkles Gesicht mit den grauen Augen zu. Sie fährt mit der Hand in die Tasche. Sie schält die Pflaume mit den Zähnen, entfernt den Kern und schiebt ihm das Fruchtfleisch in den Mund.

Er flüstert wieder, zieht das lauschende Herz der jungen Krankenschwester an seiner Seite dorthin, wo sein Geist gerade weilt, in jenen Brunnen der Erinnerung, in den er während der Monate vor seinem Tod immer wieder eintauchte.

Manche der Geschichten, die der Mann ruhig in das Zimmer hinein erzählt, gleiten wie Falken von Schicht zu Schicht. Er wacht auf in der gemalten Laube, die ihn mit ihren rankenden Blüten umgibt, den Ästen großer Bäume. Er erinnert sich an Picknicks, an eine Frau, die Zonen seines Körpers küßte, die jetzt auberginefarben verbrannt sind.

Ich habe Wochen in der Wüste verbracht, sagt er, und dabei vergessen, zum Mond zu blicken, so wie ein verheirateter Mann Tage verbringen mag, ohne auch nur einmal in das Gesicht seiner Frau zu schauen. Das sind keine Unterlassungssünden, sondern Zeichen der Versunkenheit.

Seine Augen richten sich auf das Gesicht der jungen Frau. Wenn sie den Kopf bewegt, wandert sein starrer Blick hinter ihr her, in die Wand. Sie beugt sich vor. Wie kam es zu Ihren Verbrennungen?

Es ist später Nachmittag. Seine Hände spielen mit einem Stück Laken, die Rückseite seiner Finger streicheln es.

Ich bin brennend in der Wüste abgestürzt.

Sie haben meinen Körper gefunden und mir aus Stöcken ein Boot gemacht und mich durch die Wüste gezogen. Wir waren im Sandmeer, durchquerten hin und wieder ein trockenes Flußbett. Nomaden, verstehen Sie. Beduinen. Ich stürzte hinunter, und selbst der Sand fing Feuer. Sie sahen, wie ich mich nackt daraus erhob. Die Lederkappe auf meinem Kopf in Flammen. Sie schnallten mich auf einen Schlitten, ein Bootsgerippe, und Füße schlugen dumpf auf, als sie mit mir losrannten. Ich hatte die Kargheit der Wüste durchbrochen.

Die Beduinen kannten sich mit Feuer aus. Sie kannten sich mit Flugzeugen aus, die seit 1939 aus der Luft stürzten. Einige ihrer Werkzeuge und Geräte waren aus dem Metall zerschellter Flugzeuge und Panzer gefertigt. Es war die Zeit des Krieges am Himmel. Sie konnten das Dröhnen eines lädierten Flugzeugs erkennen, sie verstanden sich darauf, solche Wracks auszuschlachten. Ein kleiner Metallbolzen vom Cockpit wurde zum Juwel. Ich war vielleicht der erste, der sich lebend aus einer brennenden Maschine erhob. Ein Mann, dessen Kopf in Flammen stand. Sie kannten meinen Namen nicht. Ich kannte ihren Stamm nicht.

Wer sind Sie?

Ich weiß nicht. Ständig fragen Sie mich.

Sie sagten, Sie seien Engländer.

Nachts ist er nie müde genug zum Schlafen. Sie liest ihm aus irgendeinem Buch vor, das sie unten in der Bibliothek auftreiben konnte. Die Kerze flackert über die Seite und über das sprechende Gesicht der jungen Krankenschwester, enthüllt zu dieser Stunde kaum die Bäume und Lichtungen der Wandbemalung. Er hört ihr zu, schluckt ihre Worte wie Wasser.

Wenn es kalt ist, schlüpft sie behutsam in das Bett und legt sich an seine Seite. Nicht das kleinste Gewicht kann sie ihm auflasten, ohne ihm weh zu tun, nicht einmal ihr schmales Handgelenk.

Manchmal ist er um zwei Uhr morgens noch nicht eingeschlafen, die Augen weit offen in der Dunkelheit.

Er konnte die Oase riechen, bevor er sie sah. Das Fließende in der Luft. Dieses Rauschen der Dinge. Palmen und Zügel. Das Aufeinanderschlagen von Blechkanistern, deren tiefer Klang verriet, daß sie mit Wasser gefüllt waren.

Sie gossen Öl auf große weiche Filzstücke und legten sie ihm auf. Er war ein Gesalbter.

Er konnte den einen stummen Mann spüren, der immer an seiner Seite blieb, das Aroma seines Atems, wenn er sich hinabbeugte, um ihn alle vierundzwanzig Stunden bei Einbruch der Nacht auszuwickeln und im Dunkeln seine Haut zu prüfen.

Ohne Hüllen war er wieder der nackte Mann neben dem lodernden Flugzeug. Sie breiteten Schichten von grauem Filz über ihn. Welche große Nation hatte ihn gefunden, dachte er. Welches Land hatte so weiche Datteln hervorgebracht, wie sie von dem Mann an seiner Seite gekaut wurden und dann aus dessen Mund in seinen gelangten. Während der Zeit bei diesen Menschen vermochte er sich nicht daran zu erinnern, woher er stammte. Er hätte, nach allem, was er wußte, der Feind sein können, den er aus der Luft bekämpft hatte.

Später, im Lazarett in Pisa, meinte er, neben sich das Gesicht zu sehen, das jede Nacht gekommen war, die Datteln gekaut und eingeweicht und seinem Mund eingeflößt hatte.

Es gab nichts Farbiges in jenen Nächten. Weder Gespräche noch Gesang. Die Beduinen geboten sich Schweigen, wenn er wach war. Er lag auf einem Hängematten-Altar, und in seiner Eitelkeit stellte er sich Hunderte von ihnen um sich her vor, und es mochten bloß zwei gewesen sein, die ihn gefunden und die Flammengeweihkappe von seinem Kopf gerissen hatten. Jene beiden, die er nur vom Geschmack des Speichels kannte, den er zusammen mit den Datteln aufnahm, oder vom Geräusch ihrer rennenden Füße.

Sie pflegte dazusitzen und zu lesen, das Buch unter flackerndem Licht. Von Zeit zu Zeit schaute sie in die Halle der Villa, einst ein Kriegslazarett, in dem sie mit den anderen Krankenschwestern gewohnt hatte, ehe sie alle nach und nach verlegt wurden, als der Krieg sich nordwärts verzog, als der Krieg sich dem Ende näherte.

Das war die Zeit in ihrem Leben, als sie auf Bücher verfiel, dem einzigen Ausweg aus ihrer Zelle. Sie wurden ihr die halbe Welt. Sie saß am Nachttisch, vornübergebeugt, und las von dem Jungen in Indien, der lernte, sich die unterschiedlichen Juwelen und Objekte in einem Auslagekästchen einzuprägen, von einem Lehrer zum anderen – Lehrer, die ihm Dialekt beibrachten, andere, die sein Erinnerungsvermögen schärften, wieder andere, die ihn lehrten, dem Opium zu entgehen.

Das Buch lag auf ihrem Schoß. Ihr wurde bewußt, daß sie über fünf Minuten auf das poröse Papier gestarrt hatte, das Eselsohr auf der Seite 17, die jemand zur Markierung umgeknickt hatte. Sie wischte mit der Hand über die Oberfläche. Ein Geraschel in ihrem Kopf wie von einer Maus im Gebälk, einem Nachtfalter am dunklen Fenster. Sie blickte die Halle entlang, obwohl niemand sonst jetzt da wohnte, niemand außer dem englischen Patienten und ihr in der Villa San Girolamo. Sie hatte ausreichend Gemüse angepflanzt in dem zerbombten Obstgarten unterhalb des Hauses, damit sie überleben konnten, und ein Mann kam ab und zu aus der Stadt, bei dem sie Seife und Laken und was sonst in diesem Kriegslazarett zurückgeblieben war, gegen andere lebensnotwendige Dinge tauschte. Bohnen, etwas Fleisch. Der Mann hatte ihr zwei Flaschen Wein dagelassen, und jede Nacht, nachdem sie sich zu dem Engländer gelegt hatte und er eingeschlafen war, goß sie sich feierlich einen kleinen Becher voll und trug ihn zum Nachttisch zurück, direkt vor der dreiviertel geschlossenen Tür, und arbeitete sich schlückchenweise in dem Buch voran, das sie gerade las.

Und so hatten die Bücher für den Engländer, ob er nun aufmerksam zuhörte oder nicht, Lücken in der Handlung, wie Abschnitte einer Straße, die vom Unwetter ausgewaschen sind, fehlende Ereignisse, als hätten Heuschrecken Teile eines Gobelins aufgefressen, als wäre Gips, bröcklig vom Bombardement, nachts von einem Wandgemälde abgefallen.

Die Villa, die sie und der Engländer jetzt bewohnten, war dem sehr ähnlich. Einige Räume konnten wegen des Schutts nicht betreten werden. Ein Bombenkrater ließ unten in der Bibliothek Mond und Regen ein – wo in einer Ecke ein ewig durchnäßter Sessel stand.

Sie machte sich, was die lückenhafte Handlung betraf, wegen des Engländers keine Sorgen. Sie gab keine Zusammenfassung der fehlenden Kapitel. Sie brachte einfach das Buch zum Vorschein und sagte: Seite sechsundneunzig, oder: Seite hundertelf. Nur darauf legte sie sich fest. Sie hob seine Hände an ihr Gesicht und roch daran – noch war Geruch von Krankheit an ihnen.

Ihre Hände werden rauh, sagte er.

Das Unkraut und die Dornen und das Graben.

Seien Sie vorsichtig. Ich habe Sie vor den Gefahren gewarnt.

Ich weiß.

Dann begann sie zu lesen.

Ihr Vater hatte ihr das mit den Händen beigebracht. Das mit den Hundepfoten. Immer wenn ihr Vater mit einem Hund allein im Haus war, beugte er sich vor und roch am Ballen einer Pfote. Das ist, sagte er gern, als höbe er seine Nase aus einem Kognakschwenker, der herrlichste Geruch auf der Welt! Ein Bukett! Herrliche Herumstromergerüche! Sie tat immer, als ekelte sie sich davor, aber die Hundepfote war wirklich ein Wunder: ihr Geruch ließ nie an Schmutz denken. Das ist eine Kathedrale! hatte ihr Vater gesagt, kommt gerade aus dem und dem Garten, von der Grasfläche, ein Streifzug durch Alpenveilchen – ein Konzentrat von Duftspuren all der Wege, die das Tier im Lauf des Tages zurückgelegt hatte.

Ein Geraschel im Gebälk wie von einer Maus, und sie blickte wieder vom Buch auf.

Sie lösten ihm die Kräutermaske vom Gesicht. Am Tag der Sonnenfinsternis. Sie hatten darauf gewartet. Wo war er? Welche Zivilisation war das, in der man sich auf Wetter- und Lichtvorhersagen verstand? El Ahmar oder El Abyadd, denn es mußte einer der nordwestlichen Wüstenstämme sein. Die einen Mann aus der Luft einfangen konnten, die seinem Gesicht eine Maske aus geflochtenen Oasenschilfhalmen auflegten. Er hatte jetzt eine Orientierung an den Gräsern. Sein liebster Garten auf der ganzen Welt war der Gräsergarten in Kews gewesen, Farben, so delikat und vielfältig wie Ascheschichten auf einem Berg.

Er starrte auf die Landschaft unter der Sonnenfinsternis. Sie hatten ihm mittlerweile beigebracht, die Arme zu heben und Kraft aus dem Universum in seinen Körper zu ziehen, so wie die Wüste Flugzeuge herunterzog. Er wurde in einem Palankin aus Filz und Zweigen getragen. Er sah, wie sich die Feuerlinien von Flamingos quer über sein Blickfeld bewegten, im Halbdunkel der verdeckten Sonne.

Immer gab es Salben oder Dunkelheit für seine Haut. Eines Nachts war ihm, als hörte er ein Wind-Glockenspiel hoch in der Luft, und nach einer Weile verstummte es, und er schlief mit Sehnsucht nach diesem Geräusch ein, vergleichbar einem sich verzögernden Ton aus der Kehle eines Vogels, vielleicht eines Flamingos, oder eines Wüstenfuchses, den sich einer der Männer in einer halboffenen Sondertasche seines Burnusses hielt.

Am nächsten Tag hörte er, als er wieder filzbedeckt dalag, Bruchstücke des gläsernen Tons. Ein Geräusch aus der Dunkelheit. Bei Dämmerung wurde der Filz abgelöst, und er sah einen Männerkopf auf einem Tisch, der sich zu ihm hinbewegte, dann wurde ihm klar, daß der Mann ein riesiges Schultergeschirr trug, an dem Hunderte von Fläschchen an unterschiedlich langen Schnüren und Drähten hingen. In der Bewegung wie ein Teil eines Glasvorhangs, sein Körper eingeschlossen in diesem gläsernen Rund.

Die Gestalt glich am ehesten jenen Darstellungen von Erzengeln, die er als Schuljunge abzeichnen wollte, ohne je das Problem zu lösen, wie ein einzelner Körper Raum für die Muskeln solcher Schwingen haben konnte. Der Mann ging mit langsam ausgreifenden Schritten derart ruhig, daß die Fläschchen kaum in Bewegung gerieten. Eine Welle von Glas, ein Erzengel, alle Salben in den Fläschchen von der Sonne erhitzt, und wenn sie in die Haut eingerieben wurden, war es, als sei ihre Wärme eigens zum Wundheilen da. Hinter ihm war das Licht verwandelt – Blautöne und andere Farben, die in Dunst und Sand flimmerten. Das schwache Glasgeräusch und die Farbschattierungen und der königliche Gang und sein Gesicht hager wie ein dunkles Gewehr.

Oben am Abschluß war das Glas uneben, vom Sand mattgeschliffen, Glas, das seine Zivilisationsmerkmale eingebüßt hatte. Jedes Fläschchen hatte einen winzigen Korken, den der Mann mit seinen Zähnen herauszog und zwischen den Lippen hielt, während er den Inhalt eines Fläschchens mit dem eines anderen vermengte, den zweiten Korken ebenfalls zwischen den Zähnen. Er wachte mit seinen Schwingen über den hingestreckten verbrannten Körper, rammte zwei Stöcke tief in den Sand und löste sich, befreit von der fast zwei Meter breiten Schultertrage, die nun auf den Gabeln der beiden Stöcke im Gleichgewicht ruhte. Er kam unter seinem Laden hervor. Er sank auf die Knie, näherte sich dem verbrannten Piloten und legte seine kühlen Hände auf dessen Nacken und hielt sie dort.

Jeder auf der Kamelroute vom Sudan nordwärts nach Giza, der Straße der Vierzig Tage, kannte ihn. Er stieß zu den Karawanen, handelte mit Gewürzen und Tinkturen und zog zwischen Oasen und Wasserlagern hin und her. Er lief mit diesem Flaschenumhang durch Sandstürme, die Ohren mit zwei weiteren kleinen Korken verschlossen, so daß er sich selbst wie ein Gefäß vorkam, dieser Händler-Medizinmann, dieser König der Öle und Wohlgerüche und Allheilmittel, dieser Täufer. Er erschien im Karawanenlager und postierte vor jedem, der krank war, den Flaschenvorhang.

Er kauerte sich neben den Verbrannten. Er formte mit seinen Fußsohlen eine Hautschale und lehnte sich zurück, um, ohne auch nur hinzublicken, nach bestimmten Fläschchen zu greifen. Beim Entkorken eines jeden Fläschchens fielen die Düfte heraus. Da war der Geruch des Meeres. Der Hauch von Rost. Indigo. Tinte. Flußschlamm Pfeilholz Formaldehyd

Paraffin Äther. Eine wirre Duftflut. Schreie von Kamelen in der Ferne, wenn sie Witterung aufnahmen. Er begann grünschwarze Paste auf den Brustkorb zu streichen. Sie bestand aus gemahlenen Pfauenknochen, erhandelt in irgendeiner Medina weiter im Westen oder im Süden – das wirksamste Hautheilmittel.

Zwischen der Küche und der zerstörten Kapelle führte eine Tür in eine Bibliothek von ovalem Grundriß. Der Innenraum schien sicher, nur daß da ein großes Loch in Bildhöhe an der hintersten Wand war, entstanden bei einem Granatfeuerangriff auf die Villa zwei Monate zuvor. Das Zimmer hatte sich dieser Wunde angepaßt, nahm die Gewohnheiten des Wetters hin, den Abendstern, Vogellaute. Es gab darin ein Sofa, ein Klavier, von grauem Leintuch verhüllt, einen ausgestopften Bärenkopf und hohe Buchwände. Die Regale neben der zerrissenen Wand waren vom Regen verzogen, der das Gewicht der Bücher verdoppelt hatte. Auch Blitze drangen in den Raum, immer wieder, warfen ihr Licht über das verhüllte Klavier und den Teppich.

Am hinteren Ende war eine Glastür, mit Brettern vernagelt. Sonst hätte sie durch diese Tür von der Bibliothek bis zur Loggia gehen können, dann die sechsunddreißig Büßerstufen hinunter an der Kapelle vorbei bis zu dem, was einst eine Wiese war, jetzt aber durch Phosphorbomben und Granateinschläge verunstaltet. Das deutsche Heer hatte viele der Häuser, aus denen es sich zurückzog, vermint, so daß die meisten nicht gebrauchten Räume, wie dieser hier, zur Sicherheit versiegelt waren, die Türen verbarrikadiert.

Sie wußte um diese Gefahren, als sie in den Raum schlüpfte, in sein Nachmittagsdunkel. Sie blieb stehen, war sich plötzlich ihres Körpergewichts auf dem Holzboden bewußt und dachte, daß es wahrscheinlich ausreichen würde, jeden Mechanismus auszulösen, den es darin geben mochte. Ihre Füße im Staub. Das einzige Licht ergoß sich durch das ausgezackte Granatloch, das sich gegen den Himmel öffnete.

Mit einem knackenden Trennlaut, als würde er aus einer ungeteilten Einheit gebrochen, zerrte sie den *Letzten Mohikaner* heraus, und selbst in diesem Halblicht munterten der aquamarinblaue Himmel und der See des Umschlagbildes sie auf, der Indianer im Vordergrund. Und dann, als wäre jemand im Raum, der nicht gestört werden durfte, ging sie rückwärts, in ihren eigenen Spuren, zur Sicherheit, doch auch als Teil eines privaten Spiels, so würde es von den Fußabdrücken her den Anschein haben, als hätte sie den Raum zwar betreten, als hätte ihr Körper sich dann aber aufgelöst. Sie schloß die Tür und brachte das warnende Siegel wieder an.

Sie setzte sich im Zimmer des englischen Patienten in die Fensternische, die bemalten Wände an der einen Seite, das Tal an der anderen. Sie öffnete das Buch. Die Seiten waren in einer steifen Welle aneinandergefügt. Sie kam sich wie Crusoe vor, der ein untergegangenes Buch findet, das ans Ufer geschwemmt und schon getrocknet ist. *Ein Bericht über das Jahr 1757*. Illustriert von N.C. Wyeth. Wie bei allen kostbaren Büchern war da die wichtige Seite mit der Liste der Illustrationen, jeweils eine Textzeile.

Sie trat in die Geschichte ein, im Bewußtsein, daraus mit einem Gefühl hervorzukommen, als wäre sie in das Leben anderer eingetaucht, in Handlungen, die zwanzig Jahre zurückreichten, ihr ganzer Körper von Sätzen und Augenblikken erfüllt, als erwachte sie aus einem Schlaf mit der Schwere vergessener Träume.

Ihr italienisches Bergstädtchen, Wachtposten für die Nordwest-Route, war über einen Monat lang belagert gewesen, wobei sich das Sperrfeuer auf die beiden Villen und das von Apfel- und Pflaumengärten umgebene Kloster konzentriert hatte. Da war die Villa Medici, in der die Generäle wohnten. Direkt oberhalb die Villa San Girolamo, ein ehemaliges Nonnenkloster, dessen burgähnliche Zinnen es zur letzten Festung des deutschen Heers gemacht hatten. Hundertschaften hatte man dort einquartiert. Als das Bergstädtchen wie ein Schlachtschiff auf See von Brandbomben auseinandergerissen zu werden drohte, zogen die Trupps aus den Militärzelten im Obstgarten in die nun überfüllten Dormitorien des alten Nonnenklosters. Teile der Kapelle wurden gesprengt. Partien der obersten Etage der Villa zerfielen bei Detonationen. Als die Alliierten schließlich das Gebäude einnahmen und es zum Lazarett machten, wurde die Treppe zur dritten Ebene abgesperrt, obwohl ein Teil des Schornsteins und des Daches standgehalten hatten.

Sie und der Engländer hatten darauf bestanden zurückzubleiben, als die anderen Krankenschwestern und Patienten sich zu einem sicheren Standort weiter südlich begaben. In dieser Zeit hatten sie bitter gefroren, keine Elektrizität. Einige Räume öffneten sich zum Tal, ohne eine einzige Wand. Es konnte geschehen, daß sie eine Tür aufstieß und ein aufgeweichtes Bett sah, in eine Ecke geschmiegt, von Laub bedeckt. Oder die Landschaft. Einige Räume waren zu offenen Vogelhäusern geworden.

Die Treppe hatte im Feuer, das die Soldaten vor ihrem Abzug legten, die unteren Stufen verloren. Sie war in die Bibliothek gegangen, hatte sich zwanzig Bücher genommen und auf den Fußboden genagelt, dann eines aufs andere, und so die beiden untersten Stufen ersetzt. Die Stühle waren fast alle zum Verfeuern gebraucht worden. Der Sessel in der Bibliothek war dort geblieben, weil er ständig feucht war, durchnäßt von den abendlichen Gewitterschauern, die durch das Granatloch drangen. Was feucht war, entkam in jenem April 1945 dem Verbrennen.

Nur wenige Betten waren noch übrig. Sie selbst zog lieber mit ihrer Schlafdecke oder Hängematte im Haus herum, schlief manchmal im Zimmer des englischen Patienten, manchmal in der Halle, je nach Temperatur, Wind und Licht. Am Morgen rollte sie ihre Schlafdecke zusammen und verschnürte sie zu einem Rad. Jetzt war es wärmer, und sie machte weitere Räume auf, ließ frische Luft in dunkle Bereiche ein und Sonnenlicht die Feuchtigkeit auftrocknen. In manchen Nächten öffnete sie Türen und schlief in Räumen, denen Wände fehlten. Sie legte sich am äußersten Ende auf die Schlafdecke, mit Blick auf die wandernde Landschaft der Sterne und ziehenden Wolken, erwachte von Donnergrollen und Blitzen. Sie war zwanzig Jahre alt und verrückt und dachte in dieser Zeit nicht an Sicherheit, kümmerte sich nicht um die Gefährlichkeit der vielleicht verminten Bibliothek oder des Unwetters, das sie nachts überraschte. Sie war unruhig nach den kalten Monaten, in denen sie sich auf dunkle, geschützte Plätze beschränken mußte. Sie betrat Zimmer, von Soldaten verdreckt, Zimmer, deren Mobiliar verfeuert war. Sie entfernte Laub und Kot und Urin und verkohlte Tische. Sie lebte wie eine Landstreicherin, während der englische Patient königlich in seinem Bett ruhte.

Von außen sah das Anwesen vollständig verwüstet aus. Eine Treppe im Freien endete irgendwo in der Luft, das Geländer abgebrochen. Das Leben hier war Herumstöbern und tastende Sicherheit. Nachts hatten sie nur das unbedingt erforderliche Kerzenlicht wegen der Banditen, die alles zerstörten, was ihnen in die Finger geriet. Geschützt waren sie durch die simple Tatsache, daß die Villa ein Trümmerhaufen schien. Aber sie fühlte sich sicher hier, halb Erwachsene, halb Kind. Nach dem, was ihr während des Krieges widerfahren war, gab sie sich selbst einige wenige Regeln. Sie würde sich nicht wieder herumkommandieren lassen oder Aufgaben zu einem höheren Wohl erledigen. Sie würde sich nur um den verbrannten Patienten kümmern. Sie würde ihm vorlesen und ihn waschen und ihm seine Dosis Morphium geben – nur mit ihm gab es eine Verbindung.

Sie arbeitete im Garten und bei den Obstbäumen. Sie trug das fast zwei Meter große Kruzifix aus der zerbombten Kapelle und benutzte es als Vogelscheuche über ihrem Saatbeet, befestigte leere Sardinenbüchsen daran, die klapperten und rasselten, sobald Wind aufkam. Drinnen in der Villa war es für sie ein Schritt aus Trümmern zu einer kerzenerleuchteten Nische, wo ihr ordentlich gepackter Koffer stand, der außer einigen Briefen kaum etwas enthielt, ein paar zusammengerollte Kleidungsstücke, einen Metallbehälter mit medizinischem Bedarf. Sie hatte nur einige wenige Winkel in der Villa gesäubert, und all das konnte sie, wenn sie wollte, niederbrennen.

Sie zündet ein Streichholz in der dunklen Halle an und hält es an den Docht der Kerze. Licht hebt sich zu ihren Schultern.

Sie ist auf den Knien. Sie legt die Hände auf ihre Schenkel und atmet den Schwefelgeruch ein. Sie stellt sich vor, sie könne auch das Licht einatmen.

Sie rückt ein paar Zentimeter zurück und zeichnet mit einem Stück weißer Kreide ein Rechteck auf den Holzboden. Dann noch etwas zurück, sie zeichnet weitere Rechtecke, so daß eine Stufenpyramide entsteht, einfach, dann doppelt, dann einfach, ihre linke Hand ist flach auf den Boden abgestützt, der Kopf gesenkt, ernst. Sie rückt immer mehr vom Licht weg. Bis sie sich auf die Fersen zurücklehnt und in der Hocke dasitzt.

Sie steckt die Kreide in ihre Rocktasche. Sie steht auf und nimmt den locker sitzenden Rock hoch und macht ihn an der Taille fest. Sie holt aus einer zweiten Tasche ein Metallstück und wirft es vor sich hin, so daß es genau hinter das entfernteste Viereck fällt.

Sie springt nach vorn, landet mit Wucht, ihr Schatten rollt sich hinter ihr in der Tiefe der Halle zusammen. Sie ist sehr schnell, ihre Tennisschuhe rutschen auf den Zahlen, die sie in jedes Rechteck gezeichnet hat, erst mit dem einen Fuß aufkommend, dann mit beiden Füßen, dann wieder mit dem einen, bis sie das letzte Viereck erreicht.

Sie bückt sich und hebt das Metallstück auf, verharrt in dieser Stellung, bewegungslos, den Rock noch immer oberhalb der Schenkel geschürzt, die Hände hängen locker herab, sie atmet heftig. Sie holt tief Luft und bläst die Kerze aus.

Jetzt ist sie im Dunkeln. Nur eine Ahnung von Rauch.

Sie springt hoch und dreht sich in der Luft, so daß sie beim Aufkommen in die entgegengesetzte Richtung blickt, hüpft dann noch unbändiger in die schwarze Halle vor, immer noch auf den Vierecken landend, von denen sie weiß, daß sie da sind, ihre Tennisschuhe prallen klatschend auf den dunklen Boden – und so hallt das Geräusch hinaus in die fernen Bereiche der verlassenen italienischen Villa, hinaus zum Mond und zu einer tief einschneidenden Schlucht, die das Gebäude im Halbkreis umschließt.

Manchmal spürt der Verbrannte nachts ein schwaches Beben im Gebäude. Er stellt sein Hörgerät lauter, um ein klatschendes Geräusch einzufangen, das er noch nicht deuten oder lokalisieren kann.

Sie nimmt das Notizbuch, das auf dem Tischchen neben seinem Bett liegt. Dieses Buch hat er durchs Feuer gerettet – ein Exemplar der *Historien* von Herodot, das er ergänzt hat, indem er Seiten aus anderen Büchern ausgeschnitten und eingeklebt hat, dazu eigene handschriftliche Beobachtungen – so ist alles eingebettet in den Herodot.

Sie liest nun seine kleine, knorrige Schrift.

Es gibt einen Wirbelsturm in Südmarokko, den *aajej*, vor dem sich die Fellachen mit Messern schützen. Es gibt den *africo*, der zuzeiten bis in die Stadt Rom vorgedrungen ist. Den *alm*, einen Fallwind aus Jugoslawien. Den *arifi*, auch *aref* oder *rifi* getauft, der mit vielerlei Zungen versengt. Dies sind beständige Winde, die in der Gegenwart leben.

Es gibt andere, weniger konstante Winde, die ihre Richtung ändern, die Pferd und Reiter niederschmettern und sich gegen den Uhrzeigersinn wieder ausrichten können. Der *bist roz* fällt schlagartig in Afghanistan ein, für hundertsiebzig Tage – begräbt Dörfer. Es gibt den heißen, trockenen *ghibli* aus Tunis, der sich dahinwälzt und Gereiztheit verbreitet. Den *haboob* – einen Staubsturm aus dem Sudan, der sich in tausend Meter hohe, leuchtendgelbe Wände hüllt und Regen mit sich führt. Den *harmattan*, der dahintreibt und sich schließlich selbst im Atlantik ertränkt. *Imbat*, eine Seebrise in Nordafrika. Einige Winde, die nur zum Himmel seufzen. Nächtliche Staubstürme, die mit der Kälte kommen. *Khamsin*, eine Staubwolke in Ägypten, von März bis Mai, benannt nach dem arabischen Wort für »fünfzig«, die sich fünfzig Tage lang auftürmt – die neunte Plage Ägyptens. *Datoo* aus Gibraltar, der Wohlgeruch mit sich bringt.

Es gibt auch den »...«, den geheimen Wüstenwind, dessen Name von einem König getilgt wurde, nachdem sein Sohn darin umkam. Und den *nafhat* – einen Sturm aus Arabien. Den *mezzar-ifoullousen* – einen heftigen und kalten Südwestwind, bei den Berbern bekannt als »der, der das Federvieh rupft«. *Beshabar*, einen schwarzen und trockenen Nordostwind aus dem Kaukasus, »schwarzer Wind«. Den *samiel* aus der Türkei, »Gift und Wind«, oft in Kämpfen eingesetzt. So wie die anderen »Giftwinde«, den *simoom* aus Nordafrika und den *solano*, dessen Staub seltene Blumenblätter abpflückt und Schwindel hervorruft.

Andere, private Winde.

Die den Boden entlangfahren wie eine Flut. Farbe verbrennen, Telefonmasten umstürzen, Steine und Köpfe von Statuen mit sich führen. Der *harmattan* weht über die Sahara, voll mit rotem Staub, Staub wie Feuer, wie Mehl, der in Gewehrverschlüsse eindringt und dort ausflockt. Seefahrer nannten diesen roten Wind »Meer der Dunkelheit«. Rote Sandnebel aus der Sahara setzten sich weit nördlich nieder, bis nach Cornwall und Devon, und mit ihnen kamen Schlammschauer, so dicht, daß man sie auch für Blut hielt. »Weit verbreitet waren Berichte über Blutregen in Portugal und Spanien im Jahre 1901.«

Millionen Tonnen von Staub sind immer in der Luft, genauso wie Millionen Kubikmeter Luft in der Erde sind und mehr lebendes Getier im Boden (Würmer, Käfer, unterirdische Geschöpfe), als darauf kreucht und fleucht. Herodot überliefert den Tod mehrerer Heere, die vom *simoom* verschlungen und nie mehr gesehen wurden. Ein Volk war »so erzürnt über diesen bösen Wind, daß es ihm den Krieg erklärte und in geschlossener Schlachtordnung hinausmarschierte, nur um rasch und vollständig beerdigt zu werden«.

Staubstürme in dreierlei Form. Der Wirbel. Die Säule. Das Laken. In der ersten Form ist der Horizont entschwunden. In der zweiten ist man von »tänzelnden Dschinns« umringt. Die dritte Form, das Laken, ist »kupferfarben. Die Natur scheint in Flammen zu stehen«.

Sie schaut vom Notizbuch auf und sieht seine Augen auf sich gerichtet. Durch die Dunkelheit hindurch beginnt er zu sprechen.

Die Beduinen hielten mich aus einem bestimmten Grund am Leben. Ich war nützlich, verstehen Sie. Einer dort vermutete, ich müsse wohl eine Fähigkeit besitzen, als mein Flugzeug in der Wüste abgestürzt war. Ich bin jemand, der eine ungenannte Stadt an ihrer skelettartigen Form auf einer Karte erkennen kann. Ich habe immer Informationen in mir gespeichert, wie ein Meer. Ich bin jemand, der, wenn er in einer fremden Wohnung allein gelassen wird, zum Bücherregal geht, einen Band herauszieht und ihn sich einsaugt. So dringt Geschichte in uns ein. Ich kannte mich aus mit Karten vom Meeresgrund, mit Karten, die Schwachpunkte im Schutzschirm der Erde wiedergeben, mit Schaubildern auf Tierhäuten, die die unterschiedlichen Routen der Kreuzzüge zeigen.

Und darum kannte ich ihre Gegend, bevor ich in ihrer Mitte abstürzte, wußte, wann Alexander in einem früheren Zeitalter hindurchgezogen war, aus diesem Grund, aus jener Gier. Ich kannte mich aus mit den Bräuchen der Nomaden, die sich an Seide berauschten oder Brunnen. Ein Stamm färbte eine ganze Talsohle, schwärzte sie, um die vertikale Zufuhr von Luftmasse zu verstärken und dadurch die Möglichkeit von Regen, und errichtete hohe Gerüste, um die Unterseite einer Wolke anzubohren. Es gab Stämme, die ihre offenen Handflächen gegen aufkommenden Wind hochhielten. Die glaubten, wenn das im rechten Augenblick geschähe, könnten sie einen Sturm in ein angrenzendes Wüstengebiet ablenken, zu einem anderen, weniger geliebten Stamm. Ständiges Ertrinken, Stämme, die plötzlich zu Geschichte wurden, mit Sand über ihrem letzten Atemzug.

Aber in der Wüste ist es leicht, das Gefühl der Demarkation zu verlieren. Als ich aus der Luft kam und in die Wüste abstürzte, in jene Furchen aus Gelb, war alles, was mir durch den Kopf ging, ich muß mir ein Floß bauen ... ich muß mir ein Floß bauen.

Und hier wußte ich, obwohl ich im trockenen Sandgebiet war, daß ich mich bei einem Wasservolk aufhielt.

In Tassili habe ich Felszeichnungen aus einer Zeit gesehen, als die Saharabewohner in Binsenbooten Jagd auf Walrösser machten. Im Wadi Sura sah ich Höhlen, deren Wände mit Zeichnungen von Schwimmern bedeckt waren. Hier war einst ein See gewesen. Ich konnte ihnen seinen Umriß auf eine Wand zeichnen. Ich konnte sie an seinen Rand führen, das war sechstausend Jahre früher.

Fragt man einen Seemann, welches das älteste bekannte Segel ist, wird er das trapezförmige am Mast eines Binsenbootes beschreiben, das man auf Felszeichnungen in Nubien sehen kann. Vordynastisch. Immer noch findet man Harpunen in der Wüste. Es war ein Wasservolk. Selbst heute gleichen Karawanen Flüssen. Und dennoch, heute ist Wasser das Fremde hier. Wasser ist das Vertriebene und wird in Kanistern und Thermosflaschen zurückgetragen, der Geist zwischen deinen Händen und deinem Mund.

Als ich mich zu ihnen verirrt hatte, unsicher, wo ich war, benötigte ich nur den Namen einer Hügelkette, eines örtlichen Brauchs, eine Zelle dieses historischen Tieres, und die Welt käme wieder ins Lot.

Was wußten denn die meisten von uns über solche Gegenden in Afrika? Die Heere am Nil rückten vor und zurück – ein Schlachtfeld, eintausenddreihundert Kilometer wüsteneinwärts. Panzerkampfwagen, Blenheim-Mittelstreckenbomber. Gladiator-Doppeldecker-Jagdflugzeuge. Achttausend Mann. Aber wer war der Feind? Wer waren die Verbündeten auf diesem Schauplatz – in den fruchtbaren Landstrichen der Kyrenaika, den Salzsümpfen von El Agheila? Ganz Europa kämpfte seine Kriege in Nordafrika, in Sidi Rezegh, in Baguoh.

Er reiste fünf Tage lang in Dunkelheit auf einem Schlitten hinter den Beduinen, die Plane über seinem Körper. Eingehüllt in diesen ölgetränkten Filz lag er da. Dann fiel plötzlich die Temperatur. Sie hatten das Tal erreicht, umgeben von den hohen roten Cañonwänden, und gesellten sich zum Rest des Wüsten-Wasserstamms, der über Sand und Steine glitt und strömte, und ihre blauen Gewänder changierten wie schaumige Milch, wie Schwingen. Sie entfernten den Filz von ihm, von seinem Körper, der ihn mit saugendem Geräusch freigab. Er war nun im größeren Schoß des Cañon. Die Bussarde hoch über ihnen, die tausend Jahre hinabglitten in diese Steinspalte hinein, wo sie zelteten.

Am Morgen nahmen sie ihn zum äußeren Ende des *siq*. Sie redeten jetzt laut um ihn herum. Dialekt, der sich mit einem Mal aufhellte. Er war hier wegen der vergrabenen Gewehre.

Man trug ihn zu etwas hin, sein Gesicht mit den verbundenen Augen geradeaus gerichtet, und ließ ihn seine Hand etwa einen Meter ausstrecken. Nach Tagen des Reisens diese eine Bewegung von einem Meter. Sich vorbeugen und etwas zu einem bestimmten Zweck berühren, sein Arm immer noch festgehalten, seine offene Handfläche nach unten zeigend. Er berührte den Gewehrlauf, und die Hand ließ ihn los. Ein Innehalten der Stimmen. Er war da, um die Gewehre zu übersetzen.

»12mm-Breda-Maschinengewehr. Aus Italien.«

Er zog den Bolzen zurück, steckte den Finger in die Kammer, spürte keine Patrone, schob den Bolzen zurück und drückte ab. *Puht*. »Berühmtes Gewehr«, murmelte er. Er wurde wieder nach vorne bewegt.

»Französische 7,5mm-Châtellerault. Leichte Maschinenpistole. 1924.«

»Deutsche 7,9mm-MG-15-Luftwaffe.«

Er wurde zu jedem der Gewehre gebracht. Die Waffen schienen aus verschiedenen Zeiträumen zu stammen und aus vielen Ländern, ein Museum in der Wüste. Er umfuhr Schaft und

Magazin mit der Hand oder befingerte die Kimme. Er verkündete den Namen des Gewehrs, wurde dann zu einem anderen Gewehr getragen. Acht Gewehre, die ihm feierlich gereicht wurden. Er rief die Namen mit lauter Stimme, auf französisch, anschließend in ihrer eigenen Stammessprache. Aber was bedeutete ihnen das alles? Vielleicht brauchten sie den Namen nicht, sondern wollten bloß wissen, daß er wußte, um welches Gewehr es sich handelte.

Wieder hielt man ihn am Handgelenk fest, und seine Hand tauchte in einen Behälter mit Patronen. In einem zweiten Behälter zur Rechten lagerten weitere Geschoßhülsen, diesmal 7mm-Patronen. Dann andere.

Als Kind war er bei einer Tante aufgewachsen, und auf ihrem Rasen hatte sie einen Pack Karten mit Bild nach unten verstreut und ihm Memory beigebracht. Jeder Spieler durfte zwei Karten aufdecken und konnte, je nach Gedächtnis, dabei ein Paar zusammenstellen. Das war in einer anderen Landschaft gewesen mit Forellenbächen, Vogelrufen, die er an einem stockenden Bruchstück erkennen konnte. Eine vollständig benannte Welt. Jetzt, mit verbundenen Augen und einer Maske aus Gräsern, hob er ein Geschoß auf und rückte mit seinen Trägern vor, lotste sie zu einem Gewehr, schob die Patrone hinein, verriegelte es, hielt es in die Luft und feuerte. Das Geräusch brach sich wie toll an den Cañonwänden. *»Denn das Echo ist die Seele der Stimme, die sich in Hohlräumen erregt.«* Ein Mann, den man für verdrossen und verrückt hielt, hatte diesen Satz in einem englischen Krankenhaus hingeschrieben. Und er, in dieser Wüste jetzt, war geistig gesund, klar im Denken, nahm die Karten auf, stellte sie mühelos zusammen, wobei er seine Tante mit einem verschmitzten Lächeln bedachte, und feuerte nach jeder erfolgreichen Kombination in die Luft, und nach und nach antworteten die unsichtbaren Männer um ihn herum mit Beifall auf jeden Schuß. Er wandte sein Gesicht in eine bestimmte Richtung, bewegte sich dann zurück, diesmal zum Breda-M6, auf seinem seltsamen menschlichen Palankin, gefolgt von einem Mann mit einem Messer, der einen übereinstimmenden Code auf Patronenbehälter und Schaft einschnitzte. Es tat ihm gut – die Bewegung und die Beifallsrufe nach der Einsamkeit. Sein Können war das Entgelt für die Männer, die ihn zu diesem Zweck gerettet hatten.

Es gibt Dörfer, zu denen er mit ihnen reist, wo keine Frauen sind. Sein Wissen wird wie eine Nützlichkeitsmünze von Stamm zu Stamm gereicht. Stämme, die achttausend Einzelwesen umfassen. Er wird hineingezogen in jeden eigenen Brauch, in jede eigene Musik. Die Augen meist verbunden, hört er die Gesänge des Mzina-Stammes beim Wasserschöpfen, mit ihren Jubelschreien, hört *dahhiya*-Tänze, Rohrflöten, die gespielt werden, um in Notfällen Botschaften zu übermitteln, die *makruna*-Doppelflöte (deren eine Pfeife ständig einen tiefen Brummton hervorbringt). Dann ins Gebiet der fünfsaitigen Lyra. Ein Dorf oder eine Oase der Präludien und Intermezzi. Handklatschen. Antiphonischer Tanz.

Das Augenlicht wird ihm erst nach Einbruch der Dunkelheit gewährt, wenn er seine Wächter und Retter von Angesicht sehen kann. Er weiß jetzt, wo er ist. Für einige zeichnet er Landkarten, die über ihre eigenen Grenzen hinausgehen, und auch anderen Stämmen erklärt er den Mechanismus von Gewehren. Die Musiker sitzen ihm gegenüber am Feuer. Die Töne der *simsimiya*-Lyra, die von Windstößen weggerissen werden. Oder Töne wechseln über die Flammen zu ihm hinüber. Da tanzt ein Junge, der in diesem Licht das Begehrenswerteste ist, was er je gesehen hat. Seine mageren Schultern sind weiß wie Papyrus, Licht vom Feuer, das der Schweiß auf seinem Bauch reflektiert, Nacktheit, von der man nur einen flüchtigen Blick durch die Öffnungen im blauen Leinen erhascht, das er als Lockung trägt vom Hals bis zum Knöchel, ihn selbst als braunen Blitzstrahl enthüllend.

Die Nachtwüste umgibt sie, in loser Folge von Stürmen und Karawanen durchquert. Es gibt immer Geheimnisse und Gefahren um ihn her, so wie er sich, als er blind seine Hand bewegte, an einem zweischneidigen Rasiermesser im Sand schnitt. Zuweilen weiß er nicht, ob es Träume sind, der Schnitt so sauber, daß er keinen Schmerz hinterläßt und daß er das Blut auf seinen Schädel reiben muß (sein Gesicht noch unberührbar), um seinen Wächtern die Wunde zu signalisieren. Dieses Dorf ohne Frauen, in das man ihn unter völligem Schweigen gebracht hat, oder der ganze Monat, als er den Mond nicht sah. War das erfunden? Erträumt, während er in Öl und Filz und Dunkelheit eingehüllt lag?

Sie waren an Brunnen vorbeigekommen, wo das Wasser verflucht war. Auf offenem Gelände gab es gelegentlich verborgene Städte, und er wartete, während sie sich durch Sand in verschüttete Räume gruben, oder wartete, während sie Wassernester aushoben. Und die reine Schönheit eines unschuldigen tanzenden Jungen – wie der Laut eines Chorknaben –, was er als reinsten aller Laute in der Erinnerung hielt, wie klarstes Flußwasser, völlig transparente Meerestiefe. Hier in der Wüste, die einst Meer gewesen war, wo nichts befestigt oder von Dauer war, wo alles dahintrieb – wie die Bewegung des Leinens auf dem Jungen, als umfinge er das Meer oder suchte sich davon zu befreien, oder von seiner eigenen blauen Nachgeburt. Ein Junge, der sich selbst erregte, seine Genitalien gegen die Farbe des Feuers.

Dann wird das Feuer mit Sand bestreut, sein Rauch verflüchtigt sich um sie herum. Das Schwächerwerden der Musikinstrumente, wie der Pulsschlag oder der Regen. Der Junge streckt den Arm aus, durch das verschwundene Feuer, um die Rohrpfeifen zum Schweigen zu bringen. Es gibt keinen Jungen, es gibt keine Fußspuren, als er weggeht. Nur die geliehenen Fetzen. Einer der Männer kriecht vor und sammelt das Sperma ein, das auf den Sand gefallen ist. Er bringt es dem weißen Übersetzer der Gewehre und läßt es in seine Hände gleiten. In der Wüste feiert man nichts als das Wasser.

Sie beugt sich über das Ausgußbecken, hält sich daran fest und schaut auf die Stuckwand. Sie hat alle Spiegel entfernt und sie in ein leeres Zimmer gestapelt. Sie hält sich am Becken fest und bewegt den Kopf hin und her, löst eine Schattenbewegung aus. Sie befeuchtet sich die Hände und kämmt sich Wasser ins Haar, bis es ganz durchnäßt ist. Das erfrischt sie, und sie hat es gern, wenn sie nach draußen geht und der Wind sie anfällt, der den Donner löscht.

2
Fast ein Wrack

Der Mann mit den bandagierten Händen war schon über vier Monate im Lazarett in Rom, als er zufällig von dem verbrannten Patienten und der Krankenschwester hörte, ihren Namen hörte. Er wandte sich vom Eingang ab und ging zurück zu der dichten Gruppe von Ärzten, an der er gerade vorbeigekommen war, um herauszufinden, wo sie war. Er hatte bereits eine lange Genesungszeit hinter sich, und sie kannten sein ausweichendes Wesen. Jetzt aber sprach er sie an, erkundigte sich nach dem Namen der Frau und verblüffte sie. In all der Zeit hatte er nie gesprochen, sich nur mit Handzeichen und Grimassen verständigt, hin und wieder einem Grinsen. Er hatte nichts preisgegeben, nicht einmal seinen Namen, schrieb bloß seine laufende Nummer hin, die zeigte, daß er bei den Alliierten war.

Sein Status war genau nachgeprüft und durch Bescheide aus London bestätigt worden. Er hatte eine Menge aktenkundiger Narben. Und so waren die Ärzte erneut zu ihm gekommen, neigten sich über seine Bandagen. Eine Berühmtheit schließlich, die schweigen wollte. Ein Kriegsheld.

So fühlte er sich am sichersten. Nichts preisgeben. Ob sie ihn mit Zärtlichkeit oder List oder mit Messern angriffen. Mehr als vier Monate hatte er nicht ein Wort gesagt. Er war ein großes Tier in ihrer Anwesenheit, fast ein Wrack, als man ihn einlieferte und ihm regelmäßig Morphium gegen den Schmerz in seinen Händen gab. Gewöhnlich saß er in einem Sessel im Dunkeln und beobachtete das ständige Hin und Her von Patienten und Krankenschwestern auf den Stationen und in den Vorratsräumen.

Jetzt aber, als er an der Ärztegruppe in der Vorhalle vorbeiging, hörte er den Namen der Frau, verlangsamte seinen Schritt, drehte sich um und erkundigte sich, an sie gewandt, ganz gezielt, in welchem Lazarett sie arbeite. Sie sagten ihm, in einem alten Nonnenkloster, das von den Deutschen eingenommen worden sei, dann umfunktioniert zu einem Lazarett, nachdem die Alliierten es belagert hätten. In den Bergen nördlich von Florenz. Zum größten Teil von Bomben zerrissen. Unsicher. Es sei bloß ein zeitweiliges Feldlazarett gewesen. Aber die Krankenschwester und der Patient hätten sich geweigert, es zu verlassen.

Warum haben Sie die beiden nicht gezwungen, dort zu verschwinden?

Sie hat behauptet, er sei zu krank, um verlegt zu werden. Wir hätten ihn natürlich gefahrlos herausholen können, aber heutzutage bleibt keine Zeit zum Argumentieren. Sie selbst war in übler Verfassung.

Ist sie verwundet?

Nein. Wahrscheinlich so was wie eine Bombenneurose. Man hätte sie heimschicken sollen. Der Haken dabei ist, der Krieg ist vorbei. Man kann niemanden mehr zwingen, irgend etwas zu tun. Patienten verlassen einfach so das Lazarett. Truppen gehen ohne Erlaubnis auf Urlaub, bevor sie heimgeschickt werden.

Welche Villa, fragte er.

Eine, in deren Garten angeblich ein Geist spukt. San Girolamo. Aber sie hat ja ihren eigenen Geist, einen verbrannten Patienten. Ein Gesicht ist zwar da, aber nichts zu erkennen. Die Nerven sind alle tot. Man kann mit einem Streichholz über sein Gesicht fahren, und es tut sich nichts. Das Gesicht ist eingeschlafen.

Wer ist es? fragte er.

Wir kennen seinen Namen nicht.

Redet er nicht?

Die Gruppe von Ärzten lachte. Doch, doch, er redet, er redet die ganze Zeit, er weiß bloß nicht, wer er ist.

Wo kam er her?

Die Beduinen haben ihn zur Oase Siwa gebracht. Dann war er eine Zeitlang in Pisa, dann ... Einer der Araber trägt wahrscheinlich seine Erkennungsmarke. Der wird sie wahrscheinlich verkaufen, und eines Tages taucht sie auf, aber vielleicht verkaufen die sie auch nie. Gelten als wirksame Talismane. Alle Piloten, die in der Wüste abstürzen – keiner von ihnen kommt je mit einer Kennung zurück. Jetzt hat er sich in einer toskanischen Villa verkrochen, und das Mädchen verläßt ihn nicht. Weigert sich einfach. Die Alliierten hatten dort hundert Patienten untergebracht. Davor hielten die Deutschen sie mit einer kleinen Armee besetzt, ihre letzte Festung. Einige Räume haben Malereien, jeder Raum zeigt eine andere Jahreszeit. Draußen vor der Villa ist eine Schlucht. Das Ganze liegt etwa dreißig Kilometer von Florenz, in den Bergen. Sie brauchen natürlich einen Passierschein. Wir können Ihnen wahrscheinlich jemanden beschaffen, der Sie rauffährt. Dort ist es immer noch schrecklich. Totes Vieh. Erschossene Pferde, halb aufgefressen. Leute, die kopfüber von Brücken hängen. Die letzten Greueltaten des Krieges. Völlig unsicher. Die Pioniere sind noch nicht zum Räumen gekommen. Die Deutschen haben sich zurückgezogen und dabei überall Minen gelegt und vergraben. Ein schrecklicher Ort für ein Lazarett. Der Leichengestank ist das Schlimmste. Wir brauchen einen tüchtigen Schneefall, um dieses Land in Ordnung zu bringen. Wir brauchen Raben.

Vielen Dank.

Er ging aus dem Lazarett in die Sonne hinaus, ins Freie, zum erstenmal seit Monaten, hinaus aus den grünlich leuchtenden Räumen, die ihm wie Glas vor Augen standen. Er blieb stehen, atmete alles ein, die allgemeine Hast. Zuerst einmal, dachte er, brauche ich Schuhe mit Gummisohlen. Ich brauche *gelato*.

Ihm fiel es schwer, im Zug einzuschlafen, so hin und her geschüttelt. Die anderen im Abteil rauchten. Seine Schläfe, die gegen den Fensterrahmen rumste. Alle waren dunkel gekleidet, und der Waggon schien in Brand zu stehen bei den vielen angezündeten Zigaretten. Er bemerkte, daß, wann immer der Zug einen Friedhof passierte, die Mitreisenden sich bekreuzigten. *Sie selbst ist in übler Verfassung*.

Gelato für die Mandeln, erinnerte er sich. Er hatte ein Mädchen und den Vater begleitet, ihre Mandeln sollten raus. Sie warf nur einen Blick auf die Station mit all den anderen

Kindern und weigerte sich strikt. Dieses, das fügsamste und freundlichste aller Kinder, war plötzlich die personifizierte Verweigerung, unerschütterlich. Niemand würde *ihr* irgend etwas aus dem Hals reißen, mochte auch die praktische Vernunft dafür sprechen. Sie würde damit leben, egal, wie das »damit« aussehen mochte. Er hatte noch immer keine Ahnung, was Mandeln eigentlich waren.

Nie haben sie meinen Kopf berührt, das war seltsam. Die schlimmsten Momente waren, als er sich auszumalen begann, was sie als nächstes getan hätten, was als nächstes abgeschnitten. In solchen Momenten dachte er immer an seinen Kopf.

Ein Geraschel im Gebälk wie von einer Maus.

Er stand mit seiner Reisetasche am hinteren Ende der Halle. Er stellte die Tasche ab und winkte durch das Dunkel und die Lachen aus blinkendem Kerzenlicht. Es gab keinen Lärm von Schritten, als er auf sie zuging, kein Geräusch auf dem Boden, und das überraschte sie, war ihr irgendwie vertraut, es beruhigte sie, daß er sich ihrer Zurückgezogenheit und der des englischen Patienten lautlos nähern konnte.

Als er an den Lichtern in der langen Halle vorbeiging, warfen sie seinen Schatten voraus. Sie schraubte den Docht der Petroleumlampe höher, so daß sich der Radius des sie umgebenden Lichts vergrößerte. Sie saß ganz ruhig da, das Buch auf dem Schoß, als er an sie herantrat und sich neben sie hockte wie ein Onkel.

»Erklär mir, was Mandeln sind.«

Ihre Augen, die ihn anstarrten.

»Ich erinnere mich immer noch, wie du aus dem Krankenhaus gestürmt bist, zwei erwachsene Männer hinterdrein.«

Sie nickte.

»Ist dein Patient da drin? Kann ich hinein?«

Sie schüttelte den Kopf, hörte nicht damit auf, bis er wieder sprach.

»Dann besuche ich ihn morgen. Sag mir nur, wohin ich soll. Ich brauche keine Laken. Gibt's eine Küche? Eine seltsame Reise war das, die ich gemacht habe, um dich zu finden.«

Als er durch die Halle gegangen war, kehrte sie zu dem Tischchen zurück und setzte sich, zitternd. Sie brauchte dieses Tischchen, dieses halbbeendete Buch, um sich zu sammeln. Ein Mann, den sie kannte, war die ganze Strecke mit dem Zug gefahren und die sechs Kilometer vom Dorf hinaufgekommen und durch die Halle bis zu diesem Tischchen, bloß um sie zu sehen. Nach einigen Minuten betrat sie das Zimmer des Engländers, stand da und blickte auf ihn hinab. Mondlicht jenseits des Blattwerks an den Wänden. Nur in diesem Licht wirkte der Trompe-l'œil echt. Sie könnte die Blume dort pflücken und sie ans Kleid stecken.

Der Mann namens Caravaggio stößt alle Fenster im Zimmer auf, damit er die Geräusche der Nacht hören kann. Er zieht sich aus, reibt sich mit den Handflächen sanft über den Nakken und legt sich eine Weile auf das ungemachte Bett. Das Rauschen der Bäume, das Zerfallen des Mondes in Silberfischchen, die von den Blättern der Astern draußen abspringen.

Der Mond liegt auf ihm wie eine Haut, eine Wassergarbe. Eine Stunde später ist er auf dem Dach der Villa. Oben auf dem First bemerkt er die zerbombten Flächen überall an den Dachschrägen, die achttausend Quadratmeter verwüsteter Gärten und Obsthaine, die an die Villa grenzen. Er verschafft sich ein Bild, wo in Italien sie sind.

Am Morgen beim Brunnen sprechen sie zaghaft miteinander.

»Jetzt, wo du in Italien bist, solltest du mehr über Verdi herausfinden.«

»Was?« Sie schaut vom Bettzeug hoch, das sie im Brunnen wäscht.

Er erinnert sie. »Du hast mir einmal erzählt, daß du in ihn verliebt bist.«

Hana senkt den Kopf, verlegen.

Caravaggio spaziert umher, betrachtet zum erstenmal das Gebäude, späht von der Loggia in den Garten.

»Ja, du warst in ihn verliebt. Du hast uns alle *verrückt* gemacht mit deinem neuen Wissen über Giuseppe. Was für ein Mann! Der beste in jeder Hinsicht, war dein Spruch. Wir mußten dir alle zustimmen, der kecken Sechzehnjährigen.«

»Ich frage mich, was aus ihr geworden ist.« Sie breitet das gewaschene Laken über den Brunnenrand aus.

»Du hattest einen Willen, der gefährlich werden konnte.«

Sie geht über die Pflastersteine, Gras in den Ritzen. Er schaut auf ihre schwarzbestrumpften Füße, das dünne braune Kleid. Sie lehnt sich über die Balustrade.

»Vermutlich bin ich ja wegen Verdi hier, das muß ich zugeben, irgend etwas hat mich wohl dazu gedrängt. Und dann warst du natürlich fort, und mein Vater war fort im Krieg ... Sieh dir die Falken an. Die sind jeden Morgen hier. Alles andere hier ist beschädigt und kaputt. Das einzige fließende Wasser in der ganzen Villa ist hier im Brunnen. Die Alliierten haben, als sie abzogen, die Wasserleitung demontiert. Sie haben geglaubt, das brächte mich zum Gehen.«

»Hättest du auch tun sollen. Das Gebiet hier muß noch entmint werden. Überall liegen nichtentschärfte Bomben herum.«

Sie tritt an ihn heran und legt ihm die Finger auf den Mund.

»Ich freue mich, dich zu sehen, Caravaggio. Niemanden sonst. Sag nicht, du bist hergekommen und willst nur versuchen, mich zum Weggehen zu bringen.«

»Ich möchte eine kleine Bar mit einer Wurlitzer finden und etwas trinken, ohne daß so eine beschissene Bombe losgeht. Frank Sinatra hören. Wir müssen Musik herkriegen«, sagt er. »Gut für deinen Patienten.«

»Der ist noch in Afrika.«

Er beobachtet sie, wartet darauf, daß sie mehr sagt, aber es gibt nichts mehr über den englischen Patienten zu sagen. Er murmelt. »Manche Engländer lieben Afrika. Ein Teil ihres Hirns spiegelt die Wüste präzise wider. Und darum fühlen sie sich dort nicht fremd.«

Er sieht ihr leichtes Kopfnicken. Ein mageres Gesicht, mit kurzgeschnittenem Haar, ohne das Tarnende und Geheimnisvolle ihres langen Haars. Wenn überhaupt, dann scheint sie hier in ihrem Universum Ruhe zu finden. Der Brunnen gluckert im Hintergrund, die Falken, der verwüstete Garten der Villa.

Vielleicht ist dies der Weg, um aus dem Krieg herauszukommen, denkt er. Ein verbrannter Mann, um den man sich kümmert, Laken, die man im Brunnen wäscht, ein Zimmer, das wie ein Garten bemalt ist. Als wäre alles, was bleibt, eine Kapsel aus der Vergangenheit, lange vor Verdi, die Medici, wie sie eine Balustrade oder ein Fenster erwogen, abends in Gegenwart eines eingeladenen Architekten eine Kerze hochhielten – des besten Architekten im fünfzehnten Jahrhundert – und nach etwas Befriedigenderem verlangten, um jener Aussicht einen Rahmen zu geben.

»Wenn du bleibst«, sagt sie, »werden wir mehr Essen brauchen. Ich habe Gemüse gepflanzt, wir haben einen Sack Bohnen, aber wir brauchen Hühner.« Sie blickt Caravaggio an, weiß aus der Vergangenheit um seine Geschicklichkeit, drückt es aber nicht direkt aus.

»Ich habe nicht mehr die Nerven«, sagt er.

»Dann komme ich eben mit«, bietet Hana an. »Wir machen's zusammen. Du kannst mir das Stehlen beibringen, zeigst mir, was zu tun ist.«

»Du verstehst nicht. Ich habe nicht mehr die Nerven.«

»Warum?«

»Ich wurde geschnappt. Sie haben mir fast meine verdammten Hände abgehackt.«

Manchmal nachts, wenn der englische Patient eingeschlafen ist oder auch nachdem sie vor seiner Tür allein eine Weile gelesen hat, macht sie sich auf die Suche nach Caravaggio. Er kann im Garten sein, wo er am Steinrand des Brunnens liegt und zu den Sternen aufblickt, oder sie trifft ihn auf der unteren Terrasse. In diesem Frühsommerwetter fällt es ihm schwer, nachts drinnen zu bleiben. Die meiste Zeit ist er auf dem Dach neben dem eingefallenen Schornstein, aber er schleicht sich leise nach unten, wenn er sieht, wie ihre Gestalt die Terrasse überquert, auf der Suche nach ihm. Sie findet ihn oft in der Nähe der kopflosen Statue eines Grafen, auf dessen Halsstumpf eine der streunenden Katzen gern sitzt, ernst und geistesabwesend blickend, sobald Menschen erscheinen. Er gibt ihr immer das Gefühl, als wäre sie es, die ihn gefunden hat, diesen Mann, der die Dunkelheit kennt, der, wenn er betrunken war, behauptete, er sei von einer Eulenfamilie aufgezogen worden.

Zwei davon auf einem Vorgebirge, Florenz und seine Lichter in der Ferne. Manchmal scheint er ihr außer sich zu sein oder auch zu ruhig. Bei Tageslicht erkennt sie besser, wie er sich bewegt, bemerkt die steif gewordenen Arme oberhalb der bandagierten Hände, wie sein ganzer Körper sich dreht, statt nur der Hals, wenn sie auf etwas weiter oben in den Bergen hinweist. Aber sie hat ihm nichts davon gesagt.

»Mein Patient glaubt, gemahlene Pfauenknochen sind ein gutes Heilmittel.«

Er schaut hinauf in den Nachthimmel. »Ja.«

»Warst du denn ein Spion?«

»Nicht richtig.«

Er fühlt sich wohler, ihr nicht so ausgeliefert, im dunklen Garten, das flackernde Licht der Lampe, das aus dem Patientenzimmer hinabfällt. »Gelegentlich wurden wir zum Stehlen geschickt. So etwas hatten sie noch nicht, Italiener und Dieb. Sie konnten ihr Glück nicht fassen, waren ganz wild darauf, mich einzusetzen. Es gab vier oder fünf von uns. Eine Zeitlang habe ich gute Arbeit geleistet. Dann wurde ich zufällig fotografiert. Kannst du dir das vorstellen?

Ich war im Smoking, wie ein Lackaffe, um in diese Versammlung reinzukommen, eine Gesellschaft, sollte Papiere stehlen. Tja, ich war noch ein Dieb. Kein großer Patriot. Kein großer Held. Sie hatten bloß mein Können amtlich gemacht. Aber eine der Frauen hatte einen Fotoapparat dabei und knipste die deutschen Offiziere, und ich wurde im Gehen aufgenommen, als ich gerade durch den Tanzsaal schritt. Mitten im Gehen, weil der Verschluß klickte und ich den Kopf ruckartig in die Richtung bewegte. Und so wurde plötzlich das Zukünftige gefährlich. Die Freundin von irgend so einem General.

Alle während des Kriegs gemachten Fotos wurden offiziell in Regierungslabors entwickelt, von der Gestapo kontrolliert, also würde ich da plötzlich auftauchen, offensichtlich auf keiner der Listen, und ein Funktionär würde mich zu den Akten nehmen, wenn der Film ans Mailänder Labor ging. Das hieß, ich mußte den Versuch machen, den Film irgendwie zurückzustehlen.«

Sie schaut bei dem englischen Patienten herein, dessen schlafender Körper wahrscheinlich meilenweit entfernt in der Wüste ist, der gerade von einem Mann geheilt wird, der seine Finger immer wieder in die aus seinen Fußsohlen gebildete Schale taucht und sich vorbeugt, um die dunkle Paste auf das verbrannte Gesicht zu streichen. Sie stellt sich das Gewicht der Hand auf der eigenen Wange vor.

Sie geht durch die Halle und klettert in ihre Hängematte, gibt ihr Schwung, als sie vom Boden abstößt.

Die Augenblicke vor dem Schlafen sind es, in denen sie sich am lebendigsten fühlt, wenn sie über die Bruchstücke des Tages springt, jeden Augenblick ins Bett mitnimmt, wie ein

Kind seine Schulbücher und Bleistifte. Der Tag scheint bis zu diesen Zeiten, die für sie einem Hauptbuch gleichen, ohne Ordnung zu sein, dann aber ist ihr Körper voller Geschichten und Situationen. Caravaggio hat ihr zum Beispiel etwas geschenkt. Sein Motiv, ein Drama und ein gestohlenes Bild.

Er verläßt die Gesellschaft im Auto. Es knirscht über dem leicht gewundenen Kiesweg, der aus der Anlage hinausführt, und das Automobil summt, ruhig hingetuscht in der Sommernacht. Den Rest des Abends hatte er die Fotografin auf dem Fest in der Villa Cosima im Visier behalten, hatte den Körper weggedreht, sobald sie den Fotoapparat hob, um in seine Richtung zu knipsen. Jetzt, da er um dessen Existenz weiß, kann er ihm ausweichen. Er gelangt in Reichweite ihres Gesprächs, sie heißt Anna, ist die Geliebte eines Offiziers, der hier in der Villa übernachten und am nächsten Morgen durch die Toskana nach Norden reisen wird. Der Tod der Frau oder ihr plötzliches Verschwinden würden nur Verdacht erregen. Heutzutage wird alles, was ungewöhnlich ist, untersucht.

Vier Stunden später läuft er auf Strümpfen über das Gras, sein Schatten zusammengerollt unter ihm, vom Mond gemalt. Er bleibt an der Auffahrt stehen und geht langsam über den Kies. Er schaut zur Villa Cosima hoch, zu den viereckigen Monden der Fenster. Ein Palast von Kriegerinnen.

Der Lichtstrahl eines Autos – wie aus einem Schlauch gesprüht – erhellt den Raum, in dem er sich befindet, und wieder hält er mitten im Gehen inne, spürt den Blick derselben Frau auf sich, sieht einen Mann, der sich auf ihr bewegt, seine Finger in ihrem blonden Haar. Und sie hat, das weiß er, auch wenn er jetzt nackt ist, den Mann gesehen, den sie zuvor in der dicht zusammengedrängten Gesellschaft fotografiert hat, denn zufällig steht er jetzt genauso da, halb umgewandt, überrascht vom Licht, das seinen Körper in der Dunkelheit preisgibt. Die Scheinwerfer wischen nach oben in eine Ecke des Zimmers und verschwinden.

Dann Schwärze. Er weiß nicht, ob er sich rühren soll, ob sie dem Mann, der sie gerade vögelt, etwas über den anderen im Zimmer zuflüstern wird. Ein nackter Dieb. Ein nackter Mörder. Soll er sich – die Hände vorgestreckt, um jemandem den Hals umzudrehen – zu dem Paar im Bett hinschleichen?

Er hört, daß der Mann sein Liebesspiel fortsetzt, hört das Schweigen der Frau – kein Flüstern –, hört ihr Denken, ihr Blick ist im Dunkeln auf ihn gerichtet. Das Wort sollte *denkeln* lauten. Caravaggios Geist schlüpft in diese Überlegung, ein weiterer Buchstabe, um das allmähliche Fassen eines Gedankens anzudeuten, wie beim Herumbasteln an einem halbfertigen Fahrrad. Wörter sind komplizierte Dinger, viel komplizierter als Geigen, hat ihm ein Freund gesagt. Er ruft sich das blonde Haar der Frau ins Gedächtnis zurück, das schwarze Band darin.

Er hört, wie das Auto wendet, und wartet auf einen neuen Lichteinfall. Das Gesicht, das aus dem Dunkel zum Vorschein kommt, zielt noch immer wie ein Pfeil auf ihn. Das Licht bewegt sich von ihrem Gesicht hinunter zum Körper des Generals, über den Teppich, berührt dann Caravaggio und gleitet von neuem über ihn. Er kann sie nicht mehr sehen. Er schüttelt den Kopf, mimt dann das Durchschneiden seiner Kehle. Den Fotoapparat hält er in den Händen, damit sie begreift. Danach ist er wieder im Dunkeln. Er hört jetzt ihr Luststöhnen zum Liebhaber hin, und ihm ist klar, daß sie so ihr Einvernehmen signalisiert. Keine Worte, keine Andeutung von Ironie, bloß eine Abmachung mit ihm, die gemorste Vereinbarung, und so weiß er, daß er nun ohne Risiko zur Veranda gehen und sich in die Nacht fallen lassen kann.

Ihr Zimmer zu finden war schwieriger gewesen. Er hatte die Villa betreten und war lautlos an den halberleuchteten Flurgemälden aus dem siebzehnten Jahrhundert vorbeigeschlichen. Irgendwo waren die Schlafzimmer, wie dunkle Taschen in einem goldfarbenen Anzug. Die einzige Möglichkeit, an den Wachen vorbeizukommen, war, sich als Einfaltspinsel zu präsentieren. Er hatte sich ganz ausgezogen und seine Kleidung in einem Blumenbeet gelassen.

Er schlendert nackt die Treppe hoch zum zweiten Stock, wo die Wachen sind, vornübergebeugt, wie um über eine Heimlichkeit zu lachen, so daß sein Gesicht fast seine Hüfte berührt, macht den Wachen pikante Andeutungen wegen seiner abendlichen Einladung, *al fresco*, war's das? Oder Verführung *a cappella*?

Ein langer Flur auf dem dritten Stock. Ein Wachtposten an der Treppe und ein zweiter am hinteren Ende, etwa zwanzig Meter entfernt, zu viele Meter entfernt. Und somit ein langes inszeniertes Gehen, und Caravaggio muß es nun schauspielern, wird von den beiden Buchstützen-Posten mit leisem Mißtrauen und Verachtung beobachtet, dieses Schwanz-und-Hintern-Tänzeln, irgendwo beim Wandgemälde bleibt er stehen, um den gemalten Esel im Hain zu studieren. Er lehnt den Kopf an die Wand, schläft beinah ein, geht dann weiter, stolpert und reißt sich sofort zusammen, um in einen militärischen Schritt zu verfallen. Seine linke Hand winkt en passant zur Decke mit den Engeln, splitternackt wie er, ein Salut von einem Dieb, ein kurzer Walzer, während die Wandszene an ihm vorbeitreibt, Burgen, schwarzweiße Duomos, emporschwebende Heilige an diesem Dienstag während des Krieges, damit seine Tarnung gewahrt und sein Leben gerettet werde. Caravaggio spielt den Liederjan, auf der Suche nach einem Foto von sich.

Er tätschelt seine nackte Brust, als suche er nach seinem Passierschein, grapscht seinen Penis und tut so, als benutze er ihn als Schlüssel, um sich in das bewachte Zimmer einzulassen. Lachend taumelt er zurück, sauer über sein klägliches Versagen, und schlüpft in das nächste Zimmer, summt.

Er öffnet das Fenster und tritt auf die Veranda hinaus. Eine schwarze, schöne Nacht. Dann klettert er über die Brüstung und schwingt sich auf die Veranda darunter. Erst jetzt kann er das Zimmer von Anna und ihrem General betreten. Nur ein Duft, der um sie schwebt. Füße, die keine Spur hinterlassen. Kein Schatten. Die Geschichte, die er vor Jahren einem Kind erzählt hat, von jemandem, der seinen Schatten suchte – so wie er jetzt nach diesem Bild von sich auf einem Filmstreifen sucht.

Im Zimmer spürt er sofort die Anfänge sexueller Tätigkeit. Seine Hände wühlen in ihrer Kleidung, die über Stuhlrücken geworfen, auf den Boden fallen gelassen ist. Er legt sich hin und rollt sich über den Teppich, um auf etwas zu stoßen, das hart wie ein Fotoapparat ist, berührt die Haut des Zimmers. Er dreht sich lautlos, wie Windmühlenflügel, findet nichts. Da ist nicht einmal ein Fünkchen Licht.

Er steht auf und streckt die Arme langsam aus, berührt eine marmorne Brust. Seine Hand streicht an einer Steinhand entlang – er begreift nun die Denkweise der Frau –, von der am Riemen der Fotoapparat hängt. Dann hört er das Fahrzeug, und in dem Moment, als er sich dreht, erblickt die Frau ihn im jähen Lichtstrahl des Autos.

Caravaggio beobachtet Hana, die ihm gegenübersitzt, in seine Augen blickt, ihn zu lesen versucht, sich den Gedankenfluß vorzustellen versucht, so wie es seine Frau immer tat. Er beobachtet, wie sie ihn ausschnüffelt, aufspüren möchte. Er verwischt die Spur und starrt sie seinerseits an, er ist sich bewußt, daß seine Augen makellos sind, klar wie Flußwasser, unanfechtbar wie eine Landschaft. Er weiß, man verliert sich darin, und er versteht es, sich zu verbergen. Aber das Mädchen beobachtet ihn spöttisch, hat den Kopf leicht fragend geneigt, wie es ein Hund tut, wenn man zu ihm in einem Ton oder in einer Stimmlage spricht, die nicht menschlich ist. Sie sitzt ihm gegenüber vor den dunklen, blutroten Wänden, deren Farbe er nicht mag, und mit ihrem schwarzen Haar und ihrem Aussehen, schlank, olivfarben gebräunt von all dem Licht in diesem Land, erinnert sie ihn an seine Frau.

Er denkt zur Zeit nicht an seine Frau, obwohl er weiß, er kann es auch ganz anders haben und jede ihrer Bewegungen in sich wachrufen, jede Seite an ihr beschreiben, das Gewicht ihres Handgelenks nachts auf seinem Herzen.

Er sitzt da, die Hände unter dem Tisch, sieht dem Mädchen beim Essen zu. Er ißt noch immer lieber allein, auch wenn er Hana bei den Mahlzeiten Gesellschaft leistet. Eitelkeit, denkt er. Sterbliche Eitelkeit. Sie hat vom Fenster aus gesehen, wie er auf einer der sechsunddreißig Stufen bei der Kapelle saß und mit den Händen aß, kein Messer und keine Gabel weit und breit, als lernte er, wie ein Orientale zu essen. In seinem ergrauenden Stoppelbart, in seiner dunklen Jacke erkennt sie endlich den Italiener in ihm. Das fällt ihr mehr und mehr auf.

Er betrachtet ihre Dunkelheit gegen die braunroten Wände, ihre Haut, ihr kurzgeschnittenes dunkles Haar. Er hatte sie und ihren Vater in Toronto vor dem Krieg gekannt. Damals war er ein Dieb, ein verheirateter Mann, glitt durch die von ihm gewählte Welt mit trägem Vertrauen, brillant im Täuschen der Reichen oder im Umflirten seiner Frau Giannetta oder im Umgang mit dieser jungen Tochter seines Freundes.

Aber jetzt gibt es kaum eine Welt um sie herum, und sie sind auf sich selbst zurückgeworfen. In dieser Zeit, in dem Bergstädtchen unweit von Florenz, wenn es regnet im Haus, überläßt er sich seinen Tagträumen auf dem einen weichen Sessel in der Küche oder auf dem Bett oder auf dem Dach, hat keine Pläne, die ins Rollen gebracht werden müssen, interessiert sich nur für Hana. Und es scheint, als hätte sie sich an den sterbenden Mann im oberen Zimmer gekettet.

Während der Mahlzeiten sitzt er diesem Mädchen gegenüber und schaut ihr beim Essen zu.

Ein halbes Jahr zuvor hatte Hana vom Fenster eines langen Korridorendes im Santa-Chiara-Lazarett in Pisa einen weißen Löwen sehen können. Er stand einsam hoch oben auf den Zinnen, die Farbe verband ihn mit dem weißen Marmor des Duomo und des Camposanto, wenn auch seine Schroffheit und seine naive Form einer anderen Ära anzugehören schienen. Wie ein Geschenk aus der Vergangenheit, das akzeptiert werden mußte. Doch von allem, was dieses Lazarett umgab, akzeptierte sie das am bereitwilligsten. Um Mitternacht blickte sie gewöhnlich durchs Fenster und wußte, daß der Löwe in der Verdunkelung und während des Ausgehverbots dastand und wie sie selbst in der Morgendämmerung zum Vorschein kommen würde. Sie schaute auf um fünf Uhr oder halb sechs und dann um sechs, um seine Silhouette und die klarer werdenden Einzelheiten zu sehen. Jede Nacht war er ihr Wächter, während sie sich zwischen den Patienten bewegte. Selbst beim Bombardement hatte das Heer ihn dort belassen, weit besorgter um den Rest des mythenbehafteten Bezirks – mit seiner verrückten Logik eines Turms, der sich so neigte, als litte er an einer Bombenneurose.

Die Lazarettgebäude befanden sich in einer alten Klosteranlage. Die Bäume im Ziergarten, von akkuraten Mönchen in Hunderten von Jahren gestutzt, waren nicht länger eingezwängt in erkennbare Tierformen, und tagsüber fuhren Krankenschwestern die Patienten in Rollstühlen zwischen den verschwommenen Gestalten hindurch. Anscheinend war nur weißer Stein von Dauer.

Auch Schwestern bekamen von den um sie her Sterbenden eine Bombenneurose. Oder von so etwas Unscheinbarem wie einem Brief. Sie trugen einen abgetrennten Arm den Flur entlang oder tupften Blut ab, das nie versiegte, als wäre die Wunde eine sprudelnde Quelle, und allmählich hörten sie auf, an etwas zu glauben, erwarteten nichts. Sie zerbrachen, so wie jemand, der eine Mine entschärft, in dem Augenblick zerbricht, wo sein Szenario explodiert. Wie Hana im Santa-Chiara-Lazarett zerbrach, als ein Armeeangehöriger den Raum zwischen den hundert Betten durchschritt und ihr einen Brief gab, der ihr den Tod ihres Vaters mitteilte.

Ein weißer Löwe.

Nicht lange danach war sie zufällig auf den englischen Patienten gestoßen – der aussah wie ein verbranntes Tier, straff und schwarz, ein Teich für sie. Und jetzt, Monate später, ist er ihr letzter Patient in der Villa Girolamo, der Krieg ist für sie vorbei, und beide weigerten sich, mit den anderen in die Sicherheit eines Pisaner Krankenhauses zurückzukehren. Alle Häfen an der Küste wie Sorrent und Marina di Pisa sind überfüllt mit nordamerikanischen und britischen Truppen, die darauf warten, nach Hause geschickt zu werden. Aber sie wusch ihre Uniform, faltete sie zusammen und übergab sie den abreisenden Krankenschwestern. Der Krieg sei nicht überall vorbei, sagte man ihr. Der Krieg ist vorbei. Dieser Krieg ist vorbei. Der Krieg hier. Man sagte ihr, das sei wie Desertieren. Das ist kein Desertieren. Ich bleibe hier. Man warnte sie vor den nichtentschärften Minen, vor Wasser- und Lebensmittelknappheit. Sie ging hinauf zu dem Verbrannten, dem englischen Patienten, und teilte ihm mit, daß sie ebenfalls bleiben werde.

Er schwieg, unfähig, auch nur den Kopf zu ihr zu drehen, aber seine Finger schlüpften in ihre weiße Hand, und als sie sich zu ihm niederbeugte, legte er seine dunklen Finger in ihr Haar und spürte dessen Kühle im Tal seiner Finger.

Wie alt sind Sie?

Zwanzig.

Es gab einen Herzog, sagte er, der, als er im Sterben lag, den Turm von Pisa bis zu halber Höhe hinaufgetragen werden wollte, damit er beim Sterben in mittlere Ferne hinausschauen konnte.

Ein Freund meines Vaters wollte beim Shanghai-Tanzen sterben. Ich weiß nicht, was das ist. Auch er hatte bloß davon gehört.

Was macht Ihr Vater?

Er ist ... er ist im Krieg.

Sie sind auch im Krieg.

Sie weiß nichts von ihm. Selbst nach einem Monat Pflege und Morphiumspritzen. Anfangs herrschte bei beiden Scheu, offenkundiger noch dadurch, daß sie jetzt allein waren. Dann war die Scheu plötzlich überwunden. Patienten und Ärzte und Krankenschwestern und Geräte und Laken und Handtücher – alles ging wieder hinunter nach Florenz und später nach Pisa. Sie hatte Kodeintabletten gehamstert, auch Morphium. Sie beobachtete die Abreisen, die Reihe der Lastwagen. Dann auf Wiedersehen. Sie winkte von seinem Fenster und schloß die Rolläden.

Hinter der Villa überragte eine Felswand das Haus. An der Westseite des Gebäudes gab es einen langen eingezäunten Garten, und etwa dreißig Kilometer entfernt breitete sich der Teppich der Stadt Florenz aus, der oft im Dunst des Tales verschwand. Es ging das Gerücht, einer der Generäle, die in der benachbarten alten Medici-Villa wohnten, habe eine Nachtigall gegessen.

Die Villa San Girolamo, erbaut, um die Bewohner vor der Fleischeslust des Teufels zu bewahren, hatte das Aussehen einer belagerten Festung, den meisten Statuen waren die Gliedmaßen in den ersten Tagen der Bombardierung abgesprengt worden. Kaum eine Trennungslinie zwischen Haus und Landschaft, zwischen dem beschädigten Gebäude und den verbrannten und verwüsteten Teilen des Erdbodens. Für Hana waren die verwilderten Gärten weitere Räume. Sie arbeitete an den Rändern entlang, wußte, es gab nichtexplodierte Minen. Auf einem Stück fruchtbaren Bodens neben dem Haus begann sie mit grimmiger Leidenschaft zu gärtnern, wie sie nur jemanden überfallen konnte, der in der Stadt aufgewachsen war. Trotz verbrannter Erde, trotz Wassermangels. Eines Tages gäbe es dort eine Laube aus Linden, Räume aus grünem Licht.

Caravaggio kam in die Küche und fand Hana, wie sie über den Tisch gebeugt dasaß. Er konnte ihr Gesicht nicht sehen und auch nicht ihre Arme, die vom Körper verdeckt waren, nur den nackten Rücken, die bloßen Schultern.

Sie war nicht ruhig oder eingeschlafen. Mit jedem Erschaudern zuckte ihr Kopf über den Tisch.

Caravaggio blieb stehen. Wer weint, verliert dabei mehr Kraft als bei allem anderen Tun. Der Morgen dämmerte noch nicht. Ihr Gesicht preßte sich gegen das dunkle Holz des Tisches.

»Hana«, sagte er, und sie wurde still, als könnte sie sich durch Stille tarnen.

»Hana.«

Sie begann zu stöhnen, damit der Laut eine Barriere zwischen ihnen bildete, einen Fluß, über den man nicht zu ihr gelangen konnte.

Er war zuerst unsicher, ob er sie in ihrer Nacktheit berühren sollte, sagte »Hana« und legte dann seine bandagierte Hand auf ihre Schulter. Sie hörte nicht auf zu zucken. Tiefer Schmerz, dachte er. Wo die einzige Möglichkeit, ihn zu überleben, die ist, alles ans Licht zu holen.

Sie richtete sich auf, hielt den Kopf noch gesenkt, stemmte sich dann gegen ihn, als zerre sie sich weg vom Magneten des Tisches.

»Rühr mich nicht an, falls du vorhast, mich zu vögeln.«

Die Haut bleich über ihrem Rock, der alles war, was sie in der Küche anhatte, als hätte sie das Bett verlassen, sich nur zum Teil angezogen und wäre hierher gekommen, und die frische Luft aus den Bergen strömte durch die Küchentür herein und umhüllte sie.

Ihr Gesicht war rot und naß.

»Hana.«

»Verstehst du?«

»Warum bewunderst du ihn so sehr?«

»Ich liebe ihn.«

»Du liebst ihn nicht, du bewunderst ihn.«

»Geh, Caravaggio. Bitte.«

»Du hast dich aus irgendeinem Grund an einen Leichnam gefesselt.«

»Er ist ein Heiliger. Glaube ich. Ein verzweifelnder Heiliger. Gibt es so was? Wir haben den Wunsch, sie zu schützen.«

»Er macht sich nicht mal was daraus!«

»Ich kann ihn lieben.«

»Eine Zwanzigjährige, die sich aus der Welt verbannt, um einen Geist zu lieben!«

Caravaggio machte eine Pause. »Du mußt dich vor Traurigkeit schützen. Traurigkeit ist dem Haß sehr nahe. Laß es dir gesagt sein. Das habe ich gelernt. Wenn du das Gift eines anderen schluckst – im Glauben, du könntest ihn heilen, indem du es mit ihm teilst –, wirst du es statt dessen in dir bewahren. Jene Männer in der Wüste wären klüger als du. Sie setzten voraus, er könne von Nutzen sein. Und deshalb retteten sie ihn, doch als er nicht länger von Nutzen war, verließen sie ihn.«

»Laß mich in Ruhe.«

Wenn sie einsam ist, sitzt sie draußen, spürt den Nerv an ihrem Fußknöchel, der feucht ist von den langen Gräsern des Obstgartens. Sie schält eine Pflaume, die sie dort gefunden und in der dunklen Baumwolltasche ihres Kleides getragen hat. Wenn sie einsam ist, versucht sie sich auszumalen, wer die alte Straße unter der grünen Haube der achtzehn Zypressen entlangkommen könnte.

Als der Engländer aufwacht, beugt sie sich über seinen Körper und steckt ihm ein Drittel der Pflaume in den Mund. Sein offener Mund hält es, wie Wasser, mit unbewegtem Kiefer. Es sieht aus, als müsse er vor Genuß weinen. Sie kann fühlen, wie die Pflaume hinuntergeschluckt wird.

Er hebt mühsam die Hand und wischt den letzten Tropfen von seiner Lippe, den seine Zunge nicht erreichen kann, und legt den Finger in den Mund, um daran zu saugen. Lassen Sie mich von den Pflaumen erzählen, sagt er. Als ich noch ein Junge war...

Nach den ersten Nächten, als die meisten Betten als Brennstoff gegen die Kälte verfeuert worden waren, hatte sie die Hängematte eines Toten an sich genommen und begonnen, sie zu benutzen. Sie schlug Bolzen in alle möglichen Wände von Räumen, in denen sie erwachen wollte, schwebte dann in ihrer Hängematte über allem Schmutz und Kordit und Wasser auf den Fußböden und über den Ratten, die nun auftauchten, vom dritten Stock herunterhuschend. Jede Nacht kletterte sie in den khakifarbenen Geisterkreis der Hängematte, die sie von dem toten Soldaten übernommen hatte, einem, der in ihrer Obhut gestorben war.

Ein Paar Tennisschuhe und eine Hängematte. Das war, was sie in diesem Krieg von anderen genommen hatte. So lag sie dann wach unter der Mondscheinbahn an der Zimmerdecke, eingewickelt zum Schlafen in ein altes Hemd, ihr Kleid hing an einem Nagel neben der Tür. Es war wärmer geworden, und sie konnte nun so schlafen. Vorher, als es kalt war, mußten Sachen verheizt werden.

Ihre Hängematte und ihre Schuhe und ihr Sommerkleid. Sie fühlte sich sicher in der Miniaturwelt, die sie sich erschaffen hatte; die beiden anderen Menschen schienen ferne Planeten zu sein, jeder in seiner eigenen Sphäre von Erinnerung und Einsamkeit. Caravaggio, ein geselliger Freund ihres Vaters in Kanada, konnte damals durch bloßes Stillhalten Chaos in der Karawane der Frauen verursachen, denen er verfallen schien. Er lag jetzt in seiner Dunkelheit. Er war ein Dieb gewesen, der sich weigerte, mit Männern zu arbeiten, da er ihnen mißtraute, der mit Männern sprach, aber lieber mit Frauen, und der, wenn er mit Frauen sprach, sich bald in einem Geflecht von Beziehungen verfing. Wenn sie sich in den frühen Morgenstunden ins Haus geschlichen hatte, fand sie ihn eingeschlafen im Sessel ihres Vaters, erschöpft von beruflichen oder privaten Beutezügen.

Sie dachte über Caravaggio nach – es gab Menschen, die man einfach umschlingen mußte, auf irgendeine Weise, denen man ins Fleisch beißen mußte, um in ihrer Gesellschaft normal zu bleiben. Es galt, ihr Haar wie ein Ertrinkender zu pakken und festzuhalten, so zogen sie einen in ihre Mitte. Andernfalls würden sie, die lässig die Straße entlang auf einen zukamen und einem beinah schon zuwinkten, über eine Mauer springen und monatelang auf und davon sein. Als Onkel war er einer gewesen, der sich davonmachte.

Caravaggio brachte einen durcheinander, indem er einen bloß mit seinen Armen umfing, seinen Schwingen. Man wurde bei ihm von Charakter umschlungen. Aber jetzt lag er in Dunkelheit, wie sie, in einem Vorposten des großen Hauses. Da war also Caravaggio. Und da war der Wüstenengländer.

Den Krieg, noch bei ihren schlimmsten Patienten, überlebte sie, indem sie sich eine Kälte bewahrte, die in ihrer Rolle als Krankenschwester verborgen blieb. Ich werde dies überleben. Ich werde nicht darüber zerbrechen. Während all ihrer Kriegstage blieben diese Sätze in ihr eingegraben, in all den Städten, auf die sie langsam zurückten und dann durchquerten, Urbino, Anghiari, Monterchi, bis sie nach Florenz kamen und weiterzogen und schließlich das andere Meer bei Pisa erreichten.

Im Pisaner Lazarett hatte sie den englischen Patienten zum erstenmal gesehen. Ein Mann ohne Gesicht. Ein ebenholzschwarzer Teich. Jegliche Erkennungsmerkmale waren ein Raub der Flammen geworden. Partien seines verbrannten Körpers und seines Gesichts waren mit Gerbsäure besprüht worden, die sich zu einem Schutzschild über seiner wunden Haut verhärtet hatte. Die Fläche um seine Augen war von einer dicken Schicht Enzianviolett bedeckt. Es gab nichts, was sich in ihm erkennen ließ.

Manchmal trägt sie mehrere Decken zusammen und legt sich darunter, genießt mehr das Gewicht als die Wärme, die sie geben. Und wenn das Mondlicht an die Zimmerdecke schlüpft, wird sie geweckt, und sie legt sich in die Hängematte, ihr Geist treibt dahin. Für sie ist Ruhe, im Gegensatz zum Schlaf, der wahrhaft wohltuende Zustand. Wäre sie Schriftstellerin, würde sie Bleistifte und Notizbücher und ihre Lieblingskatze mitnehmen und im Bett schreiben. Fremde und Liebhaber kämen nie durch die verschlossene Tür.

Ruhen hieß alle Aspekte der Welt aufnehmen, ohne zu urteilen. Ein Bad im Meer, mit einem Soldaten vögeln, der nie ihren Namen erfuhr. Zärtlichkeit gegenüber dem Unbekannten und Anonymen, das war Zärtlichkeit gegenüber dem Selbst.

Ihre Beine bewegen sich unter der Last der Militärdecken. Sie schwimmt im Wollstoff, so wie der englische Patient sich in der Filz-Plazenta bewegt hat.

Was sie hier vermißt, ist die langsam einfallende Dämmerung, das Rauschen vertrauter Bäume. Während ihrer Jugend in Toronto hatte sie gelernt, die Sommernacht zu lesen. Dort konnte sie sie selbst sein, im Bett liegend oder wenn sie halb im Schlaf hinaus auf die Feuertreppe trat, eine Katze im Arm.

In ihrer Kindheit war Caravaggio ihr Klassenzimmer gewesen. Er hatte ihr Purzelbaumschlagen beigebracht. Jetzt, da seine Hände immer in den Taschen sind, gestikuliert er nur mit den Schultern. Wer wußte denn, in welchem Land zu leben der Krieg ihn gezwungen hatte. Sie selbst war im Women's College Hospital ausgebildet und dann während der Invasion in Sizilien nach Übersee geschickt worden. Das war 1943. Die Erste Kanadische Infanterie-Division arbeitete sich in Italien voran, und die versehrten Körper wurden zu den Feldlazaretten zurückgeleitet, wie Lehm von Tunnelarbeitern im Dunkeln zurückgefördert wird. Nach der Schlacht von Arezzo, als die ersten Truppen unter Artilleriefeuer zurückwichen, war sie Tag und Nacht von diesen Verwundungen umgeben. Nach drei Tagen ohne Ruhepause legte sie sich schließlich auf den Fußboden neben eine Matratze, auf der ein Toter lag, und schlief zwölf Stunden, die Augen verschlossen gegen die Welt um sich herum.

Als sie aufwachte, holte sie sich eine Schere vom Waschbekken, beugte sich vor und begann ihr Haar zu schneiden, unbekümmert um Form oder Länge, schnitt es einfach ab – im Kopf spürte sie noch die Irritation über sein Vorhandensein während der vergangenen Tage – als sie sich vorgeneigt hatte und ihr Haar mit dem Blut einer Wunde in Berührung gekommen war. Sie wollte nichts haben, das sie mit dem Tod verbinden, sie an ihn ketten konnte. Sie betastete, was von ihrem Haar geblieben war, um sich zu vergewissern, daß es keine Strähnen mehr gab, und wandte sich wieder den Räumen voller Verwundeter zu.

Sie schaute sich nie wieder im Spiegel an. Als der Krieg düsterer wurde, erhielt sie Nachrichten, wie Leute, die sie gekannt hatte, gestorben waren. Sie hatte Angst vor dem Tag, an dem sie aus dem Gesicht eines Patienten Blut wischen und ihren Vater entdecken würde oder jemanden, der ihr an einer Theke in der Danforth Avenue Essen serviert hatte. Sie wurde streng zu sich und den Patienten. Vernunft war das einzige, was sie alle zu retten vermochte, und es gab keine Vernunft. Das Blut-Thermometer kletterte weiter nach oben im Land. Wo war Toronto, und was bedeutete es überhaupt noch für sie? Das war trügerische Opernwelt. Man stumpfte ab gegen die Leute um einen herum – Soldaten, Ärzte, Krankenschwestern, Zivilisten. Hana beugte sich tiefer über die Wunden, die sie versorgte, ihr Mund sprach leise zu den Soldaten. Sie nannte jeden »Buddy« und lachte über das Lied mit den Zeilen

Each time I chanced to see Franklin D.
He always said »Hi, Buddy« to me.

Sie tupfte immer wieder Blut von den Armen, das nicht versiegte. Sie entfernte so viele Granatsplitter, daß sie das Gefühl bekam, sie hätte eine Tonne Metall aus dem Riesenleib des Menschen fortgeschafft, den sie versorgte, während das Heer nach Norden hinaufzog. Eines Nachts, als einer der Patienten starb, setzte sie sich über alle Regeln hinweg und nahm das Paar Tennisschuhe, das er in seinem Tornister bei sich hatte, und zog es an. Die Tennisschuhe waren ein wenig zu groß für sie, aber sie fühlte sich wohl darin.

Ihr Gesicht wurde härter und magerer, das Gesicht, dem Caravaggio später begegnen sollte. Sie war dünn, hauptsächlich vor Müdigkeit. Sie war immer hungrig, und es erschöpfte und erzürnte sie, wenn sie einen Patienten fütterte, der nicht essen konnte oder wollte, und zusehen mußte, wie das Brot zerbröckelte, die Suppe kalt wurde, die sie selbst hinunterschlingen wollte. Sie wünschte sich nichts Exotisches, bloß Brot, Fleisch. In einer der Städte war dem Krankenhaus eine Brotbäckerei angeschlossen, und in ihrer Freizeit hielt sie sich bei den Bäckern auf, atmete tief den Mehlstaub ein, die Hoffnung auf Essen. Später, als sie östlich von Rom waren, schenkte ihr jemand eine Artischocke aus Jerusalem.

Es war seltsam, in Basiliken oder Klöstern zu schlafen oder wo sonst die Verwundeten einquartiert waren, stets auf dem Weg nach Norden. Sie brach den Kartonreiter vom Krankenblatt am Fußende des Bettes ab, sobald jemand gestorben war, damit die Sanitäter Bescheid wußten, wenn sie von weitem hinschauten. Dann verließ sie das dicksteinige Gemäuer und ging in den Frühling oder Winter oder Sommer hinaus, Jahreszeiten, die archaisch anmuteten, die wie alte Herren den ganzen Krieg über dasaßen. Sie trat ins Freie, egal wie das Wetter war. Sie wollte Luft, die nach nichts Menschlichem roch, wollte Mondlicht, selbst wenn es von heftigem Regen begleitet war.

Hallo Buddy, Wiedersehn Buddy. Die Pflegezeit war kurz. Der Auftrag ging nur bis zum Tod. Durch nichts in ihrer Natur oder in ihrer Vergangenheit war sie darauf vorbereitet, Krankenschwester zu sein. Aber das Haarschneiden war ein selbstgestellter Auftrag, und er galt, bis sie in der Villa San Girolamo nördlich von Florenz ihr Lager aufschlugen. Hier gab es noch vier weitere Krankenschwestern, zwei Ärzte, hundert Patienten. Der Krieg in Italien rückte weiter nach Norden, und sie waren das, was man zurückgelassen hatte.

Bei den Feiern eines lokalen Sieges, etwas wehmütig in diesem Bergstädtchen, hatte sie dann gesagt, sie werde nicht zurück nach Florenz oder Rom oder in sonst ein Lazarett gehen, ihr Krieg sei vorbei. Sie wollte bei dem einen Verbrannten bleiben, den sie den »englischen Patienten« nannten und der, das war ihr mittlerweile klar, wegen der Gebrechlichkeit seiner Glieder niemals verlegt werden durfte. Sie wollte seine Augen mit Belladonna bestreichen, ihm Kochsalzlösungen geben für die dick vernarbte Haut und die weitflächigen Verbrennungen. Man sagte ihr, das Lazarett sei gefährdet – das Nonnenkloster, das monatelang eine deutsche Befestigung gewesen und von den Alliierten mit Leuchtbomben und Granaten bombardiert worden war. Nichts bleibe für sie da, es gebe keinen Schutz vor Banditen. Dennoch weigerte sie sich zu gehen, legte ihre Krankenschwesternuniform ab, packte das braune Kattunkleid aus, das sie monatelang immer mit sich herumgetragen hatte, und zog es zusammen mit den Tennisschuhen an. Sie trat einfach beiseite, verließ den Krieg. Ganz wie sie wünschten, war sie vorwärtsmarschiert und wieder zurück. Bis die Nonnen die Villa wieder für sich reklamierten, wollte sie dort bleiben bei dem Engländer. Er hatte etwas an sich, das sie erkunden, in das sie hineinwachsen, worin sie sich verbergen wollte, sie konnte sich da vom Erwachsensein abwenden. Etwas Walzerähnliches war in der Art, wie er mit ihr sprach, und in der Art, wie er dachte. Sie wollte ihn retten, diesen namenlosen, fast gesichtslosen Mann, einen von den etwa zweihundert, die ihrer Obhut während des Vormarsches nach Norden anvertraut gewesen waren.

Im Kattunkleid verließ sie die Feier. Sie betrat den Raum, den sie mit den anderen Krankenschwestern teilte, und setzte sich. Etwas funkelte ihr ins Auge, als sie sich setzte, und ihr Blick fiel auf einen kleinen, runden Spiegel. Sie stand langsam auf und ging darauf zu. Er war sehr klein, aber auch so hatte er etwas von Luxus. Sie hatte sich über ein Jahr lang geweigert, in einen Spiegel zu schauen, bloß gelegentlich ihren Schatten an einer Wand gesehen. Der Spiegel enthüllte nur ihre Wange, sie mußte ihn auf Armeslänge halten, ihre Hand zitterte. Sie betrachtete ihr kleines Selbstporträt, als wäre es eingefaßt in einer Brosche. Sie. Durchs Fenster kam das Geräusch von Patienten, die in ihren Rollstühlen in den Sonnenschein hinausgebracht wurden und mit dem Personal lachten und scherzten. Lediglich die Schwerkranken durften nicht ins Freie. Sie lächelte. Hi Buddy, sagte sie. Sie sah sich scharf ins Auge im Versuch, sich selbst zu erkennen.

Dunkelheit zwischen Hana und Caravaggio, während sie im Garten spazierengehen. Jetzt beginnt er in seinem vertrauten gedehnten Tonfall.

»Es war auf irgendeiner Geburtstagsparty, spät abends in der Danforth Avenue. Das Night-Crawler-Restaurant. Erinnerst du dich, Hana? Alle mußten aufstehen und ein Lied singen. Dein Vater, ich, Giannetta, Freunde, und du hast gesagt, du wolltest das auch – zum erstenmal. Du bist damals noch zur Schule gegangen, und du hattest das Lied im Französischunterricht gelernt.

Du hast es ganz feierlich getan, stelltest dich auf die Bank und dann noch einen Schritt höher, mitten auf den Holztisch, zwischen Teller und brennende Kerzen.

›*Alonson fon!*‹

Du hast lauthals gesungen, deine linke Hand auf dem Herzen. *Alonson fon!* Die Hälfte der Leute wußte nicht, was zum Teufel du da sangst, und vielleicht wußtest du auch nicht, was genau die einzelnen Worte bedeuteten, aber du wußtest, wovon das Lied handelte.

Die Brise vom Fenster bauschte dein Kleid auf, so daß es fast eine Kerze berührte, und deine Knöchel schienen feuerweiß in der Bar. Die Augen deines Vaters schauten zu dir auf, die du so überaus erstaunlich warst mit dieser neuen Sprache, das Ganze strömte so deutlich hervor, makellos, ohne Zögern, und die Kerzen wichen zur Seite aus, berührten dein Kleid nicht, beinahe nur. Wie erhoben uns am Ende, und du stiegst vom Tisch hinunter, direkt in seine Arme.«

»Ich würde die Bandagen von deinen Händen entfernen. Ich bin schließlich Krankenschwester.«

»Sie sind ganz bequem. Wie Handschuhe.«

»Wie konnte das passieren.«

»Ich wurde erwischt, als ich aus dem Fenster einer Frau sprang. Der Frau, von der ich dir erzählt habe, die das Foto gemacht hat. War nicht ihre Schuld.«

Sie hält ihn am Arm fest und massiert den Muskel. »Laß

mich machen.« Sie zieht die bandagierten Hände aus seiner Jackentasche. Im Tageslicht schienen sie grau, aber in diesem Licht leuchten sie fast.

Als sie die Bandagen löst, macht er einen Schritt zurück, das Weiß fällt in Spiralen von den Armen wie bei einem Zauberer, bis er frei von ihnen ist. Sie tritt ganz nah an den Onkel aus der Kindheit heran, sieht in seinen Augen die Hoffnung, ihre Aufmerksamkeit auf sich zu ziehen, um das hier aufzuschieben, und so schaut sie nur in seine Augen.

Seine Hände, zusammengehalten wie eine menschliche Schale. Sie greift nach ihnen, während sich ihr Gesicht zu seiner Wange hebt, sich dann an seine Kehle schmiegt. Was sie hält, scheint fest zu sein, geheilt.

»Ich sag dir, ich mußte wegen dem, was sie mir übriggelassen haben, auch noch handeln.«

»Wie hast du das gemacht?«

»All die Fertigkeiten, die ich mal hatte.«

»Ah, ich erinnere mich. Nein, beweg dich nicht. Geh nicht weg von mir.«

»Eine seltsame Zeit, das Ende eines Krieges.«

»Ja. Eine Zeit der Anpassung.«

»Ja.«

Er hebt die Hände hoch, als wolle er das Mondviertel in diese Schale legen.

»Sie haben beide Daumen entfernt, Hana. Schau her.«

Er hält die Hände vor sie hin. Zeigt ihr offen, was sie heimlich schon gesehen hat. Er dreht eine Hand um, als wolle er demonstrieren, daß es kein Trick ist, daß das, was wie eine Kieme aussieht, die Stelle ist, wo der Daumen weggeschnitten wurde. Er legt die Hand auf ihre Bluse.

Sie fühlt, wie sich der Stoff unterhalb ihrer Schultern hebt, als er ihn mit zwei Fingern hält und sacht zu sich zieht.

»So fasse ich Baumwollstoff an.«

»Als ich klein war, habe ich mir dich immer als Scarlet Pimpernel vorgestellt, und in meinen Träumen bin ich mit dir auf nächtliche Dächer hinausgetreten. Du bist mit kaltem

Essen in den Taschen nach Hause gekommen, mit Federkästchen, Notenblättern von irgendeinem Klavier aus Forest Hill für mich.«

Sie spricht in die Dunkelheit seines Gesichts, der Schatten von Blättern wischt über seinen Mund wie Spitzenbesatz einer reichen Frau. »Du magst die Frauen, nicht? Du mochtest sie.«

»Ich mag sie. Warum die Vergangenheitsform?«

»Das scheint jetzt unwichtig, bei dem Krieg und allem.«

Er nickt, und das Blattmuster gleitet von ihm ab.

»Du warst wie einer dieser Künstler, die nur nachts malten, ein vereinzelt brennendes Licht in ihrer Straße. Wie die Wurmsammler mit ihren alten Kaffeebüchsen, die sie an den Knöcheln festschnallen, und dem Helm mit dem Lichtstrahl, der ins Gras nach unten schoß. Überall in den Stadtparks. Du hast mich dahin mitgenommen, zu diesem Lokal, wo sie verkauft wurden. Das sei wie die Börse, hast du gesagt, wo der Preis der Würmer raufschnellt und runter, fünf Cents, zehn Cents. Leute würden ruiniert oder machten ein Vermögen. Erinnerst du dich?«

»Ja.«

»Geh mit mir zurück, es wird kühl.«

»Bei großen Taschendieben ist von Geburt an der zweite und dritte Finger fast gleich lang. Sie brauchen nicht so tief in Taschen zu greifen. Die beträchtliche Strecke von einem Zentimeter!«

Sie gehen zum Haus, unter den Bäumen.

»Wer hat dir das angetan?«

»Sie haben eine Frau aufgetrieben, die das machte. Sie glaubten, das sei für mich schlimmer. Sie brachten eine ihrer Krankenschwestern an. Meine Handgelenke waren an die Tischbeine gekettet. Als sie meine Daumen abschnitten, glitten meine Hände ohne irgendwelche Kraft aus den Fesseln. Wie ein Wunsch in einem Traum. Aber der Mann, der sie holte, er war der eigentlich Verantwortliche – er war es. Ranuccio Tommasoni. Sie war unschuldig, wußte nichts von mir, weder meinen Namen noch meine Nationalität, noch was ich getan haben mochte.«

Als sie ins Haus kamen, schrie der englische Patient gerade. Hana ließ Caravaggio stehen, und er sah sie die Treppe hochlaufen, mit aufblitzenden Tennisschuhen, als sie am Geländer entlang um die Kurve wirbelte.

Die Stimme erfüllte die Flure. Caravaggio betrat die Küche, riß sich ein Stück Brot ab und folgte Hana die Treppe hinauf. Als er sich dem Zimmer näherte, wurde das Schreien hektischer. Beim Eintritt ins Schlafzimmer starrte der Engländer gerade einen Hund an – der Kopf des Hundes wich nach hinten zurück, wie betäubt von dem Geschrei. Hana warf einen Blick zu Caravaggio und grinste.

»Ich hab seit *Jahren* keinen Hund mehr gesehen. Im ganzen Krieg hab ich nicht einen Hund gesehen.«

Sie hockte sich hin und tätschelte das Tier, roch sein Fell und den Duft von Berggräsern darin. Sie lotste den Hund zu Caravaggio, der ihm den Brotkanten anbot. Erst da sah der Engländer Caravaggio, und sein Kiefer fiel. Ihm mußte es so vorgekommen sein, als hätte der Hund sich – jetzt durch Hanas Rücken dem Blick entzogen – in einen Mann verwandelt. Caravaggio nahm den Hund auf den Arm und verließ das Zimmer.

Ich habe mir überlegt, sagte der englische Patient, daß dies hier Polizianos Zimmer sein muß. Dies muß seine Villa gewesen sein, in der wir sind. Es ist das Wasser, das aus der Wand da sprudelt, der alte Brunnen. Ein berühmtes Zimmer. Sie haben sich alle hier getroffen.

Es war ein Lazarett, sagte sie ruhig. Und davor, lange davor, ein Nonnenkloster. Dann übernahm es das Militär.

Ich glaube, dies war die Villa Bruscoli. Poliziano – der große Protégé von Lorenzo. Ich spreche von 1483. In Florenz, in der Kirche von Santa Trinità, können Sie das Gemälde der Medici mit Poliziano im Vordergrund sehen, er trägt ein rotes Cape. Ein brillanter, schrecklicher Mensch. Ein Genie, das sich hochgearbeitet hat.

Es war lange nach Mitternacht, und er war wieder hellwach.

Gut, erzählen Sie, dachte sie, führen Sie mich irgendwohin. In Gedanken war sie noch bei Caravaggios Händen. Caravaggio, der wahrscheinlich jetzt dem herrenlosen Hund etwas aus der Küche der Villa Bruscoli zu fressen gab, wenn das ihr Name war.

Es war ein blutrünstiges Leben. Dolche und Politik und Sandwich-Kappen und dick wattierte Strümpfe und Perükken. Perücken aus Seide! Natürlich kam Savonarola später, nicht viel später, und da war sein Scheiterhaufen der Eitelkeiten. Poliziano übersetzte Homer. Er verfaßte ein bedeutendes Gedicht über Simonetta Vespucci, kennen Sie die?

Nein, sagte Hana, lachend.

Porträts von ihr überall in Florenz. Starb an Schwindsucht mit dreiundzwanzig. Er hat sie mit seinen *Stanzen auf das Turnier* berühmt gemacht, und dann malte Botticelli Szenen daraus. Leonardo malte Szenen daraus. Poliziano hielt jeden Tag morgens einen zweistündigen Vortrag in Latein, nachmittags einen zweistündigen in Griechisch. Er hatte einen Freund namens Pico della Mirandola, einen ungebärdigen Angehörigen der oberen Zehntausend, der plötzlich konvertierte und sich Savonarola anschloß.

Das war mein Spitzname, als ich klein war. *Pico.*

Ja, ich glaube, hier hat sich allerhand zugetragen. Dieser Brunnen in der Wand. Pico und Lorenzo und Poliziano und der junge Michelangelo. Sie hielten in einer Hand die neue Welt und in der anderen die alte. Die Bibliothek konnte die letzten vier Bücher Ciceros aufstöbern. Sie importierten eine Giraffe, ein Rhinozeros, einen Dodo. Toscanelli zeichnete Weltkarten für sie, die auf Briefwechseln mit Kaufleuten beruhten. Sie saßen in diesem Zimmer mit einer Büste Platons und disputierten die Nacht durch.

Und dann ertönte Savonarolas Ruf auf den Straßen: *Tut Buße! Die Sintflut naht!* Und alles wurde hinweggefegt – der freie Wille, der Wunsch nach Eleganz, Ruhm, das Recht, Platon genauso zu verehren wie Christus. Jetzt waren die Feuer an der Reihe – das Verbrennen von Perücken, Büchern, Pergamenten, Landkarten. Mehr als vierhundert Jahre später öffneten sie die Gräber. Picos Gebein war erhalten. Polizianos war zu Staub zerfallen.

Hana lauschte, als der Engländer die Seiten seines Notizbuches umblätterte und Wissenswertes vorlas, das aus anderen Büchern darin eingeklebt war – über bedeutende Karten, die im Feuer der Scheiterhaufen verlorengingen, über das Verbrennen von Platons Büste, deren Marmor in der Hitze abblätterte, und berstende Risse in der Weisheit wie ein scharfes Knallen durchs Tal, während Poliziano auf grasigen Hügeln stand und die Zukunft witterte. Pico war auch irgendwo da unten, in seiner grauen Zelle, beobachtete alles mit dem dritten Auge der Erlösung.

Er schüttete für den Hund Wasser in eine Schale. Ein alter Köter, älter als der Krieg.

Er setzte sich mit der Karaffe Wein hin, den die Mönche des Klosters Hana gegeben hatten. Es war Hanas Haus, und er bewegte sich achtsam, veränderte nichts. Er bemerkte ihre Kultiviertheit an den kleinen wilden Blumen, den kleinen Geschenken, die sie sich selbst machte. Sogar in dem überwucherten Garten traf er immer wieder auf ein Fleckchen Gras, das sie mit ihrer Krankenschwesternschere beschnippelt hatte. Wäre er ein jüngerer Mann gewesen, er hätte sich in so etwas verliebt.

Er war nicht mehr jung. Wie sah sie ihn? Mit seiner Verwundung, seiner Unausgeglichenheit, den grauen Locken im Nakken. Er hatte sich selbst nie als jemanden mit Sinn für Alter und Weisheit gesehen. Sie waren alle älter geworden, aber er hatte noch nicht das Gefühl, als begleite Weisheit sein Älterwerden.

Er hockte sich hin, um dem Hund beim Trinken zuzusehen, und er brachte sich zu spät wieder ins Gleichgewicht, griff nach dem Tisch und kippte die Karaffe Wein um.

Ihr Name ist David Caravaggio, richtig?

Sie hatten ihn mit Handschellen an die dicken Eichentischbeine gefesselt. Irgendwann stand er, den Tisch umklammernd, auf, Blut strömte aus seiner linken Hand, und er versuchte, mit ihm durch die schmale Tür zu laufen, stürzte. Die Frau hielt inne, ließ das Messer fallen, weigerte sich weiterzumachen. Die Tischschublade glitt heraus und fiel gegen seine Brust, mit dem ganzen Inhalt, und er dachte, vielleicht sei da eine Pistole, die er gebrauchen könnte. Dann nahm Ranuccio Tommasoni das Rasiermesser und kam zu ihm hinüber. *Caravaggio, richtig?* Er war sich noch immer nicht sicher.

Als er unter dem Tisch lag, tropfte das Blut aus seinen erhobenen Händen in sein Gesicht, und plötzlich war er ganz klar im Kopf und ließ die eine Handschelle vom Tischbein gleiten, schleuderte den Stuhl weg, um den Schmerz zu betäuben, und beugte sich dann zur Linken, um aus der anderen Handschelle herauszukommen. Überall jetzt Blut. Seine Hände waren schon nutzlos. Monate später ertappte er sich dabei, wie er nur auf die Daumen der Leute starrte, als hätte das Begebnis ihn verändert, indem es einfach Neid in ihm auslöste. Aber es hatte sein Älterwerden ausgelöst, als wäre ihm in der einen Nacht, in der er an jenen Tisch gekettet war, eine Mixtur eingeflößt worden, die ihn verlangsamte.

Schwindelig rappelte er sich hoch, stand vor dem Hund, vor dem rotweinbefleckten Tisch. Zwei Wachtposten, die Frau, Tommasoni, Telefone, die klingelten, klingelten, die Tommasoni unterbrachen, der das Rasiermesser hinlegte, sarkastisch *Entschuldigen Sie mich* murmelte und den Hörer mit seiner blutigen Hand hob und lauschte. Er hatte, dachte er, ihnen nichts von Wert gesagt. Aber sie ließen ihn laufen, und so konnte er sich auch irren.

Danach war er die Via di Santo Spirito entlanggegangen bis zu dem einen geographischen Ort, den er in seinem Kopf verborgen gehalten hatte. Ging vorbei an Brunelleschis Kirche zur Bibliothek des Deutschen Instituts, wo er eine gewisse

Person kannte, die sich seiner annehmen würde. Plötzlich wurde ihm klar, daß sie ihn genau deshalb hatten laufen lassen. Wäre er frei, würde ihn das dazu verleiten, diesen Kontakt zu verraten. Er bog in eine Seitenstraße ein, ohne zurückzublicken, nicht ein einziges Mal. Er wünschte sich ein Straßenfeuer, damit er das Blut seiner Wunden stillen, sie über den Rauch des Teerkessels halten könnte, so daß schwarzer Rauch seine Hände einhüllte. Er war auf der Santa-Trinità-Brücke. Nichts tat sich dort, kein Verkehr, was ihn überraschte. Er setzte sich auf das glatte Brückengeländer, legte sich dann auf den Rücken. Keine Geräusche. Als er hier früher herumgelaufen war, die Hände in den nassen Taschen, herrschte noch das wahnsinnige Durcheinander der Panzer und Jeeps.

Wie er so dalag, explodierte die verminte Brücke, und er wurde hochgeschleudert und dann in die Tiefe, war Bestandteil des Weltendes. Er öffnete die Augen, und ein Riesenkopf zeigte sich neben ihm. Er atmete ein, und seine Brust füllte sich mit Wasser. Er war unter Wasser. Ein bärtiger Kopf erschien neben ihm im seichten Wasser des Arno. Er griff danach, kam jedoch kein Stückchen näher heran. Licht ergoß sich in den Fluß. Er tauchte zur Oberfläche, Teile davon standen in Flammen.

Als er Hana die Geschichte später am Abend erzählte, sagte sie: »Sie haben aufgehört, dich zu foltern, weil die Alliierten im Anmarsch waren. Die Deutschen verließen die Stadt und haben bei ihrem Abzug Brücken in die Luft gesprengt.«

»Ich weiß nicht. Vielleicht habe ich ihnen alles gesagt. Wessen Kopf war das? Ständig klingelte das Telefon in jenem Zimmer. Dann trat Stille ein, und der Mann zog sich von mir zurück, und sie alle beobachteten ihn am Telefon, wie er dem Schweigen der *anderen* Stimme lauschte, die wir nicht hören konnten. Wessen Stimme? Wessen Kopf?«

»Sie zogen ab, David.«

Sie öffnet den *Letzten Mohikaner* bei der unbedruckten Seite ganz hinten und schreibt darauf.

> *Es gibt einen Mann namens Caravaggio, einen Freund meines Vaters. Ich habe ihn immer geliebt. Er ist älter als ich, etwa fünfundvierzig, glaube ich. Er befindet sich in einer Zeit der Dunkelheit, hat keine Zuversicht. Aus irgendeinem Grund ist er mir zugetan, dieser Freund meines Vaters.*

Sie macht das Buch zu und geht dann in die Bibliothek hinunter und versteckt es in einem der hohen Regale.

Der Engländer war eingeschlafen, atmete durch den Mund, wie immer, wach oder im Schlaf. Sie stand vom Stuhl auf und entwand ihm sacht die brennende Kerze, die er in seinen Händen hielt. Sie ging ans Fenster und blies sie dort aus, damit der Rauch aus dem Zimmer entweichen konnte. Sie mochte es nicht, wenn er, die Kerze in den Händen, so dalag, eine totenähnliche Haltung nachäffte und Wachs unbemerkt auf seine Handgelenke tropfte. Es war, als bereite er sich darauf vor, als wolle er in den eigenen Tod schlüpfen, indem er dessen Atmosphäre und Licht nachahmte.

Sie stand am Fenster, und ihre Finger griffen fest ins eigene Haar, zerrten daran. Im Dunkeln, in jedem Licht nach Einbruch der Dämmerung, kann man eine Ader aufschneiden, und das Blut ist schwarz.

Sie mußte heraus aus dem Zimmer. Plötzlich hatte sie Platzangst, war gar nicht müde. Sie durchquerte die Halle und sprang die Treppe hinunter und trat auf die Terrasse der Villa hinaus, schaute dann hoch, als versuche sie die Gestalt des Mädchens auszumachen, das sie hinter sich gelassen hatte. Sie betrat wieder das Gebäude. Sie drückte gegen die schwere, pompöse Tür und ging in die Bibliothek und entfernte dann die Bretter vor der Glastür am hinteren Ende des Raums, öffnete sie und ließ die Nachtluft ein. Wo Caravaggio war, wußte sie nicht. Er war jetzt an den meisten Abenden draußen, kehrte gewöhnlich erst wenige Stunden vor Morgengrauen zurück. Jedenfalls war von ihm nichts zu sehen.

Sie griff nach dem grauen Laken, das den Flügel bedeckte, und ging zu einer Ecke des Raums, schleppte es hinter sich her, ein Leichentuch, ein Fischernetz.

Kein Licht. Sie hörte fernes Donnergrollen.

Sie blieb vor dem Flügel stehen. Ohne nach unten zu blikken, senkte sie die Hände und begann zu spielen, schlug nur einige Akkorde an und beschränkte die Melodie auf das bloße Gerippe. Sie hielt nach jeder Tonfolge inne, als holte sie ihre Hände aus dem Wasser, um zu sehen, was sie gefangen hatte, fuhr dann fort, das Gerippe des Stücks hinzusetzen. Sie verlangsamte die Bewegungen ihrer Finger noch mehr. Sie schaute gerade nach unten, als zwei Männer durch die Glastür hineinschlüpften und ihre Gewehre auf den Rahmen des Flügels legten und sich vor sie hinstellten. Die Akkorde schwebten noch in der Luft des veränderten Raumes.

Mit anliegenden Armen, einen nackten Fuß auf das linke Pedal gestellt, spielte sie das Lied weiter, das ihre Mutter ihr beigebracht und das sie auf jeder Fläche geübt hatte, einem Küchentisch, einer Wand, an der entlang sie nach oben ging, auf dem Bett vor dem Einschlafen. Sie hatten kein Klavier gehabt. Sie ging Samstag morgens zum Gemeinschaftszentrum und spielte dort, aber die ganze Woche hindurch übte sie, wo immer sie konnte, und lernte die vor ihrer Mutter mit Kreide auf den Küchentisch gemalten und später weggewischten Noten auswendig. Es war das erste Mal, daß sie auf dem Flügel der Villa spielte, auch wenn sie schon drei Monate hier war und ihr Blick bereits am ersten Tag die Kontur durch die Glastür erahnt hatte. In Kanada brauchten Flügel Wasser. Man machte den hinteren Teil auf und stellte ein Glas voll Wasser hin, und einen Monat später war das Glas leer. Ihr Vater hatte ihr von den Zwergen erzählt, die nur in Flügeln tranken, nie in Bars. Sie hatte das nie geglaubt, hatte aber zuerst gemeint, es seien vielleicht Mäuse.

Ein Blitz fiel über das Tal, das Gewitter war während der Nacht aufgezogen, und sie sah, daß einer der Männer ein Sikh war. Jetzt hielt sie inne und lächelte, ein wenig erstaunt, jedenfalls erleichtert, der Rundhorizont des Lichts hinter ihnen war so kurz, daß sie bloß einen flüchtigen Blick von seinem Turban und den glänzend nassen Gewehren erhaschte. Der hohe Flügeldeckel war vor Monaten entfernt und als Lazarettisch benutzt worden, und so lagen ihre Gewehre auf dem hinteren Rand der Klaviatur. Der englische Patient hätte die Waffen bestimmen können. Zum Teufel. Sie war von fremden Männern umgeben. Keiner ein echter Italiener. Eine Villa-Romanze. Was hätte Poliziano von diesem 1945er-Tableau gedacht, zwei Männer und ihnen gegenüber eine Frau am Flügel und ein

Krieg, der fast vorbei war, und die Gewehre in ihrem nassen Glanz, wann immer der Blitz in den Raum glitt und alles mit Farbe und Schatten erfüllte, wie jetzt alle halbe Minute, und Donner über das Tal und den Wechselgesang krachte, den Andrang der Akkorde, *When I take my sugar to tea...*

Kennen Sie den Text?

Die beiden rührten sich nicht. Sie löste sich von den Akkorden und überließ ihre Finger Kniffligem, stürzte sich in das, was sie zurückgehalten hatte, Jazziges, das Klänge und Kanten aus der Kastanie der Melodie herausbrach.

When I take my sugar to tea.
All the boys are jealous of me,
So I never take her where the gang goes
When I take my sugar to tea.

Die Männer in durchnäßter Kleidung beobachteten sie, sobald zwischen ihnen im Raum der Blitz leuchtete, beobachteten ihre Hände, die jetzt gegen und inmitten von Blitz und Donner spielten, konträr dazu, und die Dunkelheit zwischen dem Licht füllten. Ihr Gesichtsausdruck war so konzentriert, daß sie wußten, sie waren unsichtbar für sie, ihren Kopf, der sich mit Mühe erinnerte, wie die Hand ihrer Mutter Zeitungspapier zerriß, es unterm Wasserhahn in der Küche naßmachte und dazu benutzte, die ganzen und halben Noten vom Tisch zu wischen, das Himmel-und-Hölle-Spiel der Töne. Danach ging sie zu ihrer wöchentlichen Stunde im Gemeinschaftszentrum, wo sie Klavier spielen konnte, doch sie konnte noch nicht im Sitzen die Pedale erreichen, und so stand sie lieber, die Sommersandale auf dem linken Pedal, und dazu das tikkende Metronom.

Sie wollte nicht damit aufhören. Wollte nicht diese Worte eines alten Liedes aufgeben. Sie sah die Lokale, wo die beiden hingingen, voll von Schusterpalmen, die Gang aber nie. Sie blickte auf und nickte in ihre Richtung, gab zu verstehen, daß sie gleich Schluß machen würde.

Caravaggio sah das alles nicht. Als er zurückkehrte, traf er Hana und die beiden Soldaten einer Pioniereinheit in der Küche an, wo sie Sandwiches machten.

3
Irgendwann ein Feuer

Der letzte mittelalterliche Krieg wurde 1943 und 1944 in Italien geführt. Gegen befestigte Städte auf berühmten Anhöhen, um die seit dem achten Jahrhundert gekämpft worden war, stürzten sich bedenkenlos die Heere neuer Könige. Rings um die blank daliegenden Felsen gab es das Hin und Her von Tragbahren, niedergetretene Weinberge, wo man, grub man tief unter den Panzerfurchen, Henkerbeil und Speer fand. Monterchi, Cortona, Urbino, Arezzo, Sansepolcro, Anghiari. Und dann die Küste.

Katzen schliefen in den Geschütztürmen, die nach Süden blickten. Engländer und Amerikaner und Inder und Australier und Kanadier rückten zum Norden hin vor, und Leuchtspurgranaten explodierten und lösten sich in der Luft auf. Als die Heere sich bei Sansepolcro zusammenzogen, einer Stadt, deren Symbol die Armbrust ist, erwarben Soldaten einige davon und schossen nachts lautlos über die Mauern der nicht eingenommenen Stadt. Generalfeldmarschall Kesselring vom zurückweichenden deutschen Heer faßte ernsthaft ins Auge, heißes Öl von den Zinnen zu gießen.

Forscher des Mittelalters wurden aus Oxford Colleges abgezogen und nach Umbrien geflogen. Ihr Durchschnittsalter lag bei sechzig. Sie wurden bei den Truppen untergebracht, und bei Besprechungen mit den führenden Kommandeuren vergaßen sie ständig die Erfindung des Flugzeuges. Sie sprachen von Städten im Hinblick auf die Kunstschätze, die sie beherbergten. In Monterchi gab es die *Madonna del Parto* von Piero della Francesca, zu sehen in der Friedhofskapelle. Als das Kastell aus dem dreizehnten Jahrhundert schließlich während des Frühjahrsregens eingenommen wurde, quartierte man Truppen unter der hohen Kuppel der Kathedrale ein, und sie schliefen unter der Steinkanzel, wo Herkules die Hydra erschlägt. Das Wetter war immer schlecht. Viele starben an Typhus und anderem Fieber. Wenn die Soldaten mit ihren Dienstfeldstechern in der gotischen Kirche von Arezzo hochschauten, trafen sie in den Fresken Piero della Francescas auf die Gesichter ihrer Zeitgenossen. Die Königin von Saba unterhielt sich mit König Salomon. In der Nähe ein Zweig vom Baum des Guten und des Bösen, der im Mund des toten Adam steckt. Jahre später sollte diese Königin erkennen, daß die Brücke über den Teich Siloha aus dem Holz dieses heiligen Baums errichtet war.

Es regnete dauernd und war kalt, und Ordnung herrschte nur in den großen Entwürfen der Kunst, die Gerechtigkeit, Frömmigkeit und Aufopferung zeigten. Die Achte Armee stieß ständig auf Flüsse mit zerstörten Brücken, und ihre Pioniereinheiten kletterten im feindlichen Artilleriefeuer auf Strickleitern die Böschungen hinunter und schwammen oder wateten zur anderen Seite. Proviant und Zelte wurden weggeschwemmt. Männer, die an Kriegsgerät gebunden waren, verschwanden. Hatten sie den Fluß durchquert, versuchten sie aus dem Wasser zu steigen. Sie bohrten die Hände bis zum Handgelenk in die Schlammwand der Böschung und hingen dort. Als hofften sie, der Schlamm würde hart und könnte sie festhalten.

Der junge Sikh-Pionier schmiegte die Wange an den Schlamm und dachte an das Gesicht der Königin von Saba, die Beschaffenheit ihrer Haut. Dieser Fluß hatte nichts Tröstliches, da war nur sein Verlangen nach ihr, das ihn irgendwie warm hielt. Er zog oft in Gedanken den Schleier von ihrem Haar. Er legte die rechte Hand zwischen ihren Nacken und die olivbraune Bluse. Auch er war müde und traurig, wie der weise König und die schuldbewußte Königin, die er vor zwei Wochen in Arezzo gesehen hatte.

Er hing über dem Wasser, die Hände in die Schlammböschung verkrallt. Charakter, diese subtile Kunst, ging zwischen ihnen in all den Tagen und Nächten verloren, existierte nur in einem Buch oder auf einem Wandgemälde. Wer war trauriger auf jenem Fresko in der Apsis? Er beugte sich vor, um sich auf der Haut ihres zerbrechlichen Nackens auszuruhen. Er verliebte sich in ihren gesenkten Blick. Diese Frau, die eines Tages die Heiligkeit von Brücken erfahren sollte.

Nachts, auf dem Feldbett, streckten sich seine Arme in die

Ferne aus, wie zwei Heere. Es gab keine Aussicht auf eine Lösung oder einen Sieg, wäre da nicht der vorläufige Pakt zwischen ihm und jener Majestät des Freskos gewesen, die ihn vergessen würde, nie seine Existenz anerkennen oder überhaupt seiner gewahr werden würde, eines Sikhs, der in halber Höhe auf einer Pionierleiter im Regen stand und für das nachfolgende Heer eine Baileybrücke baute. Aber er erinnerte sich an das Gemälde, das ihrer beider Geschichte erzählte. Und als die Bataillone einen Monat später die Küste erreichten, nachdem sie alles überlebt hatten, und in die Küstenstadt Cattolica kamen und ein Trupp Pioniere den Strand auf einer Breite von zwanzig Metern von Minen geräumt hatte, damit die Männer nackt ins Meer konnten, wandte er sich an einen der Mediävisten, der sich mit ihm angefreundet hatte – er hatte bloß einmal mit ihm gesprochen und Büchsenfleisch mit ihm geteilt –, und versprach, ihm als Dank für seine Freundlichkeit etwas zu zeigen.

Der Pionier vermerkte im Dienstbuch, daß er mit dem Triumph-Motorrad unterwegs sein werde, schnallte sich ein Rotlicht für den Notfall auf den Arm, und dann fuhren sie den Weg zurück, den sie gekommen waren – zurück durch die jetzt harmlosen Städte wie Urbino und Anghiari, über den gewundenen Kamm der Bergkette, das Rückgrat Italiens, der alte Mann hinter ihm aufgepackt und sich eng an ihn klammernd, und den Westhang hinab nach Arezzo. Die nächtliche Piazza war leer, keine Soldaten, und der Pionier stellte das Motorrad vor der Kirche ab. Er half dem Mediävisten beim Absteigen, packte seine Gerätschaft und ging in die Kirche. Eine kühlere Dunkelheit. Eine größere Leere, wo der Lärm seiner Stiefel den Raum erfüllte. Noch einmal roch er das alte Gemäuer und das Holz. Er zündete drei Leuchtfackeln an. Er hängte einen Flaschenzug zwischen zwei Säulen über das Mittelschiff, warf dann eine schwere Niete, die bereits von einem Seil umschlungen war, über einen Holzbalken in der Höhe. Der Professor beobachtete ihn dabei amüsiert, hin und wieder spähte er in die Dunkelheit hinauf. Der junge Pionier umkreiste ihn und knotete ein Seil um seine Taille und seine Schultern und befestigte eine kleine brennende Fackel an der Brust des alten Mannes.

Er ließ ihn dort am Altargitter und stampfte die Treppe zur oberen Ebene hinauf, wo sich das andere Seilende befand. Sich daran festhaltend, tat er einen Schritt von der Empore in die Dunkelheit, und gleichzeitig wurde der alte Mann hochgehievt, sauste nach oben, bis er, als der Pionier den Boden berührte, mitten in der Luft hin- und herschwang, kaum einen Meter von den Wänden mit den Fresken entfernt, wobei die Fackel einen Hof um ihn erhellte. Noch immer das Seil in der Hand, ging der Pionier nach vorn, bis der Mann nach rechts schwenkte, um vor der *Flucht des Kaisers Maxentius* zu schweben.

Fünf Minuten später ließ er den Mann hinab. Er zündete sich selbst eine Fackel an und hievte sich in die Kuppel im Tiefblau des Kunsthimmels. Er erinnerte sich an die goldenen Sterne von dem einen Mal, als er durch den Feldstecher dorthin geschaut hatte. Beim Hinunterblicken sah er den Mediävisten auf einer Bank sitzen, erschöpft. Er wurde sich jetzt der Tiefe dieser Kirche bewußt, nicht ihrer Höhe. Der Eindruck von Fließendem. Die Hohlheit und Dunkelheit eines Brunnens. Die Fackel sprühte aus seiner Hand wie ein Zauberstab. Mit Hilfe des Flaschenzugs gelangte er bis zur Höhe ihres Gesichts, zu seiner Königin der Traurigkeit, und seine braune Hand streckte sich klein gegen den monumentalen Nacken aus.

Der Sikh schlägt in einer entlegeneren Region des Gartens ein Zelt auf, wo nach Hanas Meinung einst Lavendel gepflanzt worden war. Sie hat dort trockene Blätter gefunden, die sie zwischen den Fingern zerrieben und bestimmt hat. Hin und wieder nach einem Regen erkennt sie seinen Duft.

Zuerst kommt er überhaupt nicht ins Haus. Er geht daran

vorbei, stets im Dienst, beschäftigt mit dem Entschärfen von Minen. Immer höflich. Ein leichtes Nicken. Hana sieht, wie er sich an einer Schale mit aufgefangenem Regenwasser wäscht, die ganz formell auf einer Sonnenuhr thront. Die Wasserleitung im Garten, in früheren Zeiten für die Saatbeete gebraucht, ist versiegt. Sie sieht seinen hemdlosen braunen Oberkörper, als er Wasser über sich schüttet, wie ein Vogel, der die Flügel benutzt. Tagsüber bemerkt sie vor allem seine Arme im kurzärmligen Militärhemd und das Gewehr, das er immer bei sich hat, auch wenn die Kämpfe für sie wohl vorbei sind.

Er trägt das Gewehr in verschiedenen Stellungen – Halbmast oder eher wie einen Aufhänger für seine Ellbogen, wenn er es geschultert hat. Er dreht sich um, wenn ihm plötzlich klar wird, daß sie ihn beobachtet. Er ist Überlebender seiner Ängste, umkreist alles Verdächtige, quittiert ihr Zu-ihm-Hinsehen in diesem Panorama, als wolle er zeigen, mit alldem könne er fertig werden.

Er ist ihr in seiner Selbstgenügsamkeit eine Wohltat, ihnen allen im Haus, auch wenn Caravaggio darüber murrt, daß der Pionier dauernd westliche Lieder vor sich hin summt, die er sich in den letzten drei Kriegsjahren beigebracht hat. Der zweite Pionier, der mit ihm im Unwetter angekommen war, Hardy hieß er, ist woanders einquartiert, näher bei der Stadt, obwohl sie die beiden gemeinsam hat arbeiten sehen, wenn sie mit ihrem technischen Zaubergerät einen Garten betraten, um Minen zu räumen.

Der Hund weicht nicht von Caravaggios Seite. Der junge Soldat, der gerne mit dem Hund auf dem Weg herumtollt, weigert sich, ihm irgend etwas zu fressen zu geben, in der Überzeugung, er solle aus eigener Kraft überleben. Wenn er etwas zum Essen findet, ißt er es selbst. Seine Höflichkeit reicht nur bis dahin. In manchen Nächten schläft er auf der Brüstung, die auf das Tal blickt, kriecht nur dann in sein Zelt, wenn es regnet.

Er seinerseits ist Zeuge von Caravaggios nächtlichen Streifzügen. Bei zwei Gelegenheiten spürt der Pionier Caravaggio von ferne nach. Aber zwei Tage später tritt Caravaggio ihm in den Weg und sagt ihm: Folg mir ja nicht wieder. Er will es abstreiten, doch der ältere Mann legt ihm die Hand auf das lügende Gesicht, und er verstummt. So weiß der Soldat, daß Caravaggio ihn zwei Nächte zuvor bemerkt hat. Ohnehin war das Nachspüren bloß Teil eines Verhaltens, das man ihm im Krieg beigebracht hat. So wie er auch jetzt noch mit seinem Gewehr zielen und schießen und etwas präzise treffen will. Immer wieder zielt er auf die Nase einer Statue oder auf einen der braunen Falken, die am Himmel über dem Tal ihre Kreise ziehen.

Er hat noch viel von einem Jugendlichen. Sein Essen schlingt er hinunter, springt auf, um seinen Teller wegzuräumen, und gewährt sich eine halbe Stunde fürs Mittagessen.

Sie hat ihn bei der Arbeit beobachtet, sorgfältig und zeitlos wie eine Katze, im Obstgarten und auch im überwucherten Garten, der sich hinter dem Haus hochzieht. Sie bemerkt die braunere Haut seines Handgelenks, sieht, wie es sich frei in dem Reif bewegt, der manchmal klimpert, wenn er, ihr gegenübersitzend, eine Tasse Tee trinkt.

Er spricht nie von der Gefahr, die mit seiner Art Suche verbunden ist. Hin und wieder treibt eine Explosion sie und Caravaggio eilig aus dem Haus, ihr Herz verkrampft von der dumpfen Detonation. Sie rennt hinaus oder rennt an ein Fenster, wobei sie auch Caravaggio aus dem Augenwinkel sieht, und sie beide sehen den Pionier und sein gelassenes Winken zum Haus hin, er dreht sich nicht einmal herum von der Kräuterterrasse.

Einmal betrat Caravaggio die Bibliothek und entdeckte den Pionier oben an der Decke, beim Trompe-l'œil – nur Caravaggio pflegte in ein Zimmer zu kommen und zu den oberen Ecken hochzuschauen, um zu sehen, ob er allein war –, und der junge Soldat, seine Augen weiterhin auf etwas konzentriert, streckte die Handfläche aus und schnippte mit den Fingern, Caravaggio so am Weitergehen hindernd, eine Warnung, den

Raum aus Sicherheitsgründen zu verlassen, da er dabei war, einen Abschmelzdraht herauszuziehen und durchzuschneiden, den er in jener Ecke, über dem Quervolant verborgen, aufgespürt hatte.

Immer summt oder pfeift er. »Wer pfeift hier eigentlich?« fragt der englische Patient eines Abends, da er den Neuankömmling noch nicht kennengelernt oder auch nur gesehen hat. Immer singt er vor sich hin, wenn er auf der Brüstung liegt und in die sich ändernde Wolkenkulisse schaut.

Wenn er in die scheinbar leere Villa hineingeht, macht er Lärm. Er ist der einzige von ihnen, der noch Uniform trägt. Makellos, Koppel und Schnallen poliert, taucht der Pionier aus seinem Zelt auf, den Turban symmetrisch in Lagen gewikkelt, und läßt die gewichsten Stiefel auf dem Holz- oder Steinboden im Haus knallen. Urplötzlich wendet er sich von einem Problem ab, das er gerade bearbeitet, und bricht in Lachen aus. Er scheint unbewußt in seinen Körper verliebt zu sein, in die eigene Körperlichkeit, wie er sich da vorbeugt, um eine Brotscheibe zu nehmen, wie seine Fingerknöchel das Gras streifen, selbst wie er zerstreut das Gewehr, einer Riesenkeule gleich, in der Luft wirbelt, wenn er den Zypressenweg entlanggeht, um sich mit den anderen Pionieren im Dorf zu treffen.

Er scheint ganz beiläufig zufrieden mit dieser kleinen Gruppe in der Villa, eine Art Wandelstern am Rande ihres Systems. Dies ist für ihn wie Urlaub nach dem Krieg aus Morast und Flüssen und Brücken. Er betritt das Haus nur, wenn man ihn ausdrücklich dazu auffordert, ein zögernder Besucher, so wie in jener ersten Nacht, als er Hanas stockenden Klavierklängen gefolgt und den zypressengesäumten Weg hinaufgegangen und in die Bibliothek gekommen war.

Er hatte sich der Villa in jener Gewitternacht nicht aus Neugier auf die Musik genähert, sondern wegen der Gefahr für den Klavierspieler. Das abziehende Heer hinterließ oft Bleistiftbomben in Musikinstrumenten. Zurückkehrende Besitzer öffneten den Klavierdeckel und verloren ihre Hände. Andere wollten das Pendel der Standuhr wieder zum Schwingen bringen, und schon sprengte eine Glasbombe die halbe Wand weg und jeden, der gerade in der Nähe stand.

Er ging mit Hardy der Klaviermusik nach, hastete die Anhöhe hinauf, kletterte über die Steinmauer und betrat die Villa. Solange keine Pause entstand, hieß das, daß der Spieler sich nicht vorneigte und das dünne Metallband herauszog, um das Metronom in Gang zu setzen. Die meisten Bleistiftbomben waren darin versteckt – der geeignetste Ort, um die feine Metallschicht senkrecht zu verlöten. Minen waren an Wasserhähnen befestigt, an Buchrücken, sie wurden in Obstbäume gebohrt, so daß ein Apfel, der auf einen unteren Ast fiel, den Baum explodieren ließ, ebenso wie eine Hand, die nach diesem Zweig griff. Er konnte kein Zimmer, keine Fläche draußen ansehen, ohne sich die Möglichkeit von Sprengkörpern zu vergegenwärtigen.

Er war an der Glastür stehengeblieben, hatte den Kopf an den Rahmen gelehnt, glitt dann in den Raum und verharrte im Dunkel, das nur die Blitze erhellten. Da stand ein Mädchen, das auf ihn zu warten schien, den Blick auf die Tasten gesenkt, die es gerade niederdrückte. Sein Blick registrierte, bevor er zum Mädchen kam, den Raum von oben bis unten, strich darüber hinweg wie ein Radarstrahl. Das Metronom tickte schon, unschuldig hin- und herschwingend. Es gab keine Gefahr, keinen winzigen Draht. Er stand da in seiner nassen Uniform, anfangs unbemerkt von der jungen Frau.

Neben seinem Zelt ist die Antenne eines Detektors bis in die Bäume hinaufgespannt. Sie kann das Phosphorgrün der Radioskala sehen, wenn sie nachts mit Caravaggios Fernglas hinüberblickt, sieht den sich bewegenden Körper des Pioniers, der es plötzlich ganz verdeckt, wenn er das Blickfeld kreuzt. Tagsüber hat er das komische Dings zum Herumtragen bei sich, nur die eine Hörklappe am Ohr, die zweite baumelt unterm Kinn, so daß er Laute vom Rest der Welt empfangen kann, die vielleicht wichtig für ihn sind. Er kommt gewöhnlich ins Haus, um Nachrichten weiterzugeben, die er aufgeschnappt hat und von denen er glaubt, sie könnten interessant für sie sein. An einem Nachmittag verkündet er, daß der Bandleader Glenn Miller gestorben ist, sein Flugzeug irgendwo zwischen England und Frankreich abgestürzt.

Und so bewegt er sich unter ihnen. Sie sieht ihn in der Ferne eines ehemaligen Gartens mit der Wünschelrute, und wenn er etwas gefunden hat, sieht sie ihn das Knäuel von Drähten und Zündschnüren entwirren, das ihm jemand hinterlassen hat, wie einen schrecklichen Brief.

Er wäscht sich ständig die Hände. Caravaggio glaubt zuerst, er sei pingelig. »Wie hast du bloß den Krieg überstanden?« lacht Caravaggio.

»Ich bin in Indien aufgewachsen, Onkel. Da wäscht man sich dauernd die Hände. Vor jedem Essen. Eine Gewohnheit. Ich bin im Pundschab geboren.«

»Ich bin aus dem nördlichsten Amerika«, sagt sie.

Er schläft halb im Zelt, halb draußen. Sie sieht, daß seine Hände die Hörklappen abstreifen und in den Schoß fallen lassen.

Dann setzt Hana das Fernglas ab und dreht sich weg.

Sie waren unter der mächtigen Kuppel. Der Sergeant zündete eine Leuchtfackel an, und der Pionier legte sich auf den Boden und schaute durch das Zielfernrohr des Gewehrs nach oben, schaute auf die ockerfarbenen Gesichter, als suche er in der Menge nach einem Bruder. Das Fadenkreuz strich zitternd an den biblischen Gestalten entlang, während das Licht die farbigen Gewänder und das Fleisch duschte, die im Laufe der Jahrhunderte vom Ruß von Öllampen und von Kerzenrauch dunkel geworden waren. Und nun dieser gelbe Gasrauch, von dem sie wußten, daß er ein Frevel war in dieser heiligen Stätte, und darum würden die Soldaten hinausgeworfen werden und in Erinnerung bleiben als Leute, die die gewährte Erlaubnis zum Besichtigen der Großen Halle mißbraucht hatten. Sie waren hierhergekommen, nachdem sie Brückenköpfe und tausend Scharmützel und die Bombardierung von Monte Cassino bewältigt hatten und dann in stiller Höflichkeit durch die Zimmerfluchten mit Raffaels Fresken geschritten waren, bis sie das hier erreichten, endlich, siebzehn Männer, die in Sizilien gelandet waren und sich ihren Weg vom Fußknöchel des Landes hochgekämpft hatten, um hier zu sein – wo man ihnen bloß eine fast dunkle Halle darbot. Als wäre die Anwesenheit an dieser Stätte schon genug.

Und einer von ihnen hatte gesagt: »Verdammt. Vielleicht mehr Licht, Sergeant Shand?« Und der Sergeant öffnete das Ventil der Leuchtfackel noch mehr und hielt sie mit ausgestrecktem Arm hoch, während ihr Lichtstrom sich von seiner Faust ergoß, und er blieb, solange sie brannte, in dieser Position stehen. Die anderen schauten zu den Gestalten und Gesichtern hoch, die sich an der Decke zusammendrängten und im Licht auftauchten. Aber der junge Pionier lag schon auf dem Rücken, das Gewehr im Anschlag, sein Blick berührte fast Noahs und Abrahams Bart und die Vielzahl der Dämonen, bis er das große Gesicht erreichte und ruhig wurde, dieses einem Speer gleichende Gesicht, weise, unversöhnlich.

Die Wächter am Eingang schrien, und er hörte die laufenden Füße, nur noch dreißig Sekunden Licht von der Leuchtfackel. Er wälzte sich herum und reichte das Gewehr dem Padre. »Der dort. Wer ist das? Bei drei Uhr Nordwest, wer ist es? Schnell, die Leuchtfackel geht gleich aus.«

Der Padre nahm das Gewehr in den Arm und schwenkte es zur Ecke hin, und das Licht versiegte.

Er gab dem jungen Sikh das Gewehr zurück.

»Ihnen ist doch klar, daß wir alle Schwierigkeiten bekommen wegen dieser militärischen Beleuchtung in der Sixtinischen Kapelle. Ich hätte nicht hierherkommen sollen. Dennoch muß ich mich auch bei Sergeant Shand bedanken, es war heldenhaft, was er getan hat. Vermutlich ist kein wirklicher Schaden entstanden.«

»Haben Sie es gesehen? Das Gesicht. Wer war das?«

»O ja, in der Tat ein großes Gesicht.«

»Sie haben es gesehen.«

»Ja. Jesaja.«

Als die Achte Armee Gabicce an der Ostküste erreichte, führte der Pionier die Nachtpatrouille an. In der zweiten Nacht erhielt er über Kurzwelle einen Funkspruch, daß es im Wasser Feindbewegung gebe. Die Patrouille schickte eine Granate hinaus, und das Wasser barst in einer Eruption, ein krasser Warnschuß. Sie hatten nichts getroffen, aber in dem weißen Schaum der Explosion erspähte er die dunklere Kontur von etwas, das sich bewegte. Er hob das Gewehr und hielt den treibenden Schatten eine volle Minute im Visier, entschloß sich dann, nicht zu schießen, um festzustellen, ob es in der Nähe weitere Bewegung gab. Der Feind lag immer noch nördlich in Stellung, in Rimini, am Rande der Stadt. Er hatte den Schatten im Visier, als plötzlich der Heiligenschein um den Kopf der Jungfrau Maria erstrahlte. Sie tauchte aus dem Meer auf.

Sie stand in einem Boot. Zwei Männer ruderten. Zwei andere Männer hielten sie aufrecht, und als sie den Strand erreichten, klatschten die Leute der Stadt aus ihren geöffneten dunklen Fenstern Beifall.

Der Pionier konnte das cremefarbene Gesicht sehen und den Heiligenschein aus Batterielämpchen. Er lag auf dem Betonbunker zwischen der Stadt und dem Meer, beobachtete sie, als die vier Männer aus dem Boot stiegen und die anderthalb Meter hohe Gipsstatue auf ihre Arme nahmen. Sie gingen den Strand hoch, ohne haltzumachen, ohne der Minen wegen zu zögern. Vielleicht hatten sie, als die Deutschen da waren, zugesehen, wie sie vergraben wurden, und sie verzeichnet. Ihre Füße sanken tief in den Sand. Gabicce Mare, am 29. Mai 1944. Seefest zu Ehren der Jungfrau Maria.

Erwachsene und Kinder waren auf den Straßen. Auch Musiker in Uniform waren erschienen. Die Kapelle würde nicht spielen und die Anordnungen der Ausgangssperre mißachten, aber die Instrumente waren immer noch Bestandteil der Zeremonie, makellos poliert.

Er glitt aus dem Dunkel, das Rohr des Granatwerfers auf den Rücken geschnallt, das Gewehr in den Händen. Mit seinem Turban und den Waffen jagte er ihnen einen Schrecken ein. Sie hatten nicht damit gerechnet, daß auch er aus dem Niemandsland des Strandes auftauchte.

Er hob das Gewehr und visierte ihr Gesicht an – alterslos, ohne Sexualität, im Vordergrund dunkle Männerhände, die in ihr Licht griffen, das freundliche Nicken der zwanzig Glühbirnchen. Die Figur trug einen blaßblauen Umhang, ihr linkes Knie war leicht angehoben, um den Faltenwurf anzudeuten.

Die Leute waren keine Schwärmer. Sie hatten die Faschisten überlebt, die Engländer, Gallier, Goten und die Deutschen. Sie waren so oft als Besitz betrachtet worden, daß es nichts bedeutete. Aber diese blaue und cremefarbene Gipsfigur war aus dem Meer gekommen, wurde auf einen blumengeschmückten Weinkarren plaziert, während die Kapelle schweigend vor ihr hermarschierte. Was immer für einen Schutz er dieser Stadt geben mochte, er war bedeutungslos. Er konnte nicht mit diesen Waffen zwischen ihren weißgekleideten Kindern gehen.

Er schlug die Straße südlich von ihnen ein und paßte sein Tempo der Bewegung der Statue an, so daß sie gleichzeitig die Querstraßen erreichten. Dort hob er das Gewehr, um ihr Gesicht erneut ins Visier zu bekommen. Alles endete auf einem Plateau mit Blick aufs Meer, wo sie die Madonna stehenließen und heimkehrten. Keiner von ihnen bemerkte seine stete Anwesenheit an der Peripherie.

Ihr Gesicht war noch erhellt. Die vier Männer, die sie mit dem Boot gebracht hatten, setzten sich wie Wachen im Karree um sie herum. Die Batterie, die man auf ihrem Rücken befestigt hatte, wurde schwächer und erlosch um halb fünf in der Frühe. Er warf einen Blick auf seine Uhr. Er schaute durch das Zielfernrohr auf die Männer. Zwei waren eingeschlafen. Er visierte daraufhin ihr Gesicht an und studierte es noch einmal. Der Ausdruck ohne die Beleuchtung um sie herum war jetzt anders. Ein Gesicht, das im Dunkeln mehr jemandem glich, den er kannte. Einer Schwester. Eines Tages einer Tochter. Wenn der Pionier sich von etwas hätte trennen können, er hätte dort etwas als persönliche Geste hinterlassen. Aber schließlich hatte er seinen eigenen Glauben.

Caravaggio betritt die Bibliothek. Er hat die meisten Nachmittage dort verbracht. Wie stets sind Bücher mystische Geschöpfe für ihn. Er greift sich eines heraus und öffnet es auf der Titelseite. Er ist schon etwa fünf Minuten im Raum, ehe er ein leichtes Stöhnen hört.

Er dreht sich um und sieht Hana, auf dem Sofa eingeschlafen. Er klappt das Buch zu und lehnt sich gegen den schenkelhohen Sims unter den Regalen. Sie liegt zusammengerollt da, die linke Wange ruht auf dem staubigen Brokat, und ihr rechter Arm ist zum Gesicht hochgezogen, die Faust am Kiefer. Ihre Augenbrauen zucken, das Gesicht ist konzentriert im Schlafen.

Als er sie zum erstenmal nach all der Zeit gesehen hatte, sah sie angespannt aus, hatte gerade so viel auf den Knochen, daß sie das Ganze durchhalten konnte. Ihr Körper war im Krieg gewesen, und wie in der Liebe war jeder Teil davon gebraucht worden.

Er mußte laut niesen, und als er aus der Bewegung seines nach unten geworfenen Kopfes hochschaute, war sie wach, die offenen Augen blickten genau auf ihn.

»Rate, wieviel Uhr es ist.«

»Etwa vier Uhr fünf. Nein, vier Uhr sieben«, sagte sie.

Es war ein altes Spiel zwischen einem Mann und einem Kind. Er schlüpfte aus dem Raum, um nach der Uhr zu sehen, und an seiner Bewegung und Selbstsicherheit konnte sie erkennen, daß er vor kurzem Morphium genommen hatte, erfrischt und klar war, die vertraute Zuversicht zeigte. Sie setzte sich auf und lächelte, als er zurückkam und den Kopf erstaunt schüttelte über ihre Exaktheit.

»Ich bin mit einer Sonnenuhr im Kopf geboren, nicht?«

»Und nachts?«

»Gibt es Monduhren? Ist je eine erfunden worden? Vielleicht versteckt jeder Architekt bei der Gestaltung einer Villa eine Monduhr für Diebe, quasi als unumstößlichen Zehnt.«

»Was zum Ängstigen für die Reichen.«

»Triff mich an der Monduhr, David. Da, wo das Schwache in das Starke eindringen kann.«

»Wie beim englischen Patienten und dir?«

»Ich hätte vor einem Jahr fast ein Kind bekommen.«

Jetzt, da sein Geist von der Droge leicht und hellsichtig ist, kann sie herumstromern, und er wird bei ihr sein, mit ihren Gedanken Schritt halten. Und sie ist offen, weiß gar nicht recht, daß sie wach ist, und redet, als spräche sie noch im Traum, als wäre sein Niesen ein Niesen im Traum gewesen.

Caravaggio kennt diesen Zustand. Er hat oft Leute bei der Monduhr getroffen. Sie um zwei Uhr nachts aufgestört, wenn versehentlich ein Kleiderschrank im Schlafzimmer zu Boden krachte. Solche schockartigen Erschütterungen hielten sie, wie er entdeckte, von Panik und Gewalttätigkeit ab. Wenn er von den Eigentümern des Hauses, das er gerade ausraubte, gestört wurde, klatschte er in die Hände und redete, was das Zeug hielt, warf dabei eine teure Uhr in die Luft und fing sie mit den Händen auf und stellte ihnen Fragen, wo was zu finden wäre.

»Ich habe das Kind verloren. Ich will sagen, ich mußte es verlieren. Der Vater war schon tot. Es war Krieg.«

»Warst du in Italien?«

»In Sizilien, damals, als das passierte. Die ganze Zeit, während wir hinter den Truppen die Adriaküste hochkamen, habe ich an das Kind gedacht. Ich habe dauernd mit ihm geredet. Ich habe geschuftet in den Lazaretts und mich von meiner Umwelt zurückgezogen. Aber nicht von dem Kind, mit dem ich alles teilte. Im Kopf. Ich habe zu ihm gesprochen, während ich Patienten wusch und versorgte. Ich war ein bißchen verrückt.«

»Und dann starb dein Vater.«

»Ja. Dann starb Patrick. Ich war in Pisa, als ich es hörte.«

Sie war hellwach. Saß aufgerichtet da.

»Du wußtest es, nicht?«

»Ich habe einen Brief von daheim gekriegt.«

»Bist du deshalb hierhergekommen, weil du es wußtest?«

»Nein.«

»Gut. Ich glaube nicht, daß er was von Totenwachen und dergleichen hielt. Patrick hat immer gesagt, er wünschte sich bei seinem Tod ein Duett von zwei Frauen auf Musikinstrumenten. Quetschkommode und Violine. Mehr nicht. Er war so schrecklich sentimental.«

»Ja. Man konnte ihn wirklich zu allem bringen. Da mußte nur eine Frau in Nöten aufkreuzen, und schon war er verloren.«

Der Wind erhob sich aus dem Tal, bis zu ihnen hinauf, so daß die Zypressen, die die sechsunddreißig Stufen vor der Kapelle säumten, mit ihm zu kämpfen hatten. Tropfen von einem früheren Regen stoben davon und platschten auf die beiden, die auf der Balustrade an der Treppe saßen. Es war lange nach Mitternacht. Sie lag auf dem Betonsims, und er ging auf und ab oder beugte sich vor, um ins Tal zu schauen. Nur das Geräusch des vertriebenen Regens.

»Wann hast du aufgehört, mit dem Kind zu reden?«

»Es wurde auf einmal alles zu hektisch. Truppeneinheiten zogen zur Moro-Brücke, um zu kämpfen, und dann nach Urbino. Vielleicht habe ich in Urbino aufgehört. Man bekam das Gefühl, man könnte jederzeit erschossen werden, nicht bloß, wenn man Soldat war, sondern auch als Priester oder Krankenschwester. Ein richtiges Labyrinth war das, die engen, abfallenden Straßen. Soldaten wurden eingeliefert, bloß noch mit Resten ihres Körpers, verliebten sich in mich für eine Stunde und starben dann. Es war wichtig, sich ihre Namen zu merken. Aber ich sah immer das Kind, wenn sie starben. Fortgespült wurden. Manche setzten sich auf und rissen sich die ganzen Verbände ab, versuchten, mehr Luft zu kriegen. Manche machten ein Trara wegen winziger Kratzer auf ihren Armen, wenn sie starben. Dann die aufsteigende Blase im Mund. Dieses leichte Plopp. Ich beugte mich vor, um einem toten Soldaten die Augen zu schließen, und er öffnete sie und höhnte: ›Kannst es nicht abwarten, bis ich krepiert bin? Du *Miststück!*‹ Er setzte sich auf und fegte alles von meinem Tablett runter. Stinkwütend. Wer wollte so sterben? Mit solchem Zorn. Du *Miststück!* Danach habe ich immer auf die

Blase in ihrem Mund gewartet. Ich kenne jetzt den Tod, David. Ich kenne alle Gerüche, ich weiß, wie man sie von unerträglichem Schmerz ablenkt. Wann man ihnen schnellstens einen Schuß Morphium in eine größere Ader setzt. Die Kochsalzlösung. Und wie man sie dazu bringt, ihren Darm zu entleeren, bevor sie sterben. Jeder verdammte General hätte meinen Job haben sollen. Jeder verdammte General. Es hätte die Vorbedingung sein müssen für jedes Überqueren eines Flusses. Wer zum Teufel waren wir denn, daß man uns diese Verantwortung aufhalste, von uns erwartete, so weise wie alte Priester zu sein, zu wissen, wie man Leute zu etwas hinführt, das niemand wollte, und es irgendwie zu schaffen, daß die sich getröstet fühlen. Ich habe nie was von den Zeremonien gehalten, die man für die Sterbenden parat hatte. Diese primitive Rhetorik. Wie können sie es wagen! Wie können sie es wagen, so über das Sterben eines Menschen zu reden.«

Es gab kein Licht, die Lampen gelöscht, der Himmel weithin wolkenverhangen. Es war sicherer, nicht die Aufmerksamkeit auf die Zivilisation eines vorhandenen Heims zu lenken. Sie waren es gewohnt, im Dunkel über die Anlage der Villa zu gehen.

»Weißt du, warum die Armee nicht wollte, daß du hierbleibst, bei dem englischen Patienten? Ja?«

»Eine peinliche Ehe? Mein Vaterkomplex?« Sie lächelte ihn an.

»Wie geht's dem alten Kerl?«

»Er kann sich immer noch nicht über den Hund einkriegen.«

»Sag ihm, der ist mit mir gekommen.«

»Er ist auch nicht wirklich überzeugt, daß du hierbleibst. Meint, du könntest mit dem Porzellan abhauen.«

»Glaubst du, er hätte gern etwas Wein? Ich habe heute eine Flasche organisieren können.«

»Woher?«

»Willst du sie oder nicht?«

»Trinken wir sie doch jetzt. Vergessen wir ihn.«

»Ah, der Durchbruch!«

»*Kein* Durchbruch. Ich brauche dringend was Anständiges zum Trinken.«

»Zwanzig Jahre alt. Als ich zwanzig war...«

»Ja, ja, warum organisierst du nicht mal einen Plattenspieler. Übrigens nennt man das, glaube ich, plündern.«

»Mein Land hat mir das alles beigebracht. Genau das habe ich für sie im Krieg gemacht.«

Er ging durch die zerbombte Kapelle ins Haus.

Hana setzte sich auf, etwas benommen, aus der Fassung gebracht. »Und schau nur, was sie aus dir gemacht haben«, sagte sie zu sich.

Selbst mit den Kollegen, mit denen sie im Krieg eng zusammenarbeitete, sprach sie kaum. Sie brauchte einen Onkel, ein Mitglied der Familie. Sie brauchte den Vater des Kindes, während sie in diesem Bergstädtchen darauf wartete, sich zum erstenmal nach Jahren zu betrinken, während da oben ein verbrannter Mann in seinen vierstündigen Schlaf gefallen war und ein alter Freund ihres Vaters gerade ihren Arzneikasten durchwühlte, das Glasröhrchen zerbrach und einen Schnürsenkel um seinen Arm band, um sich das Morphium zu injizieren, in der Zeit, die er brauchte, um sich umzudrehen.

Nachts, in den Bergen um sie herum, ist selbst um zehn Uhr nur die Erde schwarz. Klarer grauer Himmel und die grünen Berge.

»Ich hatte dieses Hungern satt. Satt, immer nur angegiert zu werden. Und darum war Schluß mit Verabredungen, Jeepfahrten, Flirts. Den letzten Tänzen, bevor sie starben – man hielt mich für snobistisch. Ich habe härter als andere gearbeitet. Zwei Schichten hintereinander, unter Feuerbeschuß, hab alles für sie getan, jede Bettpfanne geleert. Ich wurde zum Snob, weil ich nicht ausgehen und ihr Geld ausgeben wollte. Ich wollte heim, und da war niemand. Und ich hatte Europa satt. Satt, wie Gold behandelt zu werden, weil ich eine Frau war. Ich habe einem Mann gezeigt, daß ich ihn mochte, und er starb, und das Kind starb. Ich will sagen, das Kind starb nicht einfach, ich war es, die es umbrachte. Danach bin ich so weit zurückgewichen, daß niemand an mich herankonnte. Nicht mit diesem Gerede vom Snob. Nicht mit dem Tod von jemandem. Dann habe ich ihn getroffen, den schwarz verbrannten Mann. Der sich, bei nahem, als Engländer herausstellte.

Es ist schon lange her, David, daß ich daran gedacht habe, etwas mit einem Mann anzufangen.«

Nachdem sich der Sikh-Pionier eine Woche lang bei der Villa aufgehalten hatte, paßten sie sich seinen Eßgewohnheiten an. Wo immer er war – auf dem Hügel oder im Dorf –, um halb eins kehrte er zurück und gesellte sich zu Hana und Caravaggio, zog das schmale Bündel eines blauen Taschentuchs aus seine Schultertasche und entfaltete es auf dem Tisch neben ihrer Mahlzeit. Seine Zwiebeln und seine Kräuter – die er, so Caravaggios Vermutung, aus dem Franziskaner-Garten holte, während er dort nach Minen suchte. Er schälte die Zwiebeln mit demselben Messer, das er benutzte, um Gummi von einer Zündschnur abzuziehen. Danach folgte Obst. Caravaggio vermutete, er habe es während des ganzen Einmarsches geschafft, kein einziges Mal in der Feldküche zu essen.

Tatsächlich hatte er immer pflichtbewußt bei Tagesanbruch angestanden, seine Tasse hingehalten für den englischen Tee, den er liebte, und seine eigene Kondensmilch hinzugefügt. Er trank bedächtig, während er im Sonnenlicht dastand, um das langsame Hin und Her der Mannschaften zu beobachten, die, wenn sie den Tag über in Stellung blieben, bereits um neun Kanasta spielten.

Jetzt, in der Morgendämmerung, unter den Baumruinen in den halbzerbombten Gärten der Villa Girolamo, nimmt er ein Mundvoll Wasser aus der Feldflasche. Er streut Zahnpulver auf die Zahnbürste und beginnt eine zehnminütige Runde lustlosen Bürstens, während er umherläuft und hinunterschaut ins Tal, das noch im Dunst begraben ist, eher neugierig als von Ehrfurcht ergriffen bei dem Panorama, oberhalb dessen er zufällig wohnt. Das Zähnebürsten ist seit seiner Kindheit stets eine im Freien ausgeübte Tätigkeit gewesen.

Die Landschaft um ihn herum ist nur etwas Vorübergehendes, nichts von Dauer. Er konstatiert einfach die Möglichkeit von Regen, einen bestimmten Duft, der von einem Strauch kommt. Als wäre sein Geist, selbst bei Untätigkeit, ein Zielradar, so orten seine Augen die Choreographie unbelebter Objekte im Umkreis von etwa vierhundert Metern, was dem tödlichen Radius von Handwaffen entspricht. Er beäugt die beiden Zwiebeln, die er vorsichtig aus der Erde gezogen hat, da er weiß, auch Gärten sind von zurückweichenden Heerestruppen vermint worden.

Beim Mittagessen Caravaggios onkelhafter Blick zu den Dingen auf dem blauen Taschentuch. Vielleicht existiert ja ein seltenes Tier, denkt Caravaggio, das das gleiche ißt wie dieser junge Soldat, der mit den Fingern seiner rechten Hand die Nahrung zum Mund führt. Er gebraucht das Messer nur, um die Zwiebel zu schälen, um eine Frucht aufzuschneiden.

Die beiden Männer machen mit dem Karren eine Tour ins Tal hinab, um einen Sack Mehl zu holen. Auch muß der Soldat die Pläne von den entminten Bereichen an das Hauptquartier in San Domenico abliefern. Da es ihnen schwerfällt, sich gegenseitig Fragen zu stellen, reden sie über Hana. Viele Fragen, bevor der ältere Mann zugibt, daß er Hana schon vor dem Krieg gekannt hat.

»In Kanada?«

»Ja, dort habe ich sie kennengelernt.«

Sie passieren zahlreiche Feuer am Straßenrand, und Caravaggio lenkt die Aufmerksamkeit des jungen Soldaten darauf. Der Spitzname des Pioniers ist Kip. »Holt Kip.« »Hier kommt Kip.« Der Name war ihm auf kuriose Art zugeflogen. In seinem ersten Bericht über das Entschärfen einer Bombe in England war Butter auf sein Papier geraten, und der Offizier hatte ausgerufen: »Was ist denn das? Kipperfett?«, und Gelächter hatte ihn umgeben. Er hatte keine Ahnung, was ein Kipper war, aber der junge Sikh war so zu einem gesalzenen englischen Fisch geworden. Innerhalb einer Woche war sein richtiger Name Kirpal Singh vergessen. Ihm hatte das nichts ausgemacht. Lord Suffolk und seine Sprengmannschaft gewöhnten sich daran, ihn bei seinem Spitznamen zu rufen, was er lieber hatte als die englische Angewohnheit, jemanden beim Nachnamen anzureden.

In diesem Sommer trug der englische Patient eine Hörhilfe, so daß er empfänglich war für alles im Haus. Die Bernstein-Muschel hing ihm im Ohr und übertrug Zufallsgeräusche – wie der Stuhl in der Halle über den Boden scharrte, das Kratzen von Hundepfoten vor seiner Tür, und dann stellte er die Lautstärke höher und konnte sogar des Köters verdammtes Keuchen hören, oder er hörte das Rufen des Pioniers auf der Terrasse. So hatte der englische Patient wenige Tage nach Ankunft des jungen Soldaten dessen Dasein um das Haus herum bemerkt, obwohl Hana sie nicht zusammenbrachte, da sie meinte, sie würden einander wahrscheinlich nicht mögen.

Aber als sie eines Tages das Zimmer des Engländers betrat, traf sie dort den Pionier an. Er stand am Fußende des Bettes, ließ die Arme über das Gewehr hängen, das auf seinen Schultern ruhte. Sie hatte etwas gegen diesen lässigen Umgang mit dem Gewehr, gegen das träge Herumdrehen bei ihrem Eintritt, als wäre sein Körper eine Radachse, als wäre seine Waffe an seine Schultern und Arme festgenäht, wie auch an seine schmalen, braunen Handgelenke.

Der Engländer wandte sich ihr zu und sagte: »Wir verstehen uns ganz prächtig!«

Es ärgerte sie, daß der Pionier so beiläufig in diese Domäne hineinspaziert war und sie offensichtlich einzukreisen verstand, überall war. Nachdem Kip von Caravaggio erfahren hatte, daß der Patient sich mit Waffen auskannte, hatte er begonnen, mit dem Engländer über das Bombensuchen zu fachsimpeln. Er war in das Zimmer hochgekommen und entdeckte ihn als wahre Quelle an Informationen über die Waffen der Alliierten und der Feinde. Der Engländer wußte nicht nur Bescheid über die absurden italienischen Zünder, sondern auch über die genaue Topographie dieser Region, der Toskana. Bald schon zeichneten sie Bombenumrisse füreinander und diskutierten die Theorie spezifischer Schaltkreise.

»Die italienischen Zünder scheinen vertikal installiert zu werden. Und nicht immer am unteren Ende.«

»Das hängt ganz davon ab. Bei den in Neapel hergestellten

trifft das zu, aber die Fabriken in Rom folgen dem deutschen System. Ist klar, Neapel, das bis ins fünfzehnte Jahrhundert zurückgeht...«

Es hieß, dem weitschweifigen Reden des Patienten zuzuhören, und der junge Soldat war es nicht gewohnt, reglos und stumm dazusitzen. Er wurde unruhig und unterbrach das Schweigen und die Pausen, die der Engländer sich immer wieder gönnte, um den Gedankengang anzuspornen. Der Soldat warf den Kopf zurück und blickte zur Decke.

»Wir sollten unbedingt einen Gurt machen«, dachte der Soldat laut, wobei er sich Hana zuwandte, die eintrat, »und ihn im Haus herumtragen.« Sie schaute beide an, zuckte mit den Schultern und ging aus dem Zimmer.

Als Caravaggio in der Halle an ihr vorbeikam, lächelte sie. Sie blieben dort stehen und lauschten dem Gespräch im Zimmer.

Habe ich Ihnen meine Auffassung vom Vergilschen Menschen dargelegt, Kip? Lassen Sie mich...

Ist das Hörgerät an?

Was?

Stellen Sie es –

»Ich glaube, er hat einen Freund gefunden«, sagte sie zu Caravaggio.

Sie spaziert hinaus ins Sonnenlicht und in den Hof. Mittags kommt in den Brunnen der Villa Wasser aus den Hähnen, und zwanzig Minuten lang sprudelt es heraus. Sie zieht die Schuhe aus, steigt in das trockene Becken und wartet.

Um diese Stunde ist der Geruch von Heu überall. Schmeißfliegen taumeln in der Luft und stoßen mit Menschen zusammen, als knallten sie gegen eine Wand, drehen dann gleichgültig ab. Sie nimmt wahr, wo Wasserspinnen sich unterhalb der oberen Brunnenschale eingenistet haben, ihr Gesicht ist im Schatten des Vorsprungs. Sie sitzt gern in dieser Wiege aus Stein, der Geruch von kühler und dunkler verborgener Luft dringt aus dem noch leeren Speirohr heraus wie Luft aus einem Kellergeschoß, das zum erstenmal im Spätfrühling geöffnet wird, so daß die Wärme draußen einen Gegensatz bildet. Sie streift sich den Staub von Armen und Zehen, fährt über die Druckstellen der Schuhe und streckt sich.

Zu viele Männer im Haus. Ihr Mund schmiegt sich an ihren nackten Arm oben an der Schulter. Sie riecht ihre Haut, deren Vertrautheit. Den eigenen Geschmack und das eigene Aroma. Sie erinnert sich, wie sie sich deren zum erstenmal bewußt wurde, als sie irgendwann im Teenageralter – was eher ein Ort denn eine Zeit zu sein schien – ihren Unterarm küßte, um sich im Küssen zu üben, an ihrem Handgelenk roch oder sich zum Schenkel hinunterbeugte. Sie atmete in ihre hohlen Hände, damit der Atem zu ihrer Nase zurückflutete. Sie reibt sich jetzt die nackten weißen Füße an der scheckigen Farbe des Brunnens. Der Pionier hat ihr von Statuen erzählt, auf die er während der Kämpfe zufällig gestoßen ist, wie er neben einer geschlafen hat, einem trauernden Engel, halb Mann, halb Frau, den er wunderschön fand. Er hatte sich zurückgelehnt, den Körper betrachtet und zum erstenmal im Krieg Ruhe empfunden.

Sie riecht den Stein, seinen kühlen Mottengeruch.

Mußte sich ihr Vater im Sterben quälen, oder ist er friedlich gestorben? Hat er so wie der englische Patient, in erhabener Ruhe, auf seiner Bettstatt gelegen? Hat ihn ein Fremder gepflegt? Jemand, der nicht blutsverwandt ist, kann stärker in Gefühle eindringen als einer der eigenen Familie. Als würde man, wenn man sich in die Arme eines Fremden fallen läßt, den selbstgewählten Spiegel entdecken. Anders als der Pionier hatte ihr Vater sich nie ganz wohl in der Welt gefühlt. Beim Sprechen gingen ihm aus Schüchternheit Silben verloren. In Patricks Sätzen, hatte ihre Mutter geklagt, verlor man immer zwei oder drei entscheidende Wörter. Aber Hana mochte das an ihm, nichts Feudales strahlte von ihm aus. Er hatte etwas Unbestimmtes, Unsicheres, was ihm zaghaften Charme verlieh. Er war anders als die meisten Männer. Selbst der verwundete englische Patient zeigte die leutselige Entschlossenheit alles Feudalen. Ihr Vater aber war ein hungriger Geist, der es gern hatte, wenn die um ihn herum selbstbewußt, sogar rauhbeinig waren.

Ging er auf den Tod mit derselben Nonchalance zu, als handelte es sich bloß um einen kleinen Unfall? Oder war er voll Zorn? Er war der am wenigsten zornige Mensch, den sie kannte, dem Streit zuwider war und der einfach den Raum verließ, wenn jemand schlecht von Roosevelt oder Tim Buck sprach oder gewisse Bürgermeister von Toronto pries. Er hatte nie in seinem Leben versucht, jemanden zu bekehren, hatte nur die Ereignisse, die in seiner Nähe passierten, in Watte gepackt oder gefeiert. Das war alles. Der Roman ist ein Spiegel, der sich auf einer großen Straße ergeht. Sie hatte das in einem der Bücher gelesen, die der englische Patient empfahl, und so erinnerte sie sich an ihren Vater – wann immer sie die Augenblicke mit ihm sammelte –, wie er das Auto unter einer bestimmten Brücke in Toronto nördlich der Pottery Road um Mitternacht anhielt und ihr sagte, daß sich hier nachts Stare und Tauben ziemlich ungemütlich und nicht so recht glücklich die Sparren teilen mußten. Und so hatten sie dort in einer Sommernacht haltgemacht und die Köpfe hinausgelehnt in das Spektakel von Lärm und schläfrigem Gezwitscher.

Ich habe gehört, Patrick ist in einem Taubenschlag gestorben, sagte Caravaggio.

Ihr Vater liebte eine Stadt eigener Erfindung, deren Straßen und Mauern und Grenzen er und seine Freunde sich ausgemalt hatten. Aus dieser Welt war er nie wirklich herausgekommen. Ihr wurde klar, daß sie alles, was sie über die reale Welt wußte, selbständig gelernt hatte oder von Caravaggio oder, in der Zeit, als sie zusammenwohnten, von ihrer Stiefmutter Clara. Clara, die einmal Schauspielerin gewesen war, die sich deutlich Ausdrückende, die Wut ausgedrückt hatte, als sie alle in den Krieg gegangen waren. Das ganze letzte Jahr in Italien hat sie Claras Briefe bei sich gehabt. Briefe, von denen sie weiß, daß sie auf einem rosafarbenen Felsen auf einer Insel in der Georgian Bay geschrieben wurden, geschrieben bei einem Wind, der übers Wasser wehte und das Papier in ihrem Notizbuch kräuselte, bevor sie schließlich die Seiten herausriß und in einen Umschlag an Hana steckte. Sie hat die Briefe in ihrem Koffer herumgetragen, jeder enthielt einen Splitter rosafarbenen Felsgesteins und jenen Wind. Aber sie hat nie auf die Briefe geantwortet. Sie hat Clara schmerzlich vermißt, kann ihr aber nicht schreiben, jetzt, nach allem, was ihr passiert ist. Sie kann es nicht ertragen, über Patricks Tod zu sprechen oder ihn auch nur wahrzuhaben.

Und nun, auf diesem Kontinent, mit einem Krieg, der sich verzogen hat, sind die Nonnenklöster und Kirchen, die für kurze Zeit als Lazarette gedient haben, vereinsamt, abgeschnitten in den Bergen der Toskana und Umbriens. Sie bewahren die Überreste der Kriegsgesellschaften, kleine Moränen, die von einem Riesengletscher zurückgelassen wurden. Um sie herum ist nun der heilige Wald.

Sie steckt die Füße unter ihr dünnes Kleid und läßt die Arme auf den Schenkeln ruhen. Alles ist friedlich. Sie hört das vertraute dumpfe Gurgeln des Wassers, unruhig in der Leitung, die in der Mittelsäule des Brunnens verlegt ist. Dann Stille. Dann plötzlich ein Brausen, als das Wasser herangestürzt kommt und sich um sie ergießt.

Die Geschichten, die Hana dem englischen Patienten vorgelesen hat, bei denen sie mit dem alten Wanderer in *Kim* oder mit Fabrizio in der *Kartause von Parma* umherzogen, hatten sie beide erregt in einem Wirbel von Heeren und Pferden und Wagen – solchen, die vom Krieg weg oder zum Krieg hin eilten. Aufgestapelt in einer Ecke seines Schlafzimmers waren andere Bücher, die sie ihm vorgelesen hatte und durch deren Landschaften sie bereits gewandert waren.

Am Anfang vieler Bücher verspricht der Autor Ordnung. Man glitt in ihr Gewässer mit ruhigem Paddel.

> *Ich beginne mein Werk zu der Zeit, als Servius Galba Konsul war ... Die geschichtlichen Darstellungen von Tiberius, Caligula, Claudius und Nero wurden, während sie an der Macht waren, durch Schrecken verfälscht und nach ihrem Tod mit neuem Haß verfaßt.*

So begann Tacitus seine *Annalen*.

Aber Romane fingen mit Zögern oder Chaos an. Leser wußten nie recht, woran sie waren. Eine Tür ein Schloß ein Wehr öffnete sich, und sie stürzten hindurch, in der einen Hand einen Butterfisch, in der anderen einen Hut.

Wenn sie ein Buch beginnt, betritt sie durch Säuleneingänge große Innenhöfe. Parma und Paris und Indien breiten ihre Teppiche aus.

> *Er saß, allen behördlichen Anordnungen trotzend, rittlings auf der Kanone Zam-Zammah auf ihrem Ziegelsokkel gegenüber dem alten Ajaib-Gher – dem Wunder-Haus, wie die Eingeborenen das Museum von Lahore nennen. Wer Zam-Zammah besitzt, jenen »feuerspeienden Drachen«, der besitzt den Pandschab, denn das große Geschütz aus grüner Bronze ist immer wichtigstes Beutestück des Eroberers.*

»Lesen Sie ihn langsam, Mädchen, Sie müssen Kipling langsam lesen. Achten Sie genau darauf, wo die Kommas hinkommen, damit Sie die natürlichen Pausen herausfinden. Er ist ein Schriftsteller, der Tinte und Papier benutzt hat. Vermutlich hat er recht oft von einer Seite aufgeschaut, durchs Fenster geblickt und den Vögeln gelauscht wie viele Schriftsteller, die allein sind. Manche kennen die Namen der Vögel nicht, doch er schon. Ihr Auge ist zu schnell und nordamerikanisch. Denken Sie an die Geschwindigkeit seiner Feder. Was wäre das sonst für ein entsetzliches Tentakelungetüm von einem ersten Absatz.«

Das war die erste Lektion des englischen Patienten über das Lesen. Er unterbrach nicht wieder. Wenn er dabei einschlief, las sie weiter, ohne je aufzuschauen, bis sie selbst müde wurde. Wenn er die letzte halbe Stunde der Handlung verpaßt hatte, wäre bloß ein Zimmer dunkel in einer Geschichte, die er wahrscheinlich schon kannte. Er war vertraut mit der Landkarte dieser Geschichte. Da war Benares im Osten und Chilianwallah im Norden des Pandschab. (All das spielte sich ab, bevor der Pionier in ihrer beider Leben trat, als käme er aus diesem Roman. Als wären die Seiten Kiplings in der Nacht wie eine Wunderlampe gerieben worden. Eine Zauberdroge.)

Sie hatte sich nach dem Ende von *Kim* mit seinen feingesponnenen, frommen Sätzen – und der jetzt klaren Sprache – das Notizbuch des Patienten genommen, das ihm aus dem Feuer zu retten irgendwie geglückt war. Das Notizbuch spreizte sich, fast doppelt so dick wie ursprünglich.

Da war ein dünnes Blatt aus der Bibel, es war herausgerissen und in den Text eingeklebt.

Und da der König David alt war und wohl betagt, konnte er nicht warm werden, ob man ihn gleich mit Kleidern bedeckte.

Da sprachen seine Knechte zu ihm: Laßt sie meinem Herrn, dem König, eine Dirne, eine Jungfrau, suchen, die vor dem König stehe und sein pflege und schlafe in seinen Armen und wärme meinen Herrn, den König.

Und sie suchten eine schöne Dirne im ganzen Gebiet Israels und fanden Abisag von Sunem und brachten sie dem König.

Und sie war eine sehr schöne Dirne und pflegte des Königs und diente ihm. Aber der König erkannte sie nicht.

Der ...Stamm, der den verbrannten Piloten gerettet hatte, brachte ihn 1944 zum britischen Stützpunkt in Siwa. Er wurde im mitternächtlichen Sanitätszug von der Westküste nach Tunis transportiert, dann nach Italien verschifft. Zu diesem Zeitpunkt des Krieges gab es Hunderte von Soldaten, die sich selbst verlorengegangen waren, eher unschuldig als unredlich. Jene, die behaupteten, sich ihrer Nationalität unsicher zu sein, wurden in den Lagern in Tirrenia untergebracht, wo das See-Lazarett war. Der verbrannte Pilot war ein weiteres Rätsel, keine Ausweispapiere, unkenntlich. In dem nahe gelegenen Straflager verwahrten sie den amerikanischen Dichter Ezra Pound in einem Eisenkäfig, wo er einen Eukalyptuszapfen, den er bei seiner Verhaftung aus dem Garten des Verräters heruntergebogen und abgerissen hatte, täglich an einer anderen Stelle des Körpers oder der Taschen versteckt hielt, als Bild der eigenen Sicherheit. *»Eukalyptus, das ist fürs Erinnern.«*

»Sie sollten versuchen, mich reinzulegen«, riet der verbrannte Pilot dem Vernehmungsoffizier, »mich deutsch reden lassen, was ich übrigens kann, mich über Don Bradman ausfragen. Mich ausfragen über Marmite, die große Gertrude Jekyll.« Er wußte, wo jeder einzelne Giotto in Europa war, und kannte die meisten Orte, in denen man überzeugende Trompe-l'œils finden konnte.

Das See-Lazarett war aus den Kabinen am Strand entstanden, die um die Jahrhundertwende Touristen gemietet hatten. Wenn es heiß war, wurden die alten Campari-Sonnenschirme erneut in ihre Tischsockel gesteckt, und die Bandagierten und Verwundeten und die, die schon fast im Koma waren, saßen dann darunter in der Seeluft und sprachen langsam oder starrten vor sich hin oder redeten pausenlos. Der Verbrannte bemerkte die junge Krankenschwester, die sich von den anderen absonderte. Er war vertraut mit solch einem erloschenen Blick, wußte, daß sie mehr Patientin als Krankenschwester war. Er sprach nur mit ihr, wenn er etwas brauchte.

Er wurde wieder vernommen. Alles an ihm war sehr englisch, bis auf seine teerschwarze Haut, eine Torfleiche aus der Vorzeit zwischen Vernehmungsoffizieren.

Sie fragten ihn, wo die Alliierten in Italien stünden, und er sagte, vermutlich hätten sie Florenz eingenommen, seien aber durch die weiter nördlich gelegenen Bergstädtchen aufgehalten worden. Die Gotische Linie. »Ihre Division sitzt in Florenz fest und kann zum Beispiel nicht die Stützpunkte wie Prato und Fiesole passieren, weil die Deutschen sich in Villen und Klöster einquartiert haben, und das sind hervorragende Verteidigungsanlagen. Es ist eine alte Geschichte – die Kreuzfahrer machten den gleichen Fehler gegenüber den Sarazenen. Und wie die brauchen Sie jetzt diese Festungsstädte. Sie sind nie aufgegeben worden, außer in Zeiten der Cholera.«

Er hatte drauflosgeredet, machte sie verrückt, da er sie im ungewissen ließ, ob er Verräter oder Verbündeter war, wer denn überhaupt.

Jetzt, Monate später, in der Villa San Girolamo, in dem Bergstädtchen nördlich von Florenz, im Laubenzimmer, das sein Schlafzimmer ist, ruht er wie die Skulptur des toten Ritters in Ravenna. Er spricht in Bruchstücken über Oasenstädte, die späten Medici, Kiplings Prosastil, über die Frau, die ihm ins Fleisch biß. Und in seinem Notizbuch, seiner Ausgabe von Herodots *Historien* von 1890, sind weitere Bruchstücke – Karten, Tagebucheinträge, Artikel in vielen Sprachen, Absätze, die er aus anderen Büchern ausgeschnitten hat. Das einzige, was fehlt, ist sein eigener Name. Es gibt noch immer keinen Hinweis, wer er eigentlich ist, namenlos, ohne Dienstgrad oder Bataillon oder Schwadron. Alles in seinem Notizbuch bezieht sich auf die Wüsten Ägyptens und Libyens in den dreißiger Jahren, hinzu kommen Hinweise auf Kunst in Höhlen oder in Galerien und auf Zeitungsnotizen –

in seiner eigenen winzigen Schrift. »Es finden sich keine Brünetten«, sagt der englische Patient zu Hana, als sie sich über ihn beugt, »bei den florentinischen Madonnen.«

Das Notizbuch ist in seinen Händen. Sie nimmt es fort von dem schlafenden Körper und legt es geöffnet auf den Nachttisch. Sie steht da, schaut hinein und liest. Sie nimmt sich vor, die Seite nicht umzuwenden.

Mai 1936.

Ich lese Ihnen ein Gedicht vor, hatte Cliftons Frau gesagt, mit ihrer unpersönlichen Stimme, so wie einem die Frau selbst vorkommen muß, außer man kennt sie sehr gut. Wir waren alle auf dem südlichen Lagerplatz, im Schein des Feuers.

> *Ich ging in der Wüste.*
> *Und ich schrie:*
> *»Ach, mein Gott, nimm mich von diesem Ort!«*
> *Eine Stimme sagte: »Das ist keine Wüste.«*
> *Ich schrie: »Aber –*
> *Der Sand, die Hitze, der freie Horizont.«*
> *Eine Stimme sagte: »Das ist keine Wüste.«*

Niemand sagte etwas.

Sie sagte, das ist von Stephen Crane, er kam nie in die Wüste.

Er kam in die Wüste, sagte Madox.

Juli 1936.

Es gibt den Verrat im Krieg, der kindlich ist, verglichen mit unserem menschlichen Verrat im Frieden. Der neue Geliebte dringt in die Gewohnheiten des anderen ein. Dinge werden zertrümmert, in neuem Licht enthüllt. Das geschieht mit nervösen oder zärtlichen Sätzen, obwohl das Herz ein Feuerorgan ist.

Eine Liebesgeschichte handelt nicht von denen, die ihr Herz verlieren, sondern von denen, die diesen mürrischen Bewohner finden, der, wenn man zufällig auf ihn stößt, meint, den Körper kann niemand und nichts austricksen – weder die Weisheit des Schlafens noch die Gewohnheit gesellschaftlicher Manieren. Es ist ein Zerstören seiner selbst und der Vergangenheit.

Es ist fast dunkel in dem grünen Zimmer. Hana wendet sich ab und merkt, daß der Nacken vom Ruhighalten steif geworden ist. Sie war ganz konzentriert, eingetaucht in die Kritzelschrift in seinem dickblättrigen See-Buch von Karten und Texten. Sogar ein kleiner Farn ist dort eingeklebt. Die *Historien.* Sie macht das Notizbuch nicht zu, hat es nicht berührt, seit es auf dem Nachttisch liegt. Sie entfernt sich.

Kip war auf dem Gelände nördlich der Villa, als er die große Mine entdeckte, sein Fuß – fast schon auf dem grünen Draht, beim Durchqueren des Obstgartens – drehte ruckartig ab, so daß er sein Gleichgewicht verlor und auf den Knien landete. Er hob den Draht, bis er straff war, ging ihm dann nach, im Zickzack zwischen den Bäumen hindurch.

Er setzte sich neben die Stelle, wo die Mine verlegt war, die Segeltuchtasche hatte er auf dem Schoß. Die Mine schockierte ihn. Sie hatten sie mit Zement bedeckt. Sie hatten die Munition dort deponiert und mit nassem Zement übergossen, um ihren Mechanismus zu verbergen und ihre Sprengkraft. Knapp vier Meter entfernt stand ein kahler Baum. Ein anderer etwa zehn Meter entfernt. Gras von zwei Monaten war über den Zementklumpen gewachsen.

Er öffnete die Tasche und schnitt mit einer Schere das Gras weg. Er legte eine kleine Hängematte aus Seil um den Zementklumpen, und nachdem er einen Flaschenzug am Ast des nahen Baums angebracht hatte, hob er das Ganze langsam in die Luft. Zwei Drähte führten vom Zementklumpen zur Erde. Er setzte sich hin, lehnte sich an den Baum und betrachtete ihn. Schnelligkeit spielte jetzt keine Rolle. Er zog den Detektor aus der Tasche und stülpte sich die Hörklappen über. Bald schon berieselte ihn das Radio mit amerikanischer Musik vom Sender AIF. Zweieinhalb Minuten im Durchschnitt für jedes Lied oder Tanzstück. Er konnte sich an Melodien entlang zurückhangeln, *A String of Pearls*, *C-Jam-Blues* und andere, wollte er herausfinden, wie lange er dort gewesen war, unterschwellig nahm er die Hintergrundmusik auf.

Geräusche spielten keine Rolle. Es würde bei dieser Art Mine kein schwaches Ticken oder Klicken geben, um Gefahr zu signalisieren. Die Ablenkung durch die Musik verhalf ihm zu klarerem Denken, zu möglichen Bauformen der Mine, zu der Persönlichkeit, die die labyrinthische Stadt angelegt und darüber dann nassen Zement gegossen hatte.

Das Straffen des Zementklumpens in der Luft – er hatte ihn mit einem zweiten Seil festgezurrt – bedeutete, daß die beiden Drähte nicht abreißen würden, gleichgültig, wie heftig er sie in Angriff nahm. Er stand auf und begann, die verkleidete Minenbombe leicht mit dem Meißel zu bearbeiten, blies lose Körnchen mit dem Mund weg und benutzte einen Fächerpinsel, bröckelte weiteren Zement ab. Er unterbrach sein konzentriertes Tun nur, wenn die Musik der Wellenlänge entglitt und er die Sendestation richtig einstellen mußte, um die Swingmelodien wieder deutlich erklingen zu lassen. Sehr langsam brachte er eine Reihe von Drähten ans Licht. Es gab sechs wirr durcheinanderliegende Drähte, zusammengekoppelt, und alle waren schwarz gestrichen.

Er wischte den Staub von dem Schaltbrett, auf dem die Drähte lagen.

Sechs schwarze Drähte. Als er klein war, hatte sein Vater seine Finger so zusammengebündelt, daß nur die Spitzen aus der Umklammerung herausschauten, und ihn raten lassen, welches der lange Finger war. Sein eigener kleiner Finger berührte den gewählten, und die Hand des Vaters entfaltete sich, blühte auf, um dem Jungen den Fehler zu zeigen. Man konnte natürlich einen roten Draht negativ polen. Aber dieser Gegner hatte nicht nur das Ganze einzementiert, sondern auch alle in Frage kommenden Drähte schwarz gestrichen. Kip wurde in einen Strudel der Erregung hineingerissen. Mit dem Messer begann er, die Farbe abzukratzen, und Rot, Blau, Grün kam zum Vorschein. Würde sein Gegner diese auch geschaltet haben? Er müßte mit schwarzem Draht eine eigene Umleitung herstellen, wie eine Mäanderabschnürung, und dann die Schleife auf positive oder negative Ladung hin prüfen. Danach würde er sie auf Spannungsverlust kontrollieren und wissen, wo die Gefahr lag.

Hana trug einen langen Spiegel vor sich her durch die Halle. Gelegentlich blieb sie stehen, weil er so schwer war, und rückte dann weiter vor, wobei der Spiegel das Altrosa der Wände reflektierte.

Der Engländer hatte den Wunsch geäußert, sich selbst zu sehen. Bevor sie in das Zimmer trat, richtete sie umsichtig die Spiegelung auf sich selbst, da sie nicht wollte, daß das Licht, vom Fenster zurückgeworfen, auf sein Gesicht prallte.

Er lag da in seiner schwarzen Haut, das einzige Blasse waren das Hörgerät in seinem Ohr und das scheinbare Leuchten von seinem Kissen. Er schob das Laken mit den Händen nach unten. Hier, da, drückte es weg, so weit er konnte, und Hana zog das Tuch mit einem Ruck zum Bettende.

Sie stellte sich auf einen Stuhl am Fußende des Bettes und neigte den Spiegel langsam zu ihm hin. Sie befand sich in dieser Position, den Spiegel vor sich mit den Händen umklammernd, als sie die schwachen Rufe hörte.

Sie kümmerte sich zuerst nicht darum. Das Haus fing oft Geräusche vom Tal auf. Die Megaphone der Minenräumtrupps hatten sie ständig entnervt, als sie allein mit dem englischen Patienten lebte.

»Halten Sie den Spiegel still, Mädchen«, sagte er.

»Ich glaube, jemand ruft. Hören Sie?«

Seine linke Hand stellte das Hörgerät lauter.

»Es ist der Junge. Besser, Sie schauen mal nach.«

Sie lehnte den Spiegel an die Wand und lief den Flur entlang.

Sie blieb draußen stehen und wartete den nächsten Schrei ab. Sobald er ertönte, rannte sie durch den Garten zum Gelände oberhalb des Hauses.

Er stand da, die Hände hochgehoben, als hielte er ein riesiges Spinngewebe. Er schüttelte den Kopf, um die Hörklappen abzustreifen. Als sie auf ihn zugestürmt kam, schrie er ihr zu, sie solle sich nach links halten, überall lägen Minendrähte. Sie blieb stehen. Es war ein Weg, den sie zahllose Male ohne jedes Gefühl von Gefahr gegangen war. Sie hob das Kleid und achtete beim Weitergehen auf ihre Füße, wie sie ins hohe Gras eindrangen.

Seine Hände waren noch immer oben, als sie sich neben ihn stellte. Er war überlistet worden, was damit endete, daß er zwei stromführende Drähte hielt, die er nicht ablegen konnte ohne den Diskant einer weiteren Saite als Sicherheit. Er brauchte eine dritte Hand, um einen der Drähte unwirksam zu machen, und er mußte noch einmal zurück zur Zünderkappe gehen. Vorsichtig überreichte er ihr die Drähte und ließ die Arme sinken, so daß das Blut zurückströmen konnte.

»Ich nehme sie gleich wieder zurück.«

»Ist gut.«

»Halt ganz still.«

Er öffnete seine Tasche, um Geigerzähler und Magneten zu holen. Er führte die Skala an den Drähten, die Hana hielt, hoch und runter. Kein Ausschlag zum negativen Pol hin. Kein Hinweis. Nichts. Er trat zurück, fragte sich, wo der Trick sein könnte.

»Laß mich die Drähte am Baum befestigen, und du verschwindest.«

»Nein. Ich halt sie. Die reichen nicht bis zum Baum.«

»Nein.«

»Kip – ich kann sie halten.«

»Wir sind in einer Sackgasse. Das ist ein Scherz hier. Ich weiß nicht, wo's langgeht. Ich weiß nicht, wie ausgetüftelt das Ganze ist.«

Er ließ sie stehen und lief dorthin zurück, wo er zuerst den Draht gesichtet hatte. Er hob ihn auf und folgte ihm den ganzen Weg nach, diesmal mit dem Geigerzähler daneben. Dann kauerte er sich hin, etwa zehn Meter von ihr entfernt, in Gedanken, ab und zu sah er auf, sah durch sie hindurch, richtete den Blick nur auf die beiden Drähte, die sie in Händen hielt, die Nebenflüsse. Ich weiß nicht, sagte er laut, langsam, *ich weiß nicht*. Vermutlich muß ich den Draht in deiner linken Hand durchschneiden, du mußt gehen. Er zog sich die Hörklappen auf, so daß die Musik wieder voll in ihn einströmte, ihn mit Klarheit erfüllte. Er folgte in Gedanken den verschiedenen Stromwegen der Drähte und bog in die Windungen ihrer Knotenpunkte ein, die unerwarteten Nischen, die verborgenen Schaltungen, die sie von positiv auf negativ polten. Das Feuerzeug. Er erinnerte sich an den Hund, dessen Augen so groß wie Tassen waren. Er fuhr mit der Musik an den Drähten entlang, und die ganze Zeit über starrte er auf die Hände des Mädchens, die sie völlig ruhig hielten.

»Es ist besser, du gehst.«

»Du brauchst doch noch eine Hand, um ihn durchzuschneiden, nicht?«

»Ich kann ihn am Baum festmachen.«

»Ich halte ihn schon.«

Er griff sich den Draht wie eine dünne Natter aus ihrer linken Hand. Dann den zweiten. Sie rührte sich nicht vom Fleck. Er sagte nichts mehr, er mußte nun so klar wie möglich denken, als wäre er allein. Sie trat zu ihm und nahm einen der Drähte wieder an sich. Er war sich dessen überhaupt nicht bewußt, ihre Gegenwart war ausgelöscht. Er legte noch einmal an der Seite des Geistes, der dies choreographiert hatte, den Weg des Zünders zurück, befaßte sich mit den Schlüsselstellen, sah alles wie im Röntgenbild, während Big-Band-Musik alles übrige ausfüllte.

Dann schnitt er den Draht unter ihrer linken Faust durch, bevor das Theorem verblaßte, es klang, als werde etwas mit den Zähnen durchgebissen. Er sah den dunklen Kattunstoff ihres Kleides an ihrer Schulter, gegen ihren Hals. Die Bombe war tot. Er ließ das Schneidewerkzeug fallen und legte die Hand auf ihre Schulter, er mußte etwas Menschliches berühren. Sie sagte etwas, das er nicht hören konnte, und griff mit der Hand nach vorn und zog seine Hörklappen ab, so daß Schweigen einfiel. Ein Wehen und Rauschen. Ihm wurde klar, daß er das Klicken des Drahtes beim Schneiden überhaupt nicht vernommen, nur gefühlt hatte, den Knacks, das Zerbrechen eines Kaninchenknöchelchens. Er gab sie nicht frei, bewegte die Hand an ihrem Arm entlang und zog den Restdraht, eine Handspanne lang, aus ihrem immer noch festen Griff.

Sie blickte ihn an, spöttisch, wartete auf seine Reaktion auf das, was sie gesagt hatte, doch er hatte sie nicht gehört. Sie schüttelte den Kopf und setzte sich. Er begann, die um ihn verstreuten Sachen einzusammeln und sie in seiner Tasche zu verstauen. Sie blickte in den Baum hoch und dann rein zufällig wieder hinunter und bemerkte, daß seine Hände zitterten, verkrampft und hart wie die eines Epileptikers, sein Atem ging tief und schnell, gleich darauf war es vorbei. Er saß vornübergekauert da.

»Hast du gehört, was ich gesagt habe?«

»Nein. Was war's?«

»Ich dachte, ich werde sterben. Ich wollte sterben. Und ich dachte, wenn ich sterbe, dann werde ich mit dir sterben. Jemandem wie dir, so jung wie ich selber, ich habe im letzten Jahr so viele um mich herum sterben sehen. Ich hatte keine Angst. Ich war bestimmt gerade eben nicht mutig. Ich dachte bloß, wir haben diese Villa, dieses Gras, wir hätten uns zusammen hinlegen sollen, du in meinen Armen, bevor wir stürben. Ich wollte diesen Knochen an deinem Hals berühren, das Schlüsselbein, er ist wie ein kleiner harter Flügel unter deiner Haut. Ich wollte meine Finger dranhalten. Ich habe es immer gemocht, wenn Fleisch die Farbe von Flüssen und Felsen hat, oder wie das braune Auge einer Susanne ist, kennst du diese Blume? Hast du sie mal gesehen? Ich bin so müde, Kip, ich möchte schlafen. Ich möchte unter diesem Baum schlafen, möchte mein Auge an dein Schlüsselbein halten, ich möchte einfach die Augen schließen, ohne an andere zu denken, möchte eine Baumhöhlung finden und da reinkriechen und schlafen. Was für eine Bedachtsamkeit! Wissen, welchen Draht man durchschneiden muß. Wie hast du das gewußt? Du hast doch dauernd gesagt, ich weiß nicht, ich weiß nicht, aber du wußtest es doch. Stimmt's? Wackle nicht, du mußt ein ruhiges Bett für mich sein, ich will mich kuscheln, als wenn du ein lieber Großvater wärst, mit dem ich schmusen könnte, ich liebe das Wort ›kuscheln‹, ein so langsames Wort, man kann es nicht drängeln ...«

Ihr Mund war an seinem Hemd. Er lag mit ihr auf der Erde, so still, wie er nur konnte, seine Augen waren klar, blickten nach oben in die Zweige. Er konnte ihren tiefen Atem hören. Als er seinen Arm um ihre Schulter gelegt hatte, schlief sie schon, hatte ihn aber an sich gezogen. Beim Hinunterschauen bemerkte er, daß sie noch den Draht hatte, sie mußte ihn wieder genommen haben.

Ihr Atem war am lebendigsten. Ihr Gewicht kam ihm so leicht vor, sie mußte es wohl zum größten Teil von ihm weg verlagert haben. Wie lange konnte er so liegen, unfähig, sich zu bewegen oder etwas zu tun? Es war wichtig, still zu bleiben, so wie er Statuen vertraut hatte in jenen Monaten, als sie die Küste hinaufzogen, sich den Weg in jede einzelne befestigte Stadt erkämpften und weiter vor, bis sie sich nicht mehr unterschieden, die gleichen engen Straßen überall, die zu Blutrinnen wurden, und ihm träumte, daß er, wenn er das Gleichgewicht verlöre, diese Abhänge auf der roten Flüssigkeit hinunterrutschen und von den Felsen ins Tal hinab geschleudert würde. Jede Nacht war er in die Kühle einer eroberten Kirche gegangen und hatte eine Statue für die Nacht gefunden, die für ihn Wache halten sollte. Er verließ sich nur auf dieses Geschlecht aus Stein, rückte im Dunkeln so nah wie möglich an die Figuren heran, an einen trauernden Engel, dessen Schenkel der vollkommene Schenkel einer Frau war, dessen schattenhafte Konturen so weich schienen. Er legte den Kopf auf den Schoß solcher Geschöpfe und überließ sich dem Schlaf.

Sie verstärkte mit einemmal das Gewicht, das auf ihm lastete. Und jetzt ging ihr Atem tiefer, wie die Stimme eines Cellos. Er beobachtete ihr schlafendes Gesicht. Er empfand immer noch Ärger, daß das Mädchen bei ihm geblieben war, während er die Bombe entschärfte, als hätte sie ihn dadurch irgendwie zu ihrem Schuldner werden lassen. Sie machte, daß er sich im nachhinein verantwortlich für sie fühlte, obwohl es zu diesem Zeitpunkt selbst keine Rolle gespielt hatte. Als wenn *das* irgendeine zweckdienliche Wirkung haben könnte auf das, was er mit der Mine machte.

Aber er hatte das Gefühl, als sei er jetzt in etwas drin, vielleicht in einem Gemälde, das er irgendwo im letzten Jahr gesehen hatte. Ein Paar, im Feld, geborgen. Wie viele hatte er in der Trägheit des Schlafes gesehen, die nicht an Arbeit dachten oder an die Gefahren der Welt. Neben ihm waren die mäuschenähnlichen Bewegungen in Hanas Atem; ihre Augenbrauen ruckten heftig auf und ab, ein kleiner Zornesausbruch in ihrem Traum. Er wandte den Blick ab, hob ihn zum Baum und zum weißwolkigen Himmel. Ihre Hand hielt ihn fest, so wie sich der Schlamm an das Ufer des Moro geheftet und seine Faust sich in die feuchte Erde verkrallt hatte, um sich vor dem Zurückrutschen in den schon überquerten Strom zu bewahren.

Wenn er ein Held in einem Gemälde wäre, könnte er den Schlaf des Gerechten beanspruchen. Aber wie sogar sie gesagt hatte, er war die Bräune eines Felsens, die Bräune eines vom Sturm aufgewühlten schlammigen Flusses. Und etwas in ihm ließ ihn selbst vor der naiven Unschuld einer solchen Bemerkung zurückweichen. Das geglückte Entschärfen einer Bombe beendete Romane. Weise väterliche weiße Männer schüttelten Hände, wurden allseits anerkannt und humpelten davon, nachdem sie für diesen besonderen Anlaß aus ihrer Einsamkeit herausgeschwatzt worden waren. Er aber war ein Professioneller. Und er blieb der Fremde, der Sikh. Seine einzige menschliche und persönliche Verbindung war dieser Feind, der die Bombe konstruiert hatte und fortgegangen war, wobei er seine Spuren mit einem Zweig hinter sich verwischt hatte.

Warum konnte er nicht schlafen? Warum konnte er sich nicht dem Mädchen zuwenden, aufhören, daran zu denken, daß da noch ein halb gezündeter Nachbrenner war? Auf dem Gemälde seiner Phantasie würde das Feld, das diese Umarmung umgäbe, in Flammen stehen. Er hatte einmal das Eintreten eines Pioniers in ein vermintes Haus mit einem Feldstecher verfolgt. Er hatte gesehen, wie er eine Streichholzschachtel vom Tischrand fegte und den Bruchteil einer Sekunde in Licht eingehüllt war, bevor das heftige Krachen der Bombe ihn erreichte. Wie Blitze 1944 eben waren. Wie konnte er denn überhaupt diesem Gummiband am Ärmel des Kleides trauen, das sich um ihren Arm spannte? Oder dem Rasseln in ihrem vertrauten Atem, so tief wie Steine im Fluß.

Sie wachte auf, als die Raupe vom Kragen ihres Kleides auf ihre Wange kroch, und sie öffnete die Augen, sah ihn über sich gekauert. Er pflückte die Raupe von ihrem Gesicht, ohne ihre Haut zu berühren, und setzte sie ins Gras. Sie bemerkte, daß er bereits seine Geräte zusammengepackt hatte. Er zog sich zurück und setzte sich an den Baum, beobachtete, wie sie sich langsam auf den Rücken rollte und sich dann streckte, wie sie versuchte, diesen Moment so lang wie möglich auszudehnen. Es mußte Nachmittag sein, die Sonne stand da drüben. Sie lehnte den Kopf zurück und schaute ihn an.

»Du solltest mich festhalten!«

»Hab ich auch. Bis du dich wegbewegt hast.«

»Wie lang hast du mich gehalten?«

»Bis du dich bewegt hast. Bis du dich bewegen mußtest.«

»Du hast doch meine Lage nicht ausgenutzt, oder?« Und

schickte gleich hinterher: »Bloß ein Scherz«, als sie sah, daß er errötete.

»Möchtest du zum Haus gehen?«

»Ja, ich hab Hunger.«

Sie konnte kaum aufstehen, die blendende Sonne, ihre müden Beine. Wie lang sie dort gewesen waren, wußte sie immer noch nicht. Sie konnte die Tiefe ihres Schlafes nicht vergessen, die Leichtigkeit des Absinkens.

Eine Party begann im Zimmer des englischen Patienten, als Caravaggio das Grammophon zum Vorschein brachte, das er irgendwo gefunden hatte.

»Ich will dir damit das Tanzen beibringen, Hana. Nicht, was dein junger Freund dort kennt. Gewisse Tänze nehme ich einfach nicht zur Kenntnis. Aber dieses Stück, *How Long Has This Been Going On*, ist einer der großen Songs, weil die Tonfolge in der Einführung reiner ist als das Lied selbst. Und nur große Jazzer haben das erkannt. Nun, wir können die Party auf der Terrasse feiern, was uns erlauben würde, den Hund einzuladen, oder wir können bei dem Engländer einfallen und sie oben im Schlafzimmer abhalten. Dein junger Freund, der nicht trinkt, hat gestern in San Domenico ein paar Flaschen Wein aufgetrieben. So gibt's nicht nur Musik. Reich mir deinen Arm. Nein. Zuerst müssen wir den Boden kalken und üben. Drei Hauptschritte – eins-zwei-drei –, jetzt reich mir deinen Arm. Was hast du denn heute so erlebt?«

»Er hat eine Riesenbombe entschärft, ganz schön schwierig. Soll er dir das doch erzählen.«

Der Pionier zuckte die Achseln, nicht aus Bescheidenheit, sondern als sei das Erklären zu kompliziert. Die Nacht brach schnell herein, Nacht füllte das Tal aus und dann die Berge, und wieder saßen sie da mit den Lichtern.

Sie schlurften zusammen die Korridore entlang bis zum Schlafzimmer des englischen Patienten, wobei Caravaggio das Grammophon trug und mit der einen Hand Tonarm und Nadel festhielt.

»Also, bevor Sie Ihre Geschichten vom Stapel lassen«, sagte er zu der statuarischen Gestalt im Bett, »mache ich Sie mit *My Romance* bekannt.«

»Geschrieben 1935 von Mr. Lorenz Hart, glaube ich«, murmelte der Engländer. Kip saß am Fenster, und sie sagte, sie wolle mit dem Pionier tanzen.

»Nicht, bis ich's dir beigebracht habe, Schnecke.«

Sie schaute seltsam berührt zu Caravaggio auf; das war der

Kosename ihres Vaters für sie. Er schloß sie in die Arme, schwerfällig und ergraut, und wiederholte »Schnecke« und begann die Tanzstunde.

Sie hatte ein frisches, aber ungebügeltes Kleid angezogen. Jedesmal, wenn sie herumwirbelten, sah sie den Pionier vor sich hin singen, im Gleichklang mit dem Text. Hätten sie Elektrizität gehabt, hätten sie ein Radio laufen lassen und Nachrichten von irgendwoher über den Krieg bekommen können. Alles, was sie hatten, war Kips Detektor, aber er hatte ihn höflicherweise in seinem Zelt gelassen. Der englische Patient ließ sich über das glücklose Leben des Lorenz Hart aus. Einige seiner besten Texte zu *Manhattan*, behauptete er, seien verändert worden, und dann legte er los:

We'll bathe at Brighton;
The fish we'll frighten
When we're in.
Your bathing suit so thin
Will make the shellfish grin
Fin to fin.

»Herrliche Zeilen, und so erotisch, aber Richard Rodgers wollte vermutlich etwas Würdigeres.«

»Du mußt meine Schritte erraten, weißt du.«

»Warum errätst du denn nicht meine?«

»Das werde ich, sobald du damit klarkommst. Im Augenblick bin ich der einzige, der das kann.«

»Ich wette, Kip kann's.«

»Vielleicht kann er's, aber er tut's nicht.«

»Ich möchte etwas Wein haben«, sagte der englische Patient, und der Pionier nahm ein Glas mit Wasser, schüttete den Inhalt zum Fenster hinaus und goß Wein für den Engländer ein.

»Das ist mein erster Drink seit einem Jahr.«

Ein dumpfer Ton war zu hören, und der Pionier wandte sich schnell um und schaute aus dem Fenster in die Dunkelheit hinaus. Die anderen erstarrten. Es hätte eine Mine sein können. Er drehte sich wieder zur Party und sagte: »Alles in Ordnung, das war keine Mine. Schien aus einem geräumten Gebiet zu kommen.«

»Spiel die Rückseite, Kip. Ich möchte euch jetzt vorstellen *How Long Has This Been Going On* von –« Er machte eine Pause für den englischen Patienten, der mattgesetzt war, den Kopf schüttelte und grinste, Wein im Mund.

»Der Alkohol hier bringt mich wahrscheinlich um.«

»Nichts, mein Freund, wird Sie umbringen. Sie sind reiner Kohlenstoff.«

»Caravaggio!«

»George und Ira Gershwin. Hört zu.«

Er und Hana glitten dahin zu der Traurigkeit des Saxophons. Er hatte recht. Ein so langsames Phrasieren, so hingezogen, daß sie spüren konnte, der Musiker wollte die kleine Diele der Introduktion nicht verlassen und ins Lied eintreten, er wollte immer dort bleiben, wo die Geschichte noch nicht begonnen hatte, als wäre er bezaubert von einem Kammermädchen im Prolog. Der Engländer murmelte, die Introduktion zu solchen Liedern heiße »Bordun«.

Ihre Wange ruhte an Caravaggios Schultermuskeln. Sie konnte jene furchtbaren Tatzen auf ihrem Rücken gegen das frische Kleid fühlen, und sie beide bewegten sich in dem begrenzten Raum zwischen Bett und Wand, zwischen Bett und Tür, zwischen Bett und der Fensternische, in der Kip saß. Hin und wieder, wenn sie sich drehten, sah sie sein Gesicht. Seine Knie waren hochgezogen, und die Arme ruhten darauf. Oder er schaute aus dem Fenster in die Dunkelheit.

»Kennt einer von euch einen Tanz, der Bosphorus Hug heißt?« fragte der Engländer.

»Keine Ahnung.«

Kip beobachtete, wie die großen Schatten sich über die Decke schoben, über die gemalte Wand. Er stand mühsam auf und ging zu dem englischen Patienten, um sein leeres Glas zu füllen, und berührte den Glasrand mit der Flasche, stieß mit ihm an. Westwind wehte ins Zimmer. Und plötzlich drehte er sich um, zornig. Ein schwacher Geruch von Kordit war zu ihm gedrungen, nur ein Hundertstel in der Luft, und schon schlüpfte er aus dem Raum, deutete gestisch Müdigkeit an und ließ Hana in Caravaggios Armen zurück.

Ganz ohne Licht lief er durch die dunkle Halle. Er packte sich seine Tasche, und schon war er aus dem Haus und rannte die sechsunddreißig Stufen an der Kapelle hinunter zur Straße, rannte einfach los und verbot sich jeden Gedanken an Erschöpfung.

War es ein Pionier oder ein Zivilist? Duft von Blumen und Kräutern an der Straßenmauer. Er bekam Seitenstechen. Ein Unfall, oder die falsche Entscheidung. Die Pioniere blieben die meiste Zeit für sich. Sie waren ein merkwürdiger Schlag, ein wenig den Leuten vergleichbar, die mit Juwelen oder Steinen arbeiteten, sie besaßen Härte und Scharfsichtigkeit, ihre Entscheidungen waren beängstigend sogar für andere im gleichen Metier. Kip hatte diese Eigenschaften bei Diamantschleifern wahrgenommen, nie jedoch bei sich selbst, obwohl er wußte, daß andere sie sahen. Die Pioniere wurden nie ganz vertraut miteinander. Wenn sie sich unterhielten, gaben sie nur Informationen weiter, neue Tricks, Gewohnheiten des Feindes. Wenn er das Rathaus betrat, wo sie einquartiert waren, registrierten seine Augen drei Gesichter und nahmen sogleich die Abwesenheit des vierten zur Kenntnis. Oder es waren alle vier da, und irgendwo in einem Feld war die Leiche eines alten Mannes oder eines Mädchens.

Er hatte zu Beginn seiner Militärzeit Organisationsdiagramme erlernt, Pläne, die immer komplizierter wurden, wie Knotengebilde oder Partituren. Er entdeckte, daß er die Fähigkeit des dreidimensionalen Blicks hatte, den Blick des Schurken, der ein Objekt oder eine Seite mit Informationen bloß sehen mußte und dann rekonstruieren konnte, da er alles Unstimmige daran bemerkte. Er war seiner Natur nach konservativ, doch in der Lage, sich auch die schlimmsten Machenschaften vorzustellen, sich auszumalen, was es an Unfallmöglichkeiten in einem Zimmer gab – eine Pflaume auf einem Tisch, ein Kind, das herankommt und den vergifteten Kern ißt, ein Mann, der in ein dunkles Zimmer tritt und, bevor er zu seiner Frau ins Bett steigt, aus Versehen eine Petroleumlampe aus dem Halter dreht. Jeder Raum war reich an solcher Choreographie. Der Blick des Schurken konnte die verborgene Leitung unter der Oberfläche sehen, ahnen, wie ein Knoten wirken mochte, der nicht sichtbar war. Er wandte sich irritiert von Kriminalromanen ab, da er allzuleicht die Bösewichter festnageln konnte. Er fühlte sich am wohlsten mit Männern, die die abstrakte Verrücktheit von Autodidakten besaßen, wie sein Mentor Lord Suffolk, wie der englische Patient.

Er hatte noch nicht den Glauben an Bücher. In der letzten Zeit hatte Hana beobachtet, wie er neben dem englischen Patienten saß, und es kam ihr vor wie eine Umkehrung von *Kim*. Der junge Schüler war nun Inder, der weise alte Lehrer Engländer. Aber nachts war es Hana, die bei dem alten Lama blieb, die ihn über die Berge führte zum heiligen Fluß. Sie hatten dieses Buch sogar zusammen gelesen. Hanas Stimme wurde langsam, wenn der Wind die Kerzenflamme neben ihr niederdrückte und die Seite einen Augenblick lang verdunkelte.

> *Er hockte in der Ecke des gellenden Warteraums, allen anderen Gedanken entrückt; die Hände im Schoß gefaltet und die Pupillen zu Nadelspitzen verengt. Er fühlte, in einer Minute – in einer weiteren halben Sekunde – würde er die Lösung des furchtbaren Rätsels erreichen ...*

Und irgendwie hatten sie sich, vermutete sie, in jenen langen Nächten des Lesens und Zuhörens auf den jungen Soldaten vorbereitet, den erwachsen gewordenen Jungen, der sich ihnen anschließen würde. Aber Hana war der Junge in der Geschichte. Und wenn Kip überhaupt jemand wäre, dann Officer Creighton.

Ein Buch, eine Karte der Verknüpfungen, eine Sicherungstafel, ein Zimmer mit vier Personen in einer verlassenen Villa, die nur von Kerzenlicht erleuchtet war, gelegentlich vom Licht eines Unwetters und gelegentlich vom Licht einer Explosion. Die Berge und Hügel und Florenz waren ausradiert ohne Elektrizität. Kerzenlicht kann man keine fünfzig Meter weit sehen. Aus größerer Entfernung betrachtet, gab es nichts hier, was zur Außenwelt gehörte. Sie hatten bei diesem kurzen abendlichen Tanzen im Zimmer des englischen Patienten ihre privaten einfachen Abenteuer gefeiert – Hana ihren Schlaf, Caravaggio sein »Organisieren« eines Grammophons und Kip das Entschärfen einer schwierigen Bombe, obwohl er diesen Augenblick fast schon vergessen hatte. Er war einer, der sich unwohl fühlte bei Feierlichkeiten, bei Siegen.

Knapp fünfzig Meter weiter weg, und sie hatten für die Welt nicht existiert, kein Laut, kein Zeichen von ihnen aus der Sicht des Tales, als Hanas und Caravaggios Schatten über die Wände tanzten und Kip es sich in der Nische behaglich machte und der englische Patient am Wein nippte und spürte, wie dessen Geist durch seinen nicht mehr daran gewöhnten Körper lief, so daß er rasch betrunken war und seine Stimme das Pfeifen eines Wüstenfuchses hervorbrachte das Glucksen einer englischen Walddrossel hervorbrachte, die, sagte er, nur in Essex zu finden war, denn sie gedieh in der Nachbarschaft von Lavendel und Wermut. Die Sehnsucht des Verbrannten steckte ganz in seinem Gehirn, hatte der Pionier für sich gedacht, während er in der Steinnische saß. Dann drehte er plötzlich den Kopf, wußte gleich Bescheid, als er das Geräusch hörte, war sich dessen sicher. Er hatte zu ihnen zurückgeblickt und zum erstenmal im Leben gelogen – »Alles in Ordnung, das war keine Mine. Schien aus einem geräumten Gebiet zu kommen« – und war bereit zu warten, bis der Geruch von Kordit zu ihm drang.

Jetzt, Stunden später, sitzt Kip wieder in der Fensternische. Wenn er die etwa sechs Meter durch das Zimmer des Engländers gehen und sie berühren könnte, würde er wieder normal werden. Es gab so wenig Licht im Zimmer, nur die Kerze auf dem Tisch, an dem sie saß und diese Nacht nicht las; er dachte, daß sie vielleicht beschwipst war.

Er war von der Stelle zurückgekommen, wo die Bombe explodiert war, und hatte Caravaggio schlafend auf dem Sofa in der Bibliothek vorgefunden, den Hund im Arm. Das Tier beobachtete ihn, als er an der offenen Tür stehenblieb, machte nur die allernötigsten Bewegungen, um anzuzeigen, daß es wach war und das Terrain hütete. Sein leises Knurren übertönte Caravaggios Schnarchen.

Er zog die Stiefel aus, band die Schnürsenkel zusammen und hängte sie sich über die Schulter, als er nach oben ging. Es hatte angefangen zu regnen, und er brauchte eine weitere Plane für sein Zelt. Von der Halle aus sah er das noch brennende Licht im Zimmer des englischen Patienten.

Sie saß im Sessel, einen Ellbogen auf dem Tisch, wo der Kerzenstummel sein Licht verbreitete, den Kopf nach hinten geneigt. Er ließ die Stiefel auf den Boden gleiten und trat leise ins Zimmer, in dem vor drei Stunden die Party gewesen war. Er konnte Alkohol in der Luft riechen. Sie legte die Finger an ihre Lippen, als er eintrat, und zeigte dann zum Patienten. Er würde Kips leise Schritte nicht hören. Der Pionier setzte sich wieder in die Fenstervertiefung. Wenn er durchs Zimmer gehen und sie berühren könnte, würde er wieder normal werden. Aber zwischen ihnen lag eine gefährliche und schwierige Reise. Es war eine sehr weite Welt. Und der Engländer würde bei jedem Geräusch aufwachen, da das Hörgerät beim Schlafen auf höchste Stufe gestellt war, damit er sich in seiner Wahrnehmungsfähigkeit sicher fühlen konnte. Der Blick des Mädchens wanderte rasch durch den Raum und verweilte dann, als sie Kip im Viereck des Fensters gegenüber sah.

Er hatte die Stelle des Todes entdeckt und was dort übriggeblieben war, und sie hatten Hardy begraben, seinen stellvertretenden Kommandeur. Und danach hatte er ständig an das Mädchen vom Nachmittag gedacht, bangte plötzlich um sie, war wütend auf sie, daß sie von sich aus mitgemacht hatte. Sie hatte versucht, ihrem Leben ganz beiläufig Schaden zuzufügen. Sie sah starr vor sich hin. Ihre letzte Mitteilung war der Finger auf dem Mund gewesen. Er beugte sich vor und streifte mit der Wange gegen die Kordel auf seiner Schulter.

Er war durch das Dorf zurückgegangen, während Regen in die gestutzten Bäume auf der Piazza fiel, die seit Ausbruch des Krieges nicht mehr geschnitten wurden, vorbei an dem seltsamen Standbild der beiden Männer, die sich hoch zu Roß die Hand reichten. Und jetzt war er hier, wo das Kerzenlicht unruhig zuckte und ihre Miene veränderte, so daß er nicht erkennen konnte, was sie dachte. Weisheit oder Traurigkeit oder Neugier.

Hätte sie gelesen oder sich über den Engländer gebeugt, hätte er ihr zugenickt und wäre wahrscheinlich gegangen, aber jetzt betrachtet er Hana als jemanden, der jung und allein ist. In dieser Nacht hatte er, während er sich den Schauplatz der explodierten Bombe ansah, begonnen, ihre Anwesenheit beim Entschärfen der Bombe am Nachmittag zu fürchten. Er mußte diese Furcht abschütteln, sonst würde Hana jedesmal, wenn er mit einem Zünder zu tun hatte, bei ihm sein. Er trüge sie in sich. Wenn er arbeitete, erfüllten ihn Klarheit und Musik, die menschliche Welt war ausgelöscht. Jetzt war Hana in ihm oder auf seiner Schulter, so wie er einmal einen Offizier gesehen hatte, der eine lebende Ziege aus einem Tunnel heraustrug, den sie gleich unter Wasser setzen wollten.

Nein.

Das stimmte nicht. Er wollte Hanas Schulter, wollte seine Handfläche darauflegen, wie er es im Sonnenlicht getan hatte, während sie schlief, und er hatte dort gelegen, als wäre er im Visier eines Gewehrs, so befangen mit ihr. In der imaginären Landschaft eines Malers. Er selbst suchte kein Behagen, aber er wollte das Mädchen damit umgeben, sie aus diesem Zimmer führen. Er weigerte sich, eigene Schwächen zu akzeptieren, und bei ihr hatte er keine Schwäche entdeckt, gegen die er sich hätte wappnen können. Keiner von ihnen war bereit, dem anderen eine solche Möglichkeit zu enthüllen. Hana saß so still da. Sie sah ihn an, und die Kerze flackerte und veränderte ihren Gesichtsausdruck. Er ahnte nicht, daß er für sie nur eine Silhouette war, sein schmächtiger Körper und seine Haut Teil der Dunkelheit.

Zuvor, als sie bemerkte, daß er die Nische verlassen hatte, war sie wütend gewesen. Sie wußte, daß er sie alle wie Kinder vor der Mine bewahren wollte. Sie hatte sich enger an Caravaggio gedrängt. Es war eine Beleidigung gewesen. Und heute hatte es ihr die aufkommende Heiterkeit des Abends nicht erlaubt zu lesen, nachdem Caravaggio schlafen gegangen war, wobei er erst noch ihren Arzneikasten durchwühlt hatte, und nachdem der englische Patient mit knochigem Finger in die Luft gegriffen und, als sie sich vorbeugte, ihre Wange geküßt hatte.

Sie hatte die anderen Kerzen ausgeblasen, bloß den Kerzenstumpf auf dem Nachttisch angezündet und dort gesessen, der Körper des Engländers war ihr jetzt nach der Wildheit seiner trunkenen Reden regungslos zugewandt. *»Irgendwann werd ich ein Pferd sein, irgendwann ein Jagdhund. Ein Eber, ein kopfloser Bär, irgendwann ein Feuer.«* Sie konnte hören, wie das Wachs auf den Blechteller neben ihr tropfte. Der Pionier war durch das Städtchen zu einem Gebiet nicht weit vom Hügel gelaufen, wo die Explosion stattgefunden hatte, und sein unnötiges Schweigen erzürnte sie noch immer.

Sie konnte nicht lesen. Sie saß in dem Zimmer mit ihrem unaufhörlich Sterbenden, und ihr Kreuz schmerzte noch von dem zufälligen Stoß gegen die Wand, als sie mit Caravaggio getanzt hatte.

Falls er jetzt auf sie zukommt, wird sie ihn durch Anstarren aus der Fassung bringen, wird ihn mit einem ähnlichen Schweigen bedenken. Soll er sich doch was denken, die Initiative ergreifen. Schon andere Soldaten haben sich ihr genähert.

Doch was er tut, ist dies. Er geht bis zur Mitte des Zimmers, seine Hand bis zum Gelenk vergraben in der offenen Tasche, die noch immer über seiner Schulter hängt. Sein Gang ist leise.

Er dreht sich um und bleibt neben dem Bett stehen. Als der englische Patient gerade langsam ausatmet, knipst er den Draht seines Hörgeräts mit dem Schneidewerkzeug durch, das er wieder in der Tasche verschwinden läßt. Er wendet sich um und grinst ihr zu.

»Morgen werde ich ihn wieder verdrahten.«

Er legt die linke Hand auf ihre Schulter.

»DAVID CARAVAGGIO – EIN absurder Name für Sie, natürlich ...«

»Wenigstens habe ich einen Namen.«

»Ja.«

Caravaggio sitzt in Hanas Sessel. Die Nachmittagssonne erfüllt das Zimmer und bringt dahintreibende Stäubchen zum Vorschein. Das dunkle, hagere Gesicht des Engländers mit seiner winkelförmigen Nase erinnert an einen stummen Falken, der in Laken eingewickelt ist. Der Sarg eines Falken, denkt Caravaggio.

Der Engländer wendet sich ihm zu.

»Es gibt ein Gemälde von Caravaggio aus seiner Spätzeit. *David mit dem Haupt des Goliath*. Darauf hält der junge Krieger am Ende seines ausgestreckten Arms das Haupt Goliaths, verwüstet und alt. Aber das ist nicht die eigentliche Traurigkeit des Bildes. Man nimmt an, daß das Gesicht Davids ein Porträt des jugendlichen Caravaggio ist und das Haupt Goliaths sein Porträt als älterer Mann, wie er aussah, als er das Bild malte. Jugend, die am Ende ihres ausgestreckten Arms ein Urteil fällt über das Alter. Das Urteil über die eigene Sterblichkeit. Wenn ich Kip am Fuß meines Bettes sehe, glaube ich immer, er ist mein David.«

Caravaggio sitzt schweigend da, gedankenverloren in den herumwirbelnden Stäubchen. Der Krieg hat ihn aus dem Gleichgewicht gebracht, und er kann in keine andere Welt zurück, so wie er ist, mit diesen trügerischen Prothesen, die das Morphium verheißt. Er ist ein Mann mittleren Alters, der sich nie an Familie gewöhnt hat. Sein Leben lang ist er anhaltender Vertrautheit ausgewichen. Bis zum Krieg war er als Liebhaber besser denn als Ehemann. Einer, der sich davonstiehlt, so wie Liebhaber Chaos hinterlassen, Diebe ein ausgeraubtes Haus.

Er beobachtet den Mann im Bett. Er muß wissen, wer dieser Engländer aus der Wüste ist, muß Hanas wegen sein Geheimnis lüften. Oder vielleicht eine Haut für ihn erfinden, so wie Gerbsäure das Wundsein eines Verbrannten verbirgt.

Als er in der Anfangszeit des Krieges in Kairo arbeitete, bildete man ihn darin aus, Doppelagenten zu erfinden oder Phantome, die dann zu Fleisch und Blut wurden. Er war verantwortlich gewesen für einen fiktiven Agenten namens »Cheese«, und er hatte Wochen damit verbracht, ihn in Fakten einzukleiden, ihm Charaktereigenschaften zuzuschreiben – wie Habgier und eine Schwäche für das Trinken, wenn er dem Feind falsche Gerüchte zuspielte. So wie andere in Kairo, für die er arbeitete, komplette Infanteriezüge in der Wüste erfanden. Er hatte eine Zeit des Krieges durchlebt, wo alles, was denen um ihn herum als Information dargeboten wurde, Lüge war. Er war sich vorgekommen wie jemand im Dunkel eines Zimmers, der Vogelrufe imitiert.

Aber hier ging es darum, sich zu häuten. Sie konnten nichts imitieren als das, was sie waren. Es gab keine Verteidigung, außer nach der Wahrheit im anderen zu suchen.

Sie zieht *Kim* aus dem Bücherregal, und gegen den Flügel gelehnt, beginnt sie, auf das Vorsatzblatt nach den Schlußseiten zu schreiben.

> *Er sagt, die Kanone – das Zam-Zammah-Geschütz – steht noch immer draußen vor dem Museum in Lahore. Es gab zwei Kanonen, die aus den Metallbechern und -schalen hergestellt wurden, die jedem Hindu-Haushalt in der Stadt abgenommen wurden – als* jizya *oder Steuer. Diese wurden zusammengeschmolzen und zu Kanonen gegossen. Sie wurden in vielen Schlachten im achtzehnten und neunzehnten Jahrhundert gegen die Sikhs eingesetzt. Die zweite Kanone ging bei einem Gefecht im Chenab River verloren –*

Sie schließt das Buch, steigt auf einen Stuhl und verstaut es irgendwo im hohen, nicht sichtbaren Regal.

Sie kommt mit einem neuen Buch in das bemalte Schlafzimmer und verkündet den Titel.

»Keine Bücher jetzt, Hana.«

Sie sieht ihn an. Sogar jetzt noch, denkt sie, hat er schöne Augen. Alles spielt sich darin ab, in diesem grauen Hervorstarren aus seiner Dunkelheit. Sie hat das Gefühl, als huschten zahlreiche Blicke einen Moment lang zu ihr hin und schwenkten dann ab, wie bei einem Leuchtturm.

»Keine Bücher mehr. Geben Sie mir den Herodot.«

Sie legt das dicke, schmutzig gewordene Buch in seine Hände.

»Ich habe Ausgaben von den *Historien* gesehen, mit einer reliefartigen Statue auf dem Einband. Einer Statue, die man in einem französischen Museum aufgefunden hatte. Aber ich stelle mir Herodot nie so vor. Ich sehe ihn eher als einen jener hageren Männer in der Wüste, die von Oase zu Oase reisen und mit Legenden handeln, als ginge es um einen Handel von Samen, und die sich alles ohne Mißtrauen aneignen, ein Trugbild zusammensetzen. ›Diese meine Historien‹, sagt Herodot, ›haben von Anfang an das Ergänzende zum Hauptgegenstand aufgespürt.‹ Was Sie bei ihm finden, sind Sackgassen innerhalb des Laufs der Geschichte – wie Menschen einander der Nation wegen verraten, wie Menschen sich verlieben … Wie alt, sagten Sie, sind Sie?«

»Zwanzig.«

»Ich war viel älter, als ich mich verliebte.«

Hana macht eine Pause. »Wer war sie?«

Aber seine Augen sind nun von ihr abgewandt.

»Vögel ziehen Bäume mit toten Ästen vor«, sagte Caravaggio. »Sie haben von dort, wo sie sitzen, den besten Überblick. Sie können in alle Richtungen davonfliegen.«

»Solltest du über mich sprechen«, sagte Hana, »ich bin kein Vogel. Der wirkliche Vogel ist der Mann da oben im Zimmer.«

Kip versuchte, sie sich als Vogel vorzustellen.

»Könnt ihr mir sagen, ob es es möglich ist, jemanden zu lieben, der nicht so helle ist wie man selbst?« Caravaggio – das Morphium machte ihn angriffslustig – wollte Streitstimmung. »Das ist etwas, was mich in meinem Sexualleben stark beschäftigt hat – das, wie ich dieser erlesenen Runde gestehen muß, spät begann. So wurde mir auch das sexuelle Vergnügen an der Unterhaltung erst bewußt, nachdem ich verheiratet war. Nie hätte ich gedacht, daß Worte erotisch sein können. Manchmal ziehe ich es wirklich vor, zu reden statt zu vögeln. Sätze. Eimerweise davon, eimerweise hiervon und dann eimerweise wieder davon. Das Dumme bei Wörtern ist, daß man sich selbst in die Klemme reden kann. Wohingegen man sich nicht selbst in die Klemme vögeln kann.«

»Da redet ein Mann«, murmelte Hana.

»Ich jedenfalls nicht«, fuhr Caravaggio fort, »vielleicht du, Kip, als du von den Bergen runter kamst nach Bombay, als du nach England zur Militärausbildung kamst. Ob sich irgendeiner, frage ich mich, je in die Klemme gevögelt hat. Wie alt bist du, Kip?«

»Sechsundzwanzig.«

»Älter als ich.«

»Älter als Hana. Könntest du dich in sie verlieben, wenn sie nicht heller wäre als du? Ich meine, vielleicht ist sie nicht heller im Kopf als du. Aber ist es nicht wichtig für dich zu *glauben*, daß sie heller ist als du, um dich zu verlieben? Überleg mal. Sie kann von dem Engländer besessen sein, weil er mehr weiß. Ein weites Feld tut sich vor uns auf, sobald wir mit dem Kerl da sprechen. Wir wissen nicht einmal, ob er Engländer ist. Wahrscheinlich nicht. Du siehst, ich glaube, es ist leichter, sich in *ihn* zu verlieben als in *dich*. Warum ist das so? Weil wir

Bescheid wissen wollen, wissen, wie alles zusammenhängt. Wer redet, verführt, Wörter bringen uns in die Klemme. Vor allem wollen wir wachsen und uns verändern. Schöne neue Welt.«

»Glaube ich nicht«, sagte Hana.

»Ich auch nicht. Laßt mich von Leuten in meinem Alter reden. Das Schlimmste ist, daß andere annehmen, man habe inzwischen Charakter. Das Problem mit dem mittleren Alter ist doch, daß die anderen glauben, man sei gänzlich geformt. *Hier.*«

Worauf Caravaggio seine Hände hob und sie Hana und Kip entgegenhielt. Sie stand auf und stellte sich hinter ihn und legte ihm den Arm um den Nacken.

»Laß das, ja, David?«

Sie legte ihre Hände sanft auf die seinen.

»Wir haben da oben schon einen verrückten Vielredner.«

»Schau uns doch an – wir sitzen hier wie die Stinkreichen in ihren stinkigen Villen hoch in den stinkigen Bergen, wenn's zu heiß in der Stadt wird. Es ist neun Uhr morgens – der alte Kerl im Zimmer oben schläft. Hana ist von ihm besessen. Ich bin von Hanas geistiger Gesundheit besessen, bin besessen von meinem ›Gleichgewicht‹, und Kip wird demnächst wohl irgendwann in die Luft fliegen. Warum? Für wen? Er ist sechsundzwanzig. Das britische Militär bringt ihm Fertigkeiten bei, und die Amerikaner bringen ihm noch weitere bei, und denen vom Pioniertrupp hält man Vorträge, man zeichnet sie aus und schickt sie fort in die reichen Berge. Du wirst ausgebeutet, boyo, wie die Waliser sagen. Ich bleibe hier nicht viel länger. Ich möchte dich nach Hause nehmen. Nichts wie raus aus Dodge City.«

»Hör auf, David. Er wird überleben.«

»Der Pionier, der neulich nachts in die Luft flog, wie hieß der?«

Kip sagte nichts.

»Wie hieß der?«

»Sam Hardy.« Kip ging zum Fenster und schaute hinaus, entfernte sich aus der Unterhaltung.

»Das Problem mit uns allen ist, daß wir dort sind, wo wir eigentlich nicht sein sollten. Was tun wir in Afrika, in Italien? Was tut Kip, wenn er Bomben in Obstgärten entschärft, in Dreiteufelsnamen? Was tut er, wenn er für die Engländer kämpft? Ein Bauer an der Westfront kann einen Baum nicht beschneiden, ohne seine Säge zu ruinieren. Wieso? Wegen der vielen Granatsplitter, die im *letzten* Krieg da eingeschlagen sind. Selbst die Bäume sind voller Krankheiten, die wir eingeschleppt haben. Erst drillt euch das Militär wer weiß wie und läßt euch dann sitzen und verpißt sich, um woanders Scheiß zu bauen, Gerede, Gerede, nix wie Gerede. Wir sollten alle zusammen weg.«

»Wir können den Engländer nicht verlassen.«

»Der Engländer hat uns schon vor Monaten verlassen, Hana, er ist bei den Beduinen oder in irgendeinem englischen Garten mit dem Phlox und dem ganzen Gesocks. Er kann sich wahrscheinlich nicht mal an die Frau erinnern, die er ständig umkreist, über die er reden will. Er weiß nicht, wo er verflucht noch mal ist.

Du glaubst, ich bin wütend auf dich, nicht? Weil du dich verliebt hast. Nicht? Ein eifersüchtiger Onkel. Ich habe furchtbare Angst um dich. Ich möchte den Engländer umbringen, denn das ist das einzige, was dich retten kann, dich hier rausholt. Und ich fange an, ihn gern zu haben. Gib deinen Posten auf. Wie kann Kip dich lieben, wenn du nicht helle genug bist, ihn davon abzubringen, sein Leben aufs Spiel zu setzen?«

»Weil. Weil er an eine zivilisierte Welt glaubt. Er ist zivilisiert.«

»Erster Fehler. Der richtige Schritt ist, mit dem nächstbesten Zug wegfahren, Kinder miteinander kriegen. Sollen wir den Engländer fragen, den Vogel, was er meint?

Warum bist du nicht heller im Kopf? Nur die Reichen, die können es sich nicht leisten, helle zu sein. Die stecken drin. Die sitzen seit Jahren in ihren Privilegien fest. Die müssen ihr Hab und Gut beschützen. Niemand ist schäbiger als die Reichen. Glaubt mir. Aber sie müssen den Regeln ihrer beschissenen zivilisierten Welt folgen. Sie erklären den Krieg, sie haben Ehre im Leib, und sie können nicht weg. Aber ihr beiden. Wir drei. Wir sind frei. Wie viele Pioniere sterben? Warum bist du noch nicht tot? Seid doch verantwortungslos. Das Glück wird knapp.«

Hana goß Milch in ihre Tasse. Als sie fertig war, fuhr sie mit der Tülle des Kruges über Kips Hand und schüttete weiter Milch über seine braune Hand und über seinen Arm bis zu seinem Ellbogen hinauf und hörte dann auf. Er zog den Arm nicht weg.

Es gibt zwei lange schmale Gartenflächen westlich vom Haus. Eine Terrasse für den Ziergarten und weiter oben den dunkleren Garten, wo Steinstufen und Zementstatuen fast unter dem grünen Schimmel der Feuchtigkeit verschwinden. Der Pionier hat hier sein Zelt aufgeschlagen. Regen fällt, und Nebel wallt aus dem Tal hoch, und noch mehr Regen fällt von den Ästen der Zypressen und Pinien auf dieses halbgeräumte Gebiet an der Hangseite.

Nur Feuer können den stets nassen und schattigen oberen Garten trockener werden lassen. Bohlenreste, Sparren von früheren Artilleriebeschüssen, herangeschleppte Äste, von Hana an den Nachmittagen gejätetes Unkraut, abgesicheltes Gras und Nesseln – all das wird hierhergebracht und von ihnen verbrannt, wenn der Spätnachmittag langsam in die Dämmerung übergeht. Die feuchten Feuer qualmen und dampfen, und der nach Pflanzen riechende Rauch verzieht sich seitlich in die Büsche, in die Bäume hinauf, steigt in dünnen Fäden bis zur Terrasse vor dem Haus. Er erreicht das Fenster des englischen Patienten, der die dahintreibenden Stimmen hören kann, hin und wieder ein Lachen aus dem rauchigen Garten. Er übersetzt den Geruch, führt ihn auf das zurück, was verbrannt worden ist. Rosmarin, denkt er, Wolfsmilch, Wermut, etwas anderes ist auch noch dabei, geruchlos, vielleicht gemeiner Hundszahn oder die falsche Sonnenblume, die den leicht sauren Boden dieses Hanges liebt.

Der englische Patient rät Hana, was sie anpflanzen soll. »Bringen Sie Ihren italienischen Freund dazu, Saatgut aufzutreiben, darin ist er ja stark. Was Sie sich wünschen, ist doch das Grün von Pflaumen. Auch Virginische Lichtnelke und Federnelke – wenn Sie den lateinischen Namen für Ihren Lateinerfreund wollen, der lautet *Silene virginica*. Rotes Bohnenkraut ist gut. Wenn Sie Finken wollen, besorgen Sie sich Haselnuß und Süßkirschen.«

Sie schreibt alles auf. Dann legt sie die Füllfeder in die Schublade des Tischchens, wo sie das Buch aufbewahrt, aus dem sie ihm zur Zeit vorliest, zusammen mit zwei Kerzen und

Wachsstreichhölzern. Arzneimittel hat sie nicht in diesem Zimmer. Sie versteckt sie in anderen Räumen. Wenn Caravaggio sie schon überall aufspürt, dann will sie nicht, daß er dabei den Engländer stört. Sie schiebt den Zettel mit den Pflanzennamen in die Tasche ihres Kleids, um ihn Caravaggio zu geben. Jetzt, da körperliche Anziehungskraft ins Spiel gekommen ist, fühlt sie sich befangen in der Gesellschaft der drei Männer.

Falls es körperliche Anziehungskraft ist. Falls das alles mit Liebe zu Kip zu tun hat. Sie mag es, ihr Gesicht an den oberen Bereich seines Armes zu schmiegen, diesen dunkelbraunen Fluß, und darin eingetaucht zu erwachen, am Puls einer unsichtbaren Ader im Fleisch neben ihr. Der Ader, die sie ausfindig machen müßte, um die Salzlösung zu injizieren, wenn er im Sterben läge.

Um zwei oder drei in der Frühe, nachdem sie den Engländer verlassen hat, geht sie durch den Garten zur Sturmlaterne des Pioniers, die vom Arm des heiligen Christophorus hängt. Völlige Dunkelheit zwischen ihr und dem Licht, aber sie kennt jeden Strauch und Busch auf ihrem Weg, kommt vorbei am Feuer, niedergebrannt und rosafarben in seinem baldigen Ende. Manchmal wölbt sie die Hand über den Glastrichter und bläst die Flamme aus, und manchmal läßt sie das Licht brennen und taucht darunter weg durch die offene Klappe ins Zelt hinein, um zu seinem Körper zu kriechen, zum Arm hin, den sie haben will, ihre Zunge dann statt eines Wattebauschs, ihr Zahn statt einer Nadel, ihr Mund statt der Maske mit Kodeintropfen, die ihn betäuben und sein unaufhörlich funktionierendes Hirn langsam bis zur Schläfrigkeit machen sollen. Sie faltet ihr Kleid mit dem Paisley-Muster zusammen und legt es auf ihre Tennisschuhe. Sie weiß, daß für ihn die Welt ringsum brennt und es nur wenige entscheidende Regeln gibt. Man ersetzt TNT durch Dampfdruck, man entzieht ihm das Wasser, man – all das ist, das weiß sie, in seinem Kopf, während sie neben ihm schläft, keusch wie eine Schwester.

Das Zelt und das dunkle Gehölz umschließen sie.

Sie sind nur eine Stufe über den Trost hinaus, den sie anderen in den Notlazaretten in Ortona oder Monterchi geschenkt hat. Ihr Körper als letzte Wärme, ihr Flüstern als Trost, ihre Nadel für den Schlaf. Aber der Körper des Pioniers läßt es nicht zu, daß etwas aus einer anderen Welt in ihn eindringt. Ein verliebter Junge, der die Speise, die sie anbietet, verschmäht, der das Narkotikum aus der Nadel nicht braucht oder will, die sie in seinen Arm stechen könnte, wie es Caravaggio tut, oder jene Salben, die in der Wüste ersonnen wurden und nach denen sich der Engländer sehnt, Salben und Pollen, um sich wieder aufzubauen, so wie die Beduinen das bei ihm getan hatten. Bloß, um Trost im Schlaf zu finden.

Es gibt Ornamente, mit denen er sich umgibt. Bestimmte Blätter, die sie ihm geschenkt hat, einen Kerzenstumpf, und in seinem Zelt den Detektor und die Schultertasche mit all den Gegenständen der Disziplin. Er ist aus den Kämpfen mit einer Ruhe herausgekommen, die, wenn auch vorgetäuscht, Ordnung für ihn bedeutet. Er hält an seiner Strenge fest, verfolgt den Gleitflug des Falken im Tal durch die Kimme seines Gewehres, erschließt sich eine Bombe und läßt, während er nach der Thermosflasche greift und den Deckel aufschraubt und trinkt, ohne auch nur den Metallbecher anzusehen, niemals aus den Augen, wonach er forscht.

Wir übrigen sind bloße Peripherie, denkt sie, seine Augen sind nur auf das konzentriert, was gefährlich ist, sein Ohr lauscht auf das, was in Helsinki oder Berlin passiert und über Kurzwelle kommt. Selbst wenn er ein zärtlicher Liebhaber ist und ihre linke Hand ihn über dem *kara* hält, wo die Muskeln seines Unterarms sich straffen, fühlt sie sich, bis zu seinem Stöhnen, wenn sein Kopf gegen ihren Hals fällt, unsichtbar unter jenem verlorenen Blick. Alles andere ist, abgesehen von der Gefahr, peripher. Sie hat ihm beigebracht, ein Geräusch von sich zu geben, hat es sich von ihm gewünscht, und falls er seit den Kämpfen überhaupt je entspannt ist, dann nur hierbei, als sei er endlich bereit, seinen Standort in der Dunkelheit zuzugeben, seine Lust durch einen menschlichen Laut zu bekunden.

Wie sehr sie ihn liebt oder er sie, wissen wir nicht. Oder wie sehr es ein Spiel voller Geheimnisse ist. In dem Maße, wie sie vertraut miteinander werden, wächst tagsüber der Raum zwischen ihnen. Sie mag den Abstand, den er ihr läßt, den Raum, den er als ihrer beider Recht voraussetzt. Er gibt jedem von ihnen geheime Energie, ein Luft-Code ist zwischen ihnen, wenn er wortlos unterhalb ihres Fensters vorbeikommt, den einen Kilometer geht, um sich mit den anderen Pionieren in der Stadt zu treffen. Er reicht ihr einen Teller oder etwas zum Essen. Sie legt ein Blatt über sein braunes Handgelenk. Oder sie arbeiten gemeinsam, Caravaggio zwischen ihnen, und mörteln eine zerfallende Mauer. Der Pionier singt seine westlichen Songs, an denen Caravaggio sein Vergnügen hat, was er sich aber nicht anmerken läßt.

»Pennsylvania six-five-oh-oh-oh«, schmachtet der junge Soldat.

Sie lernt die Varianten seiner Dunkelheit kennen. Die Farbe seines Unterarms gegen die Farbe seines Halses. Die Farbe seiner Handflächen, seiner Wange, der Haut unter seinem Turban. Das Dunkle der Finger, die rote und schwarze Drähte voneinander trennen oder die sich vom Brot abheben, das er auf dem Blechteller zerbröckelt, den er noch immer beim Essen benutzt. Danach steht er auf. Seine Selbstgenügsamkeit wirkt schroff auf die beiden anderen, obwohl er es zweifellos als schon übermäßige Höflichkeit empfindet.

Am meisten liebt sie die nassen Farben seines Halses, wenn er sich wäscht. Und seine schweißbedeckte Brust, die ihre Finger packen, wenn er über ihr liegt, und die dunklen, starken Arme in der Dunkelheit seines Zeltes, oder einmal in ihrem Zimmer, als Licht aus der Stadt unten im Tal, endlich der Verdunkelung entkommen, wie Morgendämmerung zwischen ihnen anbrach und die Farbe seines Körpers aufleuchten ließ.

Später wird ihr klarwerden, daß er sich nie zugestanden hat, ihr verbunden zu sein, oder sie ihm. Sie wird auf das Wort in einem Roman starren, es aus dem Buch heben und zu einem Lexikon tragen. Jmd. *verbunden sein*. Jmd. *verpflichtet sein*. Und er, das weiß sie jetzt, hat das nie zugestanden. Wenn sie die zweihundert Meter durch den dunklen Garten zu ihm hingeht, ist es ihre Entscheidung, und vielleicht findet sie ihn schlafend, nicht aus Mangel an Liebe, sondern aus Notwendigkeit, um für die tückischen Gegenstände des nächsten Tages einen klaren Kopf zu haben.

Er hält sie für ungewöhnlich. Er wacht auf und sieht sie im Dunst der Lampe. Am meisten liebt er ihren intelligenten Gesichtsausdruck. Oder am Abend liebt er ihre Stimme, wie sie Caravaggio von einer Dummheit abbringt. Und wie sie hereingekrochen kommt zu seinem Körper, einer Heiligen ähnlich.

Sie reden, der leichte Singsang seiner Stimme im Segeltuchgeruch des Zeltes, das ihn den ganzen Italien-Feldzug hindurch begleitet hat, zu dem er hochgreift, um es mit den dünnen Fingern zu berühren, als gehörte es auch zu seinem Körper, ein khakifarbener Flügel, den er nachts über sich breitet. Es ist seine Welt. Sie fühlt sich während dieser Nächte aus Kanada verschleppt. Er fragt sie, warum sie nicht schlafen kann. Sie liegt da, verärgert über seine Selbstgenügsamkeit, seine Fähigkeit, sich so leicht von der Welt abzuwenden. Sie wünscht sich ein Blechdach gegen den Regen, zwei Pappeln, die draußen vor ihrem Fenster zittern, ein Geräusch, bei dem sie einschlafen kann, Schlafbäume und Schlafdächer, mit denen sie im East End von Toronto aufwuchs und dann einige Jahre lang mit Patrick und Clara am Skootamatta River und später an der Georgian Bay. Sie hat keinen Schlafbaum entdeckt, nicht einmal in der Dichte dieses Gartens.

»Küß mich. Es ist dein Mund, in den ich am reinsten verliebt bin. Deine Zähne.« Und später, als sein Kopf zu einer Seite hin gefallen ist, zur Luft am Zelteingang, hat sie geflüstert, nur für sich selbst hörbar: »Vielleicht sollten wir Caravaggio fragen. Mein Vater hat mir einmal erzählt, daß Caravaggio ein ewig Verliebter ist. Nicht einfach verliebt, sondern in Liebe eingetaucht. Immer durcheinander. Immer glücklich. Kip? Hörst du mich? Ich bin so glücklich mit dir. So mit dir zu sein.«

Am meisten sehnte sie sich nach einem Fluß, in dem sie schwimmen könnten. Im Schwimmen war Förmlichkeit, und sie glaubte, das sei, wie in einem Tanzsaal zu sein. Er aber hatte eine andere Empfindung für Flüsse, war lautlos in den Moro gestiegen und hatte das Kabelgeschirr gezogen, das an der zusammensetzbaren Baileybrücke angebracht war, deren verbolzte Stahlplatten hinter ihm wie ein Lebewesen ins Wasser glitten, und dann war der Himmel von Granatfeuer erhellt, und jemand versank neben ihm in der Flußmitte. Immer wieder tauchten die Pioniere nach den verlorengegangenen Flaschenzügen, nach Ankereisen zwischen ihnen im Wasser, wobei Schlamm und Wasserfläche und Gesichter von den Phosphorleuchtkugeln am Himmel um sie herum wie von Blitzen erhellt wurden.

Die ganze Nacht hindurch, weinend und schreiend, mußten sie einander vom Durchdrehen abhalten. Ihre Kleidung war schwer vom Winterfluß, und die Brücke formte sich sacht zu einer Straße über ihren Köpfen. Und zwei Tage später folgte ein weiterer Fluß. Jeder Fluß, zu dem sie kamen, war brückenlos, als wäre sein Name ausgemerzt, als wäre der Himmel sternenlos, das Zuhause türenlos. Die Pioniereinheiten rutschten mit Tauen hinein, trugen Kabel über den Schultern und arbeiteten mit Schraubenschlüsseln an den Bolzen, alles ölbedeckt, damit die Metallteile kein Geräusch machten, und dann marschierte das Heer darüber. Fuhr über die Fertigbrücke, wenn die Pioniere noch im Wasser darunter waren.

Und so wurden sie oft in der Strommitte erwischt, wenn die Granaten angeflogen kamen, grell in Schlammufer einschlugen, Stahl und Eisen wie Steine zersprengten. Nichts konnte sie dann schützen, der braune Fluß dünn wie Seide gegen die Metalle, die ihn zerrissen.

Er wandte sich ab. Er kannte den Trick des raschen Schlafs gegen diese eine hier, die ihre eigenen Flüsse hatte und sich in ihnen verlor.

Ja, Caravaggio würde ihr erklären, wie sie in die Liebe eintauchen könnte. Selbst in Liebe, bei der man auf der Hut ist. »Ich möchte dich zum Skootamatta River mitnehmen, Kip«, sagte sie. »Ich möchte dir den Smoke Lake zeigen. Die Frau, die mein Vater liebte, lebt draußen an den Seen, steigt behender ins Kanu als in ein Auto. Ich vermisse den Donner, der die Elektrizität ausblendet. Ich möchte, daß du Clara, die mit den Kanus, kennenlernst, die letzte in meiner Familie. Es gibt sonst niemanden mehr. Mein Vater hat sie wegen eines Kriegs verlassen.«

Sie geht zu seinem Nachtzelt, ohne einen falschen Schritt oder ein Zögern. Die Bäume bilden ein Sieb aus Mondlicht, als hätte sie das Leuchtkugellicht eines Tanzlokals erwischt. Sie kriecht in sein Zelt und hält das Ohr an seine schlafende Brust und lauscht seinem Herzschlag, so wie er dem Uhrwerk in einer Mine lauscht. Zwei Uhr morgens. Alle schlafen, außer ihr.

4
Im Süden von Kairo, 1930–1938

NACH HERODOT GIBT es Hunderte von Jahren lang kaum ein Interesse der westlichen Welt an der Wüste. Seit 425 vor Christi Geburt bis zum Beginn des zwanzigsten Jahrhunderts bleibt der Blick abgewandt. Schweigen. Das neunzehnte Jahrhundert war ein Zeitalter der Flußsucher. Und dann erscheint in den zwanziger Jahren unseres Jahrhunderts ein liebenswürdiger Nachtrag der Geschichte zu diesem Gebiet der Erde, der vorwiegend von privat finanzierten Expeditionen stammt, gefolgt von bescheidenen Vorträgen vor der Geographischen Gesellschaft in London, Kensington Gore. Diese Vorträge werden von sonnenverbrannten, ausgemergelten Männern gehalten, die, wie Conrads Seeleute, leicht verunsichert sind durch das ganze Zeremoniell beim Taxifahren, die ordinäre Schlagfertigkeit der Busschaffner.

Wenn sie mit dem Nahverkehrszug aus den Vororten nach Knightsbridge zu den Versammlungen der Gesellschaft fahren, kommen sie sich oft verloren vor, haben die Fahrscheine verlegt, klammern sich an ihre alten Stadtpläne und haben ihre Aufzeichnungen für den Vortrag – bedächtig und penibel angefertigt – im Rucksack dabei, der immer zur Stelle ist, unverwechselbarer Teil ihres Körpers. Diese Männer aus allen Nationen sind zu dieser frühen Abendstunde, sechs Uhr, unterwegs, wenn das Licht der Einsamen scheint. Es ist eine anonyme Zeit, die meisten Städter sind auf dem Nachhauseweg. Die Forschungsreisenden kommen zu früh in Kensington Gore an, essen im Lyons Corner House und betreten dann die Geographische Gesellschaft, wo sie sich im oberen Vestibül niederlassen, in der Nähe des großen Maori-Kanus, und ihre Aufzeichnungen überfliegen. Um acht Uhr beginnt die Veranstaltung.

Alle zwei Wochen gibt es einen Vortrag. Einer hält die Einführung, und ein anderer spricht am Ende die Dankesworte. Der Schlußredner erörtert gewöhnlich das Für und Wider des Vortrags und prüft ihn auf Allgemeingültigkeit hin, angemessen kritisch, aber nie unverschämt krittelnd. Die Hauptredner halten sich, wie allgemein vorausgesetzt wird, an die Fakten, und selbst Überspanntheiten werden mit Bescheidenheit vorgetragen.

> *Meine Reise durch die Libysche Wüste von Sokum am Mittelmeer bis nach El Obeid im Sudan ging über eine der wenigen Routen auf der Erdoberfläche, die eine Vielzahl interessanter geographischer Probleme bietet...*

Das jahrelange Planen und Recherchieren und Geldbeschaffen bleibt in diesen eichenholzgetäfelten Räumen immer unerwähnt. Der Redner der Vorwoche meldete den Verlust von dreißig Menschen im Eis der Antarktis. Ähnliche Verluste in extremer Hitze oder im Sturm werden bei Bekanntgabe nur mit kargen Nachrufen bedacht. Alle menschlichen und finanziellen Belange liegen jenseits des Diskussionsthemas – und das ist die Erdoberfläche mit ihren »interessanten geographischen Problemen«.

> *Können andere Senken in dieser Region, außer dem viel erörterten Wadi Rayan, mit Hilfe von Bewässerung oder Drainage des Nil-Deltas ebenfalls nutzbar gemacht werden? Nimmt die Wasserversorgung mittels artesischer Brunnen in den Oasen kontinuierlich ab? Wo soll man suchen nach dem geheimnisvollen »Zarzura«? Gibt es noch weitere »verlorene« Oasen, die es zu entdecken gilt? Wo sind die Schildkrötensümpfe des Ptolemäus?*

John Bell, Leiter der Wüstenvermessung in Ägypten, stellte 1927 diese Fragen. Anfang der dreißiger Jahre wurden die Referate noch bescheidener. *»Ich möchte ein paar zusätzliche Bemerkungen zu einigen Punkten machen, die in der interessanten Diskussion über die ›Prähistorische Geographie der Oase Kharga‹ angeschnitten wurden.«* Mitte der dreißiger Jahre wurde die verlorene Oase Zarzura von Ladislaus de Almásy und seinen Begleitern gefunden.

1939 endete das große Jahrzehnt der Expedition in die Libysche Wüste, und dieses riesige und stille Gebiet auf der Erde wurde einer der Kriegsschauplätze.

Im Schlafzimmer mit seinen gemalten Lauben sieht der verbrannte Patient in große Entfernungen. So wie jener tote Ritter in Ravenna, dessen Marmorleib, fast fließend, zu leben scheint, das Haupt auf dem Steinkissen erhoben hat, damit er über seine Füße hinweg in die Ferne schauen kann. Weiter als bis zum ersehnten Regen von Afrika. Hin zu ihrer aller Leben in Kairo. Ihrem Tun, ihren Tagen.

Hana sitzt an seinem Bett, und sie begleitet ihn während dieser Reisen wie ein Schildknappe.

1930 hatten wir damit angefangen, den größeren Teil des Gilf-Kebir-Plateaus kartographisch zu erfassen, auf der Suche nach der verlorenen Oase, die man Zarzura nannte. Die Stadt der Akazien.

Wir waren Wüsteneuropäer. John Bell hatte das Gilf 1917 ausfindig gemacht. Dann Kemal el Din. Dann Bagnold, der den Weg von Süden ins Sandmeer fand. Madox, Walpole von der Wüstenvermessung, Seine Exzellenz Wasfi Bey, Casparius, der Fotograf, Dr. Kádár, der Geologe, und Bermann. Und das Gilf Kebir – jenes große Plateau, das in der Libyschen Wüste ruht, von der Größe der Schweiz, wie Madox gern sagte – war unser Herz, seine schroffen Steilabbrüche zum Osten und Westen hin, nach Norden allmählich abfallend. Es erhob sich aus der Wüste, sechshundertvierzig Kilometer westlich vom Nil.

Die frühen Ägypter vermuteten kein Wasser westlich der Oasenstädte. Die Welt endete da draußen. Das Innere war ohne Wasser. Aber in der Leere der Wüsten ist man immer von verlorener Geschichte umgeben. Tebu- und Senussi-Stämme waren dort umhergezogen im Besitz von Brunnen, die sie mit großer Heimlichkeit hüteten. Es gab Gerüchte über fruchtbares Land, das im Wüsteninneren versteckt sei. Im dreizehnten Jahrhundert sprachen arabische Schriftsteller von Zarzura. »Die Oase der kleinen Vögel.« »Die Stadt der Akazien.« Im *Buch der verborgenen Schätze*, dem *Kitab Al Durr Makmuz*, wird Zarzura als weiße Stadt geschildert, »weiß wie eine Taube«.

Sehen Sie sich eine Karte der Libyschen Wüste an, und Ihnen werden die Namen auffallen. Kemal el Din im Jahre 1925, der, fast allein, die erste moderne Großexpedition ausführte. Bagnold von 1930 bis 1932. Almásy-Madox 1931 bis 1937. Genau nördlich vom Wendekreis des Krebses.

Wir waren eine zusammengewürfelte Nation für uns, die da zwischen den Kriegen kartographierte und forschend nachhakte. Wir versammelten uns in Dachla und Kufra, als wären das Bars oder Cafés. Eine Oasengesellschaft nannte Bagnold das. Wir wußten Bescheid über die persönlichsten Dinge eines jeden, die Fertigkeiten und Schwächen des anderen. Wir verziehen Bagnold wegen der Art und Weise, wie er über Dünen schrieb, so ziemlich alles. *»Die Rillen und der geriffelte Sand ähneln der Wölbung eines Hundegaumens.«* Das war der echte Bagnold, ein Mann, der seine wißbegierige Hand in einen Hunderachen steckte.

1930. Unsere erste Reise, die südlich von Jaghbub hinein in die Wüste führte, mitten ins Reich der Zwaya- und Majabra-Stämme. Eine siebentägige Reise bis nach El Tadsch. Madox und Bermann, vier weitere. Einige Kamele, ein Pferd und ein Hund. Als wir aufbrachen, erzählte man uns den alten Scherz. »Eine Reise bei einem Sandsturm zu beginnen bedeutet Glück.«

Die erste Nacht kampierten wir zweiunddreißig Kilometer südlich. Am nächsten Morgen wachten wir um fünf auf und krochen aus unseren Zelten. Zu kalt zum Schlafen. Wir traten zu den Lagerfeuern und saßen in ihrem Licht innerhalb der größeren Dunkelheit. Über uns standen die letzten Sterne. Erst in zwei Stunden würde die Sonne aufgehen. Wir ließen Gläser mit heißem Tee herumgehen. Die Kamele wurden gefüttert, halb schlafend kauten sie die Datteln mitsamt den Dattelkernen. Wir frühstückten und tranken dann drei weitere Gläser Tee.

Stunden später gerieten wir in den Sandsturm, der uns aus klarem Morgen heraus anfiel, aus dem Nichts kommend. Die

Brise, die erfrischend gewesen war, hatte nach und nach an Stärke zugenommen. Schließlich sahen wir auf den Boden, und die Oberfläche der Wüste war verändert. Geben Sie mir das Notizbuch ... hier. Das ist Hassanein Beys wundervoller Bericht von solchen Stürmen –

> *»Es ist, als wäre die Oberfläche mit Dampfröhren unterlegt, mit Tausenden von Düsen, durch die winzige Strahlen Dampf hinausgeblasen werden. Der Sand hüpft in kleinen Rucks und Wirbeln. Zentimeter um Zentimeter hebt sich die Unruhe, so wie der Wind an Stärke gewinnt. Es scheint, als höbe sich die ganze Oberfläche der Wüste in Übereinstimmung mit einer unterirdischen, nach oben stoßenden Kraft. Größere Kieselsteine schlagen gegen Schienbein, Knie, Oberschenkel. Die Sandkörnchen klettern am Körper hoch, bis der Sand ins Gesicht schlägt und über den Kopf hinaus geht. Der Himmel hat sich entzogen, alles außer den nächsten Gegenständen entschwindet der Sicht, das Universum füllt sich.«*

Wir mußten immer in Bewegung bleiben. Wenn man haltmacht, staut sich der Sand, wie um alles, was stillsteht, und schließt einen ein. Man ist für alle Zeit verloren. Ein Sandsturm kann fünf Stunden dauern. Selbst als wir in späteren Jahren in Lastautos saßen, mußten wir, ohne etwas sehen zu können, immer weiterfahren. Die schlimmsten Schrecken kamen nachts. Einmal, nördlich von Kufra, wurden wir im Dunkeln von einem Sturm angefallen. Drei Uhr in der Frühe. Der Sturmwind fegte die Zelte aus ihren Befestigungen, und mit ihnen wurden wir weggerollt, Sand aufnehmend, wie ein sinkendes Schiff Wasser aufnimmt, nach unten gedrückt, erstickten fast, bis wir von einem Kameltreiber herausgehauen wurden.

Wir reisten in neun Tagen durch drei Stürme. Wir verpaßten kleine Wüstenstädte, wo wir eigentlich noch Proviant hatten auftun wollen. Das Pferd verschwand. Drei der Kamele starben. An den beiden letzten Tagen gab es keine Nahrung, nur

Tee. Die letzte Verbindung mit einer anderen Welt war das Klirren der rußigen Teemaschine und des langen Löffels und des Glases, das im Dunkel der Morgen zu uns drang. Nach der dritten Nacht hörten wir zu reden auf. Alles, was zählte, war das Feuer und das bißchen braune Flüssigkeit.

Nur durch Glück stießen wir auf die Wüstenstadt El Tadsch. Ich spazierte durch den Souk, das Gäßchen mit den Uhren, die gerade die Stunde schlugen, in die Straße der Barometer hinein, vorbei an den Buden mit Patronen, Verkaufsständen mit italienischer Tomatensauce und anderen Konserven aus Bengasi, Kattun aus Ägypten, Straußenfedernschmuck, vorbei an ambulanten Zahnärzten, Buchhändlern. Wir waren noch stumm, jeder einzelne von uns verschwand auf eigenen Wegen. Wir nahmen diese neue Welt langsam auf, als wären wir eben dem Ertrinken entkommen. Wir setzten uns auf den Hauptplatz von El Tadsch und aßen Lamm, Reis, *badawi*-Kuchen, tranken Milch mit geriebenen Mandeln. All das nach dem langem Warten auf die drei zeremoniellen Gläser Tee, gewürzt mit Johanniskraut und Minze.

Irgendwann im Jahre 1931 schloß ich mich einer Beduinenkarawane an, und man sagte mir, es gebe da noch einen anderen von uns. Fenelon-Barnes, wie sich herausstellte. Ich ging zu seinem Zelt. Er war den Tag über unterwegs auf einer kleinen Expedition, katalogisierte versteinerte Bäume. Ich schaute mich etwas um in seinem Zelt, ein Stapel Landkarten, die Fotos seiner Familie, die er immer bei sich hatte, etc. Als ich gerade gehen wollte, bemerkte ich einen Spiegel, hoch oben an der Fellwand angebracht, und wie ich hineinschaute, sah ich das Bett widergespiegelt. Eine kleine Auswölbung darin, vielleicht ein Hund unter der Decke. Ich zog die *djellaba* weg, und da lag schlafend ein kleines Arabermädchen, festgebunden.

1932 war Bagnold fertig, und Madox und der Rest von uns waren in alle Winde verstreut. Auf der Suche nach dem verlorenen Heer des Kambyses. Auf der Suche nach Zarzura. 1932 und 1933 und 1934. Sahen einander monatelang nicht. Nur die Beduinen und wir, die wir kreuz und quer über die Straße der Vierzig Tage zogen. Es gab Ströme von Wüstenstämmen, die schönsten Geschöpfe, denen ich im Leben begegnet bin. Wir waren Deutsche, Engländer, Ungarn, Afrikaner – allesamt bedeutungslos für sie. Langsam wurden wir nationenlos. Ich fing an, die Nationen zu hassen. Wir sind durch die Nationalstaaten verformt. Madox starb wegen der Nationen.

Die Wüste konnte nicht als Eigentum eingefordert oder als Besitz angesehen werden – es war ein Stück Tuch, von Winden getragen, nie von Steinen niedergehalten, und hatte hundert wechselnde Namen bekommen, lange bevor Canterbury existierte, lange bevor Schlachten und Verträge Europa und den Osten zusammenstoppelten. Die Karawanen der Wüste, jene seltsamen umherziehenden Feste und Kulturen, hinterließen nichts, nicht einmal Glutasche. Wir alle, selbst jene mit europäischem Zuhause und Kindern in der Ferne, wünschten die Hüllen unserer Länder abzustreifen. Es war ein Ort des Glaubens. Wir verschwanden in der Landschaft. Feuer und Sand. Wir verließen die Häfen der Oasen. Die Stellen, wohin das Wasser kam und hinreichte ... *Ain, Bir, Wadi, Foggara, Khottara, Shaduf.* Ich wollte meinen Namen nicht gegen solch schöne Namen setzen. Tilg den Familiennamen! Tilg die Nationen! Ich lernte dergleichen von der Wüste.

Und doch wollten einige ihren Stempel dort hinterlassen. Auf jenem trockenen Wasserlauf, auf dieser Kieskuppe. Kleine Eitelkeiten in dieser Parzelle Land nordwestlich des Sudan, südlich der Kyrenaika. Fenelon-Barnes wollte, daß die versteinerten Bäume, die er entdeckt hatte, seinen Namen trügen. Er wollte sogar, daß ein Stamm seinen Namen annähme, und verbrachte ein Jahr mit Verhandlungen. Dann stach ihn Bauchan aus, indem er eine bestimmte Art Sanddüne nach sich benennen ließ. Ich aber wollte meinen Namen tilgen und den Ort, von dem ich stammte. Als dann der Krieg ausbrach, nach zehn Jahren Wüste, war es ein leichtes für mich, über die Grenzen zu schlüpfen, niemandem anzugehören, keiner Nation.

1933 oder 1934. Ich habe das Jahr vergessen. Madox, Casparius, Bermann, ich, zwei sudanesische Fahrer und ein Koch. Mittlerweile reisen wir in einem Ford A-Modell mit Kastenaufbau und benutzen zum erstenmal große Ballonreifen, bekannt als Lufträder. Sie fahren besser auf Sand, aber das Risiko ist, ob sie Steinfeldern und zersplittertem Felsgestein standhalten.

Wir verlassen Kharga am 22. März. Bermann und ich haben die Theorie, daß die drei Wadis, über die Wilkinson 1838 geschrieben hat, Zarzura bilden.

Südwestlich vom Gilf Kebir ragen drei isolierte Granitmassive aus der Ebene – Gebel Arkanu, Gebel Uwenat und Gebel Kissu. Sie sind jeweils etwa fünfundzwanzig Kilometer voneinander entfernt. Gutes Wasser in einigen der Schluchten, auch wenn das Brunnenwasser in Gebel Arkanu bitter schmeckt, nicht trinkbar ist, außer im Notfall. Wilkinson behauptete, drei Wadis machten Zarzura aus, aber er hat sie geographisch nie festgelegt, und darum gilt das als Erfindung. Doch schon *eine* Regenoase in diesen kraterförmigen Hügeln würde das Rätsel lösen, wie Kambyses und sein Heer es wagen konnten, eine solche Wüste zu durchqueren, und wie die Senussi im Ersten Weltkrieg Überfälle ausführen konnten, als die schwarzen, riesenhaften Angreifer durch eine Wüste zogen, die angeblich kein Wasser oder Weideland besitzt. Dies war eine Welt, die seit Jahrhunderten zivilisiert war, von tausend Pfaden und Straßen durchzogen.

Wir finden bei Abu Ballas Krüge in der klassischen griechischen Amphorenform. Herodot erwähnt solche Krüge.

Bermann und ich unterhalten uns mit einem schlangenähnlichen geheimnisvollen Alten in der Festung von El Dschoff – in der Steinhalle, die einst die Bibliothek des großen Scheichs der Senussi war. Ein alter Tebu, Karawanenführer von Beruf, der Arabisch mit Akzent spricht. Später sagt Bermann »wie das Kreischen von Fledermäusen«, ein Herodot-Zitat. Wir unterhalten uns den ganzen Tag mit ihm, die ganze Nacht, und er gibt nichts preis. Das Credo der Senussi, ihr oberster Grundsatz, lautet immer noch, daß die Geheimnisse der Wüste nicht vor Fremden enthüllt werden sollen.

Im Wadi el Melik sehen wir Vögel einer unbekannten Spezies.

Am 5. Mai erklimme ich eine Steinklippe und nähere mich dem Uwenat-Plateau aus einer neuen Richtung. Mit einemmal befinde ich mich in einem breiten Wadi voller Akazien.

Es gab eine Zeit, da Kartographen den Orten, die sie durchreisten, die Namen von Geliebten gaben, eher als den eigenen. Von einer, die er in einer Wüstenkarawane sich hatte waschen sehen, wie sie mit dem einen Arm Musselin vor sich hochhielt. Oder da war die Frau eines alten arabischen Dichters, deren taubenweiße Schultern ihn dazu brachten, eine Oase mit ihrem Namen zu bezeichnen. Der Felleimer schüttet Wasser über sie, sie hüllt sich in das Tuch, und der alte Schreibfuchs wendet sich von ihr ab, um Zarzura zu beschreiben.

So kann ein Mann in der Wüste in einen Namen schlüpfen wie in einen entdeckten Brunnen, und er kann in dessen schattiger Kühle versucht sein, eine solche Umfassung nie mehr zu verlassen. Ich wünschte mir sehnlich, dort zu bleiben, unter diesen Akazien. Ich ging da nicht an einem Ort, wo niemand zuvor gegangen war, sondern an einem Ort, wo es Jahrhunderte hindurch unvermutet und immer nur kurz Bewohner gegeben hatte – im vierzehnten Jahrhundert ein Heer, eine Tebu-Karawane, die Senussi-Angreifer von 1915. Und zwischendurch – war dort nichts. Wenn kein Regen fiel, welkten die Akazien, die Wadis trockneten aus …, bis auf einmal fünfzig oder hundert Jahre später wieder Wasser auftauchte. Ein sporadisches Erscheinen und Verschwinden, wie Legenden und Gerüchte im Lauf der Geschichte.

In der Wüste wird das am meisten geliebte Wasser, wie der Name einer Geliebten, blau in den Händen getragen und rinnt dann die Kehle hinunter. Man schluckt Abwesenheit. Eine

Frau in Kairo wölbt die Länge ihres weißen Körpers vom Bett auf und lehnt sich aus dem Fenster in den heftigen Regen hinaus, damit ihre Nacktheit ihn in Empfang nehmen kann.

Hana beugt sich vor, spürt sein Dahintreiben, beobachtet ihn, sagt aber nichts. Wer ist sie, diese Frau?

Die Enden der Erde sind nie die Punkte auf einer Landkarte, gegen die Siedler andrängen, um ihren Einflußbereich auszudehnen. Auf der einen Seite Diener und Sklaven und die Gezeiten der Macht und die Korrespondenz mit der Geographischen Gesellschaft. Auf der anderen der erste Schritt eines Weißen durch einen großen Fluß, der erste Blick (aus dem Auge eines Weißen) auf ein Gebirge, das es dort schon seit Ewigkeiten gibt.

Wenn wir jung sind, sehen wir nicht in den Spiegel. Erst wenn wir alt sind, besorgt um unseren Namen, unseren Mythos, um das, was unser Leben der Zukunft bedeuten wird. Wir prahlen mit Namen, die wir tragen, mit unseren Ansprüchen, die ersten Augen, das stärkste Heer, der gerissenste Kaufmann gewesen zu sein. Erst als Narziß alt ist, will er ein Götzenbild seiner selbst sehen.

Wir hingegen waren daran interessiert, auf welche Art unser Leben etwas für die Vergangenheit bedeuten könnte. Wir segelten in die Vergangenheit. Wir waren jung. Wir wußten, Macht und Kapital waren nichts Bleibendes. Wir schliefen alle mit Herodot. *»Denn jene Städte, die einst groß waren, müssen nun klein geworden sein, und jene, die zu meiner Zeit groß waren, waren klein in der Zeit zuvor … Menschenglück ist nie von Dauer.«*

1936 hatte ein junger Mann namens Geoffrey Clifton in Oxford einen Freund getroffen, der erwähnte, was wir gerade taten. Er nahm Kontakt mit mir auf, heiratete am folgenden Tag und flog zwei Wochen später mit seiner Frau nach Kairo.

Das Paar trat in unsere Welt ein – die von uns vieren, Prinz

Kemal el Din, Bell, Almásy und Madox. Der Name, der noch immer unser Reden bestimmte, war Gilf Kebir. Irgendwo im Gilf war Zarzura versteckt, dessen Name sich in arabischen Schriften bis zurück ins dreizehnte Jahrhundert verfolgen läßt. Wenn man so weit in die Zeit reist, braucht man ein Flugzeug, und der junge Clifton war reich, und er konnte fliegen, und er besaß ein Flugzeug.

Clifton traf uns in El Dschoff, nördlich von Uwenat. Er saß in seinem Zweisitzer, und wir gingen vom Basislager zu ihm. Er stand im Cockpit auf und goß sich einen Drink aus der Thermosflasche ein. Seine junge Frau saß neben ihm.

»Ich taufe diese Stätte Bir Messaha Country Club«, verkündete er.

Ich beobachtete die freundliche Unsicherheit, die sich im Gesicht seiner Frau zeigte, ihr löwenhaftes Haar, als sie die Lederkappe abzog.

Es waren junge Leute, die uns wie unsere Kinder vorkamen. Sie kletterten aus dem Flugzeug, und wir schüttelten uns die Hände.

Das war 1936, der Anfang unserer Geschichte …

Sie sprangen vom Flügel der Moth. Clifton trat auf uns zu, streckte uns die Thermosflasche entgegen, und wir alle tranken schlückchenweise den warmen Alkohol. Er war einer, dem an Zeremonien lag. Er hatte sein Flugzeug *Rupert Bear* genannt. Ich glaube nicht, daß er die Wüste liebte, aber er hatte eine Neigung für sie, die aus der Ehrfurcht erwuchs vor unserer strengen Ordnung, der er sich fügen wollte – wie ein fröhlicher Erstsemestler, der in einer Bibliothek das Schweigegebot respektiert. Wir hatten nicht erwartet, daß er seine Frau mitbrachte, aber wir reagierten vermutlich doch recht freundlich. Sie stand da, während sich der Sand in ihrer Haarmähne fing.

Was waren wir für dieses junge Paar? Einige von uns hatten Bücher über Dünenformationen geschrieben, das Verschwinden und Wiederauftauchen von Oasen, über verlorene Wüstenkulturen. Wir schienen nur an Dingen interessiert, die man weder kaufen noch verkaufen konnte, ohne irgendwelche Bedeutung für die Außenwelt. Wir sprachen über Breitengrade oder über ein Ereignis, das siebenhundert Jahre zurücklag. Über Theoreme der Erforschung. Daß Abd el Melik Ibrahim el Zwaya, der in der Oase Zurq bei Kufra lebte und Kamele weidete, der erste Mann bei diesen Stämmen war, der das Konzept der Fotografie verstehen konnte.

Für die Cliftons waren es die letzten Tagen ihrer Flitterwochen. Ich ließ sie in der Obhut der anderen und schloß mich einem Mann in Kufra an und verbrachte einige Zeit bei ihm, um Theorien auszuprobieren, die ich vor dem Rest der Expedition geheimgehalten hatte. Drei Nächte später kehrte ich zum Basislager in El Dschoff zurück.

Das Lagerfeuer in der Wüste war zwischen uns. Den Cliftons, Madox, Bell und mir. Wenn jemand sich um wenige Zentimeter zurücklehnte, verschwand er in der Dunkelheit. Katharine Clifton begann etwas aufzusagen, und mein Kopf verließ den Lichtkreis des Lagerfeuers aus dünnen Zweigen.

Ihr Gesicht hatte etwas Klassisches. Ihre Eltern waren berühmt in der Welt der Rechtsgeschichte, wie es schien. Ich bin einer, der sich nichts aus Dichtung machte, bis ich hörte, wie eine Frau uns Verse aufsagte. Und in jener Wüste holte sie die Tage ihrer Studien hinüber in unsere Mitte, um Sterne zu beschreiben – so wie Adam zärtlich eine Frau mit anmutigen Metaphern belehrte.

So scheinen diese also nicht umsonst
In tiefer Nacht, obgleich sie keiner sieht,
Und glaube nicht, wenn keine Menschen wären,
Der Himmel hätte der Beschauer nicht,
Noch Gott des Lobes. Millionen wandeln
Von geistigen Geschöpfen durch die Welt
Unsichtbar, ob wir wachen oder schlafen.
Sie alle schauen seine Werke an
Bei Tag und Nacht mit nimmermüdem Lob.

Wie oft vom echotragenden Gehölz
Und Hügel hörten wir der Mitternacht
Himmlische Stimmen, einzeln oder auch
Im Wechselsang, von ihrem Schöpfer singen! ...

In dieser Nacht verliebte ich mich in eine Stimme. Nur eine Stimme. Ich wollte nichts mehr hören. Ich stand auf und ging weg.

Sie war eine Weide. Wie wäre sie im Winter, in meinem Alter? Ich sehe sie noch immer, für alle Zeit, mit dem Auge Adams. Sie war dieses Bündel linkischer Glieder gewesen, wie es aus dem Flugzeug kletterte, sich in unserer Mitte hinabbeugte, um das Feuer zu schüren, den Ellbogen nach oben gerichtet auf mich, während sie aus einer Feldflasche trank.

Einige Monate später tanzte sie mit mir Walzer, als unsere Gruppe in Kairo ausging. Obwohl sie leicht angetrunken war, drückte ihr Gesicht etwas Unbezähmbares aus. Selbst heute noch glaube ich, daß der Ausdruck, der am meisten von ihr preisgab, der von damals war, als wir beide halb betrunken waren, nicht Liebende.

All die Jahre hindurch habe ich versucht, herauszukriegen, was sie mir mit jenem Blick sagen wollte. Es schien Verachtung zu sein. Mir kam es so vor. Heute glaube ich, sie studierte mich. Sie war ohne Hintergedanken, erstaunt über etwas in meinem Verhalten. Ich benahm mich, wie ich es in Bars eben tue, diesmal allerdings in der falschen Gesellschaft. Ich bin jemand, der die Regeln seines Verhaltens jeweils gesondert hielt. Ich vergaß, daß sie jünger war als ich.

Sie *studierte* mich tatsächlich. So einfach war das. Und ich wartete auf eine falsche Regung in ihrem statuengleichen Blick, etwas, das sie verriete.

Geben Sie mir eine Landkarte, und ich baue Ihnen eine Stadt auf. Geben Sie mir einen Bleistift, und ich zeichne Ihnen ein Zimmer im Süden von Kairo, mit Schaubildern der Wüste an der Wand. Immer war die Wüste bei uns. Ich konnte aufwachen und meine Augen zu der Karte mit den alten Siedlungen entlang der Mittelmeerküste heben – Gazala, Tobruk, Mersa Matruh –, und südlich davon die handgemalten Wadis, und diese waren umgeben von den Gelbschattierungen, in die wir eindrangen, worin wir uns zu verlieren suchten. *»Meine Aufgabe ist es, in aller Kürze die verschiedenen Expeditionen zu beschreiben, die das Gilf Kebir in Angriff nahmen. Dr. Bermann wird uns später zu der Wüste zurückführen, wie sie vor Tausenden von Jahren existierte …«*

So sprach Madox zu den anderen Geographen in Kensington Gore. Aber Ehebruch findet sich nicht in den Protokollen der Geographischen Gesellschaft. Unser Zimmer erscheint nie in den detaillierten Berichten, die jede Kuppe verzeichneten und jedes geschichtliche Ereignis.

In der Straße der importierten Papageien in Kairo wird man von fast deutlich artikulierenden Vögeln drangsaliert. Die Vögel bellen und pfeifen in Reihen, wie ein gefiederter Boulevard. Ich wußte, welcher Stamm welche Seiden- oder Kamelroute entlanggezogen war und sie in zierlichen Palankins durch die Wüste getragen hatte. Vierzig-Tage-Reisen, nachdem die Vögel von Sklaven gefangen oder wie Blumen in äquatorialen Gärten gepflückt worden waren und danach in Bambuskäfige gesteckt wurden, um in den Handelsfluß zu gelangen. Sie kamen einem vor wie Bräute in einem mittelalterlichen Hochzeitszug.

Wir standen mittendrin. Ich zeigte ihr eine Stadt, die für sie neu war.

Ihre Hand berührte mich am Handgelenk.

»Wenn ich Ihnen mein Leben gäbe, würden Sie es fallen lassen. Nicht wahr?«

Ich sagte nichts.

5
Katharine

Als sie zum erstenmal von ihm träumte, wachte sie neben ihrem Mann auf, schreiend.

In ihrem Schlafzimmer starrte sie mit offenem Mund auf das Laken. Ihr Mann legte die Hand auf ihren Rücken.

»Ein Alptraum. Ganz ruhig.«

»Ja.«

»Soll ich dir Wasser holen?«

»Ja.«

Sie mochte sich nicht regen. Wollte sich nicht wieder in jene Zone legen, in der sie gewesen waren.

Der Traum hatte sich in diesem Zimmer abgespielt – seine Hand auf ihrem Nacken (sie berührte ihn jetzt), sein Unwille ihr gegenüber, den sie gespürt hatte bei den ersten Malen, als sie ihn getroffen hatte. Nein, nicht Unwille, ein Mangel an Interesse, Irritation angesichts einer verheirateten Frau unter ihnen. Sie waren vorgebeugt wie Tiere, und er hatte ihren Nacken ins Joch gezwungen, so daß sie in ihrer Erregung nicht atmen konnte.

Ihr Mann brachte ihr das Glas auf einer Untertasse, aber sie konnte die Arme nicht heben, sie zitterten, befreit. Er setzte ihr ungeschickt das Glas an den Mund, so daß sie das chlorierte Wasser schlucken konnte, wobei Tropfen ihr vom Kinn rannen, auf ihren Bauch fielen. Als sie sich zurücklegte, blieb ihr kaum Zeit, über das nachzudenken, was sie erlebt hatte, rasch sank sie in einen tiefen Schlaf.

Das war das erste Erkennen gewesen. Sie erinnerte sich im Laufe des nächsten Tages daran, doch da war sie beschäftigt, und sie wollte sich nicht lange mit dessen Bedeutung abgeben, verbannte es aus ihren Gedanken; eine rein zufällige Konfrontation in einem wilden nächtlichen Traum, mehr nicht.

Ein Jahr später kamen die anderen, die friedlichen Träume, weit gefährlicher. Und selbst im ersten dieser Träume erinnerte sie sich der Hände auf ihrem Nacken und wartete darauf, daß die gelassene Stimmung zwischen ihnen in Gewalt umschlug.

Wer streut die Krumen, die einen locken sollen? Zu einer

Person hin, über die man nie nachgedacht hat. Ein Traum. Später dann eine weitere Reihe von Träumen.

Er sagte später, es sei das Nahesein. Nahesein in der Wüste. Es habe diese Wirkung hier, sagte er. Er liebte das Wort – das Nahesein von Wasser, das Nahesein von zwei oder drei Körpern in einem Wagen, der sechs Stunden lang durch das Sandmeer fährt. Ihr schwitzendes Knie neben der Schaltung des Lasters, ein Knie, das schlenkerte und bei Unebenheiten hochfuhr. In der Wüste hat man Zeit, überall hinzuschauen, Zeit, über die Choreographie der Dinge um einen herum zu theoretisieren.

Wenn er so redete, haßte sie ihn, ihr Blick blieb zwar höflich, aber innerlich drängte es sie, ihn zu schlagen. Ständig verspürte sie den Wunsch, ihn zu schlagen, und sie machte sich klar, daß auch das sexuell war. Für ihn ordneten sich die Beziehungen nach Mustern. Man kam in die Kategorie des Naheseins oder in die des Abstands. So wie für ihn die Historien Herodots alle Gesellschaftsformen erhellten. Er glaubte, sich in den Belangen der Welt auszukennen, die er im wesentlichen vor Jahren hinter sich gelassen hatte, seit der Zeit ständig bemüht, die halb erdichtete Welt der Wüste zu erforschen.

Auf dem Kairoer Flugplatz luden sie die Ausrüstung in die Fahrzeuge, ihr Mann blieb noch, um die Benzinleitungen der Moth zu überprüfen, bevor die drei Männer am nächsten Tag abreisten. Madox ging zu einer der Botschaften, um ein Telegramm aufzugeben. Und *er* wollte sich in der Stadt einen antrinken, der übliche Abschlußabend in Kairo, erst zu Madame Badin's Opera Casino, später würde er dann in den Straßen hinter dem Pasha Hotel untertauchen. Packen würde er noch vor dem Abend, was ihm erlaubte, am nächsten Morgen in das Lastauto zu steigen, verkatert, wie er war.

Und so fuhr er sie in die Stadt, die Luft feucht, der Verkehr um diese Zeit dicht und stockend.

»Es ist so heiß. Ich brauche ein Bier. Sie auch?«

»Nein, ich muß in den nächsten Stunden noch eine Menge erledigen. Sie müssen mich entschuldigen.«

»Schon gut«, sagte sie. »Ich wollte mich nicht aufdrängen.«

»Ich trinke eins mit Ihnen, sobald ich zurück bin.«

»In drei Wochen, nicht?«

»Etwa.«

»Ich wollte, ich könnte mit.«

Er sagte nichts darauf. Sie fuhren über die Bulaq-Brücke, und der Verkehr nahm noch zu. Zu viele Karren, zu viele Fußgänger, denen die Straße gehörte. Er fuhr den kürzesten Weg südlich am Nil entlang zum Semiramis Hotel, wo sie wohnte, genau hinter der Kaserne.

»Sie werden diesmal bestimmt Zarzura finden.«

»Ich finde es diesmal bestimmt.«

Er war wieder er selbst. Er sah sie während der Fahrt kaum an, auch nicht, als sie irgendwo mehr als fünf Minuten steckenblieben.

Am Hotel gab er sich übertrieben höflich. Wenn er sich derart benahm, mochte sie ihn noch weniger; sie alle mußten so tun, als wäre diese Pose Verbindlichkeit, angenehme Manieren. Es erinnerte sie an einen Hund, den man in Kleider gesteckt hat. Zum Teufel mit ihm. Müßte ihr Mann nicht mit ihm zusammenarbeiten, würde sie ihn am liebsten nicht mehr wiedersehen.

Er zog ihr Gepäck von der Rückbank und wollte es in die Eingangshalle tragen.

»Das kann ich schon selbst nehmen.« Ihre Hemdbluse war naß im Rücken, als sie vom Beifahrersitz stieg.

Der Portier erbot sich, das Gepäck zu nehmen, aber er sagte: »Nein, sie möchte es selbst tragen«, und wieder war sie verärgert über seine Arroganz. Der Portier zog sich zurück. Sie wandte sich ihm zu, und er reichte ihr die Tasche, so daß sie ihm ins Gesicht sah, mit beiden Händen hielt sie nun linkisch das schwere Gepäckstück vor der Brust.

»Dann auf Wiedersehn. Viel Glück.«

»Ja. Ich passe auf sie alle auf. Es ist ungefährlich für sie.«

Sie nickte. Sie war im Schatten, und er, als bemerkte er das grelle Sonnenlicht nicht, stand mittendrin.

Dann trat er auf sie zu, näher, und sie dachte einen Moment lang, er werde sie umarmen. Statt dessen streckte er den rechten Arm vor und fuhr damit an ihrem bloßen Hals entlang, so daß ihre Haut von der ganzen Länge seines feuchten Unterarms berührt wurde.

»Auf Wiedersehn.«

Er ging zum Lastauto zurück. Sie konnte jetzt seinen Schweiß spüren, wie Blut von einer scharfen Klinge, die seine Geste mit dem Arm nachgeahmt zu haben schien.

Sie nimmt sich ein Kissen und legt es als Schutzschild gegen ihn auf ihren Schoß. »Wenn du mit mir schläfst, werde ich darum nicht zum Lügner. Wenn ich mit dir schlafe, werde ich darum nicht zum Lügner.«

Sie drückt das Kissen an ihr Herz, als wollte sie jenen Teil ihrer selbst ersticken, der sich losgerissen hat.

»Was haßt du am meisten?« fragt er.

»Eine Lüge. Und du?«

»Eigentumsrecht«, sagt er. »Wenn du mich verläßt, vergiß mich.«

Ihre Faust schwingt gegen ihn und schlägt hart auf das Jochbein unter seinem Auge. Sie zieht sich an und geht.

Jeden Tag kam er nach Hause und besah sich die schwarze Prellung im Spiegel. Er wurde neugierig, nicht so sehr wegen der Prellung als vielmehr wegen der Form seines Gesichts. Die langen Augenbrauen hatte er vorher nie wirklich wahrgenommen, die grauen Strähnen in seinem sandfarbenen Haar. Er hatte sich seit Jahren nicht so im Spiegel angeschaut. Wahrlich eine lange Augenbraue.

Nichts kann ihn von ihr fernhalten.

Wenn er nicht mit Madox in der Wüste ist oder mit Bermann in den arabischen Bibliotheken, trifft er sich mit ihr im

Groppi Park – an den ausgiebig bewässerten Pflaumengärten. Sie ist hier am glücklichsten. Sie ist eine Frau, der das Feuchte fehlt, die immer niedrige grüne Hecken und Farne geliebt hat. Wohingegen ihm dieses viele Grün wie Ausschweifung vorkommt.

Vom Groppi Park gehen sie im Bogen zur Altstadt, in den Süden Kairos, über Märkte, wohin sich nur wenige Europäer verirren. In seiner Wohnung sind die Wände von Landkarten bedeckt. Und trotz seiner Versuche, die Zimmer einzurichten, haben sie noch etwas von einem Basislager.

Sie liegen da, einander umarmend, der vibrierende Schatten des Ventilators auf ihnen. Den ganzen Vormittag haben er und Bermann im archäologischen Museum gearbeitet, haben arabische Texte und europäische Geschichtsdarstellungen miteinander verglichen im Bemühen, Widerhall, zeitliches Zusammentreffen, Namensänderungen zu erkennen – noch vor Herodot bis zum *Kitab All Durr Makmuz*, wo Zarzura nach der sich waschenden Frau in einer Wüstenkarawane benannt ist. Und auch dort war das langsame Blinken eines Ventilatorschattens. Und auch hier der vertraute Austausch und Widerhall von Kindheitsgeschichte, von Narben, von Art und Weise des Küssens.

»Ich weiß nicht, was ich tun soll. Ich weiß nicht, was ich tun soll! Wie kann ich deine Geliebte sein? Er wird verrückt werden.«

Eine Liste von Wunden.

Die unterschiedlichen Farben der Prellung – helles Rotgelb, das zu Braun wechselte. Der Teller, mit dem sie durch das Zimmer ging, das Essen darauf wegschleudernd, und der dann auf seinem Kopf zerbrach, wobei Blut sich ins blonde Haar hochzog. Die Gabel, die hinten in seine Schulter eindrang und Stichspuren hinterließ, von denen der Arzt vermutete, sie stammten von einem Fuchs.

Er schloß sie in die Arme und registrierte als erstes, was an beweglichen Gegenständen bereitlag. Er traf sie öffentlich in Gesellschaft, hatte Prellungen oder einen Verband um den Kopf und erklärte, wie das Taxi so abrupt angehalten habe, daß er mit dem Kopf gegen das offene Seitenfenster geprallt sei. Oder er hatte Jod auf dem Unterarm, um Striemen zu verbergen. Madox wunderte sich, daß er mit einemmal zu Unfällen neigte. Sie feixte still über die Dürftigkeit seiner Erklärungen. Vielleicht wird er ja alt, vielleicht braucht er eine Brille, sagte ihr Mann und stieß dabei Madox an. Vielleicht ist es eine Frau, die er kennengelernt hat, sagte sie. Seht mal, ist das nicht der Kratzer von einer Frau, oder etwa ein Biß?

Es war ein Skorpion, sagte er. *Androctonus australis*.

Eine Postkarte. Das Rechteck ist ausgefüllt mit ordentlicher Schrift.

> *Die Hälfte meiner Tage ertrage ich es nicht, Dich nicht zu berühren. Die übrige Zeit habe ich das Gefühl, es ist egal, ob ich Dich je wiedersehe. Es ist nicht die Moral, es ist, wieviel Du ertragen kannst.*

Kein Datum, kein Name.

Manchmal, wenn sie die Nacht mit ihm verbringen kann, werden sie durch die drei Minarette der Stadt geweckt, von denen vor Anbruch des Tages das Gebet ertönt. Er geht mit ihr durch die Indigo-Märkte, die zwischen dem Süden Kairos und ihrem Zuhause liegen. Die schönen Glaubensgesänge dringen in die Luft ein wie Pfeile, ein Minarett antwortet dem anderen, als breiteten sie das Gerücht aus über die zwei, wie sie da durch die kühle Morgenluft spazieren, und der Geruch von Holzkohle und Haschisch macht schon die Luft schwer. Sünder in einer heiligen Stadt.

Er schiebt mit dem Arm Teller und Gläser quer über einen Restauranttisch, damit sie woanders in der Stadt vielleicht aufschaut, wenn sie dieses Lärmen hört. Wenn er ohne sie ist. Er, der sich nie einsam gefühlt hat in den Kilometern und Kilometern zwischen den Wüstenstädten. Ein Mann in der Wüste kann Abwesenheit in seinen hohlen Händen halten und wissen, daß sie etwas ist, was ihn mehr nährt als Wasser. Er weiß von einer Pflanze nahe bei El Tadsch, deren Herzstück, wenn man es herausschneidet, durch eine Flüssigkeit ersetzt wird, die alles Lebenswichtige enthält. Jeden Morgen kann man die Flüssigkeit trinken, soviel wie das fehlende Herz. Die Pflanze sprießt noch ein Jahr, bevor sie an irgendeinem Mangel eingeht.

Er liegt in seinem Zimmer, von den verblaßten Landkarten umgeben. Ohne Katharine. Sein Verlangen will all die gesellschaftlichen Regeln mit Feuersmacht austilgen, alle Höflichkeit.

Ihr Leben mit anderen interessiert ihn nicht mehr. Er möchte nur ihre staksige Schönheit, das Theater ihres Ausdrucks. Er möchte das genaue und geheime Wechselspiel zwischen ihnen, die Schärfentiefe minimal, die gegenseitige vertraute Fremdheit, wie zwei Seiten eines geschlossenen Buchs.

Sie hat ihn aufgelöst.

Und wenn sie ihn dazu gebracht hat, wozu hat er sie gebracht?

Sobald sie innerhalb des Schutzwalls ihrer Gesellschaftsklasse ist und er neben ihr in einer größeren Gruppe, erzählt er Witze, über die er selbst nicht lacht. In einer für ihn nicht charakteristischen Raserei greift er die ganze Geschichte der Erforschung an. Wenn er unglücklich ist, macht er das. Nur Madox erkennt diese Verhaltensweise. Aber sie gönnt ihm nicht einmal einen Blick. Sie lächelt jedem zu, den Gegenständen im Raum, rühmt das Arrangement der Blumen, belanglose, unpersönliche Dinge. Sie faßt sein Verhalten falsch auf, glaubt, daß es das ist, was er will, und verdoppelt den Wall, um sich zu schützen.

Aber jetzt kann er diesen Wall in ihr nicht ertragen. Du hast auch deinen Wall errichtet, sagt sie zu ihm, und darum habe ich meinen eigenen. Sie sagt das strahlend in einer Schönheit, die er nicht ertragen kann. Sie im schönen Kleid, mit ihrem blassen Gesicht, das jeden anlacht, der sie anlächelt, einem unsicheren Grinsen für seine wütenden Witze. Er hört nicht auf, entsetzliche Erklärungen abzugeben über dies und das bei einer Expedition, was ihnen allen sattsam bekannt ist.

Kaum wendet sie sich im Vestibül der Groppi's Bar von ihm ab, nachdem er sie begrüßt hat, ist er außer sich. Er weiß, die einzige Art, in der er es hinnehmen kann, sie zu verlieren, ist, wenn er sie weiter halten kann oder von ihr gehalten wird. Wenn sie einander behutsam da herausholen können. Nicht mit einem Wall.

Sonnenlicht ergießt sich in sein Kairoer Zimmer. Seine Hand schlaff auf dem Herodot-Tagebuch, die ganze Anspannung ist im übrigen Körper, und so schreibt er Wörter falsch hin, die Feder spreizt sich dabei, als wäre sie ohne Rückgrat. Er kann kaum das Wort *Sonnenlicht* hinschreiben. Das Wort *verliebt*.

Im Zimmer ist nur das Licht vom Fluß und von der Wüste dahinter. Es fällt auf ihren Nacken ihre Füße die Impfnarbe auf ihrem rechten Arm, die er so liebt. Sie sitzt auf dem Bett, umfängt ihre Blöße. Er streicht mit der offenen Handfläche an ihrer schweißbedeckten Schulter entlang. Das ist meine Schulter, denkt er, nicht die ihres Mannes, das ist meine Schulter. Als Liebende haben sie sich Partien ihrer Körper zum Geschenk gemacht, wie diese hier. In diesem Zimmer an der Peripherie des Flusses.

In den wenigen Stunden, die sie haben, hat sich das Zimmer bis auf diesen Lichteinfall verdunkelt. Gerade noch das Licht vom Fluß und von der Wüste. Nur wenn es den seltenen Platzregen gibt, gehen sie zum Fenster und halten die Arme weit ausgestreckt hinaus, um soviel von sich wie möglich benetzen zu lassen. Der Regenguß wird mit lauten Rufen überall auf den Straßen begrüßt.

»Wir werden einander nie wieder lieben. Wir können einander nie wiedersehen.«

»Ich weiß«, sagt er.

Die Nacht, in der sie auf Trennung besteht.

Sie sitzt, in sich gekehrt, im Panzer ihres schlechten Gewissens. Er kann da nicht durchdringen. Nur sein Körper ist ihr nahe.

»Nie wieder. Egal, was passiert.«

»Ja.«

»Ich glaube, er wird verrückt. Verstehst du?«

Er sagt nichts und gibt den Versuch auf, sie in sich hineinzuziehen.

Eine Stunde später gehen sie durch die trockene Nacht. Sie können die Grammophon-Schlager aus dem Music-for-All-Kino weiter weg hören, dessen Fenster wegen der Hitze offenstehen. Sie müssen sich trennen, bevor es schließt und Bekannte von ihr dort herauskommen könnten

Sie sind im Botanischen Garten, in der Nähe der Cathedral of All Saints. Sie entdeckt eine Träne und beugt sich vor und leckt sie ab, nimmt sie in den Mund. So wie sie das Blut von seiner Hand aufgenommen hat, als er sich einmal schnitt beim Kochen für sie. Blut. Träne. Er hat das Gefühl, alles fehle seinem Körper, hat das Gefühl, in ihm sei Rauch. Was allein am Leben ist, ist die Gewißheit von Verlangen und Mangel in der Zukunft. Was er sagen will, kann er dieser Frau nicht sagen, deren Offenheit einer Wunde gleicht, deren Jugend noch nicht vergänglich ist. Er kann das nicht ändern, was er am meisten an ihr liebt, ihre Kompromißlosigkeit, wo der Zauber der Gedichte, die sie liebt, noch mit Leichtigkeit in der realen Welt liegt. Jenseits dieser Eigenschaften, weiß er, existiert keine Ordnung in der Welt.

Diese Nacht, in der sie auf Trennung besteht. Der achtundzwanzigste September. Der Regen in den Bäumen, der bereits vom warmen Mondlicht getrocknet ist. Kein einziger kühler Tropfen, der auf ihn fallen könnte wie eine Träne. Diese Trennung am Groppi Park. Er hat nicht gefragt, ob in jenem hohen Lichtviereck, auf der anderen Straßenseite, ihr Mann zu Hause ist.

Er sieht die Reihe der hochgewachsenen Fächerpalmen über ihnen beiden, deren gespreizte Hände. Die Art, wie Katharines Kopf und ihr Haar über ihm waren, wenn sie auf ihm lag.

Jetzt kein Kuß. Nur eine Umarmung. Er reißt sich von ihr los und geht weg, dreht sich dann um. Sie steht noch da. Er kommt bis auf wenige Meter zu ihr zurück, den Zeigefinger erhoben, um etwas klarzustellen.

»Ich möchte nur, daß du es weißt. Noch vermisse ich dich nicht.«

Sein Gesicht, beim Versuch zu lächeln, ist furchtbar für sie. Ihr Kopf schwingt weg von ihm und schlägt gegen die Seite des Torpfostens. Er sieht, wie es ihr weh tut, bemerkt das Zusammenzucken. Aber sie haben sich schon getrennt und in sich zurückgezogen, hinter den Wall, als sie auf Trennung bestand. Ihr Reflex, ihr Schmerz, ist zufällig, ist beabsichtigt. Ihre Hand fährt an die Schläfe.

»Du wirst es tun«, sagt sie.

Von diesem Augenblick in unserem Leben an, hatte sie ihm früher zugeflüstert, werden wir entweder unsere Seelen finden oder sie verlieren.

Wie passiert so etwas? Sich zu verlieben und aufgelöst zu werden.

Ich lag in ihren Armen. Ich hatte den Ärmel ihrer Bluse bis zur Schulter hochgeschoben, damit ich die Impfnarbe sehen konnte. Ich liebe sie, sagte ich. Diese blasse Aureole auf ihrem Arm. Ich sehe, wie das Instrument die Haut ritzt und dann das Serum hineintreibt und dann abgleitet, von ihrer Haut befreit, das war vor Jahren, da war sie neun und in einer Turnhalle.

6
Ein begrabenes Flugzeug

Er blickt durchdringend, jedes Auge eine Bahn, das lange Bett hinunter, an dessen Fußende Hana ist. Nachdem sie ihn gewaschen hat, bricht sie die Spitze einer Ampulle ab und kommt mit dem Morphium zu ihm. Ein Bildnis. Ein Bett. Er fährt im Schiff des Morphiums. Es rast in ihm, implodierende Zeit und Geographie, so wie Landkarten die Welt auf ein zweidimensionales Blatt Papier zusammenpressen.

Die langen Kairoer Abende. Das Meer des nächtlichen Himmels, Falken, aufgereiht, bis sie bei einbrechender Dämmerung freigelassen werden und sich zur letzten Färbung der Wüste emporschwingen. Einklang in der Bewegung, wie bei einer Handvoll ausgestreuter Saat.

In dieser Stadt konnte man 1936 alles kaufen – von einem Hund oder Vogel, der auf einen bestimmten Pfeifton herankam, bis zu jener schrecklichen Koppelleine, die man um den kleinsten Finger einer Frau schlang, so daß sie im Marktgedränge an einen gebunden blieb.

Im nordöstlichen Teil von Kairo war der große Hof der Koran-Studenten und dahinter der Khan-el-Khalili-Basar. Oberhalb der engen Straßen schauten wir auf die Katzen auf den Wellblechdächern hinunter, die ihrerseits die nächsten drei Meter auf die Straßen und Stände hinunterschauten. Über alldem lag unser Zimmer. Fenster, geöffnet auf Minarette, Feluken, Katzen, ohrenbetäubenden Lärm. Sie erzählte mir von den Gärten ihrer Kindheit. Wenn sie nicht schlafen konnte, zeichnete sie für mich den Garten ihrer Mutter, Wort für Wort, Beet für Beet, das Dezembereis auf dem Fischteich, das Knarren der Rosenspaliere. Sie nahm dann mein Handgelenk, wo die Adern zusammenfließen, und führte es bis zu ihrer Mulde im Hals.

März 1937. Uwenat. Madox ist reizbar wegen der dünnen Luft. Keine fünfhundert Meter über dem Meeresspiegel, und er fühlt sich selbst bei dieser geringen Höhe unbehaglich. Er ist eben ein Wüstenmensch, hat sein Heimatdorf Marston

Magna in Somerset verlassen und alle seine Gewohnheiten und Gebräuche geändert, damit er fast auf Meereshöhe sein und dazu ständige Trockenheit haben kann.

»Madox, wie heißt die Kuhle unten am Hals bei einer Frau? Vorne. *Hier.* Was ist das, hat es einen speziellen Namen? Diese Vertiefung in der Größe etwa Ihres Daumenabdrucks?«

Madox beobachtet mich einen Augenblick lang durch das grelle Mittagslicht.

»Reißen Sie sich zusammen«, murmelt er.

»LASS MICH EINE Geschichte erzählen«, sagt Caravaggio zu Hana. »Da gab es einen Ungarn namens Almásy, der im Krieg für die Deutschen gearbeitet hat. Er flog eine Zeitlang für das Afrikakorps, aber er war von weit größerem Wert als bloß das. In den Dreißigern war er einer der großen Wüstenerforscher. Er kannte jedes Wasserloch und hatte geholfen, die Sand-See kartographisch zu erfassen. Er wußte alles über die Wüste. Er wußte alles über die Dialekte. Klingt das bekannt für dich? Zwischen den beiden Kriegen war er immer von Kairo aus auf Expeditionen. Bei einer wollte man Zarzura suchen – die verlorene Oase. Als dann der Krieg ausbrach, schloß er sich den Deutschen an. 1941 wurde er Führer für Spione, lotste sie durch die Wüste nach Kairo. Was ich dir damit sagen will, ist, unser englischer Patient ist vermutlich gar kein Engländer.«

»Ach was! Woher dann all diese Blumenbeete in Gloucestershire?«

»Eben. Alles perfekter Hintergrund. Vor zwei Nächten, als wir versuchten, dem Hund einen Namen zu geben. Erinnerst du dich?«

»Ja.«

»Was für Vorschläge hat er gemacht?«

»Er war seltsam an dem Abend.«

»Er war sehr seltsam, weil ich ihm eine Extradosis Morphium gegeben habe. Erinnerst du dich an die Namen? Er bot etwa acht Namen an. Fünf davon waren offensichtlich nicht ernst gemeint. Dann die drei Namen. Cicero. Zarzura. Delila.«

»Ja und?«

»›Cicero‹ war der Deckname eines Spions. Die Briten haben ihn auffliegen lassen. Ein Doppelagent, dann Tripelagent. Er konnte entwischen. ›Zarzura‹ ist komplizierter.«

»Ich weiß Bescheid über Zarzura. Er hat darüber gesprochen. Er spricht auch über Gärten.«

»Doch jetzt geht es meistens um die Wüste. Das mit dem englischen Garten erschöpft sich. Er liegt im Sterben. Ich glaube, du hast da oben den Spionhelfer Almásy liegen.«

Sie sitzen auf dem alten Rohrkorb aus der Wäschekammer und sehen sich an. Caravaggio zuckt die Achseln. »Möglich ist es.«

»Ich glaube, er ist Engländer«, sagt sie, die Wangen einsaugend, wie sie es immer tut, wenn sie nachdenkt oder über etwas grübelt, was sie unmittelbar angeht.

»Ich weiß, du liebst den Mann, aber ein Engländer ist er nun mal nicht. Ganz zu Beginn des Krieges arbeitete ich in Kairo – die Tripolis-Achse. Rommels Rebecca-Spion …«

»Was meinst du mit ›Rebecca-Spion‹?«

»1942 schickten die Deutschen vor der Schlacht bei El Alamein einen Spion namens Eppler nach Kairo. Er verwendete den Text von Daphne du Mauriers Roman *Rebecca* als Code-Buch, um Rommel Mitteilungen über Truppenbewegungen zukommen zu lassen. Hör zu, das Buch wurde Nachttischlektüre beim britischen Geheimdienst. Selbst ich habe es gelesen.«

»Du hast ein Buch gelesen?«

»Danke. Der Mann, der Eppler auf Rommels persönliche Anordnung hin durch die Wüste nach Kairo führte – von Tripolis den ganzen Weg bis nach Kairo –, war Graf Ladislaus de Almásy. Das war eine Strecke Wüste, die angeblich niemand durchqueren konnte.

Zwischen den Kriegen hatte Almásy englische Freunde. Große Forscher. Bei Kriegsausbruch war er jedoch auf seiten der Deutschen. Rommel bat ihn, Eppler durch die Wüste nach Kairo zu bringen, weil es mit dem Flugzeug oder dem Fallschirm zu auffällig gewesen wäre. Er durchquerte mit dem Kerl die Wüste und lieferte ihn am Nildelta ab.«

»Du weißt eine Menge darüber.«

»Ich war in Kairo stationiert. Wir blieben ihnen auf den Fersen. Von Gialo aus führte er eine Gesellschaft von acht Männern in die Wüste. Ständig mußten sie die Lastautos aus den Sandhügeln freigraben. Er dirigierte sie nach Uwenat zum Granitmassiv, so daß sie Wasser bekommen und sich in den Höhlen verstecken konnten. Es war auf halber Strecke. In den dreißiger Jahren hatte er dort Höhlen mit Felsmalerei entdeckt. Aber das Massiv wimmelte nur so von Alliierten, und er konnte dort die Brunnen nicht benutzen. Er zog wieder in die Sandwüste hinaus. Sie überfielen britische Kraftstoffdepots, um ihre Tanks aufzufüllen. In der Oase Kharga verpaßten sie sich britische Uniformen und befestigten britische Militärkennzeichen an ihren Fahrzeugen. Sobald sie aus der Luft erspäht waren, versteckten sie sich drei Tage lang in den Wadis, völlig regungslos. Verbrannten fast zu Tode im Sand.

Sie brauchten drei Wochen, um nach Kairo zu gelangen. Almásy schüttelte Eppler die Hand und verließ ihn. Und hier verloren wir seine Spur. Er zog ab und kehrte allein in die Wüste zurück. Wir nehmen an, er hat sie wieder durchquert, nach Tripolis zurück. Aber das war das letzte Mal, daß man ihn je sah. Die Briten schnappten schließlich Eppler und benutzten den Rebecca-Code, um über El Alamein Falschinformationen an Rommel zu vermitteln.«

»Ich glaub's immer noch nicht, David.«

»Der Mann, der mithalf, Eppler in Kairo zu schnappen, hieß Samson.«

»Delila.«

»Genau.«

»Vielleicht ist er Samson.«

»Das habe ich zuerst gedacht. Er war Almásy sehr ähnlich. Auch einer, der die Wüste liebt. Er hatte seine Kindheit im Orient verbracht und kannte sich mit den Beduinen aus. Aber das wichtigste bei Almásy war, daß er fliegen konnte. Wir reden von einem, der mit dem Flugzeug abgestürzt ist. Hier nun ist dieser Mann, bis zur Unkenntlichkeit verbrannt, der irgendwie in den Armen der Engländer in Pisa landet. Außerdem kriegt er es hin, als Engländer durchzugehen. Almásy ist in England zur Schule gegangen. In Kairo nannte man ihn den englischen Spion.«

Sie saß auf dem Wäschekorb und sah Caravaggio prüfend an. Sie sagte: »Ich finde, wir sollten ihn in Ruhe lassen. Es ist doch egal, auf welcher Seite er war, oder?«

Caravaggio sagte: »Ich möchte noch mehr mit ihm reden. Mit mehr Morphium in ihm. Das Ganze durchsprechen. Wir beide. Verstehst du? Um zu sehen, wohin das alles führt. Delila. Zarzura. Du mußt ihm eine stärkere Dosis geben.«

»Nein, David. Du bist geradezu besessen davon. Es ist egal, wer er ist. Der Krieg ist vorbei.«

»Dann tu ich es eben. Ich braue einen Brompton-Cocktail. Morphium und Alkohol. Den haben sie sich in der Brompton-Klinik in London für ihre Krebspatienten ausgedacht. Keine Sorge, der bringt ihn schon nicht um. Er wird schnell vom Körper absorbiert. Ich kann ihn mit dem, was wir haben, zusammenmischen. Gib ihm einen guten Schluck davon. Danach gibst du ihm wieder reines Morphium.«

Sie schaute ihn an, wie er da auf dem Wäschekorb saß, klaren Blicks, lächelnd. In den letzten Phasen des Kriegs war Caravaggio zu einem der zahlreichen Morphiumdiebe geworden. Er hatte ihren Arzneivorrat innerhalb von Stunden nach seiner Ankunft aufgespürt. Die Morphiumröhrchen waren nun die Quelle für ihn. Wie Zahnpastatübchen für Puppen, hatte sie gedacht, als sie sie das erstemal sah, richtig drollig. Caravaggio hatte tagsüber zwei oder drei in der Tasche bei sich, ließ die Flüssigkeit in seinen Körper rinnen. Sie war einmal über ihn gestolpert, als er sich, nachdem er zuviel davon genommen hatte, erbrach, geduckt und zitternd in einem der dunklen Winkel der Villa, er hatte hochgeschaut und sie kaum erkannt. Sie hatte versucht, mit ihm zu sprechen, und er hatte sie nur angestiert. Er hatte den Metallbehälter mit den Arzneimitteln gefunden, ihn mit Gott weiß welcher Kraft aufgerissen. Einmal, als der Pionier sich die Handfläche an einem Eisentor tief ritzte, brach Caravaggio die Röhrchenspitze mit den Zähnen ab, saugte und spuckte das Morphium auf die braune Hand, noch bevor Kip wußte, was es war. Kip stieß ihn fort und starrte ihn wütend an.

»Laß ihn in Frieden. Er ist mein Patient.«

»Ich tu ihm nichts. Morphium und Alkohol vertreiben die Schmerzen.«

(3 Kubikzentimeter Brompton-Cocktail. 15 Uhr.)

Caravaggio nimmt das Buch aus der Hand des Mannes.

»Als Sie in der Wüste abstürzten – von woher kamen Sie?«

»Ich war auf dem Rückflug vom Gilf Kebir. Ich war dorthin geflogen, um jemanden abzuholen. Ende August. Neunzehnhundertzweiundvierzig.«

»Während des Kriegs? Jeder mußte doch schon weg sein.«

»Ja. Nur noch die Heere waren da.«

»Das Gilf Kebir.«

»Ja.«

»Wo ist es?«

»Geben Sie mir den Kipling ... hier.«

Gegenüber der Titelseite von *Kim* war eine Landkarte mit einer gestrichelten Linie für den Weg, den der Junge und der heilige Mann genommen hatten. Sie zeigte bloß einen Teil von Indien – ein dunkel schraffiertes Afghanistan und Kaschmir im Schoß der Berge.

Er geht mit der schwarzen Hand den Numi River entlang, bis er auf dem 23°30' Breitengrad ins Meer mündet. Er fährt mit dem Finger etwa fünfzehn Zentimeter nach Westen, rutscht von der Seite auf seine Brust zu; er berührt seine Rippe.

»Hier. Das Gilf Kebir, unmittelbar nördlich vom Wendekreis des Krebses. An der ägyptisch-libyschen Grenze.«

Was ist 1942 passiert?

Ich hatte die Reise nach Kairo gemacht und kehrte von dort zurück. Ich schlüpfte zwischen dem Feind hindurch, wobei ich mich auf der Fahrt nach Uwenat an alte Landkarten erinnerte und geheime Benzin- und Wasserlager von vor dem Krieg aufspürte. Es war jetzt, wo ich allein war, leichter. Etliche Kilometer vom Gilf-Kebir-Plateau entfernt explodierte das Lastauto, und ich wurde herausgeschleudert, wobei ich mich ganz automatisch in den Sand rollte, um ja nicht von einem Funken berührt zu werden. In der Wüste hat man immer Angst vor Feuer.

Das Lastauto explodierte, wahrscheinlich Sabotage. Es gab Spione unter den Beduinen, deren Karawanen weiterhin wie ganze Städte dahindrifteten und Gewürze, Zimmer, Berater mitführten, wo immer es hinging. In jenen Kriegstagen gab es bei den Beduinen stets Engländer wie auch Deutsche.

Nachdem ich das Lastauto verloren hatte, begann ich Richtung Uwenat zu gehen, wo, wie ich wußte, ein begrabenes Flugzeug war.

Halt. Was meinen Sie mit einem begrabenen Flugzeug?

Madox hatte ganz am Anfang ein altes Flugzeug, das er bis aufs Unentbehrliche runtergeschoren hatte – einziges »Extra« war der geschlossene Aufsatz des Cockpits, das Entscheidende für Wüstenflüge. Während unserer Aufenthalte in der Wüste hatte er mir das Fliegen beigebracht, und wir zwei stapften um das mit Halteseilen gesicherte Wesen herum und theoretisierten, wie es bei Wind absacken oder den Kurs ändern würde.

Als Cliftons Flugzeug – *Rupert* – in unsere Mitte geflogen kam, wurde das veraltete Flugzeug von Madox dort zurückgelassen, mit einer Plane bedeckt und angepflockt in einer der nordöstlichen Nischen von Uwenat. In den folgenden Jahren sammelte sich allmählich Sand darauf an. Niemand von uns dachte, daß wir es wiedersehen würden. Ein weiteres Opfer der Wüste. Innerhalb weniger Monate würden wir den nordöstlichen Grabenbruch passieren und keinerlei Umrisse sehen. Inzwischen war Cliftons Flugzeug, zehn Jahre jünger, in unsere Geschichte geflogen.

Und so gingen Sie darauf zu?

Ja. Vier Nächte Gehen. Ich hatte den Mann in Kairo gelassen und war zurückgekehrt in die Wüste. Überall herrschte Krieg. Plötzlich gab es »Teams«. Die Bermanns, die Bagnolds, die Slatin Pashas – die verschiedentlich einander das Leben gerettet hatten – waren jetzt aufgeteilt in bestimmte Lager.

Ich ging auf Uwenat zu. Ich erreichte es um die Mittagszeit und kletterte hinauf zu den Höhlen des Massivs. Oberhalb des Brunnens namens Ain Dua.

»Caravaggio glaubt zu wissen, wer Sie sind«, sagte Hana.

Der Mann im Bett sagte nichts.

»Er sagt, Sie sind kein Engländer. Er hat eine Weile für den Geheimdienst in Kairo und Italien gearbeitet. Bis er gefangengenommen wurde. Meine Familie kannte Caravaggio vor dem Krieg. Er war ein Dieb. Er glaubte an das ›In-Bewegung-Bleiben der Dinge‹. Einige Diebe sind Sammler, wie manche Forscher, die Sie geringschätzen, wie manche Männer, die Frauen sammeln, oder manche Frauen Männer. Aber Caravaggio war anders. Er war zu neugierig und zu großzügig, um ein erfolgreicher Dieb zu sein. Die Hälfte der gestohlenen Sachen kam nie zu Hause an. Er meint, Sie sind kein Engländer.«

Sie achtete auf seine Stille, während sie redete; es schien, als hörte er dem, was sie sagte, nicht genau zu. Bloß sein abwesendes Denken. So wie Duke Ellington aussah und dachte, wenn er *Solitude* spielte.

Sie hörte auf zu reden.

Er erreichte den flachen Brunnen namens Ain Dua. Er zog sich ganz aus und tränkte die Kleidungsstücke im Brunnen, steckte den Kopf und dann den dünnen Leib ins blaue Wasser. Seine Glieder waren erschöpft von den vier Nächten ununterbrochenen Gehens. Er ließ seine Kleidung ausgebreitet auf dem Felsgestein zurück und kletterte höher in die Felsen, kletterte aus der Wüste hinaus, die jetzt, 1942, ein riesiges Schlachtfeld war, und ging nackt in das Dunkel der Höhle hinein.

Er befand sich bei der vertrauten Felsmalerei, die er vor Jahren entdeckt hatte. Giraffen. Rinder. Der Mann mit den erhobenen Armen, in gefiedertem Kopfschmuck. Verschiedene Gestalten in unverkennbarer Schwimmhaltung. Bermann hatte recht gehabt mit der Existenz eines alten Sees. Er drang weiter ein in die Kühle, in die Höhle der Schwimmer, wo er sie verlassen hatte. Sie war noch immer dort. Sie hatte sich in eine Ecke geschleppt, sich fest in den Fallschirmstoff eingewickelt. Er hatte versprochen, zurückzukommen und sie zu holen.

Er hätte sich glücklicher gefühlt, in einer Höhle zu sterben, mit ihrer Abgeschiedenheit und den im Fels eingefangenen Schwimmern um sie herum. Bermann hatte ihm erzählt, daß man in asiatischen Gärten auf Felsgestein schauen und es für Wasser halten konnte, man konnte auf einen stillen Teich blikken und glauben, er sei von der Härte eines Felsen. Aber sie war eine Frau, die in Gärten aufgewachsen war, in Feuchtigkeit, mit Wörtern wie *Spalier* und *Heckenzaun*. Ihre Leidenschaft für die Wüste war temporär. Sie hatte seinetwillen begonnen, die Strenge der Wüste zu lieben, wollte sein Wohlbefinden in dieser Einsamkeit verstehen. Sie war immer glücklicher im Regen, in einem Badezimmer voller Wasserdampf, in schläfriger Nässe, so wie damals, als sie in der Kairoer Regennacht vom Fenster zurück ins Zimmer kam und, noch naß, sich ankleidete, um nichts von der Feuchtigkeit zu verlieren. So wie sie Familientraditionen liebte und Rituale voller Höflichkeit und die alten, auswendiggelernten Gedichte. Sie hätte es gehaßt, namenlos zu sterben. Für sie ging eine Linie zurück zu ihren Vorfahren, die zu greifen war, wohingegen er seinen Abstammungsweg ausgelöscht hatte. Er wunderte sich, daß sie ihn trotz seines Drangs nach Anonymität geliebt hatte.

Sie lag auf dem Rücken, ruhte in der Stellung von mittelalterlichen Toten.

Ich näherte mich ihr nackt, wie ich es in unserem Zimmer im Süden Kairos getan hätte, mit dem Wunsch, sie zu entkleiden, noch immer mit dem Wunsch, sie zu lieben.

Was ist schrecklich an dem, was ich tat? Verzeihen wir nicht einem Liebenden alles? Wir verzeihen Egoismus, Begehren, Arglist. Solange wir der Beweggrund sind. Man kann mit einer Frau schlafen, die einen gebrochenen Arm hat, oder mit einer Frau, die Fieber hat. Sie hat einmal von einem Schnitt in meiner Hand Blut gesaugt, so wie ich ihr Menstruationsblut geschmeckt und geschluckt habe. Es gibt ein paar europäische Wörter, die man nie exakt in eine andere Sprache übersetzen kann. *Felhomalie*. Das Dämmerige von Gräbern. Mit dem

Beiklang von Vertrautheit zwischen dem Toten und dem Lebenden.

Ich hob sie vom Sockel des Schlafes in meine Arme. Kleidung wie Spinngewebe. Ich brachte das alles in Unordnung.

Ich trug sie in die Sonne hinaus. Ich zog mich an. Meine Sachen waren trocken und spröde von der Hitze in den Steinen.

Meine ineinander verschränkten Hände bildeten einen Sattel, auf dem sie ruhen konnte. Sobald ich den Sand erreichte, zerrte ich sie in meinen Armen herum, so daß ihr Körper mit dem Gesicht nach hinten lag, über meiner Schulter. Ich war mir der Leichtigkeit ihres Gewichts bewußt. Ich war daran gewöhnt, sie auf diese Weise im Arm zu halten, sie hatte in meinem Zimmer um mich gekreiselt, als wäre sie ein Abbild des Ventilators – ihre Arme ausgestreckt, Seestern-Finger.

Derart bewegten wir uns auf den nordöstlichen Grabenbruch zu, wo das Flugzeug versteckt war. Ich brauchte keine Karte. Den Benzinkanister, den ganzen Weg vom explodierten Lastauto mitgeschleppt, hatte ich dabei. Denn drei Jahre zuvor waren wir ohne das Benzin völlig hilflos gewesen.

»Was war drei Jahre zuvor passiert?«

»Sie war verletzt. 1939. Ihr Mann hatte sein Flugzeug abstürzen lassen. Es war von ihm als Selbstmord und Mord geplant, in den wir alle drei verwickelt sein sollten. Zu der Zeit waren wir nicht einmal mehr ein Liebespaar. Vermutlich sikkerten Gerüchte über die Affäre zu ihm durch.«

»Sie war also zu stark verwundet, als daß Sie sie hätten mitnehmen können.«

»Ja. Die einzige Möglichkeit, sie zu retten, war, daß ich allein versuchte, Hilfe zu bekommen.«

In der Höhle waren sie, nach all den Monaten des Getrenntseins, des Zorns, zusammengetroffen und hatten noch einmal als Liebende gesprochen, hatten den Felsblock weggerollt, den sie wegen irgendwelcher Gesellschaftsregeln, an die sie beide nicht glaubten, zwischen sich aufgetürmt hatten.

Im Botanischen Garten hatte sie ihren Kopf gegen einen Torpfosten geschlagen, voll Bestimmtheit und Wut. Zu stolz, um eine Geliebte zu sein, ein Geheimnis. In ihrer Welt würde es keine verschiedenen Fächer geben. Er war zu ihr zurückgekehrt, den Zeigefinger erhoben, *noch vermisse ich dich nicht.*

Du wirst es tun.

Während der Monate ihres Getrenntseins war er verbittert und dünkelhaft geworden. Er mied ihre Gesellschaft. Er konnte ihre Ruhe nicht ertragen, wenn sie ihn sah. Er rief bei ihr zu Hause an und sprach mit ihrem Mann und hörte ihr Lachen im Hintergrund. Sie strahlte öffentlich einen Charme aus, dem jeder erlag. Das war etwas, was er an ihr geliebt hatte. Jetzt begann er, allem zu mißtrauen.

Er hatte den Verdacht, daß sie ihn durch einen anderen Liebhaber ersetzt hatte. Er deutete jede ihrer Gesten anderen gegenüber als verschlüsseltes Versprechen. Einmal packte sie Roundell in einer Hotelhalle am Revers seines Jacketts, zupfte daran und lachte ihn an, als er etwas murmelte, und zwei Tage lang folgte er dem harmlosen Attaché, um herauszufinden, ob mehr zwischen ihnen war. Er traute ihren letzten Koseworten nicht länger. Sie war für ihn oder gegen ihn. Sie war gegen ihn. Er konnte nicht einmal das zaghafte Lächeln, das sie ihm zuwarf, ertragen. Wenn sie ihm einen Drink reichte, trank er ihn nicht. Wenn sie bei einem Dinner auf eine Schale mit einer darin schwimmenden Schmucklilie zeigte, blickte er weg. Bloß noch so eine verdammte Blüte. Sie hatte eine neue Gruppe von Vertrauten, die ihn und ihren Mann ausschloß. Niemand geht zurück zum Ehemann. Soviel wußte er immerhin über Liebe und menschliche Natur.

Er kaufte hellbraunes Zigarettenpapier und klebte es über die Teile der *Historien*, die Kriege festhielten, die von keinerlei Interesse für ihn waren. Er schrieb alle ihre Einwände gegen ihn auf. Ins Buch gebannt, verlieh er sich nur die Stimme des Zuschauers, des Zuhörers, des »er«.

In den letzten Tagen vor dem Krieg war er zum letztenmal ins Gilf Kebir gefahren, um das Basislager zu räumen. Ihr Mann sollte ihn abholen. Der Mann, den sie beide geliebt hatten, bis sie sich ineinander verliebten.

Clifton kam mit dem Zweisitzer nach Uwenat, um ihn am festgesetzten Tag abzuholen, dabei überflog er die verlorene Oase in so niedriger Höhe, daß die Akaziensträucher im Nachstrom des Flugzeugs ihre Blätter verloren, und ließ die Moth in Landsenken und Kerben hineingleiten – während er auf dem hohen Kamm stand und Zeichen mit der blauen Plane gab. Dann drehte das Flugzeug rasch ab, zog nach unten und raste direkt auf ihn zu, stürzte dann auf die Erde, knapp fünfzig Meter entfernt. Ein blauer Rauchfaden, der sich vom Fahrgestell abspulte. Kein Feuer.

Ein Ehemann, der verrückt geworden war. Sie alle tötete. Sich und seine Frau tötete – und ihn durch den Umstand, daß es nun kein Entkommen aus der Wüste gab.

Nur daß sie nicht tot war. Er befreite den Körper, entriß ihn den zermalmten Klauen des Flugzeuges, den Klauen ihres Mannes.

Wie konntest du mich hassen? flüstert sie in der Höhle der Schwimmer, als spräche sie durch den Schmerz ihrer Verletzungen hindurch. Ein gebrochenes Handgelenk. Zertrümmerte Rippen. Du warst schrecklich zu mir. Darum hat dich mein Mann verdächtigt. Ich hasse das noch immer an dir – dieses Verschwinden in die Wüste oder in die Bars.

Du hast *mich* im Groppi Park verlassen.

Weil du mich nicht als etwas anderes wolltest.

Weil du gesagt hast, dein Mann würde verrückt werden. Was er tatsächlich geworden ist.

Nur kurz. Ich bin vor ihm verrückt geworden, du hast alles in mir getötet. Küß mich, ja? Hör auf, dich zu verteidigen. Küß mich, und nenn mich bei meinem Namen.

Ihre Körper hatten sich vereinigt in Wohlgerüchen, in Schweiß, verlangten verzweifelt, mit Zunge oder Zähnen unter diesen feinen Film zu gelangen, als könnte jeder dort sich des Charakters bemächtigen und ihn im Liebesakt direkt vom Körper des anderen abziehen.

Jetzt ist kein Puder auf ihrem Arm, kein Rosenwasser auf ihrem Schenkel.

Du meinst, du bist ein Bilderstürmer, aber du bist es nicht. Du entfernst oder ersetzt bloß, was du nicht haben kannst. Wenn dir etwas mißlingt, weichst du auf anderes aus. Nichts verändert dich. Wie viele Frauen hast du gehabt? Ich habe dich verlassen, weil ich wußte, ich könnte dich nie ändern. Du standest manchmal im Zimmer so still, so wortlos manchmal, als wäre es der größte Verrat deiner selbst, wenn du nur einen Zentimeter mehr von deinem Charakter preisgeben würdest.

In der Höhle der Schwimmer sprachen wir. Uns trennten bloß zwei Breitengrade von der Sicherheit Kufras.

Er macht eine Pause und streckt die Hand aus. Caravaggio legt eine Morphiumtablette auf die schwarze Handfläche, und sie verschwindet im dunklen Mund des Mannes.

Ich durchquerte den ausgetrockneten See in Richtung der Oase Kufra, trug nur Decken gegen Hitze und Nachtkälte, meinen Herodot hatte ich bei ihr zurückgelassen. Und drei Jahre später, 1942, ging ich mit ihr zum begrabenen Flugzeug, trug ihren Körper, als wäre er eine Ritterrüstung.

In der Wüste liegen die Mittel zum Überleben alle im verborgenen – Troglodytenhöhlen, Wasser, das in einer begrabenen Pflanze ruht, Waffen, ein Flugzeug. Bei 25° Länge und 23° Breite grub ich mich bis zur Plane, und allmählich tauchte Madox' altes Flugzeug auf. Es war Nacht, und selbst in der kalten Luft schwitzte ich. Ich trug die Petroleumlampe zu ihr hinüber und saß eine Weile neben der Silhouette ihres Kopfnickens. Zwei Liebende und die Wüste – Sternenlicht oder Mondschein, ich erinnere mich nicht. Überall sonst weit umher Krieg.

Das Flugzeug kam aus dem Sand heraus. Ich hatte nichts zu essen gehabt und war schwach. Die Plane war so schwer, daß ich sie nicht herausziehen konnte, sondern sie einfach wegschneiden mußte.

Am Morgen, nach zwei Stunden Schlaf, trug ich sie in das Cockpit. Ich startete den Motor, und er sprang an. Wir machten einen Ruck und glitten dann, Jahre zu spät, in den Himmel.

Die Stimme bricht ab. Der Verbrannte starrt in Morphiumklarheit vor sich hin.

Jetzt hat er das Flugzeug im Blick. Die schleppende Stimme trägt es mit Mühe über die Erde, wobei der Motor Drehungen ausläßt, als verlöre er Maschen, ihr Leichentuch sich im lärmenden Luftzug des Cockpits entfaltet, schrecklich der Lärm nach den Tagen der Stille beim Gehen. Er schaut nach unten und sieht, daß Öl auf seine Knie strömt. Ein Zweig bricht sich aus ihrer Bluse los. Akazie und Gerippe. Wie hoch ist er über dem Boden? Wie niedrig in der Luft?

Das Fahrwerk streift eine Palmspitze, und er zieht hoch, und das Öl gleitet über den Sitz, ihr Körper rutscht nach unten ins Öl. Ein Funke von einem Kurzschluß, und die Ästchen an ihrem Knie fangen Feuer. Er zerrt sie zurück auf den Sitz neben sich. Er stößt mit den Händen gegen das Cockpitglas, doch es gibt nicht nach. Beginnt gegen das Glas zu hämmern, es einzuschlagen, zerbricht es schließlich, und Öl schwappt überall hin, und Feuer schießt heraus. Wie niedrig ist er in der Luft? Sie bricht in sich zusammen – Akazienzweige, Blätter, Äste, zu Armen gebogen, breiten sich nun rings um ihn aus. Gliedmaßen verschwinden im Luftsog. Der Hauch von Morphium auf seiner Zunge. Caravaggio reflektiert im schwarzen See seines Auges. Er steigt jetzt auf und ab wie ein Eimer im Brunnen. Sein Gesicht ist auf einmal blutverschmiert. Er fliegt ein verrottetes Flugzeug, die Segeltuchverkleidung auf den Flügeln reißt durch die Geschwindigkeit auf. Sie sind Aas. Wie weit zurück war die Palme gewesen? Wie lange her? Er hebt die Beine aus dem Öl, aber sie sind so schwer. Es gibt keine Möglichkeit, sie nochmals zu heben. Er ist alt. Plötzlich. Müde, ohne sie zu leben. Er kann sich nicht in ihre Arme fallen lassen und darauf vertrauen, daß sie den ganzen Tag die ganze Nacht Wache hält, während er schläft. Er hat niemanden. Er ist erschöpft, nicht von der Wüste, sondern von der Einsamkeit. Madox ist fortgegangen. Die Frau in Blätter und Zweige verwandelt, das zertrümmerte Glas gegen den Himmel, wie ein Rachen über ihm.

Er schlüpft in das Gurtwerk des ölgetränkten Fallschirms und stürzt mit dem Kopf nach unten hinaus, bricht sich aus dem Glas frei, Wind jedoch schleudert seinen Körper zurück. Dann sind seine Beine völlig frei, und er ist in der Luft, leuchtend, ohne zu wissen, wieso er leuchtet, bis ihm klar wird, er brennt.

Hana kann die Stimmen im Zimmer des englischen Patienten hören und bleibt in der Halle stehen, versucht zu verstehen, was sie sagen.

Wie ist es?

Herrlich!

Jetzt bin ich dran.

Ahh! Himmlisch, himmlisch.

Das ist die größte aller Erfindungen.

Eine bemerkenswerte Entdeckung, junger Mann.

Als sie eintritt, sieht sie, wie Kip und der englische Patient eine Büchse Kondensmilch zwischen sich hin- und hergehen lassen. Der Engländer saugt an der Büchse, entfernt dann die Büchse von seinem Gesicht, um an der dicken Flüssigkeit herumzukauen. Er strahlt Kip an, der verärgert zu sein scheint, daß er nicht im Besitz der Büchse ist. Der Pionier wirft einen Blick zu Hana und bleibt nah am Bett stehen, schnipst einige Male mit den Fingern, bis es ihm schließlich gelingt, die Büchse von dem dunklen Gesicht wegzuziehen.

»Wir haben ein gemeinsames Vergnügen entdeckt. Der Junge und ich. Ich auf meinen Reisen in Ägypten, er in Indien.«

»Haben Sie schon mal einen Büchsenmilch-Sandwich gegessen?« fragt der Pionier.

Hana läßt den Blick zwischen beiden wandern.

Kip späht in die Büchse hinein. »Ich besorg noch eine«, sagt er und geht aus dem Zimmer.

Hana schaut auf den Mann im Bett.

»Kip und ich sind beide internationale Bastarde – geboren an dem und dem Ort, haben wir uns entschieden, woanders zu leben. Kämpfen unser Leben lang darum, in unser Heimatland zurückzukommen oder von ihm wegzukommen. Obwohl Kip das noch nicht erkannt hat. Darum verstehen wir einander so gut.«

In der Küche bohrt Kip zwei Löcher in die neue Büchse Kondensmilch mit seinem Bajonett, das jetzt, wie ihm bewußt wird, immer mehr nur noch diesem Zweck dient, und läuft dann zurück ins Schlafzimmer.

»Sie müssen woanders groß geworden sein«, sagt der Pionier. »Die Engländer saugen nicht so.«

»Einige Jahre habe ich in der Wüste gelebt. Alles, was ich weiß, kommt von dort. Alles, was mir je an Wichtigem passiert ist, passierte in der Wüste.«

Er lächelt Hana an.

»Der eine gibt mir Morphium. Der andere gibt mir Kondensmilch. Vielleicht haben wir eine ausgewogene Diät entdeckt!« Er wendet sich wieder an Kip.

»Wie lange bist du schon Pionier?«

»Fünf Jahre. Die meiste Zeit davon in London. Danach Italien. Bei den Bombenräumeinheiten.«

»Wer war dein Lehrer?«

»Ein Engländer in Woolwich. Er galt als exzentrisch.«

»Die beste Sorte Lehrer. Das muß Lord Suffolk gewesen sein. Hast du Miss Morden kennengelernt?«

»Ja.«

An keiner Stelle macht einer von ihnen den Versuch, Hana in ihre Unterhaltung mit einzubeziehen. Aber sie will von seinem Lehrer hören und wie er ihn beschreibt.

»Wie war er, Kip?«

»Er arbeitete in der Forschung. Er leitete eine Versuchsabteilung. Seine Sekretärin, Miss Morden, war immer bei ihm, und sein Chauffeur, Mr. Fred Harts. Miss Morden notierte sich, was er diktierte, wenn er an einer Bombe arbeitete, Mr. Harts hingegen half bei den Geräten. Er war brillant. Sie hießen die Heilige Dreifaltigkeit. Sie wurden in die Luft gesprengt, alle drei, 1941. In Erith.«

Sie sieht den Pionier an, der gegen eine Wand lehnt, den einen Fuß hochgestellt, so daß die Sohle seines Stiefels einen gemalten Busch berührt. Kein Ausdruck der Traurigkeit, nichts, was es zu interpretieren gibt.

Einige Männer hatten den letzten Lebensknoten in ihren

Armen entwirrt. In der Stadt Anghiari hatte sie lebende Männer hochgehoben, nur um festzustellen, daß sie schon von Würmern zerfressen waren. In Ortona hatte sie Zigaretten an den Mund eines Jungen ohne Arme gehalten. Nichts hatte ihr Einhalt geboten. Sie war ihren Pflichten weiterhin nachgekommen, während sie heimlich ihr Ich zurückzog. So viele Krankenschwestern waren zu seelisch gestörten Dienerinnen des Kriegs geworden, in ihren gelb-und-karmesinroten Uniformen mit Hornknöpfen.

Sie beobachtet, wie Kip den Kopf gegen die Wand zurücklehnt, und erkennt die unbeteiligte Miene. Sie kann in seinem Gesicht lesen.

7
In situ

Kirpal Singh stand da, wo der Pferdesattel auf den Tierrücken gelegt worden wäre. Zuerst stand er nur auf dem Rücken des Pferdes, hielt inne und winkte denen zu, die er zwar nicht sehen konnte, von denen er aber wußte, daß sie alles beobachteten. Lord Suffolk beobachtete ihn durchs Fernglas, sah den jungen Mann winken und die Arme über den Kopf schwenken.

Dann stieg er hinunter, in das riesenhafte weiße Kalkpferd von Westbury hinein, in die Weiße des Pferdes, das in den Hügel eingeritzt war. Jetzt war er eine schwarze Figur, da der Hintergrund die Dunkelheit seiner Haut und seiner Khakiuniform ins Extreme steigerte. Falls die Scharfeinstellung des Fernglases stimmte, würde Lord Suffolk die dünne Linie der karmesinroten Kordel auf Singhs Schulter sehen, die seine Pioniereinheit anzeigte. Ihm und den anderen würde es so vorkommen, als stiefelte er eine Landkarte aus Papier hinunter, die als Tierform ausgeschnitten war. Singh war sich aber nur seiner Stiefel bewußt, die den harten Kalk abscharrten, als er den Hang hinunterstieg.

Miss Morden, hinter ihm, kam ebenfalls langsam den Hügel hinunter, eine Tasche über die Schulter gehängt, und behalf sich mit einem zusammengeklappten Regenschirm. Sie blieb etwa drei Meter oberhalb des Pferdes stehen, spannte den Schirm auf und setzte sich in seinen Schatten. Dann schlug sie die Notizbücher auf.

»Können Sie mich hören?« fragte er.

»Ja, gut.« Sie rieb sich am Rock den Kalk von den Händen und rückte die Brille zurecht. Sie schaute nach oben in die Ferne und winkte, wie Singh zuvor, denen zu, die sie nicht sehen konnte.

Singh mochte sie. Sie war praktisch die erste Engländerin, mit der er, seit er in England war, richtig gesprochen hatte. Die meiste Zeit hatte er in einer Kaserne in Woolwich verbracht. In den drei Monaten hatte er dort nur andere Inder und englische Offiziere kennengelernt. Es kam zwar vor, daß in der NAAFI-Feldküche eine Frau auf eine Frage antwortete, aber Gespäche mit Frauen beschränkten sich auf wenige Sätze.

Er war der zweite Sohn. Der älteste Sohn ging immer zum Militär, der nächste Bruder wurde Arzt, der dritte Geschäftsmann. Eine alte Tradition in seiner Familie. Doch das alles hatte sich mit dem Krieg geändert. Er schloß sich einem Sikh-Regiment an und wurde nach England verschifft. Nach den ersten Monaten in London hatte er sich freiwillig zu einer Pioniereinheit gemeldet, deren Aufgabe es sein sollte, sich mit Verzögerungszündern und nichtdetonierten Bomben zu befassen. Die oberste Verlautbarung von 1939 war naiv: »*Nichtdetonierte Bomben gehören in den Verantwortungsbereich des Innenministeriums, welches erklärt, daß diese von Luftschutzwarten und Polizei aufgesammelt und an geeignete Depots abgeliefert werden, wo sie von Angehörigen der Streitkräfte zu gegebener Zeit zur Explosion gebracht werden.*«

Erst 1940 übernahm das Kriegsministerium die Verantwortung für die Bombenräumung, um sie ihrerseits dann an die Königlichen Pioniere weiterzuleiten. Fünfundzwanzig Sprengkommandos wurden aufgestellt. Es fehlte an technischer Ausrüstung, und in ihrem Besitz befanden sich nur Hämmer, Meißel und Werkzeuge zum Straßenbau. Sie waren keine Spezialisten.

Eine Bombe ist eine Kombination folgender Teile:
1) Das Bombenmagazin oder die Bombenhülle.
2) Der Zünder.
3) Die Zünd- oder Übertragungsladung.
4) Die Hauptsprengladung.
5) Aufbauzubehör – Steuerschwanz, Heber, Kopfringe, etc.

Achtzig Prozent der von Kriegsflugzeugen über England abgeworfenen Bomben waren dünnwandig, Mehrzweckbomben. Sie lagen zwischen hundert und tausend Pfund. Eine zweitausend Pfund schwere Bombe hieß »Hermann« oder »Esau«. Eine Viertausend-Pfund-Bombe hieß »Satan«.

Singh schlief nach langen Ausbildungstagen meist noch mit Diagrammen und Plänen in der Hand ein. Halb träumend, trat er ein in das Labyrinth eines Zylinders längsseits der Pikrinsäure und der Übertragungsladung und der Kondensatoren, bis er zum Zünder tief im Innern des Hauptkörpers kam. Dann war er plötzlich hellwach.

Wenn eine Bombe ihr Ziel traf, aktivierte der Widerstand einen Gleichstromunterbrecher, der die Zündkirsche zündete. Die winzige Explosion sprang auf die Übertragungsladung über und ließ das Paraffinwachs detonieren. Dieses ließ die Pikrinsäure explodieren, die wiederum den Hauptsprengstoff aus TNT, Ammoniumnitrat und Aluminiumoxyd zur Explosion brachte. Die Reise vom Gleichstromunterbrecher bis zur Entladung dauerte eine Mikrosekunde.

Die gefährlichsten Bomben waren die aus geringer Höhe abgeworfenen, die erst scharf wurden, wenn sie gelandet waren. Diese nichtdetonierten Bomben gruben sich ein in Städte und Felder und ruhten, bis ihr Gleichstromunterbrecher-Kontaktstück gestört wurde – vom Stock eines Bauern, vom Anstoß eines Wagenrads, vom Aufprall eines Tennisballs gegen die Umhüllung –, und dann explodierten sie.

Singh wurde mit den anderen Freiwilligen im Lastwagen zur Forschungsabteilung in Woolwich gebracht. Das geschah in einer Zeit, als die Verlustrate beim Bombenräumen erschreckend hoch war, bedenkt man, wie wenig nichtexplodierte Bomben es gab. Ab 1940, nachdem Frankreich erobert war und England sich im Belagerungszustand befand, wurde es noch schlimmer.

Im August hatte der deutsche Luftangriff auf London begonnen, und in einem Monat gab es plötzlich zweitausendfünfhundert nichtexplodierte Bomben, um die man sich kümmern mußte. Straßen wurden abgeriegelt, Fabriken geräumt. Bis September war die Zahl der scharfen Bomben auf dreitausendsiebenhundert angestiegen. Einhundert neue Sprengkommandos wurden aufgestellt, aber noch immer fehlte es an praktischem Wissen darüber, wie die Bomben funktionierten. Die Lebenserwartung in diesen Einheiten betrug zehn Wochen.

»Dies war das heroische Zeitalter der Bombenräumung, eine Zeit individueller Tapferkeit, in der Dringlichkeit und Mangel an Wissen und Ausrüstung dazu führten, unsinnige Risiken einzugehen ... Es war jedoch ein heroisches Zeitalter, dessen Hauptpersonen im dunkeln blieben, da ihr Handeln aus Sicherheitsgründen der Öffentlichkeit vorenthalten wurde. Es war verständlicherweise unerwünscht, daß Berichte veröffentlicht wurden, die dem Feind helfen konnten, die Fertigkeit im Umgang mit Waffen einzuschätzen.«

Im Auto, das nach Westbury fuhr, hatte Singh vorne mit Mr. Harts gesessen, während Miss Morden mit Lord Suffolk hinten saß. Der khakifarbene Humber war weithin bekannt. Die Kotflügel waren knallrot gestrichen – wie bei allen fahrbaren Räumungskommandos –, und nachts war ein blauer Filter über dem linken Begrenzungslicht. Zwei Tage zuvor war ein Mann, der nicht weit weg vom berühmten Kalkpferd in den Downs spazierte, in die Luft gesprengt worden. Als Pioniere auf dem Gelände ankamen, entdeckten sie, daß eine zweite Bombe inmitten der historischen Stätte niedergegangen war – im Bauch des riesigen weißen Pferdes von Westbury, das 1778 in die welligen Kalkhügel eingeritzt worden war. Nach diesem Vorfall hatten wenig später alle Kalkpferde in den Downs – es gab deren sieben – Tarnnetze erhalten, nicht so sehr, um sie zu schützen, als vielmehr, um zu verhindern, daß sie zu deutlichen Zielen für Bombenangriffe auf England wurden.

Vom Rücksitz aus plauderte Lord Suffolk über das Abwandern der Rotkehlchen aus den Kriegszonen Europas, die Geschichte des Bombenräumens, die dicke Devon-Sahne. Er stellte dem jungen Sikh die Bräuche Englands vor, als wären sie eine erst jüngst entdeckte Kultur. War er auch Lord Suffolk, lebte er doch in Devon, und bis zum Kriegsausbruch galt seine Leidenschaft dem Studium von *Lorna Doone* und der Frage, wie authentisch der Roman hinsichtlich Geschichte und Geographie war. Die meisten Winter verbrachte er damit, rund um die Dörfer Brandon und Porlock zu stromern, und er hatte die Regierung überzeugt, daß Exmoor das ideale Gelände war zur Ausbildung von Bombenräumern. Zwölf Männer unterstanden seinem Kommando – aus den Talentiertesten verschiedener Einheiten zusammengesetzt, Pioniere und Sappeure, und Singh war einer von ihnen. Den größten Teil der Woche waren sie im Richmond Park in London stationiert, wo sie in neue Verfahren oder Techniken über nichtexplodierte Bomben eingeweiht wurden, während Damwild um sie herumstakste. Aber am Wochenende kamen sie immer nach Exmoor, wo sie tagsüber ihre Ausbildung fortsetzten und später dann von Lord Suffolk zu der Kirche gefahren wurden, in der Lorna Doone während ihrer Hochzeitszeremonie angeschossen wurde. »Entweder von dem Fenster da oder von der Hintertür … Hat genau das Seitenschiff runter gezielt – in ihre Schulter. Ausgezeichneter Schuß das, wenn auch zu tadeln. Der Schurke wurde ins Moor gejagt, und man riß ihm die Muskeln vom Leib.« Singh klang das nach einer vertrauten indischen Sage.

Lord Suffolks engste Freundin in der Region war eine Fliegerin, die die bessere Gesellschaft haßte, Lord Suffolk aber liebte. Sie gingen zusammen auf die Jagd. Sie wohnte in einem kleinen Cottage in Countisbury auf einer Klippe, mit Blick auf den Bristol-Kanal. Jedes Dorf, das sie im Humber passierten, wurde von Lord Suffolk hinsichtlich seiner Exotika beschrieben. »Der beste Ort überhaupt, um Spazierstöcke aus Schwarzdorn zu kaufen.« Als dächte Singh daran, mit Uniform und Turban in den Tudor-Eckladen einzutreten, um mit den Inhabern lässig über Stöcke zu plaudern. Lord Suffolk war der beste aller Engländer, erzählte er später Hana. Wäre kein Krieg gewesen, er hätte sich nie fortgerührt aus Countisbury, aus seinem Schlupfwinkel namens Home Farm, wo er beim Wein herumgrübelte, in Gesellschaft der Fliegen in der alten Waschküche hinterm Haus, fünfzig Jahre alt, verheiratet, aber im Grunde eingefleischter Junggeselle, und jeden Tag zu den Klippen spazierte, um seine Fliegerfreundin zu besuchen. Er reparierte gerne irgendwelche Dinge – alte Waschzuber und Gaskessel und Bratspieße, die von einem Wasserrad angetrieben wurden. Miss Swift, der Fliegerin, hatte er geholfen, Wissenswertes über das Verhalten von Dachsen zu sammeln.

Somit war die Fahrt zum Kalkpferd bei Westbury von Anekdoten und Informationen belebt. Selbst in dieser Kriegszeit kannte er die jeweils beste Teestube weit und breit. Er rauschte in Pamela's Tea Room, den Arm noch in einer Schlinge nach einem Unfall mit Nitrozellulose, und bugsierte sein Grüppchen zu den Plätzen – Sekretärin, Chauffeur und Pionier –, als wären es seine Kinder. Wie Lord Suffolk den UXB-Ausschuß dazu bewegt hatte, ihm die Erlaubnis für seine experimentelle Bombenräumeinheit zu geben, war niemandem klar, aber mit seiner Vergangenheit als Erfinder war er wahrscheinlich besser qualifiziert als die meisten. Er war Autodidakt, und er glaubte, daß er die Motive und die Gesinnung hinter jeder Erfindung deuten konnte. Unverzüglich hatte er das Hemd mit Taschen erdacht, das es dem arbeitenden Pionier ermöglichte, Zünder und sonstiges Zubehör bequem darin unterzubringen.

Sie tranken Tee und warteten auf die Scones, während sie das Entschärfen von Bomben in situ besprachen.

»Ich traue Ihnen das zu, Mr. Singh, das wissen Sie doch, nicht?«

»Ja, Sir.« Singh bewunderte ihn. Was ihn betraf, so war Lord Suffolk der erste wirkliche Gentleman, den er in England kennengelernt hatte.

»Wissen Sie, ich traue Ihnen zu, daß Sie es genauso gut machen wie ich. Miss Morden wird bei Ihnen sein, um sich Notizen zu machen. Mr. Harts bleibt weiter hinten. Wenn Sie zusätzliches Gerät benötigen oder Verstärkung, gebrauchen Sie die Trillerpfeife, und er kommt zu Ihnen. Er gibt keine Ratschläge, aber er versteht alles. Wenn er etwas nicht tut, heißt das, er hat eine andere Meinung als Sie, und ich würde seinem Rat folgen. Doch Sie haben alle Vollmacht an Ort und Stelle. Hier ist meine Pistole. Die Zünder sind heutzutage wahrscheinlich noch raffinierter, aber man weiß nie, vielleicht haben Sie ja Glück.«

Lord Suffolk spielte auf einen Zwischenfall an, der ihn berühmt gemacht hatte. Er hatte ein Verfahren entdeckt, um einen Verzögerungszünder außer Kraft zu setzen, indem er seinen Militärrevolver zog und eine Kugel durch den Zündkopf feuerte, womit er die Bewegung der eingebauten Uhr zum Stillstand brachte. Das Verfahren wurde aufgegeben, als die Deutschen einen neuen Zünder einführten, bei dem das Zündhütchen zuoberst war, und nicht die Uhr.

Man hatte Kirpal Singh freundschaftlich behandelt, und er würde das nie vergessen. Die Hälfte seiner Zeit im Krieg hatte er im Windschatten dieses Lords verbracht, der kein einziges Mal aus England herausgekommen war und auch nicht vorhatte, seinen Fuß über die Grenzen von Countisbury zu setzen, wenn der Krieg vorbei war. Singh war in England angekommen, ohne eine Menschenseele zu kennen, weit entfernt von seiner Familie im Pandschab. Er war einundzwanzig Jahre alt. Er hatte immer nur mit Soldaten zu tun gehabt. So daß er, als er die Anzeige las, die sich an Freiwillige für einen experimentellen Bombenräumtrupp richtete, auch wenn er andere Pioniere von Lord Suffolk als von einem Verrückten hatte reden hören, bereits entschlossen war, im Krieg die Zügel selbst in die Hand zu nehmen, zumal die Aussicht, wählen zu können und am Leben zu bleiben, neben einer ausgeprägten Einzelpersönlichkeit viel größer war.

Er war der einzige Inder unter den Bewerbern, und Lord Suffolk verspätete sich. Fünfzehn von ihnen wurden in die Bibliothek geführt, und die Sekretärin bat sie zu warten. Sie blieb am Schreibtisch und schrieb die Namen in eine Liste, während die Soldaten über das Einstellungsgespräch und die Prüfung witzelten. Er kannte niemanden. Er schlenderte zu einer Wand hinüber und starrte auf ein Barometer, wollte es gerade berühren, zog dann aber die Hand zurück und ging bloß mit dem Gesicht ganz nah heran. *Sehr trocken – Schön – Stürmisch*. Er murmelte die Wörter vor sich hin in seiner neuen Aussprache. »Sturmisch. Stürmisch.« Er sah sich nach den anderen um, schaute prüfend im Zimmer umher und fing den Blick der Sekretärin mittleren Alters auf. Sie beobachtete ihn genau. Ein indischer Junge. Er lächelte und trat zu den Bücherregalen. Wieder berührte er nichts. Einmal ging er mit der Nase ganz nah an einen Band mit dem Titel *Raymond oder Leben und Tod* von Sir Oliver Hodge. Er entdeckte einen ähnlich lautenden Titel. *Pierre oder Die Doppeldeutigkeiten*. Er wandte sich um und fing wieder den Blick der Frau auf. Er fühlte sich schuldbewußt, als hätte er das Buch in die Tasche gesteckt. Sie hatte vermutlich noch nie zuvor einen Turban gesehen. Diese Engländer! Sie erwarten von einem, daß man für sie kämpft, aber sie reden nicht mit einem. Singh. Und die Doppeldeutigkeiten.

Sie trafen beim Mittagessen auf einen jovialen Lord Suffolk, der jedem, der nur wollte, Wein einschenkte und laut schon beim Ansatz eines Witzes von seiten der Novizen lachte. Am Nachmittag wurden alle einer seltsamen Prüfung unterzogen, bei der Teile eines Apparates zusammengesetzt werden mußten, ohne daß sie irgendwelche Informationen bekamen, wozu er überhaupt diente. Sie hatten zwei Stunden zur Verfügung, konnten aber gehen, sobald das Problem gelöst war. Singh war rasch mit der Prüfung fertig und verbrachte den Rest der Zeit damit, andere Gegenstände zu ersinnen, die aus den verschiedenen Bauelementen hergestellt werden konnten. Er hatte das Gefühl, daß er ohne weiteres zugelassen würde, wäre da nicht seine Rasse. Er kam aus einem Land, in dem Rechenkünste und angewandte Mechanik etwas Naturgegebenes waren. Autos kamen nicht einfach auf den Schrottplatz. Ihre Teile wurden durchs Dorf getragen und Nähmaschinen oder Wasserpumpen einverleibt. Der Rücksitz eines Fords wurde neu gepolstert und zum Sofa gemacht. Die meisten in seinem Dorf trugen eher einen Schraubenschlüssel oder Schraubenzieher bei sich als einen Bleistift. Zubehörteile eines Autos gelangten so in eine Standuhr oder in den Flaschenzug einer Bewässerungsanlage oder in den Drehmechanismus eines Bürostuhls. Abhilfe bei mechanischen Mißgeschicken fand sich leicht. Ein überhitzter Automotor wurde nicht mit neuen Schläuchen gekühlt, sondern indem man frische Kuhfladen aufschaufelte und sorgsam an den Kondensator drückte. Was er in England sah, war eine Unmenge an Ersatzteilen, die ganz Indien zweihundert Jahre in Gang halten könnten.

Er war einer der drei Bewerber, die von Lord Suffolk ausgewählt wurden. Dieser Mann, der nicht einmal mit ihm gesprochen hatte (und auch nicht gelacht, einfach deshalb nicht, weil er keine Witze gemacht hatte), kam zu ihm durchs Zimmer und legte den Arm um seine Schulter. Die gestrenge Sekretärin stellte sich als Miss Morden heraus, und sie eilte mit einem Tablett herein, auf dem zwei große Gläser Sherry standen, reichte eines Lord Suffolk und sagte: »Ich weiß, Sie trinken nicht«, nahm das zweite für sich und erhob das Glas auf ihn. »Glückwunsch, Sie haben die Prüfung glanzvoll bestanden. Mir war allerdings schon klar, daß Sie gewählt würden, noch bevor Sie angefangen haben.«

»Miss Morden versteht es vorzüglich, Charaktere zu beurteilen. Sie hat eine Nase für durchdringenden Verstand und Charakter.«

»Charakter, Sir?«

»Ja. Nicht eigentlich notwendig, natürlich, aber immerhin werden wir schließlich zusammenarbeiten. Wir sind hier so etwas wie eine Familie. Schon vor dem Mittagessen hatte Miss Morden Sie ausgewählt.«

»Ich fand es ausgesprochen anstrengend, Mr. Singh, Ihnen nicht zublinzeln zu können.«

Lord Suffolk legte wieder den Arm um Singh und ging mit ihm zum Fenster.

»Ich habe mir gedacht, da wir nicht vor Mitte nächster Woche anfangen müssen, wäre es schön, wenn einige von der Einheit mit zur Home Farm kämen. Wir können unser Wissen in Devon koordinieren und einander kennenlernen. Sie können im Humber mit uns dorthinfahren.«

Und so wurde ihm Zugang gewährt, und er war befreit von der chaotischen Maschinerie des Krieges. Er kam zu einer Familie, nach einem Jahr in der Fremde, als wäre der verlorene Sohn zurückgekehrt, erhielte einen Platz am Tisch, aufgenommen in vertraute Gesellschaft.

Es war beinahe dunkel, als sie auf der Küstenstraße mit Aussicht auf den Bristol-Kanal das Grenzgebiet zwischen Somerset und Devon passierten. Mr. Harts bog in einen schmalen Weg ein, gesäumt von Heidekraut und Rhododendren, einem tiefen Blutrot in diesem letzten Licht. Die Zufahrt war fast fünf Kilometer lang.

Außer der Dreifaltigkeit von Suffolk, Morden und Harts waren da sechs Pioniere, die die Einheit bildeten. Sie wanderten übers Wochenende durch die Moore rund um das steinerne Cottage. Zum Samstagsdinner mit Miss Morden, Lord Suffolk und seiner Frau gesellte sich die Pilotin hinzu. Miss Swift erzählte Singh, immer habe sie den Wunsch gehabt, nach Indien zu fliegen. Fern seiner Kaserne hatte Singh keine Vorstellung, wo er sich befand. An einer Rollvorrichtung hoch oben an der Decke gab es eine Landkarte. Eines Vormittags, er war allein, zog er die Karte herunter, bis sie den Boden berührte. *Countisbury und Umland. Kartographiert von R. Fones. Gezeichnet auf Wunsch von Mr. James Halliday.*

»Gezeichnet auf Wunsch ...« – was auch bedeuten konnte: »getrieben von Sehnsucht«. Er begann die Engländer zu lieben.

Er ist mit Hana im Nachtzelt, als er ihr von der Explosion in Erith erzählt. Eine zweihundertfünfzig Kilogramm schwere Bombe ging bei Lord Suffolks Versuch, sie zu entschärfen, hoch. Sie tötete auch Mr. Fred Harts und Miss Morden und vier Pioniere, die Lord Suffolk ausbildete. Mai 1941. Singh war schon ein Jahr bei Suffolks Einheit. An jenem Tag arbeitete er mit Leutnant Blackler in London, räumte im Gebiet von Elephant-and-Castle eine Satansbombe. Sie hatten gemeinsam am Entschärfen der Viertausend-Pfund-Bombe gearbeitet und waren erschöpft. Er erinnerte sich, wie er auf halber Strecke hochgeschaut und einige Offiziere vom Sprengkommando gesehen hatte, die in seine Richtung zeigten, und er hatte sich gefragt, was da wohl los war. Wahrscheinlich bedeutete es, daß sie eine weitere Bombe gesichtet hatten. Es war nach zweiundzwanzig Uhr, und er war gefährlich müde. Eine weitere Bombe wartete auf ihn. Er wandte sich wieder der Arbeit zu.

Als sie mit der Satansbombe fertig waren, entschloß er sich, Zeit zu sparen, und ging zu einem der Offiziere, der sich zuerst halb abgewandt hatte, als wolle er gehen.

»Ja. Wo ist sie?«

Der Mann nahm seine rechte Hand, und er wußte, etwas stimmte nicht. Leutnant Blackler stand hinter ihm, und der Offizier teilte ihnen mit, was passiert war, und Leutnant Blackler legte die Hände auf Singhs Schulter und hielt ihn fest.

Er fuhr nach Erith. Er hatte erraten, worum ihn der Offizier nicht recht zu bitten wagte. Es war ihm klar, daß der Mann nicht hergekommen wäre, bloß um ihm die Todesfälle mitzuteilen. Sie befanden sich schließlich im Krieg. Es hieß, irgendwo in unmittelbarer Nähe lag eine zweite Bombe, wahrscheinlich vom selben Typ, und das war die einzige Möglichkeit herauszufinden, was schiefgelaufen war.

Er wollte das allein erledigen. Leutnant Blackler würde in London bleiben. Sie waren die zwei letzten, die von der Einheit übriggeblieben waren, und es wäre töricht, ihrer beider Leben aufs Spiel zu setzen. Wenn Lord Suffolk die Sache mißglückt war, bedeutete dies, daß Neues im Spiel war. So oder so, er wollte das allein erledigen. Wenn zwei Männer zusammenarbeiteten, mußte es eine Basis der Logik geben. Man mußte sich bei Entscheidungen entgegenkommen und sie gemeinsam tragen.

Er hielt während der Nachtfahrt alles von der Oberfläche seiner Gefühle fern. Um einen klaren Kopf zu bewahren, mußten sie einfach noch am Leben sein. Miss Morden, wie sie ein großes Glas hochprozentigen Whiskys trank, bevor sie zum Sherry überging. Auf diese Weise konnte sie langsamer trinken, für den Rest des Abends etwas mehr ladylike erscheinen. »Sie trinken nicht, Mr. Singh, aber wenn Sie es täten, würden Sie es genauso machen wie ich. Ein volles Glas Whisky, und danach kann man seelenruhig am Glas nippen wie bei einer hochanständigen Party.« Dem folgte ihr träges rauhes Lachen. Sie war die einzige Frau, der er im Leben begegnen sollte, die zwei silberne Taschenflaschen mit sich trug. Und so trank sie noch, und Lord Suffolk knabberte noch an seinem Kipling-Kuchen.

Die zweite Bombe war anderthalb Kilometer enfernt gefallen. Auch eine SC, zweihundertfünfzig Kilogramm schwer. Sie sah wie die anderen aus. Sie hatten Hunderte von ihnen entschärft, die meisten routinemäßig. Und so entwickelte sich der Krieg weiter. Alle sechs Monate etwa veränderte der Feind etwas. Der Trick wurde herausgefunden, der wunderliche Einfall, die leichte Variante, und den übrigen Einheiten übermittelt. Sie befanden sich jetzt in einem neuen Stadium.

Er nahm niemanden mit. Er mußte sich eben jeden Schritt merken. Der Sergeant, der ihn fuhr, war ein Mann namens Hardy, und er sollte beim Jeep bleiben. Man schlug ihm vor, bis zum nächsten Morgen zu warten, aber er wußte, ihnen war es lieber, wenn er gleich an die Arbeit ging. Die zweihundertfünfzig Kilogrammm schwere SC war zu gewöhnlich. Sollte es eine Abweichung geben, dann mußten sie es rasch erfahren. Er ließ sie im voraus telefonisch für Beleuchtung sorgen. Es machte ihm nichts aus, zu arbeiten, so müde er auch war, doch wollte er richtige Scheinwerfer, nicht bloß das Fernlicht zweier Jeeps.

Als er in Erith ankam, war das Bombengebiet bereits erleuchtet. Bei Tageslicht, an einem harmlosen Tag, wäre es ein Feld gewesen. Hecken, vielleicht ein Teich. Jetzt war es eine Arena. Wegen der Kälte borgte er sich Hardys Pullover und zog ihn über den eigenen. Die Scheinwerfer würden Hardy sowieso warm halten. Als er zu der Bombe ging, waren in ihm die Toten noch am Leben. Prüfung.

In dem hellen Licht trat die Körnung des Metalls scharf vor Augen. Jetzt vergaß er alles, außer seinem Mißtrauen. Lord Suffolk hatte gesagt, ein brillanter Schachspieler könne man schon mit siebzehn, sogar mit dreizehn Jahren sein, fähig, einen Großmeister zu schlagen. Aber niemals ein brillanter Bridgespieler in dem Alter. Bridge hängt vom Charakter ab. Vom eigenen Charakter und von dem Charakter der Gegenspieler. Man muß den Charakter des Gegners in Betracht ziehen. Das gleiche gilt fürs Bombenräumen. Ein Zwei-Mann-Bridge. Man hat einen einzigen Gegner. Und keinen Partner. Manchmal lasse ich sie für meine Prüfung Bridge spielen. Die Leute glauben, eine Bombe sei eine rein technische Sache, ein technischer Gegner. Aber man muß sich klarmachen, daß jemand sie hergestellt hat.

Die Wand der Bombe war durch den Aufprall am Boden aufgerissen worden, und Singh konnte das Sprengmittel im Innern sehen. Er hatte das Gefühl, er werde beobachtet, und weigerte sich zu entscheiden, ob es Suffolk war oder der Erfinder dieses komplizierten Apparats. Das Ungewohnte des künstlichen Lichts hatte ihn belebt. Er ging um die Bombe herum und sah sie sich von jedem Winkel aus genau an. Um den Zünder zu entfernen, würde er die Hauptkammer öffnen und am Sprengstoff vorbeiarbeiten müssen. Er knöpfte seine Schultertasche auf und drehte mit einem Universalschraubenschlüssel den Deckel am Boden der Bombenhülle ab. Beim Hineinschauen entdeckte er, daß die Zündkapsel aus ihrer

Hülle herausgestoßen war. Glück – oder Pech; er konnte es noch nicht sagen. Das Problem war, er wußte nicht, ob der Mechanismus bereits lief, ob er schon ausgelöst war. Er war auf den Knien, beugte sich darüber, froh, allein zu sein, zurück in der Welt der eindeutigen Wahl. Dreh nach links oder dreh nach rechts. Schneide dies durch oder schneide das durch. Aber er war müde, und es war noch Wut in ihm.

Er wußte nicht, wieviel Zeit er hatte. Die Gefahr wurde größer, wenn man zu lange wartete. Die Geschoßspitze mit den Stiefeln festhaltend, tastete er hinein, riß den Zünder mit einem Ruck heraus und entfernte ihn von der Bombe. Noch während er das tat, begann er zu zittern. Er hatte ihn rausgeholt. Die Bombe war im Grunde jetzt harmlos. Er legte den Zünder mit seinem Gewirr von Drähten auf das Gras; in diesem Licht traten sie einzeln mit ihren Farben hervor.

Er begann, die Bombenhülle zum Lastauto zu schleifen, rund fünfzig Meter entfernt, wo die Männer ihr den Rohsprengstoff entnehmen konnten. Während er sie mit sich zog, explodierte eine dritte Bombe zirka einen halben Kilometer entfernt, und der Himmel wurde so hell, daß selbst das Bogenlicht zart und menschlich erschien.

Ein Offizier reichte ihm einen Becher Horlicks, in den auch irgendein Alkohol gemischt war, und er kehrte allein zu der Zündröhre zurück. Er atmete den Dampf des Getränks ein.

Es bestand keine ernsthafte Gefahr mehr. Falls er sich irren sollte, würde ihm die kleine Explosion die Hand absprengen. Sofern er aber den Zünder im entscheidenden Moment nicht gerade an die Brust gepreßt hielt, würde er nicht sterben. Das Problem war jetzt einfach das Problem. Der Zünder. Der neue »Scherz« in der Bombe.

Er mußte das Labyrinth der Drähte wieder in die ursprüngliche Ordnung bringen. Er ging zu dem Offizier mit der Thermosflasche und bat ihn um den Rest des warmen Getränks. Dann kehrte er zurück und setzte sich wieder mit dem Zünder hin. Es war etwa halb zwei morgens. Das war nur geschätzt, er trug keine Uhr. Eine halbe Stunde lang betrachtete er den Zünder bloß mit einem Vergrößerungsglas, einer Art Monokel, das vom Knopfloch baumelte. Er beugte sich vor und spähte nach Spuren von Kratzern auf dem Messing, die von einer Zwinge hätte stammen können. Nichts.

Später sollte er dabei Ablenkung brauchen. Später, wenn es in seinem Kopf eine vollständige persönliche Geschichte von Ereignissen und Augenblicken gäbe, sollte er etwas brauchen, was einem Hintergrundsrauschen gleichkäme und alles verbrannte oder begrub, während er die Schwierigkeiten durchdachte, die unmittelbar vor ihm lagen. Das Radio oder der Detektor und seine laute Tanzmusik sollten später kommen, eine Plane, um den Regen des realen Lebens von ihm abzuhalten.

Jetzt aber registrierte sein Bewußtsein etwas in weiter Ferne, wie Widerschein eines Blitzes auf einer Wolke. Harts und Morden und Suffolk waren tot, plötzlich nur noch Namen. Seine Augen konzentrierten sich erneut auf das Zündergehäuse.

Im Geiste stellte er den Zünder auf den Kopf und erwog die logischen Möglichkeiten. Dann wieder brachte er ihn in die Horizontale. Er begann die Übertragungsladung herauszuschrauben, vornübergebeugt und mit dem Ohr so nahe daran, daß er jedes leichte Kratzen im Metall hören konnte. Kein Klicken. Sie fiel lautlos auseinander. Behutsam trennte er die Teile des Uhrwerkzünders ab und legte sie alle hin. Er hob die Zündröhre auf und schaute wieder hinein. Er sah nichts. Gerade wollte er sie aufs Gras legen, als er zögerte und sie wieder ins volle Licht hielt. Er hätte nichts Ungewöhnliches bemerkt, wäre da nicht das Gewicht gewesen. Und nie hätte er über das Gewicht nachgedacht, wenn er nicht nach dem Scherz gesucht hätte. Alles, was Pioniere gewöhnlich taten, war lauschen oder genau hinsehen. Er kippte vorsichtig die Röhre, und das Gewicht verlagerte sich zur Öffnung. Es war eine zweite Übertragungsladung – ein kompletter, separater Mechanismus –, der jeden Versuch, die Bombe zu entschärfen, zunichte machen sollte.

Er ließ den Mechanismus vorsichtig zu sich herausgleiten und schraubte die Übertragungsladung ab. Aus dem Objekt kam ein weißgrünes Aufblitzen und ein Peitschenlaut. Der zweite Sprengzünder war explodiert. Er zog ihn heraus und legte ihn neben die anderen Teile aufs Gras. Er ging zum Jeep zurück.

»Eine zweite Übertragungsladung«, murmelte er. »Ich hatte Riesenglück, daß ich die Drähte rausziehen konnte. Sprechen Sie mit dem Hauptquartier, und finden Sie heraus, ob es noch weitere Bomben gibt.«

Er wies die Soldaten an, sich vom Jeep zu entfernen, baute dort eine Art Werkbank auf und bat, daß man das Bogenlicht darauf richtete. Er bückte sich und hob die drei Bestandteile auf und plazierte sie in Abständen von jeweils dreißig Zentimetern auf der Behelfsbank. Ihn fror jetzt, und er atmete einen Federhauch warmer Körperluft aus. Er blickte auf. Weiter weg waren Soldaten noch dabei, den Sprengstoff der Bombenhülle zu entnehmen. Rasch kritzelte er ein paar Notizen und reichte einem Offizier die Lösung für die neue Bombe. Ihm war natürlich noch nicht alles klar, aber immerhin hätten sie diese Information.

Wenn Sonnenlicht in ein Zimmer scheint, in dem ein Kaminfeuer brennt, erlischt das Feuer. Er hatte Lord Suffolk und seine seltsamen kleinen Informationen geliebt. Aber seine Abwesenheit hier bedeutete, daß nun alles von Singh abhing, bedeutete, daß Singhs Wachsamkeit sich auf alle Bomben dieser Sorte in London erstrecken mußte. Er hatte plötzlich einen Verantwortungs-Plan, etwas, das Lord Suffolk, wie ihm klar wurde, immer in sich getragen hatte. Es war diese Wachsamkeit, die später das Bedürfnis in ihm erzeugte, möglichst viel auszublenden, sobald er an einer Bombe arbeitete. Er war einer von denen, die nie Interesse an der Choreographie der Macht hatten. Er verspürte Unbehagen dabei, Pläne und Lösungen hin- und herzubefördern. Er fühlte sich in seinem Element, wenn er auf Erkundung war, eine Lösung aufspürte. Als ihm die Realität von Lord Suffolks Tod deutlich wurde, gab er die ihm übertragene Arbeit auf und gliederte sich wieder dem anonymen Heeresapparat ein. Er war auf dem Truppentransporter *Macdonald*, der hundert andere Pioniere zum Feldzug nach Italien brachte. Hier wurden sie nicht bloß für die Bomben gebraucht, sondern zum Bau von Brücken, Wegräumen von Schutt und Verlegen von Gleisen für Panzerzüge. Er verbarg sich dort für den Rest des Krieges. Nur wenige erinnerten sich an den Sikh von Suffolks Einheit. Innerhalb eines Jahres war die gesamte Einheit aufgelöst und vergessen. Leutnant Blackler war der einzige, der dank seines Talents aufstieg.

Doch in der Nacht, als Singh an Lewisham und Blackheath vorbei nach Erith fuhr, wußte er, daß er, mehr als jeder andere Pionier, Lord Suffolks Kenntnisse in sich trug. Von ihm erwartete man, daß er Ersatz für dessen Vision werde.

Er stand noch immer am Jeep, als er das Pfeifsignal hörte, das bedeutete, daß sie die Bogenlampen ausmachen würden. Innerhalb von dreißig Sekunden war das metallene Licht abgelöst worden von schwefelgelben Leuchtfackeln im hinteren Teil des Jeeps. Ein weiterer Bombenangriff. Dieses schwächere Licht konnte gelöscht werden, sobald man die Flugzeuge hörte. Er setzte sich auf den leeren Benzinkanister, den drei Bestandteilen zugewandt, die er der SC-250-kg entnommen hatte, und das Zischen der Fackeln um ihn herum kam ihm laut vor nach der Stille der Bogenlampen.

Er saß da, beobachtend und lauschend, und wartete, daß sie klickten. Die anderen Männer stumm, etwa fünfzig Meter entfernt. Er wußte, im Augenblick war er der König, ein Marionettenherrscher, der sich alles kommen lassen konnte, einen Eimer Sand, ein Obsttörtchen, falls er das brauchte, und diese Männer, die, wenn sie keinen Dienst hatten, in einer leeren Bar nicht zu ihm hinübergehen würden, um mit ihm zu sprechen, würden tun, was er verlangte. Das war seltsam für ihn. Als hätte man ihm einen übergroßen Anzug gereicht, in dem er fast verschwand und dessen Ärmel hinter ihm herschleiften. Aber er wußte, ihm lag nicht daran. Er hatte sich an seine Unsichtbarkeit gewöhnt. In England hatte man ihn in den verschiedenen Kasernen nicht beachtet, und mit der Zeit war ihm das auch lieber. Die Selbstgenügsamkeit und die Zurückgezogenheit, die Hana später an ihm bemerkte, kamen nicht allein daher, daß er Pionier im italienischen Feldzug gewesen war. Sie ergaben sich ebenso daraus, daß er anonymes Mitglied einer anderen Rasse war, Teil der unsichtbaren Welt. Er hatte gegen das alles Schutzbarrieren in sich errichtet, vertraute nur denen, die freundschaftlich mit ihm umgingen. Aber in dieser Nacht in Erith wußte er, daß er über geheime Fäden gebieten konnte, die alle um ihn herum lenkten, die nicht sein spezielles Talent besaßen.

Wenige Monate später war er nach Italien entkommen, hatte den Schatten seines Lehrers in den Tornister gepackt, so wie er es den grüngekleideten Jungen im »Hippodrome« bei seinem ersten Urlaub an Weihnachten hatte tun sehen. Lord Suffolk und Miss Morden hatten angeboten, ihn in ein englisches Theaterstück zu führen. Er hatte sich *Peter Pan* ausgewählt, und sie, kommentarlos, hatten sich gefügt und waren mit ihm zu einer kinderlärmenden Aufführung gegangen. Derart waren die Schatten seiner Erinnerung, als er mit Hana im Zelt in dem italienischen Bergstädtchen lag.

Seine Vergangenheit oder Eigenarten seines Charakters zu enthüllen wäre eine zu laute Geste gewesen. Genauso wie er nie auf die Idee gekommen wäre, sie zu fragen, was im tiefsten der Grund für diese Beziehung war. Er hatte für sie dieselbe starke Liebe, die er für die drei seltsamen Engländer gefühlt hatte, die mit ihm an einem Tisch gesessen und sein Entzükken und sein Lachen und Staunen miterlebt hatten, als der grüne Junge die Arme hob und in die Dunkelheit hoch über der Bühne flog und dann zurückkehrte, um das junge Mädchen der erdgebundenen Familie auch solche Wunder zu lehren.

In der fackelerhellten Dunkelheit von Erith legte er eine Pause ein, sobald Flugzeuge zu hören waren, und die schwefelgelben Fackeln wurden eine nach der anderen in die Eimer mit Sand gesteckt. Er saß da in der brummenden Dunkelheit, verrückte den Sitz, damit er sich vorbeugen und das Ohr nahe an die tickende Mechanik halten konnte, und suchte noch immer das Klicken zeitlich zu bestimmen, bemüht, es unter dem Gedröhn deutscher Bomber zu hören.

Dann passierte, worauf er gewartet hatte. Nach genau einer Stunde schaltete der Zeitgeber, und das Zündhütchen explodierte. Das Entfernen der Übertragungsladung hatte einen unsichtbaren Schlagbolzen ausgelöst, der die zweite, versteckte Übertragungsladung scharf machte. Sie war so eingestellt worden, daß sie sechzig Minuten später explodierte – wenn ein Pionier normalerweise längst angenommen hätte, daß die Bombe völlig entschärft war.

Dieser neue Trick sollte die Richtlinien der Bombenräumung bei den Alliierten radikal verändern. Von nun an barg jede Bombe mit Verzögerungszünder die Gefahr einer zweiten Übertragungsladung in sich. Es war für die Pioniere nicht mehr möglich, eine Bombe zu entschärfen, indem sie einfach den Zünder entfernten. Bomben mußten nun mit intaktem Zünder neutralisiert werden. Irgendwie, schon vor einiger Zeit, hatte er, noch umgeben von Bogenlampen und in seiner Wut, den abgeschnittenen zweiten Zünder aus der versteckten Sprengladung herausgeholt. In der schwefelfarbenen Dunkelheit unter dem Bombenangriff erlebte er jetzt das weißgrüne handgroße Aufflammmen. Um eine Stunde verzögert. Er hatte nur durch Glück überlebt. Er ging zu dem Offizier zurück und sagte: »Ich brauche einen weiteren Zünder, um mich zu vergewissern.«

Sie entfachten wieder die Fackeln um ihn herum. Und erneut ergoß sich Licht in den Kreis seines Dunkels. Er prüfte in der Nacht noch zwei Stunden lang die neuen Zünder. Die Sechzigminutenverzögerung erwies sich als gleichbleibend.

Den größten Teil der Nacht verbrachte er in Erith. Am nächsten Tag wachte er auf und merkte, daß er in London war. Er konnte sich nicht erinnern, daß man ihn zurückgefahren hatte. Er wachte auf, ging an einen Tisch und begann, den Umriß der Bombe zu skizzieren, die Übertragungsladung, die Sprengkapsel, das ganze ZUS-40-Problem, vom Zünder bis zu den Schraubenringen. Dann bedeckte er die Ausgangszeichnung mit allen Angriffslinien, die es zur Entschärfung der Bombe gab. Jeder Pfeil exakt gezeichnet, der Text sauber ausgeschrieben, so wie man es ihm beigebracht hatte.

Was er die Nacht zuvor entdeckt hatte, traf genau zu. Er hatte nur durch Glück überlebt. Es gab keine Möglichkeit, eine solche Bombe in situ zu entschärfen, außer daß man sie eben in die Luft sprengte. Er zeichnete und schrieb alles, was er wußte, auf ein großes Blatt Millimeterpapier. Unten schrieb er hin: *Gezeichnet auf Wunsch von Lord Suffolk, von seinem Schüler Leutnant Kirpal Singh, 10. Mai 1941.*

Nach Suffolks Tod arbeitete er auf Hochtouren, besessen. Die Bomben veränderten sich schnell, neue Techniken, neue Tricks. Er war mit Leutnant Blackler und drei anderen Spezialisten im Regent's Park kaserniert, arbeitete an Lösungen und machte von jeder neu auftauchenden Bombe eine genaue Skizze auf Millimeterpapier.

Nach zwölf Tagen Arbeit im Forschungsdirektorium stießen sie auf die Antwort. Ignoriere den Zünder ganz und gar. Ignoriere den ersten Grundsatz, der bis dahin gelautet hatte: »Entschärfe die Bombe«. Es war brillant. Alle lachten und applaudierten und beglückwünschten sich in der Offiziersmesse. Sie hatten keinen Schimmer, was die Alternative war, aber sie wußten, daß sie rein theoretisch recht hatten. Das Problem wird nicht gelöst, indem man ihm zu nahe tritt. Das war Leutnant Blacklers Devise. »Wenn du mit einem Problem im Zimmer bist, rede nicht mit ihm.« Eine hingeworfene Bemerkung. Singh kam zu ihm und gab der Aussage einen etwas anderen Dreh. »Dann berühren wir den Zünder eben überhaupt nicht.«

Als sie erst einmal so weit gekommen waren, arbeitete innerhalb einer Woche jemand die Lösung aus. Ein Dampf-Sterilisator. Man konnte ein Loch in die Bombenhülle schneiden, und danach konnte der Hauptsprengstoff mittels einer Dampfeinspritzung emulgiert und abgeleitet werden. Das behob fürs erste die Schwierigkeit. Aber da befand er sich bereits auf einem Schiff nach Italien.

»Immer ist seitlich an Bomben etwas mit gelber Kreide gekritzelt. Ist dir das aufgefallen? Genau wie etwas mit gelber Kreide auf unsere Körper gekritzelt war, als wir uns im Hof von Lahore in einer Linie aufstellten.

Wir bildeten eine Schlange, die sich von der Straße langsam ins amtsärztliche Gebäude vorschob und hinaus in den Hof, um uns freiwillig zu melden. Wir wollten uns verpflichten. Ein Arzt erklärte unseren Körper mit seinen Instrumenten für gesund oder verwarf ihn und erkundete mit den Händen unseren Hals. Die Zange glitt aus dem Dettol und packte sich Teile unserer Haut.

Jene, die angenommen waren, drängten sich im Hof. Die codierten Ergebnisse wurden mit gelber Kreide auf unsere Haut geschrieben. Später, in der Schlange, vermerkte ein indischer Offizier nach kurzer Befragung weiteres Kreidegelb auf Schiefertafeln, die uns um den Hals hingen. Gewicht, Alter, unseren Bezirk, unser Bildungsniveau, die Beschaffenheit unserer Zähne und die Einheit, für die wir am besten geeignet schienen.

Ich empfand das nicht als beleidigend. Mein Bruder hätte da ganz gewiß anders reagiert, wäre wütend zu dem Brunnen gegangen, hätte den Eimer hochgezogen und sich die Kreidemarkierungen abgewaschen. Ich war nicht wie er. Auch wenn ich ihn liebte. Ihn bewunderte. Ich hatte diese Seite an mir, daß ich in allem einen vernünftigen Grund sah. Ich war derjenige, der in der Schule feierlich ernsthaft dreinblickte, was er nachahmte und verspottete. Du verstehst natürlich, ich war weit weniger ernsthaft als er, es war nur, daß ich Konfrontationen haßte. Es hielt mich nicht davon ab, das zu tun, was ich wollte, und die Dinge so zu tun, wie es mir paßte. Schon recht früh hatte ich den unbeachteten Raum entdeckt, der uns ganz still Lebenden offensteht. Ich stritt nicht mit dem Polizisten, der mir sagte, ich dürfe über eine bestimmte Brücke nicht mit dem Fahrrad fahren oder durch ein bestimmtes Tor in der Festung – ich blieb einfach dort stehen, ganz still, bis ich unsichtbar war, und dann passierte ich. Wie eine Grille. Wie heimlich ein Becher Wasser. Verstehst du? Das habe ich aus den öffentlichen Kämpfen meines Bruders gelernt.

Aber für mich war mein Bruder immer der Held in der Familie. Ich segelte im Windschatten dessen, der als Unruhestifter galt. Ich war Zeuge seiner totalen Erschöpfung, die jedem Protest folgte, wenn sich sein Körper aufbäumte, in Reaktion auf diese Beleidigung oder jenes Gesetz. Er brach mit der Tradition in unserer Familie und weigerte sich, obwohl er der Älteste war, Soldat zu werden. Er weigerte sich, auch nur eine Situation gutzuheißen, bei der Engländer Macht ausübten. Und so zerrten sie ihn in ihre Gefängnisse. Ins Zentralgefängnis von Lahore. Später ins Gefängnis von Jatnagar. Nachts lehnte er sich auf dem Feldbett zurück, hielt den eingegipsten Arm hoch, den seine Freunde gebrochen hatten, um ihn zu schützen, ihn am Fliehen zu hindern. Im Gefängnis wurde er gelassen und gewieft. Mir ähnlicher. Er war nicht beleidigt, als er hörte, daß ich mich verpflichtet hatte, an seiner Stelle zum Militär zu gehen und nicht mehr Arzt zu werden, er lachte bloß und ließ mir durch unseren Vater mitteilen, ich solle vorsichtig sein. Er führte nie Krieg gegen mich oder das, was ich tat. Er war überzeugt, daß ich den Dreh raus hatte, wie man überlebte, die Fähigkeit, mich still zu verbergen.«

Er sitzt auf dem Tisch in der Küche, im Gespräch mit Hana. Caravaggio kommt auf seinem Weg nach draußen hineingeschneit, schwere Seile über die Schultern gepackt, seine Privatsache, wie er sagt, wenn jemand ihn befragt. Er zieht die

Seile hinter sich her, und als er aus der Tür geht, sagt er: »Der englische Patient möchte dich sehen, boyo.«

»Okay, boyo.« Der Pionier springt vom Tisch, sein indischer Akzent gleitet über in Caravaggios unechtes Walisisch.

»Mein Vater hatte einen Vogel, einen kleinen Mauersegler, glaube ich, den er stets in der Nähe hatte, so unentbehrlich für sein Wohlbefinden wie die Brille oder das Glas Wasser zur Mahlzeit. Im Hause, selbst wenn er sein Schlafzimmer betrat, trug er ihn bei sich. Wenn er zur Arbeit ging, hing der kleine Käfig von der Lenkstange des Fahrrads.«

»Lebt dein Vater noch?«

»Ja, doch. Ich denke schon. Ich habe seit einiger Zeit keine Briefe mehr bekommen. Und wahrscheinlich ist mein Bruder noch immer im Gefängnis.«

Etwas will ihm nicht aus dem Kopf. Er befindet sich in dem weißen Pferd. Ihm ist warm auf dem Kalkhügel, der weiße Staub wirbelt rings um ihn herum auf. Er arbeitet an einer Bombe, die unkompliziert ist, aber zum erstenmal arbeitet er allein. Miss Morden sitzt etwa zwanzig Meter oberhalb von ihm auf dem Hügel und macht sich Notizen über das, was er tut. Er weiß, daß weiter unten auf der anderen Seite des Tales Lord Suffolk ihn durchs Fernglas beobachtet.

Er arbeitet langsam. Der Kreidestaub hebt sich, läßt sich dann auf alles nieder, seine Hände, die Bombe, so daß er ihn ständig von den Zündkappen und Drähten wegpusten muß, wenn er Einzelheiten erkennen will. Ihm ist warm in der Uniform. Immer wieder streckt er die schwitzenden Handgelenke nach hinten, um sie am Hemdrücken abzuwischen. Die abgenommenen losen Bestandteile füllen die verschiedenen Brusttaschen aus. Er ist müde, kontrolliert die Gegenstände wiederholt. Er hört Miss Mordens Stimme. »Kip?« »Ja.« »Hören Sie kurz einmal auf mit dem, was Sie gerade tun, ich komme runter.« »Besser nicht, Miss Morden.« »Aber ja doch.« Er macht die Knöpfe an den zahlreichen Brusttaschen zu und legt ein Tuch über die Bombe; sie hangelt sich unbeholfen in das weiße Pferd hinunter und setzt sich dann neben ihn und öffnet ihre Schultertasche. Sie näßt ein Spitzentaschentuch mit dem Inhalt einer kleinen Flasche Kölnisch Wasser und reicht es ihm. »Wischen Sie sich das Gesicht damit ab. Lord Suffolk benutzt es, um sich zu erfrischen.« Er nimmt es zögernd, und unter ihrem auffordernden Blick betupft er sich die Stirn und den Hals und die Handgelenke. Sie schraubt die Thermosflasche auf und gießt jedem etwas Tee ein. Sie entfaltet Butterbrotpapier und bringt Stücke eines Kipling-Kuchens zum Vorschein.

Sie scheint es nicht eilig zu haben, den Hügel wieder hochzugehen, zurück in die Sicherheit. Und es würde unhöflich wirken, sie zum Umkehren zu ermahnen. Sie plaudert über die schreckliche Hitze und den glücklichen Umstand, daß sie wenigstens alle Zimmer mit Bad in der Stadt bestellt haben, auf die sie sich freuen können. Sie beginnt eine weitläufige Geschichte, wie sie Lord Suffolk kennengelernt hat. Kein Wort über die Bombe neben ihnen. Er war langsamer geworden, so wie jemand, schon halb eingeduselt, immerzu denselben Absatz wiederliest, im Bemühen, eine Beziehung zwischen den Sätzen zu finden. Sie hat ihn aus dem Strudel des Problems herausgezogen. Sie packt alles wieder sorgfältig in ihre Tasche, legt die Hand auf seine rechte Schulter und kehrt zu ihrem Platz auf der Decke oberhalb des Westbury-Pferds zurück. Sie läßt ihm eine Sonnenbrille da, aber er kann damit nicht deutlich genug sehen, und so legt er sie beiseite. Dann nimmt er die Arbeit wieder auf. Der Duft von Kölnisch Wasser. Er erinnert sich, ihn einmal als Kind gerochen zu haben. Er hatte Fieber, und jemand besprenkelte seinen Körper damit.

8
Der heilige Wald

Kip verlässt das Gelände, wo er gegraben hat, die linke Hand hält er vor sich, als hätte er sie verstaucht.

Er kommt an der Vogelscheuche für Hanas Garten vorbei, dem Kruzifix mit den baumelnden Sardinenbüchsen, und steigt hinauf zur Villa. Über die Hand, die er vor der Brust hält, wölbt er die andere, als schütze er eine Kerzenflamme. Hana begegnet ihm auf der Terrasse, und er nimmt ihre Hand und legt sie an die seine. Der Marienkäfer, der die Runde auf dem Nagel seines kleinen Fingers macht, krabbelt schnell hinüber auf ihr Handgelenk.

Sie kehrt ins Haus zurück. Und jetzt ist ihre Hand vorgestreckt. Sie geht durch die Küche nach oben.

Der Patient wendet ihr, als sie hereinkommt, das Gesicht zu. Sie berührt seinen Fuß mit der Hand, die den Marienkäfer trägt. Der verläßt sie und wechselt zur dunklen Haut über. Dem weißen Lakenmeer ausweichend, beginnt er den langen Treck in die Ferne des übrigen Körpers, ein leuchtendes Rot gegen das, was wie vulkanisches Fleisch erscheint.

In der Bibliothek fliegt der Kasten mit Zündern durch die Luft, von Caravaggio vom Experimentiertisch gerissen, als er sich bei Hanas ausgelassenem Rufen in der Halle abrupt umwandte. Bevor er auf dem Boden aufschlägt, ist Kip schon daruntergeschlüpft und fängt ihn in der Hand auf.

Caravaggio schaut nach unten in das Gesicht des jungen Mannes, der rasch alle Luft aus den Backen bläst.

Schlagartig wird ihm klar, daß er ihm das Leben verdankt.

Kip beginnt zu lachen, verliert die Scheu vor dem älteren Mann und hält das Gehäuse mit den Drähten in die Höhe.

Caravaggio wird sich an dieses Darunterschlüpfen erinnern. Er könnte weggehen, ihn nie wiedersehen und würde ihn doch nie vergessen. Jahre später wird Caravaggio in einer Straße von Toronto aus einem Taxi steigen und die Tür für einen Inder aufhalten, der einsteigen will, und er wird an Kip denken.

Jetzt lacht der Pionier einfach zu Caravaggios Gesicht hoch und weiter zur Decke hinauf.

»Ich weiß alles über Sarongs.« Caravaggio machte beim Sprechen eine Handbewegung zu Kip und Hana hin. »Im East End von Toronto habe ich diese Inder kennengelernt. Ich war gerade dabei, ein Haus auszurauben, und da stellte sich heraus, daß es einer indischen Familie gehörte. Sie waren aufgewacht in ihren Betten und hatten diese Tracht an, Sarongs, als Schlafanzüge, und die faszinierten mich. Wir hatten reichlich Gesprächsstoff, und schließlich überredeten sie mich, einen mal anzuprobieren. Ich zog mich aus und schlüpfte in einen Sarong, und sogleich fielen sie über mich her und jagten mich halb nackt in die Nacht hinaus.«

»Ist das eine wahre Geschichte?« Sie grinste.

»Eine von vielen!«

Sie wußte genug von ihm, um es fast zu glauben. Caravaggio ließ sich bei seinen Einbrüchen ständig durch das Menschliche ablenken. Wenn er zur Weihnachtszeit in ein Haus einbrach, ärgerte es ihn, zu sehen, daß der Adventskalender nicht bis zu dem Datum geöffnet war, das drangewesen wäre. Er führte oft Gespräche mit allen möglichen Tieren, die allein zu Hause gelassen waren, debattierte aufs schönste mit ihnen über Mahlzeiten, wonach er ihnen zu großen Freßportionen verhalf, und wurde oft mit beträchtlicher Freude begrüßt, wenn er wieder zum Schauplatz eines Verbrechens zurückkehrte.

Sie stellt sich vor die Regale in der Bibliothek, die Augen geschlossen, und zieht willkürlich ein Buch heraus. Sie findet eine Lichtung zwischen zwei Abschnitten in einem Gedichtband und schreibt dort hinein.

> *Er sagt, Lahore ist eine alte Stadt. London ist verglichen mit Lahore eine junge Stadt. Ich sage, na und, ich komme sogar aus einem noch neueren Land. Er sagt, sie haben sich schon immer mit Schießpulver ausgekannt. Weit zurück bis ins siebzehnte Jahrhundert, die Hofmalerei hat Feuerwerksspiele festgehalten.*
>
> *Er ist klein, nicht viel größer als ich. Ein angedeutetes Lächeln, wenn man ihn von nahem sieht, das, wenn es erscheint, alles in seinen Bann schlagen kann. Eine Härte in seinem Wesen, die er nicht zeigt. Der Engländer sagt, er ist einer von jenen kriegerischen Heiligen. Aber er hat einen eigenen Sinn für Humor, schriller, als es sein Benehmen erwarten ließe. Unvergessen:* »Morgen werde ich ihn wieder verdrahten.« *Oh, là, là!*
>
> *Er sagt, Lahore hat dreizehn Tore – nach Heiligen und Herrschern benannt oder nach den Richtungen, in die sie führen.*
>
> *Das Wort* Bungalow *stammt von* Bengalin.

Um vier Uhr nachmittags hatten sie Kip angegurtet in die Grube hinuntergelassen, bis er hüfthoch im schlammigen Wasser stand, sein Körper um den Körper der Esau-Bombe drapiert. Die Bombenhülle war vom Steuerschwanz bis zum Sprengkopf drei Meter hoch, ihre Geschoßspitze im Schlamm neben seinen Füßen versunken. Unter dem braunen Wasser umklammerten seine Schenkel die Metallhülle, beinah so, wie er es bei den Soldaten gesehen hatte, die in dunklen Winkeln der NAAFI-Tanzsäle die Frauen umklammert hielten. Als seine Arme ermatteten, ließ er sie auf den Holzverstrebungen in Schulterhöhe ruhen, die angebracht waren, um den Lehm ringsum vom Einstürzen abzuhalten. Die Pioniere hatten die Grube rund um die Esau-Bombe ausgehoben und ihre Wände mit Holzschäften verstärkt, bevor er am Ort eingetroffen war. 1941 waren Esau-Bomben mit dem neuen Y-Zünder aufgetaucht; die hier war seine zweite.

Man war in den Arbeitssitzungen zu dem Schluß gekommen, die einzige Methode, den neuen Zünder zu umgehen, sei die, ihn zu immunisieren. Es war eine Riesenbombe in Vogel-Strauß-Position. Er war barfuß hinuntergehievt worden, und gefangen im Schlamm, sank er jetzt schon langsam ein, ohne im kalten Wasser dort unten festen Halt finden zu können. Er trug keine Stiefel – sie wären im Schlick steckengeblieben, und wenn man ihn später mit dem Flaschenzug heraufholte, hätten ihm bei dem ruckartigen Herausziehen die Knöchel brechen können.

Er legte die linke Wange an die Metallhülle, versuchte sich Wärme zu suggerieren, indem er sich auf den dünnen Sonnenstrahl konzentrierte, der bis unten in die sechs Meter tiefe Grube drang und auf seinen Nacken fiel. Was er da umarmte, konnte jeden Augenblick explodieren, wann immer Kippschalter vibrierten, wann immer die Übertragungsladung gezündet wurde. Es gab weder Magie noch ein Röntgenbild, die einem verraten konnten, wann irgendein Käpselchen brach, wann irgendein Draht aufhörte zu zittern. Diese kleinen mechanischen Semaphoren waren wie ein Herzgeräusch oder ein

Schlaganfall im Innern des Mannes, der ahnungslos vor einem die Straße überquerte.

In welcher Stadt war er eigentlich? Er konnte sich nicht daran erinnern. Er hörte eine Stimme und sah hoch. Hardy hangelte an einem Seilende einen Ranzen mit den Geräten hinunter, und der hing dort, während Kip damit begann, die verschiedenen Klammern und Werkzeuge in den vielen Taschen seines Khakihemds zu verstauen. Er summte das Lied, das Hardy auf der Hinfahrt im Jeep gesungen hatte.

They're changing guard at Buckingham Palace –
Christopher Robin went down with Alice.

Er wischte die Fläche um den Sprengkopf trocken und formte ringsum einen Napf aus Lehm. Danach entstöpselte er die Flasche und goß flüssigen Sauerstoff in den Napf. Er heftete den Napf fest ans Metall. Jetzt mußte er wieder warten.

Es gab so wenig Raum zwischen ihm und der Bombe, daß er bereits die Veränderung in der Temperatur spüren konnte. Hätte er auf dem Trockenen gestanden, hätte er weggehen und in zehn Minuten wiederkommen können. Jetzt mußte er dort neben der Bombe ausharren. Sie waren zwei mißtrauische Geschöpfe, zusammengepfercht. Captain Carlyle hatte in einem Schacht mit komprimiertem Sauerstoff gearbeitet, und plötzlich hatte die ganze Grube in Flammen gestanden. Sie hievten ihn, der bereits bewußtlos in seinen Gurten hing, rasch heraus.

Wo war er? Lisson Grove? Old Kent Road?

Kip tauchte Watte ins schlammige Wasser und berührte damit die Bombenhülle, etwa dreißig Zentimeter vom Zünder entfernt. Sie fiel ab, was bedeutete, er mußte noch länger warten. Erst wenn die Watte klebenblieb, war um den Zünder herum genügend Fläche gefroren, und er konnte weitermachen. Er goß noch mehr Sauerstoff in den Napf.

Der größer werdende Frostring hatte jetzt einen Radius von dreißig Zentimetern. Noch ein paar Minuten. Er schaute auf den Zeitungsausschnitt, den jemand an die Bombe geklebt hatte. Sie hatten ihn am Vormittag unter großem Gelächter gelesen, er war der neuesten Ausstattung beigefügt gewesen, die allen Räumungseinheiten zugestellt worden war.

Wann ist eine Explosion vernünftigermaßen statthaft?

Wenn man für ein Menschenleben den Wert X ansetzt, für das Risiko den Wert Y und für den geschätzten Schaden durch die Explosion den Wert V, dann dürfte ein Logiker die Meinung verfechten, daß, wenn V kleiner als X durch Y ist, die Bombe zur Explosion gebracht werden sollte; wenn jedoch V durch Y größer als X ist, sollte man sich bemühen, einer Explosion in situ auszuweichen.

Wer schrieb so was?

Inzwischen hatte er mehr als eine Stunde in dem Schacht mit der Bombe verbracht. Er goß weiteren flüssigen Sauerstoff hinzu. In Schulterhöhe, genau zu seiner Rechten, befand sich ein Schlauch, der normale Luft hinunterpumpte, um zu verhindern, daß ihm von dem Sauerstoff schwindlig wurde. (Er hatte gesehen, wie Soldaten, die schwer verkatert waren, Sauerstoff einatmeten, um die Kopfschmerzen loszuwerden.) Er versuchte es erneut mit der Watte, und diesmal fror sie an. Es blieben noch zirka zwanzig Minuten. Danach würde die Batterietemperatur in der Bombe wieder steigen. Doch für den Augenblick war der Zünder vereist, und er konnte mit dem Abmontieren beginnen.

Er fuhr mit den Handflächen die Bombenhülle hoch und runter, um irgendeinen Riß im Metall aufzuspüren. Der untergetauchte Teil würde ungefährlich sein, aber der Sauerstoff konnte sich entzünden, wenn er in Berührung kam mit offenliegendem Sprengstoff. Carlyles Fehler. X durch Y. Sollte es Risse geben, müßten sie flüssiges Nitrogen benutzen.

»Es ist eine Zweitausend-Pfund-Bombe, Sir. Esau.« Hardys Stimme oben vom Rand der Lehmgrube.

»Typenkennzeichnung 50, im Kreis, B. Zwei Sprengkapseln aller Wahrscheinlichkeit nach. Wir nehmen jedoch an, daß die zweite nicht scharf ist. Okay?«

Sie hatten das alles miteinander schon besprochen, doch für die entscheidende Phase bestätigte man die Dinge und rief sie in Erinnerung.

»Schalten Sie nun auf Mikrophon und verziehen Sie sich.«

»Okay, Sir.«

Kip lächelte. Er war zehn Jahre jünger als Hardy und kein Engländer, aber Hardy war am glücklichsten im Kokon der Regimentsdisziplin. Immer zögerten die Soldaten, bevor sie ihn »Sir« nannten, aber Hardy bellte es laut und begeistert heraus.

Er beschleunigte die Arbeit, um den Zünder herauszustemmen, jetzt wo die Batterien alle unwirksam waren.

»Können Sie mich hören? Pfeifen Sie ... Okay, ich hab's gehört. Letzte Schicht Sauerstoff. Lasse ihn erst noch dreißig Sekunden brodeln. Fange dann an. Erneuere den Frost. Okay, ich entferne jetzt die *Sperre* ... Okay, *Sperre* weg.«

Hardy hörte ganz genau zu und zeichnete alles auf, falls etwas schiefgehen sollte. Ein Funken, und Kip würde in einem Flammenschacht stehen. Oder in der Bombe steckte ein Sondertrick. Der Nächste mußte an die Alternativen denken.

»Ich benutze den Franzosen.« Er hatte ihn aus der Brusttasche gezogen. Er war kalt, und er mußte ihn warmreiben. Kip begann den Verschlußring zu entfernen. Dieser bewegte sich leicht, und er informierte Hardy.

»Wachablösung im Buckingham Palace«, pfiff Kip. Er zog den Verschlußring und den Feststellring ab und ließ sie ins Wasser sinken. Er konnte fühlen, wie sie langsam bis zu seinen Füßen rollten. Das Ganze würde noch vier Minuten brauchen.

»›Alice schnappt sich einen von der Wache. Soldatsein ist eh keine leichte Sache‹, sagt Alice!«

Er sang lauthals, versuchte, etwas Wärme in den Körper zu bekommen, die Brust schmerzte ihm vor Kälte. Immer wieder stemmte er sich nach hinten, so weit es ging, weg vom eisigen

Metall. Und er mußte ständig mit den Händen zum Nacken hochfahren, wo noch Sonne war, und die Finger reiben, um Zeugs und Fett und Kälte loszuwerden. Es war schwierig, die Zwinge so zu manövrieren, daß sie den Zündkopf in den Griff bekam. Zu seinem Entsetzen brach plötzlich der Zündkopf ab, löste sich ganz.

»Falsch, Hardy. Ganzer Zündkopf abgerissen. Antworten Sie mir, okay? Die Haupthülle des Zünders ist mir weggerutscht, ich komme nicht ran. Nichts frei, was ich greifen könnte.«

»Wie steht's mit dem Frost?« Hardy war direkt über ihm. Nur wenige Sekunden waren verstrichen, aber er war sofort zum Schacht gerannt.

»Bleiben sechs Minuten Frost.«

»Kommen Sie rauf, und wir sprengen sie.«

»Nein, geben Sie mir noch Sauerstoff.«

Er hob die rechte Hand und fühlte, wie eine eiskalte Blechbüchse hineingedrückt wurde.

»Ich werde das Zeugs auf die freiliegende Fläche des Zünders träufeln – da, wo der Kopf sich abgelöst hat –, danach schneide ich ins Blech. Arbeite mich vor, bis ich was greifen kann. Gehen Sie jetzt zurück, ich gebe es Ihnen durch.«

Er konnte kaum seine Wut bezähmen über das, was passiert war. Das Zeugs, wie sie den Sauerstoff nannten, lief ihm über die ganze Kleidung, zischte, sobald es auf Wasser traf. Er wartete, bis die Vereisung eintrat, und begann dann, mit einem Beitel Blech abzuschneiden. Er schüttete erneut Sauerstoff darauf, wartete und meißelte tiefer. Als sich nichts löste, riß er ein Stück von seinem Hemd ab, plazierte es zwischen Blech und Beitel und riskierte es, mit einem Schlegel auf den Beitel zu schlagen und so Teilchen abzuraspeln. Der Stoff seines Hemdes als einzige Sicherheit gegen einen Funken. Ein viel größeres Problem war die Kälte in seinen Fingern. Sie waren nicht mehr beweglich, waren unwirksam wie die Batterien. Er schnitt weiter seitwärts ins Blech, um den verlorengegangenen Zündkopf. Schabte Schichten ab, in der Hoffnung, daß die

Vereisung diese Art operativen Eingriffs hinnehmen würde. Wenn er direkt hineinschnitt, bestand immer die Möglichkeit, daß er aufs Zündhütchen traf, das die Übertragungsladung entzündete.

Noch fünf Minuten. Hardy hatte sich nicht vom Grubenrand fortbewegt, nannte ihm vielmehr von oben ungefähr die Zeit, wie lange die Vereisung noch andauern würde. In Wahrheit aber konnte keiner von ihnen ganz sicher sein. Da der Zündkopf abgebrochen war, vereisten sie eine andere Grundfläche, und die Wassertemperatur, für ihn zwar kalt, war wärmer als das Metall.

Dann sah er etwas. Er wagte nicht, das Loch noch größer zu meißeln. Das Kontaktstück des Schaltkreises, zitternd wie eine silberne Ranke. Wenn er das erreichen konnte. Er versuchte Wärme in seine Hände zu reiben.

Er atmete aus, hielt einige Sekunden die Luft an und schnitt, bevor er wieder einatmete, mit der Spitzzange das Kontaktstück entzwei. Ihm stockte der Atem, als die Vereisung seine Hand ansengte, während er sie aus dem Stromkreis zurückzog. Die Bombe war tot.

»Zünder raus. Übertragungsladung entfernt. Beglückwünschen Sie mich.« Hardy kurbelte bereits die Winde hoch, und Kip versuchte, sich an den Halfter zu klammern; er schaffte es kaum, mit der Verbrennung und der Kälte in den klammen Muskeln. Er hörte, wie der Flaschenzug ruckte, und hielt sich nur an den Ledergurten fest, die noch zum Teil an ihm hingen. Er spürte, wie seine Beine dem Griff des Lehms entzogen wurden, so wie man eine Mumie dem Moor entreißt. Seine kleinen Füße, die aus dem Wasser kamen. Er tauchte auf, aus dem Schacht ins Sonnenlicht gehoben, erst der Kopf, dann der Rumpf.

Er hing da, ein träger Drehzapfen unter dem Tipi von Stangen, die die Rollen hielten. Hardy umarmte ihn jetzt und schnallte ihn gleichzeitig los, wickelte ihn frei. Plötzlich bemerkte er, daß in weniger als zwanzig Metern Entfernung eine Menge Leute dastanden und zuschauten, zu nah, viel zu nah, was die Sicherheit betraf; sie wären alle in die Luft gegangen. Aber Hardy hatte natürlich nicht dort sein können, um sie zurückzudrängen.

Sie beobachteten ihn schweigend, den Inder, an Hardys Schulter hängend, kaum in der Lage, mit all dem Gerät zum Jeep zu gehen – Werkzeuge und Blechbüchsen und Decken und das Aufnahmegerät mit noch immer sich drehenden Spulen, das auf die Leere im Schacht unten lauschte.

»Ich kann nicht gehen.«

»Nur zum Jeep. Ein paar Meter noch, Sir. Ich hole den Rest.«

Sie hielten immer wieder inne, schleppten sich dann weiter. Sie mußten an den gaffenden Gesichtern vorbei, die den schmächtigen braunen Mann anstarrten, barfuß, im nassen Uniformrock, das abgespannte Gesicht anstarrten, das nichts wahrnahm oder registrierte, keinen von ihnen. Alle schwiegen. Traten nur zurück, um ihm und Hardy Platz zu machen. Am Jeep begann er zu zittern. Seine Augen konnten den blendenden Glanz der Windschutzscheibe nicht ertragen. Hardy mußte ihn etappenweise auf den Beifahrersitz hieven.

Als Hardy ging, zog Kip langsam die nasse Hose aus und wickelte sich in die Decke ein. Dann saß er da. Ihn fror zu sehr, und er war zu müde, um auch nur die Thermosflasche mit dem heißen Tee auf dem Nebensitz aufzuschrauben. Er dachte: Ich hatte nicht mal Angst da unten. Ich war bloß wütend – über meinen Fehler oder daß es einen Sondertrick geben konnte. Ein Tier, das reagiert, bloß um sich zu schützen.

Nur Hardy, wurde ihm klar, macht, daß ich mich noch wie ein Mensch fühle.

Wenn der Tag heiß ist, waschen sich alle in der Villa San Girolamo die Haare, zuerst mit Kerosin, um etwaigen Läusen den Garaus zu machen, und dann mit Wasser. Den Kopf zurückgelegt, das Haar ausgebreitet, die Augen gegen die Sonne geschlossen, scheint Kip plötzlich verletzlich. Eine innere Scheu ist spürbar, wenn er diese fragile Stellung einnimmt, mehr einem Leichnam aus einem Mythos ähnlich als etwas Lebendem oder Menschlichem. Hana sitzt neben ihm, ihr dunkelbraunes Haar bereits trocken. Das sind die Zeiten, in denen er über seine Familie spricht, über seinen Bruder im Gefängnis.

Er setzt sich auf und wirft die Haare nach vorn und beginnt, sie der Länge nach mit einem Handtuch zu rubbeln. Sie stellt sich ganz Asien durch die Gesten dieses einen Mannes vor. Die Art, wie er sich träge bewegt, seine ruhige Zivilisiertheit. Er spricht von den kriegerischen Heiligen, und sie hat nun das Gefühl, er selbst sei einer, streng und visionär und nur in diesen seltenen Zeiten des Sonnenlichts innehaltend, um gottlos zu sein, zwanglos, sein Kopf wieder auf dem Tisch, so daß die Sonne sein ausgebreitetes Haar trocknen kann wie Korn in einem fächerförmigen Bastkorb. Auch wenn er ein Asiate ist, der sich in diesen letzten Kriegsjahren englische Väter zugelegt hat und sich nach ihren Regeln richtet wie ein gehorsamer Sohn.

»Ja, und mein Bruder hält mich für einen Dummkopf, weil ich den Engländern traue.« Er wendet sich ihr zu, Sonnenlicht in den Augen. »Eines Tages, sagt er, werden mir die Augen aufgehen. Asien ist noch immer kein freier Kontinent, und er ist entsetzt, wie wir uns in englische Kriege stürzen. Es ist ein Meinungskampf, den wir schon immer geführt haben. ›Eines Tages werden dir die Augen aufgehen‹, heißt es ständig bei meinem Bruder.«

Der Pionier sagt dies mit fest geschlossenen Augen, macht sich lustig über das Bild. »Japan ist ein Teil von Asien, sage ich, und die Sikhs sind von den Japanern in Malaya brutal behandelt worden. Aber mein Bruder ignoriert das. Er sagt, die

Engländer hängen jetzt Sikhs auf, die für die Unabhängigkeit kämpfen.«

Sie wendet sich von ihm ab, die Arme verschränkt. Die Fehden der Welt. Die Fehden der Welt. Sie geht in das Tageslichtdunkel der Villa hinein und dann hoch, um sich zu dem Engländer zu setzen.

Nachts, wenn sie sein Haar aufmacht, ist er wieder eine andere Konstellation, die Arme eines tausendfachen Äquators gegen sein Kissen, Wellen von Haar zwischen ihnen beim Umarmen und Sichdrehen im Schlaf. Sie hält eine indische Gottheit in den Armen, sie hält Weizen und Bänder. Wenn er sich über sie beugt, strömt es. Sie kann das Haar an ihr Handgelenk binden. Wenn er sich bewegt, hält sie die Augen offen, um die elektrischen Mücken in seinem Haar zu erleben, im Dunkel des Zeltes.

Immer bewegt er sich in Relation zu Dingen, neben Mauern, neben Terrassenhecken. Er tastet die Peripherie ab. Wenn er Hana anschaut, sieht er ein Fragment ihrer mageren Wange und bezieht es auf die Landschaft dahinter. So wie er die Flugbahn eines Hänflings beobachtet hinsichtlich des Abstands, den er von der Erdoberfläche gewinnt. Er ist in Italien nach Norden vorgerückt mit Augen, die alles zu sehen versuchten, außer dem, was temporär und menschlich war.

Das, was er nie betrachtet, ist das eigene Ich. Nicht seinen Schatten in der Dämmerung oder seinen Arm, der sich nach einem Stuhlrücken streckt, oder sein Spiegelbild in einem Fenster oder wie sie ihn beobachten. In den Kriegsjahren hat er gelernt, daß das einzig Sichere er selbst ist.

Er verbringt Stunden mit dem Engländer, der ihn an eine Föhre erinnert, die er in England gesehen hat, einer ihrer kranken Äste, allzu altersgebeugt, wurde von einer gabelförmigen Stütze hochgehalten, die aus einem anderen Baum gemacht war. Sie stand in Lord Suffolks Garten am Rande der Klippe, die auf den Bristol-Kanal schaute, einem Wächter gleich. Trotz solcher Gebrechlichkeit hatte er das Gefühl, daß das Wesen im Innern edel war, mit einem Gedächtnis begabt, dessen Kraft einen Regenbogen über das Leiden hinaus schlug.

Er selbst hat keine Spiegel. Er wickelt den Turban draußen in seinem Garten, während er sich das Moos auf den Bäumen anschaut. Aber er bemerkt den Schnitt, den eine Schere in Hanas Haar gemacht hat. Er ist vertraut mit ihrem Atem, wenn er das Gesicht auf ihren Leib legt, ans Schlüsselbein, wo der Knochen ihre Haut aufhellt. Doch wenn sie ihn fragen würde, welche Farbe ihre Augen haben, könnte er das nicht sagen, denkt sie, obwohl er begonnen hat, sie zu lieben. Er würde lachen und raten, aber wenn sie, dunkeläugig, mit geschlossenen Augen sagt, daß sie grün sind, würde er ihr glauben. Es kommt vor, daß er aufmerksam in Augen blickt, aber nicht registriert, welche Farbe sie haben, so wie für ihn Nahrung, die bereits im Hals oder im Magen ist, bloß Stoff ist, weder Geschmack noch irgend etwas Spezifisches.

Wenn einer spricht, schaut er auf einen Mund, nicht in Augen und ihre Farbe, die, so scheint es ihm, sich ständig verändert, abhängig vom Licht in einem Zimmer, der Tageszeit. Münder verraten Unsicherheit oder Selbstgefälligkeit oder irgendeine andere Eigenschaft im Charakterspektrum. Für ihn sind Münder das Differenzierteste im ganzen Gesicht. Er ist sich nie sicher, was ein Auge enthüllt. Aber er kann erkennen, wie ein Mund sich in Gefühllosigkeit verfinstert, Zärtlichkeit andeutet. Ein Auge kann man oft, je nach dessen Reaktion auf einen simplen Sonnenstrahl, falsch einschätzen.

Alles wird von ihm als Teil einer sich verändernden Harmonie registriert. Er sieht sie in unterschiedlichen Stunden und an unterschiedlichen Plätzen, die ihre Stimme oder ihr Wesen verändern, selbst ihre Schönheit, so wie die Brandung des Meeres das Schicksal von Rettungsbooten begünstigt oder besiegelt.

Sie hatten die Angewohnheit, bei Tagesanbruch aufzustehen und im letzten Licht zu Abend zu essen. Den späteren Abend über gab es nur eine Kerze, die neben dem englischen Patienten ins Dunkel flackerte, oder eine Lampe, halbvoll mit Öl, wenn Caravaggio das Glück gehabt hatte, etwas aufzutreiben. Aber die Flure und die anderen Schlafzimmer hingen im Dunkel, wie in einer begrabenen Stadt. Sie gewöhnten sich daran, im Dunkeln zu gehen, mit vorgestreckten Händen, und die Wände auf beiden Seiten mit den Fingerspitzen zu berühren.

»Kein Licht mehr. Keine Farbe mehr.« Hana sang den Melodiefetzen immer wieder vor sich hin. Kips enervierender Gewohnheit, die Treppe hinunterzuspringen, eine Hand schon fast unten am Geländer, mußte ein Ende gemacht werden. Sie stellte sich vor, wie seine Füße durch die Luft flogen und den zurückkehrenden Caravaggio mitten in den Bauch trafen.

Sie hatte die Kerze im Zimmer des Engländers eine Stunde früher ausgeblasen. Sie hatte die Tennisschuhe abgestreift, ihr Kleid war wegen der Sommerhitze am Hals aufgeknöpft, die Ärmel ebenfalls aufgeknöpft und lose hochgekrempelt. Süße Unordnung.

Auf der Hauptetage des Flügels, abgesondert von der Küche, der Bibliothek und der verlassenen Kapelle, war ein verglaster Innenhof. Vier Wände aus Glas mit einer Glastür, die einem Zutritt gewährte zu einem überdeckten Brunnen und Regalen mit abgestorbenen Pflanzen, die früher einmal in dem geheizten Raum geblüht haben mußten. Dieser Innenhof erinnerte sie mehr und mehr an ein aufgeschlagenes Buch, das gepreßte Blumen enthüllte, ein Raum, dem man en passant einen flüchtigen Blick zuwarf, den man aber nie betrat.

Es war zwei Uhr morgens.

Jeder gelangte durch eine andere Tür in die Villa, Hana über die sechsunddreißig Stufen am Kapelleneingang und er durch den nördlich gelegenen Hof. Als er das Haus betrat, nahm er seine Uhr ab und ließ sie in eine Nische auf Brusthöhe gleiten, wo eine kleine Heiligenfigur ihren Platz hatte. Der Schutzherr dieser Lazarett-Villa. Sie würde nicht einen Schimmer von Phosphor erhaschen. Er hatte schon die Schuhe ausgezogen und nur noch die Hose an. Die Lampe, am Arm festgeschnallt, war gelöscht. Er trug sonst nichts bei sich und blieb eine Weile einfach im Dunkeln stehen, ein magerer Junge, ein dunkler Turban, den *kara* lose am Handgelenk. Er lehnte an der Ecke der Vorhalle, wie ein Speer.

Dann glitt er durch den Innenhof. Er kam in die Küche und spürte sofort den Hund im Dunklen, packte ihn und band ihn mit einem Seil an den Tisch. Er griff sich die Büchse Kondensmilch vom Küchenbord und kehrte damit zum Glasraum im Innenhof zurück. Er fuhr mit den Händen am Fuß der Tür entlang und fand die Stöckchen, die dagegen lehnten. Er trat ein und schloß die Tür hinter sich, streckte im letzten Moment die Hand kurz hinaus, um die Stöckchen wieder gegen die Tür zu stützen. Für den Fall, daß sie sie gesehen hatte. Dann kletterte er in den Brunnen hinab. Dort gab es ein Querbrett, etwa einen Meter tiefer, von dem er wußte, daß es stabil war. Er schloß den Deckel über sich und kauerte sich hin, stellte sich vor, wie sie ihn suchte oder sich selbst versteckte. Er begann an der Büchse Kondensmilch zu saugen.

Sie hatte mit so etwas gerechnet. Nachdem sie zur Bibliothek gekommen war, machte sie das Licht am Arm an und schritt die Bücherregale entlang, die sich von ihren Fußknöcheln bis zu unsichtbaren Höhen über ihr erstreckten. Die Tür war geschlossen, so daß kein Licht zum Flur dringen konnte. Er konnte das Leuchten auf der anderen Seite der Glastür nur sehen, wenn er draußen stand. Alle paar Schritt hielt sie inne, suchte noch einmal unter den vorwiegend italienischen Büchern nach dem einen englischen Buch, das sie dem englischen Patienten präsentieren könnte. Sie mochte jetzt diese Bücher gern mit ihrem italienischen Buchrücken, dem Frontispiz, den Farbillustrationen auf Extratafeln mit Seidenpapier darüber, mochte ihren Geruch, selbst das Knacken, wenn man sie zu schnell öffnete, als zerbräche man unsichtbare Reihen von Knöchelchen. Sie blieb wieder stehen. *Die Kartause von Parma*.

> *»Wenn ich je meinen Schwierigkeiten entkommen sollte«, sagte er zu Clelia, »werde ich den herrlichen Bildern in Parma einen Besuch abstatten, und dann werden Sie geruhen, sich des Namens zu erinnern: Fabrizio del Dongo.«*

Caravaggio lag auf dem Teppich am hinteren Ende der Bibliothek. Aus seinem Dunkel schien es, als wäre Hanas linker Arm Rohphosphor, der die Bücher erhellte, Röte auf ihr dunkles Haar warf und gegen den Baumwollstoff ihres Kleides und die hochgebauschten Ärmel an der Schulter brannte.

Er stieg aus dem Brunnen heraus.

Der Lichtradius von neunzig Zentimetern ging von ihrem Arm aus und wurde dann von der Schwärze absorbiert, und so kam es Caravaggio vor, als läge ein Tal aus Dunkelheit zwischen ihnen. Sie klemmte sich das Buch mit dem braunen Umschlag unter den rechten Arm. Als sie sich bewegte, tauchten neue Bücher auf, und andere verschwanden.

Sie war älter geworden. Und er liebte sie jetzt mehr, als er sie damals geliebt hatte, als er sie besser verstand, das Produkt ihrer Eltern. Jetzt war sie das, was zu werden sie selbst beschlossen hatte. Er wußte, wäre er auf einer Straße in Europa an Hana vorbeigegangen, sie hätte etwas Vertrautes gehabt, aber er hätte sie nicht wiedererkannt. In der Nacht, als er in der Villa auftauchte, hatte er seine Erschütterung verborgen. Ihr asketisches Gesicht, das zuerst kalt erschien, hatte eine herbe Gewitztheit. Es wurde ihm klar, daß er sich in den vergangenen zwei Monaten auf sie hin entwickelt hatte, so wie sie jetzt war. Er konnte kaum seine Freude fassen über ihre Verwandlung. Vor Jahren hatte er versucht, sie sich als Erwachsene vorzustellen, hatte sich aber eine Person ersonnen mit Eigenschaften, die sich aus ihrem gesellschaftlichen Umgang ergaben. Nicht diese erstaunliche Fremde, die er intensiver lieben konnte, da sie nicht das geringste an sich hatte, was von ihm stammte.

Sie lag auf dem Sofa, hatte die Lampe zu sich hin gedreht, damit sie lesen konnte, und war schon tief in das Buch versunken. Später schaute sie irgendwann lauschend auf und machte rasch das Licht aus.

War sie sich seiner bewußt in dem Raum? Caravaggio wußte, daß er Geräusche machte beim Atmen und Schwierigkeiten hatte, gleichmäßig, gemessen zu atmen. Das Licht ging kurz an und wurde schnell wieder gelöscht.

Dann schien alles im Raum in Bewegung zu sein, außer Caravaggio. Er konnte alles um sich herum hören, überrascht, daß er selbst nicht berührt wurde. Der Junge war im Raum. Caravaggio ging zum Sofa hin und wollte die Hand auf Hana legen. Sie war nicht da. Als er sich aufrichtete, schlang sich ein Arm um seinen Hals und zog ihn mit einem Griff nach hinten. Ein Licht leuchtete grell in sein Gesicht, und beide rangen nach Luft, als sie zu Boden fielen. Der Arm mit dem Licht hielt ihn noch immer umklammert. Dann erschien ein nackter Fuß im Lichtstrahl, bewegte sich an Caravaggios Gesicht vorbei und wurde auf den Hals des Jungen neben ihm gesetzt. Ein zweites Licht flammte auf.

»Hab dich gekriegt. Hab dich *gekriegt*.«

Die beiden auf dem Boden schauten hoch zu Hanas schwarzem Umriß über dem Licht. Nun sang sie es auch: *»Ich hab dich gekriegt, ich hab dich gekriegt*. Ich habe Caravaggio benutzt – er schnauft wirklich ganz fürchterlich! Ich wußte, er würde hier sein. Er war die Falle.«

Ihr Fuß drückte stärker auf den Hals des Jungen. »Gib auf. *Gestehe*.«

Caravaggio begann im Griff des Jungen zu zittern, schon war er in Schweiß gebadet, er konnte sich nicht befreien. Das grelle Licht beider Lampen richtete sich nun auf ihn. Irgendwie mußte er hochkommen und aus diesem Schrecken herauskriechen. *Gestehe.* Das Mädchen lachte. Er mußte seine Stimme erst unter Kontrolle bekommen, bevor er sprach, aber sie hörten kaum zu, erregt über ihr Abenteuer. Er kämpfte sich frei aus dem sich lockernden Griff des Jungen, und ohne ein Wort zu sagen, verließ er den Raum.

Sie waren wieder im Dunkeln. »Wo bist du?« fragt sie. Dann bewegt sie sich schnell. Er stellt sich so hin, daß sie gegen seine Brust anrennt, und läßt sie so in seine Arme gleiten. Sie legt die Hand auf seinen Hals, dann den Mund auf seinen Mund. »Kondensmilch! Während unseres Wettkampfs? Kondensmilch?« Sie legt den Mund auf seinen schweißigen Hals und schmeckt ihn dort, wo ihr nackter Fuß war. »Ich möchte dich sehen.« Seine Lampe geht an, und er sieht sie, ihr Gesicht voller Schmutzstriemen, das Haar vom Schwitzen zu einem Wirbel aufgestellt. Wie sie zu ihm hingrinst.

Er steckt die schmalen Hände hoch in die weiten Ärmel ihres Kleides und wölbt sie über ihren Schultern. Wenn sie sich jetzt seitwärts dreht, gehen seine Hände mit ihr. Sie biegt sich zurück, legt ihr ganzes Gewicht ins Rückwärtsfallen, verläßt sich darauf, daß er mit ihr kommt, verläßt sich auf seine Hände, daß sie den Fall auffangen. Dann macht er sich klein, streckt die Füße in die Luft, bloß seine Hände und seine Arme und sein Mund auf ihr, der Rest seines Körpers der Hinterleib einer Gottesanbeterin. Die Lampe ist noch festgeschnallt, gegen Muskeln und Schweiß seines linken Arms. Ihr Gesicht schiebt sich ins Licht, um zu küssen und zu lecken und zu schmecken. Seine Stirn reibt sich trocken in der Nässe ihres Haars.

Dann ist er unversehens auf der anderen Seite des Raums, das hüpfende Licht seiner Pionierlampe ist überall, eine Woche hat er in diesem Raum damit zugebracht, alle nur denkbaren Zünder zu beseitigen, so daß er jetzt geräumt ist. Als sei der Raum nun endgültig aus dem Krieg heraus, keine Zone, kein Terrain mehr. Er bewegt sich bloß mit der Lampe, schwenkt den Arm, enthüllt die Decke, ihr lachendes Gesicht, als er an ihr vorbeistreift, und sie steht auf der Sofalehne und blickt herunter auf das Glitzern seines schlanken Leibs. Beim nächstenmal, als er an ihr vorbeikommt, sieht er, wie sie sich hinunterbeugt und die Arme am Zipfel ihres Kleides abwischt. »Aber ich hab dich gekriegt, ich hab dich gekriegt«, jubelt sie. »Ich bin der Mohikaner von der Danforth Avenue.«

Dann reitet sie auf seinem Rücken, und ihr Licht schwenkt zu den Buchrücken in den hohen Regalen, ihre Arme heben und senken sich, als er sich mit ihr dreht, und sie läßt sich mit dem ganzen Gewicht vornüberfallen, kriegt seine Schenkel zu fassen, drückt sich ab und hat sich befreit von ihm, liegt auf dem alten Teppich, der noch nach dem letzten Regen riecht, Staub und Sand auf ihren nassen Armen. Er beugt sich zu ihr hinunter, sie streckt die Hand aus und löscht seine Lampe. »Ich hab gewonnen, ja?« Er hat noch immer nichts gesagt, seit er ins Zimmer gekommen ist. Sein Kopf nimmt die Haltung ein, die sie liebt, teils zustimmendes Nicken, teils ablehnendes Kopfschütteln. Er kann sie wegen des grellen Lichts nicht sehen. Er macht ihre Lampe aus, so sind sie einander gleich an Dunkelheit.

Da ist der eine Monat in ihrem Leben, als Hana und Kip nebeneinander schlafen. Ein förmliches Zölibat zwischen ihnen. Und sie entdecken, daß es im Sichlieben eine ganze Kultur geben kann, ein ganzes Land noch vor ihnen. Die Liebe zu der Vorstellung von ihm oder von ihr. Ich möchte nicht gevögelt werden. Ich möchte dich nicht vögeln. Wo er das gelernt hatte oder sie, wer weiß, bei solcher Jugend. Vielleicht von Caravaggio, der damals an den Abenden zu ihr über sein Alter gesprochen hatte, über die Zärtlichkeit gegenüber jeder Zelle einer Geliebten, die kommt, wenn man die Vergänglichkeit entdeckt. Dies war schließlich ein vergängliches Zeitalter. Die

Lust des Jungen erfüllte sich nur im tiefsten Schlaf, wenn er in Hanas Armen lag, sein Orgasmus war etwas, was mehr mit der Anziehungskraft des Mondes zu tun hatte, ein nächtliches Zerren an seinem Körper.

Den ganzen Abend lag sein schmales Gesicht an ihren Rippen. Sie erinnerte ihn an das Vergnügen, leicht gekratzt zu werden, indem ihre Fingernägel kreisend über seinen Rücken strichen. Es war etwas, was ihm vor Jahren seine *ayah* beigebracht hatte. Aller Trost und Frieden in der Kindheit, erinnerte sich Kip, war von ihr gekommen, nie von der Mutter, die er liebte, oder vom Bruder oder Vater, mit denen er spielte. Wenn er sich ängstigte oder nicht schlafen konnte, war es seine *ayah*, die erkannte, was er brauchte, die ihn beruhigte, bis er einschlief, ihre Hand auf seinem schmalen, dünnen Rücken, diese vertraute Fremde aus Südindien, die bei ihnen lebte und den Haushalt zu führen half, kochte und ihnen die Mahlzeiten servierte, die ihre eigenen Kinder in der Muschel des Haushalts großzog, nachdem sie in früheren Jahren auch seinen älteren Bruder getröstet hatte, wahrscheinlich das Wesen eines jeden Kindes besser kannte als ihre wirklichen Eltern.

Es war gegenseitige Zuneigung. Hätte man Kip gefragt, wen er am meisten liebte, er hätte seine *ayah* vor seiner Mutter genannt. Ihre tröstliche Liebe war für ihn wichtiger als alle Blutsbande oder sexuelle Liebe. Sein Leben lang, das sollte ihm später klarwerden, zog es ihn aus der Familie heraus, auf der Suche nach einer solchen Liebe. Die platonische Intimität oder manchmal auch die sexuelle Intimität einer Fremden. Er sollte ziemlich alt sein, bevor er das an sich erkennen würde, bevor er sich selbst diese Frage stellen konnte, wen er am meisten liebte.

Nur einmal hatte er das Gefühl gehabt, er habe ihr etwas Trost zurückgegeben, wenngleich sie längst um seine Liebe zu ihr wußte. Als ihre Mutter starb, war er in ihr Zimmer gekrochen und hatte ihren plötzlich alten Körper gehalten. Stumm hatte er trauernd neben ihr gelegen in ihrer Dienstmädchenkammer, wo sie weinte, heftig und förmlich. Er beobachtete, wie sie ihre Tränen in einem Glasbecherchen auffing, das sie sich ans Gesicht hielt. Sie würde es, das wußte er, zur Beerdigung mitnehmen. Er war hinter ihrem vornübergebeugten Körper, seine Neunjährigenhände auf ihren Schultern, und als sie sich schließlich beruhigte, nur noch ein Schaudern, begann er sie durch den Sari hindurch zu kratzen, zog ihn dann beiseite und kratzte ihre Haut – so wie Hana jetzt diese zärtliche Kunst kennenlernte, seine Nägel auf den Millionen Zellen ihrer Haut, in diesem Zelt, 1945, als ihre Kontinente sich in einem Bergstädtchen begegneten.

9
Die Höhle der Schwimmer

Ich habe versprochen, Ihnen zu erzählen, wie man sich verliebt.

Ein junger Mann namens Geoffrey Clifton hatte in Oxford einen Freund getroffen, der erwähnte, was wir taten. Er nahm Kontakt mit mir auf, heiratete am folgenden Tag und flog zwei Wochen später mit seiner Frau nach Kairo. Sie waren in den letzten Tagen ihrer Flitterwochen. Das war der Anfang unserer Geschichte.

Als ich Katharine kennenlernte, war sie verheiratet. Eine verheiratete Frau. Clifton kletterte aus dem Flugzeug, und dann, unerwartet, denn wir hatten die Expedition nur mit ihm allein geplant, tauchte sie auf. Khakishorts, knochige Knie. In jenen Tagen war sie für die Wüste zu feurig. Ich mochte seine Jugend mehr als den Eifer seiner jungen Frau. Er war unser Pilot, Kurier, Kundschafter. Er war das Neue Zeitalter, wenn er über uns flog und Chiffren aus langen farbigen Bändern fallen ließ, um uns in Kenntnis zu setzen, wo wir uns befinden sollten. Er ließ uns ständig an seiner Bewunderung für seine Frau teilhaben. Vier Männer und eine Frau – und ihr Mann in überströmender Flitterwochenfreude. Sie kehrten nach Kairo zurück und kamen einen Monat später wieder, und es war fast dasselbe. Sie war ruhiger diesmal, aber er war noch der Jüngling. Sie kauerte auf ein paar Benzinkanistern, das Kinn in die Hände geschmiegt, die Ellbogen auf dem Knie, sah auf irgendwelche unentwegt flatternden Planen, und Clifton sang ihr Loblied. Wir versuchten, es ihm mit Witzen auszutreiben, aber ihn sich gemäßigter zu wünschen hätte geheißen, sein Wesen zu leugnen, und niemand von uns wollte das.

Nach dem Monat in Kairo war sie gedämpft, las in einem fort, hielt sich viel abseits, als wäre etwas vorgefallen oder als ginge ihr plötzlich das Erstaunliche am menschlichen Wesen auf: daß es sich ändern kann. Sie mußte nicht für immer eine Angehörige der oberen Zehntausend bleiben, die einen Abenteurer geheiratet hatte. Sie war dabei, sich selbst zu entdecken.

Es war quälend, ihrer Selbsterziehung zuzuschauen, denn Clifton war nicht imstande, etwas davon zu bemerken. Sie verschlang alles über die Wüste. Sie konnte über Uwenat und die verlorene Oase reden, hatte auch weniger gängige Artikel aufgetrieben.

Ich war ein Mann, fünfzehn Jahre älter als sie, verstehen Sie. Ich hatte ein Stadium im Leben erreicht, in dem ich mich mit den zynischen Schurken aus Büchern identifizierte. Ich glaube nicht an Beständigkeit, an Beziehungen, die große Altersunterschiede überbrücken. Ich war fünfzehn Jahre älter. Aber sie war intelligenter. Sie war viel begieriger auf Veränderung, als ich erwartet hatte.

Was war es, das sie veränderte in den hinausgeschobenen Flitterwochen am Nildelta vor Kairo? Wir hatten sie beide einige Tage lang gesehen – sie waren zwei Wochen nach ihrer Hochzeit in Cheshire angekommen. Er hatte seine Braut mitgebracht, da er sie nicht verlassen konnte und auch seine Verpflichtung uns gegenüber nicht brechen durfte. Madox und mir gegenüber. Wir hätten ihn erledigt. Und so tauchten ihre knochigen Knie an diesem Tag aus dem Flugzug auf. Das war die Last unserer Geschichte. Unsere Situation.

Clifton feierte die Schönheit ihrer Arme, die schlanken Linien ihrer Fesseln. Er beschrieb, wie er ihr beim Schwimmen zugesehen hatte. Er sprach von den neuen Bidets in der Hotelsuite. Von ihrem Heißhunger beim Frühstück.

Zu alldem sagte ich nichts. Ich sah manchmal hoch, während er schwelgte, und fing ihren Blick auf, der meine stumme Verärgerung registrierte, und danach ihr ernstes Lächeln. Ironie war dabei. Ich war der ältere Mann. Ich war der Mann von Welt, der zehn Jahre zuvor von der Oase Dachla bis zum Gilf Kebir gegangen war, der Farafra auf der Karte verzeichnet hatte, der die Kyrenaika kannte und mehr als einmal in der Sand-See verschollen war. Sie begegnete mir, als ich all diese Etiketten trug. Sie konnte auch eine Drehung um wenige Grad machen und die Etiketten bei Madox finden. Aber außerhalb der Geographischen Gesellschaft waren wir unbekannt; wir waren der schmale Saum einer Kultgemeinschaft, in die sie durch ihre Heirat hineingeschlittert war.

Die Worte ihres Mannes zu ihrem Lob hatten keinerlei Bedeutung. Aber ich bin ein Mann, dessen Leben in vielerlei Hinsicht, sogar als Forscher, von Worten bestimmt wurde. Von Gerüchten und Legenden. Dingen, die auf Karten verzeichnet sind. Aufgeschriebenen Bruchstücken. Der Takt der Worte. In der Wüste etwas zu wiederholen hieße weiteres Wasser auf die Erde kippen. Hier führte die Nuance hundert Meilen weit.

Unsere Expedition war ungefähr sechzig Kilometer von Uwenat entfernt, und Madox und ich sollten allein das Gebiet erkunden, die Cliftons und die anderen aber zurückbleiben. Sie hatte all ihren Lesestoff aufgebraucht und bat mich um Bücher. Ich hatte nur Karten bei mir. »Und das Buch, in das Sie sich abends vertiefen?« »Herodot. Ach so. Wollen Sie das?« »Das würde ich nicht wagen. Wenn es privat ist.« »Ich habe meine Aufzeichnungen darin. Und Ausschnitte. Ich muß es bei mir haben.« »Das war dreist von mir, entschuldigen Sie.« »Wenn ich zurück bin, zeige ich es Ihnen. Ich bin nicht gewohnt, ohne es zu reisen.«

Das Ganze spielte sich mit viel Liebenswürdigkeit und Höflichkeit ab. Ich erklärte ihr, es sei eher ein Notizbuch, und sie neigte den Kopf. Ich konnte gehen, ohne mir irgendwie egoistisch vorzukommen. Ich war dankbar für ihre Freundlichkeit. Clifton war nicht dabei. Wir waren allein. Ich hatte gerade in meinem Zelt gepackt, als sie sich an mich wandte. Ich bin ein Mann, der dem gesellschaftlichen Leben in vielem den Rücken gekehrt hat, aber manchmal schätze ich Feingefühl im Benehmen.

Wir kamen nach einer Woche zurück. Es hatte wissenschaftliche Funde gegeben, und manches fügte sich zusammen. Wir waren guter Laune. Im Lager fand eine kleine Feier statt. Clifton war immer dabei, wenn es galt, andere zu feiern. Das war ansteckend.

Sie kam mit einem Becher Wasser auf mich zu. »Glückwunsch, ich habe schon von Geoffrey gehört –« »Ja!« »Hier, trinken Sie das.« Ich streckte die Hand aus, und sie plazierte den Becher auf meine Handfläche. Das Wasser war eiskalt nach der Brühe in den Feldflaschen, die wir hatten trinken müssen. »Geoffrey plant eine Party für Sie. Er schreibt gerade ein Lied und möchte, daß ich ein Gedicht vorlese, aber ich habe etwas anderes vor.« »Hier, nehmen Sie das Buch und blättern Sie's durch.« Ich holte es aus dem Rucksack und reichte es ihr.

Nach dem Essen und den Kräutertees brachte Clifton eine Flasche Cognac zum Vorschein, die er bis zu diesem Augenblick versteckt gehalten hatte. An diesem Abend wurde während Madox' Bericht über unsere Reise und Cliftons komischem Lied die ganze Flasche geleert. Dann begann sie, aus den *Historien* zu lesen – die Geschichte von Kandaules und seiner Königin. Ich überfliege diese Geschichte immer. Sie steht ziemlich am Anfang des Buches und hat wenig mit der Zeit und den Orten zu tun, an denen ich interessiert bin. Aber natürlich ist es eine berühmte Geschichte. Außerdem war es das, was sie ansprechen wollte.

Dieser Kandaules liebte sein Weib überaus, und in seiner Liebe glaubte er, sie sei die allerschönste Frau in der Welt. Nun war unter seinen Leibwächtern einer, der hieß Gyges, Sohn des Daskylos. Der war ihm lieb vor allen anderen. Mit Gyges besprach Kandaules alle wichtigen Angelegenheiten, und ihm pries er nun auch die Schönheit seines Weibes über alle Maßen.

»Hörst du mir zu, Geoffrey?«

»Ja, mein Liebling.«

Er sagte zu Gyges: »Gyges, es scheint, du glaubst mir nicht, was ich von der Schönheit meines Weibes gesagt habe; den Ohren glauben ja die Menschen weniger als den Augen. Sieh zu, daß du sie einmal nackt schaust!«

Verschiedenes läßt sich dazu sagen. Bedenkt man, daß ich schließlich ihr Geliebter werde, so wie Gyges der Geliebte der Königin und der Mörder des Kandaules wird. Ich habe oftmals in den Herodot geschaut, um einen Hinweis auf Geographisches zu bekommen. Aber Katharine hatte Herodot als Fenster zu ihrem Leben betrachtet. Ihre Stimme war hellwach, als sie las. Ihr Blick nur auf der Seite, wo die Geschichte stand, als sänke sie beim Lesen in Treibsand ein.

> *»Ich glaube es, daß sie die schönste aller Frauen ist, und ich bitte dich: verlange nichts Unrechtes von mir!« Aber der König antwortete: »Fasse Mut, Gyges, und fürchte nichts! Ich habe jenes Wort nicht gesagt, um dich zu versuchen, und auch mein Weib soll dir nichts zuleide tun. Ich werde es so einrichten, daß sie es gar nicht merkt, daß du sie gesehen.«*

Dies ist die Geschichte, wie ich mich in eine Frau verliebte, die mir eine ganz bestimmte Geschichte von Herodot vorlas. Ich hörte die Worte, die sie auf der anderen Seite des Feuers sagte, wobei sie nicht ein einziges Mal aufschaute, auch nicht, als sie ihren Mann neckte. Vielleicht las sie die Geschichte nur für ihn. Vielleicht gab es keinen tieferen Beweggrund für die Wahl, außer für sie beide. Es war einfach eine Geschichte, die sie durch das Vertraute an der Situation aufgerüttelt hatte. Aber plötzlich zeigte sich ein Weg im realen Leben. Auch wenn sie ihn in keiner Weise als einen ersten Schritt vom Pfade verstanden hatte. Ich bin mir da sicher.

> *»Ich werde dich in dem Gemach, in dem wir schlafen, hinter die geöffnete Tür stellen. Nach mir wird dann auch mein Weib hereintreten und sich zur Ruhe begeben. Nahe bei der Tür steht ein Sessel. Auf ihn wird sie, nacheinander, wie sie sich auszieht, ihre Kleider legen. So kannst du sie in Muße betrachten.«*

Aber Gyges wird von der Königin gesehen, als er das Gemach verläßt. Sie begreift, was ihr Mann getan hat; und obwohl sie sich schämt, schreit sie nicht auf ... sie verhält sich ruhig.

Eine seltsame Geschichte. Nicht wahr, Caravaggio? Die Eitelkeit eines Mannes so weit getrieben, daß er beneidet sein möchte. Oder der Wunsch, daß man ihm glaubt, denn er meint, man glaube ihm nicht. Das war keineswegs ein Porträt von Clifton, aber er wurde ein Teil dieser Geschichte. Da ist etwas sehr Empörendes, aber auch Menschliches im Handeln des Mannes. Etwas zwingt uns, der Geschichte Glauben zu schenken.

Am nächsten Tag ruft die Frau Gyges zu sich und läßt ihn unter zwei Möglichkeiten wählen.

> *»Du hast jetzt die Wahl zwischen zwei Wegen; gehe nun welchen du willst. Entweder tötest du Kandaules, nimmst mich zum Weibe und wirst König von Lydien; oder du mußt auf der Stelle sterben, damit du nicht als williger Freund des Kandaules auch fürderhin siehst, was du nicht sehen sollst. Einer von euch darf nicht mehr leben, entweder er, der jenen Plan ersonnen hat, oder du, der mich nackt gesehen und getan hat, was sich nicht gebührt.«*

So wurde der König getötet. Ein Neues Zeitalter beginnt. Es gibt Gedichte über Gyges in jambischen Trimetern. Er war der erste der Barbaren, der Delphi zur Kultstätte machte. Er regierte achtundzwanzig Jahre als König von Lydien, aber er lebt in unserer Erinnerung immer nur als Rädchen in einer ungewöhnlichen Liebesgeschichte.

Sie hörte auf zu lesen und sah auf. Aus dem Treibsand heraus. Sie arbeitete sich empor. Und so ging die Macht in andere Hände über. Währenddessen verliebte ich mich dank einer Anekdote.

Worte, Caravaggio. Sie haben Macht.

Wenn die Cliftons nicht bei uns waren, waren sie in Kairo stationiert. Clifton erledigte Arbeiten für die Engländer, Gott weiß welche, für einen Onkel in einem Regierungsamt. Das war alles vor dem Krieg. Doch in dieser Zeit tummelten sich in der Stadt alle Nationen, trafen sich im Groppi's zur Orchester-Soirée und tanzten bis tief in die Nacht. Sie waren ein beliebtes junges Paar und begegneten einander mit Ehrgefühl, und ich bewegte mich am Rand der Kairoer Gesellschaft. Sie ließen es sich gutgehen. Ein Leben mit Festlichkeiten, in das ich mich gelegentlich einschmuggelte. Dinners, *garden parties*. Ereignisse, die mich normalerweise nicht interessierten, doch zu denen ich jetzt ging, weil sie dort war. Ich für mein Teil faste so lange, bis ich sehe, was ich haben will.

Wie erkläre ich sie Ihnen? Mit den Händen? So wie ich in der Luft die Form eines Hochplateaus oder eines Felsens beschreiben kann? Sie hatte fast ein Jahr zur Expedition gehört. Ich sah sie, unterhielt mich mit ihr. Wir hatten uns ständig in der Gegenwart des anderen bewegt. Später, als wir uns des gegenseitigen Begehrens bewußt wurden, fluteten diese früheren Augenblicke ins Innerste zurück, vielsagend jetzt, der nervöse Griff am Arm auf einem Felsen, Blicke, die man verpaßt oder falsch interpretiert hatte.

Ich war damals selten in Kairo, von drei Monaten nur etwa einen. Ich arbeitete in der Abteilung für Ägyptologie an meinem Buch *Récentes Explorations dans le Désert Libyque*, und mit der Zeit kam ich immer dichter an den Text heran, als läge die Wüste dort, irgendwo auf der Seite, so daß ich selbst die Tinte riechen konnte, die aus dem Füllhalter floß. Gleichzeitig kämpfte ich mit ihrer Nähe, weit besessener, um die Wahrheit zu sagen, davon, wie wohl ihr Mund war, die Glätte der Kniekehle, die weiße Ebene des Bauches, während ich da mein kurzes Buch schrieb, siebzig Seiten lang, knapp und präzise, ergänzt durch Reisekarten. Ich konnte ihren Körper nicht von der Manuskriptseite verbannen. Ich wollte ihr die Monographie widmen, ihrer Stimme, ihrem Körper, den ich mir weiß aus dem Bett aufragend vorstellte, wie einen langen Bogen, aber es wurde ein Buch, das ich einem König widmete. Ich glaubte, solch eine Obsession würde von ihr nur bespöttelt, herablassend mit höflich-verlegenem Kopfschütteln aufgenommen werden.

Ich wurde doppelt förmlich in ihrer Gesellschaft. Eine Eigenart von mir. Als fühlte ich mich peinlich berührt von einer zuvor enthüllten Nacktheit. Eine europäische Eigenheit. Es war ganz natürlich für mich – nachdem ich sie auf ganz eigene Art in meinen Text von der Wüste übertragen hatte –, jetzt in ihrer Gegenwart im Harnisch aufzutreten.

Das wilde Gedicht ist ein Ersatz
Für die Frau, die man liebt oder lieben sollte,
Eine wilde Rhapsodie nur die Vortäuschung für eine andere.

Über den Rasen von Hassanein Bey – dem großen alten Mann der Expedition von 1923 – kam sie mit dem Regierungsberater Roundell daher und begrüßte mich, bat ihn, ihr einen Drink zu holen, wandte sich wieder mir zu und sagte: »Ich möchte, daß Sie mich fortreißen.« Roundell kehrte zurück. Es war so, als hätte sie mir ein Messer gereicht. Innerhalb eines Monats war ich ihr Liebhaber. In dem Zimmer über dem Souk, nördlich der Papageienstraße.

Ich sank auf die Knie in dem gekachelten Flur, mein Gesicht im Vorhang ihres Gewandes, der Salzgeschmack dieser Finger hier in ihrem Mund. Wir bildeten eine seltsame Skulptur, wir beide, bevor wir unserer Gier freien Lauf ließen. Ihre Finger kratzten leicht gegen den Sand in meinem sich lichtenden Haar. Kairo und all seine Wüsten um uns herum.

War es Verlangen nach ihrer Jugend, nach ihrer schmächtigen, geschmeidigen Jungenhaftigkeit? Ihre Gärten waren die Gärten, von denen ich sprach, als ich Ihnen von Gärten sprach.

Da gab es diese kleine Kuhle in ihrem Hals, die wir den Bosporus nannten. Ich tauchte von ihrer Schulter in den Bosporus. Ließ den Blick dort ruhen. Ich kniete, während sie spöttisch auf mich niedersah, als wäre ich ein Fremdling auf dem Planeten. Sie mit dem spöttischen Blick. Ihre kühle Hand plötzlich an meinem Hals in einem Kairoer Bus. Während wir ein geschlossenes Taxi nahmen, unsere Schnelle-Hand-Liebe zwischen der Khedive-Ismail-Bridge und dem Tipperary Club. Oder die Sonne durch ihre Fingernägel in der Museumshalle, dritter Stock, als ihre Hand mein Gesicht bedeckte.

Was uns betraf, gab es nur eine Person, von der gesehen zu werden wir uns hüten mußten.

Aber Geoffrey Clifton war ein Mann, der in der englischen Gesellschaftsmaschinerie fest verankert war. Er hatte eine Ahnentafel, die bis zu König Knut zurückging. Die Gesellschaftsmaschinerie würde Clifton, der erst seit achtzehn Monaten verheiratet war, nicht unbedingt die Untreue seiner Frau enthüllen, aber sie begann das störende Element einzukapseln, das Kranke im System. Sie wußte Bescheid über jede Bewegung, die einer von uns machte, vom ersten Tag der unbeholfenen Berührung dort unter dem Schutzdach des Semiramis Hotel.

Ich hatte ihre Bemerkungen über die Verwandtschaft ihres Mannes nicht weiter beachtet. Und Geoffrey Clifton war genauso arglos wie wir hinsichtlich des großen englischen Netzes, das über uns schwebte. Aber der Klub der Leibwächter wachte über ihren Mann und schützte ihn. Nur Madox, als Adliger, der früher zur Armee Beziehungen gehabt hatte, kannte sich in solchen Geheimwindungen aus. Nur Madox klärte mich mit größtmöglichem Feingefühl über solch eine Welt auf.

Ich trug Herodot bei mir, und Madox – ein Heiliger in seiner eigenen Ehe – trug *Anna Karenina* bei sich, immer wieder las er die Geschichte von schwärmerischer Liebe und Betrug. Eines Tages, viel zu spät, als daß wir der Maschinerie hätten entgehen können, die wir in Gang gesetzt hatten, versuchte er Cliftons Welt mit Hilfe von Anna Kareninas Bruder zu erklären. Geben Sie mir das Buch. Hören Sie.

Halb Moskau und Petersburg war mit Oblonskij verwandt oder befreundet. Er war in den Kreis der Personen geboren, die schon die Großen der Welt waren oder es noch wurden. Ein Drittel der hohen Regierungsbeamten, die älteren Männer, waren Freunde seines Vaters gewesen und hatten ihn schon im Kinderkleidchen gekannt. Also waren die Leute, die irdische Güter wie Ämter, Pachtungen, Konzessionen und dergleichen verteilten, sämtlich mit ihm befreundet und konnten ihn als einen der Ihren nicht übergehen … Er brauchte nur folgendes zu tun: keine Einwände erheben, nicht mißgünstig sein, sich mit niemand überwerfen, sich nicht gekränkt fühlen, was er in seiner Gutmütigkeit sowieso niemals tat.

Ich mag inzwischen das Tippen Ihres Fingernagels auf der Spritze, Caravaggio. Das erstemal, als Hana mir Morphium in Ihrer Gegenwart gab, standen Sie am Fenster, und beim Tippen ihres Nagels ruckte Ihr Hals in unsere Richtung. Ich erkenne einen Gefährten. So wie ein Liebender immer die Tarnung der anderen Liebenden durchschaut.

Frauen wollen alles vom Geliebten. Und zu oft bin ich unter die Oberfläche gesunken. So verschwinden Heere im Sand. Und da war ihre Angst vor ihrem Mann, ihr Glaube an ihre Ehre, mein alter Wunsch nach Unabhängigkeit, mein gelegentliches Verschwinden, ihr Mißtrauen mir gegenüber, meine Zweifel, ob sie mich liebte. Die Paranoia und Klaustrophobie der heimlichen Liebe.

»Ich glaube, du bist unmenschlich geworden«, sagte sie zu mir.

»Ich bin nicht der einzige Verräter.«

»Ich glaube nicht, daß es dir etwas bedeutet – daß das zwischen uns passiert ist. Du gleitest an allem vorbei mit deiner Furcht vor jedem Eigentumsrecht und deinem Haß darauf, deiner Furcht, jemandem zu eigen zu sein und jemanden zu eigen zu haben, benannt zu werden. Du glaubst, das sei edel.

Ich glaube, du bist unmenschlich. Wenn ich dich verlasse, zu wem gehst du? Suchst du dir eine neue Geliebte?«

Ich sagte nichts.

»Streite es doch ab, verdammt noch mal.«

Sie hatte immer Worte gewollt, sie liebte sie, rankte sich an ihnen empor. Worte gaben ihr Klarheit, brachten Vernunft, Form. Wohingegen ich glaubte, Worte verbiegen die Gefühle, wie Stöcke im Wasser sich verbiegen.

Sie kehrte zu ihrem Mann zurück.

Von diesem Punkt an, flüsterte sie, werden wir unsere Seele finden oder wir werden sie verlieren.

Meere ziehen sich zurück, warum nicht Liebende? Die Häfen von Ephesus, die Flüsse des Heraklit verschwinden und werden durch versandete Mündungen abgelöst. Die Frau des Kandaules wird die Frau von Gyges. Bibliotheken gehen in Flammen auf.

Was war unsere Beziehung gewesen? Ein Verrat an denen um uns herum oder der Wunsch nach einem anderen Leben?

Sie kletterte in ihr Haus zurück an die Seite ihres Mannes, und ich verzog mich in kleine Stehbars.

I'll be looking at the moon,
but I'll be seeing you.

Der alte Herodot-Klassiker. Immer wieder summte und sang ich das Lied, veränderte die Verse, um sie ins eigene Leben zu krümmen. Menschen erholen sich auf unterschiedliche Weise von einem geheimen Verlust. Einer aus ihrem Gefolge sah mich, wie ich bei einem Gewürzhändler hockte. Sie hatte einmal einen Zinnfingerhut von ihm bekommen, der Safran enthielt. Eins der zehntausend Dinge.

Und als Bagnold – nachdem er mich bei dem Safranhändler gesehen hatte – diesen Zwischenfall während des Dinners an ihrem Tisch ins Gespräch brachte, was empfand ich dabei? Tröstete es mich etwas, daß sie sich an den Mann erinnern würde, der ihr eine Kleinigkeit geschenkt hatte, einen Zinnfingerhut, den sie sich für zwei Tage an einem dunklen Kettchen um den Hals gehängt hatte, während ihr Mann nicht in der Stadt war? Der Safran noch darin, so daß ein Flecken Gold an ihrer Brust haftete.

Wie nahm sie diese Geschichte über mich auf, den von der Gruppe Ausgestoßenen nach irgendeiner Szene, in der ich mich total danebenbenommen hatte – Bagnold, der nur lachte, ihr gutmütiger Mann, der sich Sorgen um mich machte, und Madox, der aufstand, zum Fenster ging und hinausblickte auf den südlichen Teil der Stadt. Die Unterhaltung wandte sich vielleicht anderen Entdeckungen zu. Schließlich waren es Kartographen. Aber stieg sie in den Brunnen hinunter, den wir gemeinsam zu graben halfen, und hielt sie sich fest, so wie ich mit meiner ausgestreckten Hand nach ihr verlangte?

Wir hatten jetzt beide unser eigenes Leben, versehen mit einem inneren Pakt zwischen uns.

»Was tust du?« sagte sie, als sie mir zufällig über den Weg lief. »Siehst du denn nicht, daß du uns alle *verrückt* machst?«

Madox hatte ich erzählt, daß ich einer Witwe den Hof machte. Aber noch war sie keine Witwe. Als Madox nach England zurückkehrte, waren sie und ich längst kein Liebespaar mehr. »Bestell deiner Kairoer Witwe Grüße von mir«, murmelte Madox. »Hätte sie gern kennengelernt.« Wußte er Bescheid? Ihm gegenüber kam ich mir immer als Betrüger vor, diesem Freund, mit dem ich zehn Jahre zusammengearbeitet, den ich mehr als jeden anderen Mann geliebt hatte. Es war das Jahr 1939, und wir alle verließen dieses Land, jedenfalls überließen wir es dem Krieg.

Und Madox kehrte in das Dorf Marston Magna in Somerset zurück, wo er geboren war, und einen Monat später saß er in der Kirchengemeinde, hörte eine Predigt zum Lobpreis des Krieges, zog seinen Wüstenrevolver heraus und erschoß sich.

Ich, Herodotus von Halikarnassos, lege meine Geschichtsforschungen dar, damit die Geschicke und Taten der Menschen mit der Zeit nicht in Vergessenheit geraten sollen, und die großen, erstaunlichen Werke, sei es der Griechen oder der Barbaren, ihres Ruhmes nicht ermangeln ... des weiteren die Ursachen, weshalb sie gegeneinander Kriege führten.

Männer waren immer zu Poeten in der Wüste geworden. Und Madox hatte – vor der Geographischen Gesellschaft – schöne Vorträge über unsere Wüstendurchquerungen und Reisen gehalten. Bermann hatte die Glut mit Theorie angefacht. Und ich? Ich war der Geschickte unter ihnen. Der Mechaniker. Die anderen schrieben sich ihre Liebe zur Einsamkeit vom Herzen und meditierten darüber, was sie dort entdeckt hatten. Sie waren sich nie sicher, was ich von alldem hielt. »Magst du den Mond hier?« fragte Madox mich, nachdem er mich schon zehn Jahre kannte. Er fragte zögernd, als hätte er sich in Privates gedrängt. Für sie war ich ein bißchen zu listig, um die Wüste zu lieben. Mehr wie Odysseus. Dennoch liebte ich sie. Zeig mir eine Wüste, wie man einem anderen einen Fluß zeigt oder wieder einem anderen die Hauptstadt seiner Kindheit.

Als wir uns zum letztenmal sahen, gebrauchte Madox den alten Abschiedsgruß. »Möge Gott dich sicher geleiten.« Und ich ging von ihm fort mit den Worten: »Es gibt keinen Gott.« Wir waren einander völlig entgegengesetzt.

Madox sagte, Odysseus habe kein einziges Wort aufgeschrieben, kein privates Buch. Vielleicht fühlte er sich fremd in der falschen Rhapsodie der Kunst. Und meine eigene Monographie, muß ich gestehen, war in ihrer Genauigkeit streng. Die Angst davor, ihre Gegenwart zu schildern, während ich schrieb, brachte mich dazu, jegliches Gefühl auszumerzen, jegliche Liebesrhetorik. Dennoch, ich beschrieb die Wüste so rein, als hätte ich von ihr gesprochen. Madox fragte mich das über den Mond in unseren letzten gemeinsamen Tagen, bevor der Krieg begann. Wir trennten uns. Er ging nach England, der wahrscheinliche Kriegsausbruch unterbrach alles, unser langsames Ausgraben von Geschichte in der Wüste. Auf Wiedersehn, Odysseus, sagte er mit einem Grinsen, im Bewußtsein, daß ich Odysseus nie allzusehr gemocht hatte, Äneas noch weniger, doch wir hatten beschlossen, daß Bagnold Äneas war. Aber den Odysseus mochte ich ja auch nicht. Auf Wiedersehn, sagte ich.

Ich erinnere mich, daß er sich umdrehte, lachend. Er zeigte mit dem Daumen auf die Stelle an seinem Adamsapfel und sagte: »Das heißt Gefäßring.« Und somit gab er jener Kuhle in ihrem Hals einen offiziellen Namen. Er kehrte heim zu seiner Frau in das Dorf Marston Magna, nahm nur sein Lieblingsbuch von Tolstoi mit, hinterließ mir alle seine Kompasse und Landkarten. Unsere Zuneigung blieb unausgesprochen.

Und Marston Magna in Somerset, das er immer wieder in unseren Gesprächen beschworen hatte, hatte seine Auen zu einem Flugplatz umgewandelt. Die Flugzeuge ließen ihre Abgase über König Arthus' Burgen entweichen. Was ihn zu der Tat trieb, weiß ich nicht. Vielleicht war es der ständige Fluglärm, so laut für ihn nach dem leichten Brummen der Gypsy Moth über unserem Schweigen in Libyen und Ägypten. Ein Krieg, der nicht seiner war, riß den fein gewirkten Gobelin mit seinen Gefährten auseinander. Ich war Odysseus, ich verstand die wechselnden und vorübergehenden Vetos des Krieges. Aber er war jemand, der nur mühsam Freundschaften schloß. Zwei oder drei Leute hatte er in seinem Leben näher kennengelernt, und jetzt zeigte sich, daß sie der Feind waren.

In Somerset war er allein mit seiner Frau, die uns nie gesehen hatte. Kleine Gesten reichten ihm aus. Eine Kugel beendete den Krieg.

Es war im Juli 1939. Sie erwischten noch den Bus von ihrem Dorf nach Yeovil. Der Bus war langsam gewesen, und so waren sie zu spät zum Gottesdienst gekommen. Hinten in der überfüllten Kirche beschlossen sie, um überhaupt Platz zu bekommen, getrennt zu sitzen. Als die Predigt nach einer halben Stunde begann, dröhnte sie nationalistisch, bedenkenlos in der Befürwortung des Krieges. Der Geistliche sprach mit donnernder Stimme frohgemut vom Kämpfen, sprach den Segen über die Regierung und die Männer, die im Begriff standen, in den Krieg zu ziehen. Madox hörte mit an, wie die Predigt immer leidenschaftlicher wurde. Er zog seinen Wüstenrevolver heraus, beugte sich vor und schoß sich ins Herz. Er war auf der Stelle tot. Ein großes Schweigen. Wüstenschweigen. Flugzeugloses Schweigen. Sie hörten, wie sein Körper gegen die Kirchenbank fiel. Nichts sonst rührte sich. Der Geistliche erstarrte in einer Geste. Es war so ein Schweigen, wie es entsteht, wenn der Glasschutz um die Kerze in der Kirche zerspringt und alle Gesichter sich dorthin wenden. Seine Frau ging das Mittelschiff entlang, blieb an seiner Reihe stehen, murmelte etwas, und sie machten ihr Platz neben ihm. Sie kniete sich hin und nahm ihn in die Arme.

Wie starb Odysseus? War es nicht Selbstmord? Mir kommt es so vor. Jetzt. Vielleicht hat die Wüste Madox verdorben. Jene Zeit, als wir nichts mit der Welt zu tun hatten. Ich denke dauernd an das russische Buch, das er immer bei sich trug. Rußland war meinem Land immer näher gewesen als seinem. Ja, Madox war jemand, der wegen Nationen starb.

Ich liebte seine Gelassenheit in allem. Ich stritt immer heftig über Standorte auf der Karte, in seinen Berichten gelang es ihm jedoch, unsere »Debatte« in vernünftigen Sätzen aufleben zu lassen. Er schrieb besonnen und freudig über unsere Reisen, wenn es Freudiges zu beschreiben gab, als wären wir Anna und Vronskij beim Tanz. Dennoch, er suchte nie mit mir jene Tanzsäle in Kairo auf. Und ich war ein Mann, der sich beim Tanzen verliebte.

Er hatte einen langsamen Gang. Ich habe ihn nie tanzen sehen. Er war jemand, der schrieb, der die Welt interpretierte. Erkenntnis erwuchs schon aus dem geringsten emotionalen Anlaß. Ein Blick konnte zu ganzen Abschnitten von Theorie führen. Wenn er eine neue Fertigkeit bei einem Wüstenstamm aufspürte oder eine seltene Palme entdeckte, war er wochenlang verzaubert. Wenn wir bei unseren Reisen auf irgendwelche Botschaften stießen – gleich welchen Wortlauts, ob zeitgenössisch oder alt, Arabisch auf einer Lehmwand, ein englischer Hinweis in Kreide auf dem Kotflügel eines Jeeps –, las er sie und preßte dann die Hand darauf, als wolle er etwaige tiefere Bedeutungen berühren, um so vertraut wie möglich mit den Worten zu werden.

Er streckt den Arm waagerecht aus, die zerstochenen Adern zeigen nach oben, für das Floß aus Morphium. Als das Morphium ihn durchströmt, hört er, wie Caravaggio die Nadel in den nierenförmigen Emaillebehälter fallen läßt. Er sieht, wie die grauhaarige Gestalt ihm den Rücken zukehrt und dann wieder erscheint, auch ein Gefangener, ein Untertan des Morphiums wie er.

Es gibt Tage, wenn ich heimkomme nach trockenem Geschreibe, da ist das einzige, was mich retten kann, *Honeysuckle Rose* von Django Reinhardt und Stéphane Grappelly, die mit dem Hot Club de France auftraten. 1935. 1936. 1937. Große Jazzjahre. Die Jahre, als Jazz aus dem Hôtel Claridge auf die Champs-Élysées flutete und in die Bars von London, nach Südfrankreich, Marokko und danach in Ägypten sich einschlich, wo das Gerücht über solche Rhythmen von einer namenlosen Kairoer Tanzkapelle unterderhand verbreitet wurde. Als ich zurückging in die Wüste, nahm ich mit mir die Abende in den Bars, als man zu der 78er von *Souvenirs* getanzt hatte, die Frauen, die wie Windhunde daherschritten, sich gegen einen lehnten, während man bei *My Sweet* an ihren Schultern irgend etwas murmelte. Mit freundlicher Genehmigung der Société Ultraphone Française, record company. 1938. 1939. Es gab das Liebesgeflüster im Separée. Es gab den Krieg um die Ecke.

In diesen letzten Nächten in Kairo, Monate nachdem die Affäre vorbei war, hatten wir Madox schließlich überredet, zu seinem Abschied in eine Stehbar mitzukommen. Sie und ihr Mann waren dort. Eine letzte Nacht. Ein letzter Tanz. Almásy war betrunken, und einen alten Tanzschritt probierend, den er erfunden hatte, Bosphorus Hug genannt, hob er Katharine Clifton in seine sehnigen Arme und überquerte die Tanzfläche, bis er mit ihr über ein paar Nil-Aspidistren fiel.

Als wer redet er jetzt eigentlich? denkt Caravaggio.

Almásy war betrunken, und sein Tanzen kam den anderen wie eine brutale Folge von Bewegungen vor. In dieser Zeit schienen er und sie nicht gut miteinander auszukommen. Er schwenkte sie von einer Seite zur anderen, als wäre sie eine namenlose Puppe, und ertränkte seinen Kummer über Madox' Weggang in Alkohol. Er war laut bei uns an den Tischen. Wenn Almásy sich so benahm, verschwanden wir gewöhnlich in alle Richtungen, aber dies war Madox' letzte Nacht in Kairo, darum blieben wir. Ein schlechter ägyptischer Geiger imitierte Stéphane Grappelly, und Almásy benahm sich wie ein Planet außer Kontrolle. »Auf uns – die Fremdlinge auf dem Planeten«, er hob das Glas. Er wollte mit jedem tanzen, Männern und Frauen. Er klatschte in die Hände und verkündete: »Und jetzt der Bosphorus Hug. Du, Bernhardt? Hetherton?« Die meisten machten einen Rückzieher. Er wandte sich an Cliftons junge Frau, die ihn mit höflicher Wut beobachtete, und sie kam nach vorn, als er winkte und dann gegen sie prallte, seine Kehle bereits an ihrer linken Schulter auf jenem nackten Plateau über den Pailletten. Der Tango eines Rasenden folgte, bis einer von ihnen aus dem Tritt geriet. Sie ließ in ihrem Zorn nicht nach, weigerte sich, ihn gewinnen zu lassen, indem sie ginge, zum Tisch zurückkehrte. Sie fixierte ihn, als er den Kopf zurückzog, nicht ernst, sondern mit aggressivem Gesichtsausdruck. Sein Mund murmelte ihr etwas zu, als er das Gesicht hinunterbeugte, fluchte vielleicht den Text von *Honeysuckle Rose*.

In Kairo war zwischen den Expeditionen nicht viel von Almásy zu sehen. Er wirkte entweder abweisend oder ruhelos. Tagsüber arbeitete er im Museum und besuchte nachts die Bars rund um den Markt im Süden von Kairo. Verloren in einem anderen Ägypten. Nur wegen Madox waren sie alle hierhergekommen. Aber jetzt tanzte Almásy mit Katharine Clifton. Die aufgereihten Pflanzen streiften ihre schlanke Gestalt. Er wirbelte mit ihr herum, hob sie in die Höhe und fiel dann hin. Clifton blieb sitzen, behielt sie beide im Auge. Almásy lag über ihr und versuchte dann, langsam aufzustehen, strich sich das blonde Haar nach hinten, während er da in der hinteren Ecke des Raumes über ihr kniete. Einstmals war er ein Mann von Feingefühl gewesen.

Mitternacht war vorbei. Die Gäste amüsierten sich nicht recht, außer den leicht zu amüsierenden Stammkunden, die diese Zeremonien des Wüsteneuropäers gewohnt waren. Es gab Frauen mit langen Silbergehängen am Ohr, Frauen in Pailletten, metallene Tröpfchen, warm von der Hitze in der Bar, für die Almásy in der Vergangenheit immer eine Schwäche gehabt hatte, Frauen, die beim Tanzen die ausgezackten Silberohrringe gegen sein Gesicht schwenkten. In anderen Nächten tanzte er mit ihnen, wobei er, wenn er betrunkener wurde, ihr ganzes Gestell bei der Kuhle unter ihrem Brustkorb packte und hochhob. Ja, sie amüsierten sich, lachten über Almásys Bauch, wenn sein Hemd sich nach oben schob, nicht gerade entzückt von seinem Gewicht, das auf ihren Schultern ruhte, wenn er Tanzpausen einlegte, bis er irgendwann später in der Nacht bei einem Schottischen auf dem Boden zusammenbrach.

Es war wichtig, bei solchen Abenden im Handlungsgeschehen des Abends *weiterzuschreiten*, während menschliche Konstellationen um einen herumwirbelten und herumglitten. Es gab weder Denken noch Vorbedacht. Die Notizen zu den Feldstudien des Abends kamen später dran, in der Wüste, in den Landformen zwischen Dachla und Kufra. Dann erinnerte er sich an jenes hundeähnliche Jaulen, bei dem er sich nach einem Hund auf der Tanzfläche umgeschaut hatte, und ihm wurde klar – während er nun die auf Öl ruhende Kompaßrose betrachtete –, daß es eine Frau gewesen sein könnte, auf die er getreten war. In Sichtweite einer Oase tat er sich etwas zugute auf sein Tanzen und winkte mit den Armen und der Armbanduhr zum Himmel.

Kalte Nächte in der Wüste. Er zupfte sich einen Faden aus der Vielzahl der Nächte und steckte ihn in den Mund, wie Nahrung. Das war in den ersten zwei Nächten eines beschwerlichen Marsches, als er sich im Niemandsland zwischen Stadt und Plateau befand. Nachdem sechs Tage verstrichen waren, dachte er nie mehr über Kairo nach oder die Musik oder die Straßen oder die Frauen; zu diesem Zeitpunkt bewegte er sich in alten Zeiten, hatte sich in die atmenden Muster unterirdischen Wassers eingefügt. Seine einzige Verbindung zur Welt der Städte war Herodot, sein Führer, alt und modern, mit den vermeintlichen Lügen. Sobald er die Wahrheit dessen entdeckte, was als Lüge gegolten hatte, holte er seinen Leimtopf heraus und klebte eine Landkarte ein oder einen Zeitungsausschnitt, oder er nahm eine Leerstelle in dem Buch, um Männer in Röcken zu skizzieren mit verblaßten unbekannten Tieren neben sich. Die frühen Oasenbewohner hatten gewöhnlich keine Rinder gezeichnet, auch wenn Herodot das behauptete. Sie verehrten eine schwangere Göttin, und ihre Felszeichnungen stellten meist schwangere Frauen dar.

Nach zwei Wochen kam ihm nicht einmal mehr der Gedanke an eine Stadt in den Sinn. Es war, als befände er sich unter dem Millimeter-Schleier direkt über der mit Tinte gezogenen Landkarte, dieser reinen Zone zwischen Land und graphischer Darstellung zwischen Entfernungen und Legende zwischen Natur und Geschichtenerzähler. Sandford nannte das Geomorphologie. Der Ort, den zu erreichen sie erhofft hatten, um ihr besseres Selbst zu sein, um sich der Abstammung nicht bewußt zu sein. Hier, abgesehen vom Kompaß der

Sonne und von dem Entfernungsmesser und dem Buch, war er allein, seine eigene Erfindung. Er wußte in diesen Zeiten, wie das Trugbild wirkte, die Fata Morgana, denn er war mitten darin.

Er wacht auf und bemerkt, daß Hana ihn wäscht. Es gibt eine Kommode in Hüfthöhe. Sie beugt sich vor, ihre Hände bringen Wasser aus der Porzellanschüssel auf seine Brust. Als sie fertig ist, fährt sie mit den nassen Fingern einige Male durch ihr Haar, so daß es feucht und dunkel wird. Sie schaut auf und sieht, daß seine Augen offen sind, und lächelt.

Als er wieder die Augen öffnet, ist Madox dort, abgerissen sieht er aus, erschöpft, und hält eine Morphiumspritze, wobei er beide Hände benutzen muß, weil keine Daumen da sind. Wie setzt er sich die Spritze? denkt er. Er erkennt das Auge, die Angewohnheit der Zunge, gegen die Lippe zu flattern, die Klarheit des Mannes im Denken, der alles erfaßt, was er sagt. Zwei alte Narren.

Caravaggio beobachtet das Rosarot im Mund des Mannes, während er redet. Das Zahnfleisch hat vielleicht die helle Jodfarbe der Felszeichnungen, in Uwenat entdeckt. Es gibt noch mehr zu entdecken, intuitiv zu erkennen von diesem Körper auf dem Bett, der nicht existiert, außer dem Mund, einer Ader im Arm, wolfsgrauen Augen. Er ist noch immer erstaunt über die Klarheit der Disziplin in dem Mann, der manchmal in der ersten Person, manchmal in der dritten Person spricht, der immer noch nicht zugibt, daß er Almásy ist.

»Wer sprach denn zuletzt?«

»›*Tod bedeutet, du bist in der dritten Person.*‹«

Den ganzen Tag haben sie sich die Morphiumampullen geteilt. Um die Geschichte aus ihm herauszuspulen, reist Caravaggio innerhalb des Codes. Sobald der verbrannte Mann langsamer wird oder Caravaggio das Gefühl hat, er kriegt nicht alles mit

– die Liebesaffäre, Madox' Tod –, nimmt er die Spritze aus dem nierenförmigen Emaillebehälter, bricht mit Knöcheldruck die Glasspitze einer Ampulle ab und zieht die Spritze auf. Er ist Hana gegenüber jetzt schonungslos offen und hat den Ärmel über dem linken Arm völlig abgetrennt. Almásy trägt nur ein graues, ärmelloses Unterhemd, so daß sein schwarzer Arm nackt unter dem Laken liegt.

Jede weitere Morphiumaufnahme durch den Körper öffnet eine neue Tür, oder er springt zurück zu den Höhlenzeichnungen oder zu einem begrabenen Flugzeug oder verweilt noch einmal mit der Frau an seiner Seite unter einem Ventilator, ihre Wange gegen seinen Bauch.

Caravaggio holt sich den Herodot. Er schlägt eine Seite auf, kommt über eine Düne, um das Gilf Kebir zu entdecken, Uwenat, Gebel Kissu. Wenn Almásy spricht, bleibt er bei ihm und ordnet die Ereignisse aufs neue. Nur das Verlangen bringt die Geschichte auf Abwege, so daß sie zuckt wie eine Kompaßnadel. Und dies ist in jedem Fall die Welt der Nomaden, eine apokryphe Geschichte. Ein Geist, der als Sandsturm verkleidet von Ost nach West zieht.

Auf dem Boden in der Höhle der Schwimmer hatte er, nachdem ihr Mann das Flugzeug zum Absturz gebracht hatte, den Fallschirm, den sie bei sich trug, aufgeschnitten und ausgebreitet. Sie ließ sich darauf nieder, das Gesicht verzerrt vor Schmerz. Er fuhr behutsam mit den Fingern durch ihr Haar, forschte nach weiteren Wunden, berührte danach ihre Schultern und ihre Füße.

Jetzt in der Höhle war es ihre Schönheit, die er nicht verlieren wollte, ihre Anmut, diese Glieder. Er wußte, er hielt bereits ihr Wesen umfangen.

Sie war eine Frau, die ihr Gesicht verwandelte, wenn sie sich schminkte. Wenn sie eine Party besuchte, in ein Bett stieg, hatte sie die Lippen blutrot gemalt und über jedem Auge einen zinnoberroten Fleck.

Er schaute hinauf zu der einen Höhlenzeichnung an der

Decke und stahl sich deren Farben. Die Ockerfarbe nahm er für ihr Gesicht, Blau tupfte er um ihre Augen. Er ging durch die Höhle, seine Hände über und über mit Rot bedeckt, und durchkämmte mit seinen Fingern ihr Haar. Dann die ganze Haut, so daß ihr Knie, das sich an jenem ersten Tag aus dem Flugzeug herausgeschoben hatte, safrangelb war. Das Schambein. Farbringe um ihre Beine, so daß sie gegen Menschliches gefeit sein würde. Im Herodot hatte er Bräuche entdeckt, bei denen alte Krieger ihr Liebstes feierten, indem sie ihm einen bestimmten Platz zuwiesen und es in die Welt hielten, die es unsterblich machte – eine farbenprächtige Flüssigkeit, ein Lied, eine Felszeichnung.

Es war schon kalt in der Höhle. Er wickelte den Fallschirm zum Wärmen um sie. Er entzündete ein kleines Feuer und verbrannte Akazienzweige und scheuchte den Rauch in alle Ekken der Höhle. Er merkte, daß er nicht direkt zu ihr sprechen konnte, und so sprach er förmlich, und seine Stimme hallte von den Höhlenwänden wider. *Ich hole jetzt Hilfe, Katharine. Verstehst du? Es gibt ein weiteres Flugzeug in der Nähe, aber kein Benzin. Vielleicht treffe ich auf eine Karawane oder einen Jeep, was bedeutet, ich komme früher zurück. Ich weiß es nicht.* Er zog seinen Herodotband heraus und legte ihn neben sie. Es war im September 1939. Er ging aus der Höhle, aus dem Lichtschein des Feuers, durch die Dunkelheit hindurch und in die mondhelle Wüste.

Er kletterte über die Felsbrocken hinab zur Basis des Plateaus und blieb dort stehen.

Kein Lastauto. Kein Flugzeug. Kein Kompaß. Nur Mond und sein Schatten. Er fand die alte Steinmarkierung von früher, die die Richtung nach El Tadsch festlegte, Nord-Nordwest. Er prägte sich den Winkel seines Schattens ein und zog los. Hundertzehn Kilometer entfernt war der Souk mit der Straße der Uhren. Wasser, das er sich von dem *ain* in einen Lederbeutel gefüllt hatte, der nun von seiner Schulter hing, schwappte wie Plazenta.

Es gab zwei Zeitspannen, in denen er nicht gehen durfte.

Mittags, wenn der Schatten unter ihm war, und in der Dämmerung, zwischen Sonnenuntergang und dem Erscheinen der Sterne. Dann war alles auf der Scheibe der Wüste gleich. Ginge er doch, konnte er bis auf neunzig Grad von seinem Kurs abkommen. Er wartete auf die funkelnde Sternenkarte, zog dann weiter und las sie, Stunde für Stunde. Früher, als sie Wüstenführer gehabt hatten, hängten sie eine Laterne an eine lange Stange, und die ganze Schar folgte dem springenden Licht über dem Sternenleser.

Ein Mann kann so schnell wie ein Kamel gehen. Vier Kilometer die Stunde. Hatte er Glück, stieß er auf Straußeneier. Hatte er Pech, tilgte ein Sandsturm alles. Er ging drei Tage lang, ohne etwas zu essen. Er weigerte sich, an sie zu denken. Käme er nach El Tadsch, würde er *abra* essen, das die Goran-Stämme aus Koloquinte machten, wobei das Fruchtfleisch aufgekocht wurde, um ihm die Bitterkeit zu nehmen, und dann, mit Datteln und Heuschrecken vermengt, zusammengepreßt wurde. Er ginge durch die Straße der Uhren und des Alabasters. Möge Gott dich sicher geleiten, hatte Madox ihm gewünscht. Auf Wiedersehn. Ein Winken. Gott existiert nur in der Wüste, das wollte er jetzt eingestehen. Außerhalb gab es nur Handel und Macht, Geld und Krieg. Finanz- und Militärdespoten gestalteten die Welt.

Er befand sich in zerklüftetem Land, war von Sand zu Felsgeröll übergewechselt. Er weigerte sich, an sie zu denken. Dann tauchten Anhöhen auf, mittelalterlichen Burgen gleichend. Er ging, bis er mit seinem Schatten in den Schatten eines Berges trat. Akazienbüsche. Koloquinten. Er rief ihren Namen in die Bergwände hinein. *Denn das Echo ist die Seele der Stimme, die sich in Hohlräumen erregt.*

Dann erschien El Tadsch. Er hatte sich die Straße der Spiegel auf dem Weg immer wieder ausgemalt. Als er die nähere Umgebung der Siedlungen erreichte, umstellte ihn englisches Militär und führte ihn ab, hörte sich nicht seine Geschichte an von der verwundeten Frau in Uwenat, nur hundertzehn Kilometer entfernt, hörte überhaupt nicht auf das, was er sagte.

»Wollen Sie behaupten, die Engländer glaubten Ihnen nicht? Niemand habe Ihnen zugehört?«

»Niemand hörte mir zu.«

»Warum?«

»Ich habe ihnen nicht den richtigen Namen genannt.«

»Ihren?«

»Meinen habe ich ihnen genannt.«

»Ja und – «

»*Ihren*. Ihren Namen. Den Namen ihres Mannes.«

»Was haben Sie gesagt?«

Er schweigt.

»Wachen Sie auf! Was haben Sie gesagt?«

»Ich habe gesagt, sie sei meine *Frau*. Ich sagte *Katharine*. Ihr Mann war tot. Ich sagte, sie sei schwer verletzt, in einer Höhle im Gilf Kebir, bei Uwenat, nördlich vom Ain-Dua-Brunnen. Sie brauche Wasser. Sie brauche Nahrung. Ich würde mit ihnen zurückgehen, um sie zu führen. Ich sagte, alles, was ich wolle, sei ein Jeep. Einer ihrer verdammten Jeeps ... Vielleicht kam ich ihnen wie einer dieser verrückten Wüstenpropheten vor nach dem langem Weg, aber das glaube ich nicht. Der Krieg hatte bereits begonnen. Sie ließen Spione aus der Wüste hochgehen, mehr nicht. Jeder mit einem fremdländischen Namen, den es in diese kleinen Oasenstädte hineinwehte, war verdächtig. Katharine war bloß hundertzehn Kilometer entfernt, und sie hörten einfach nicht zu. Ein versprengter englischer Haufen in El Tadsch. Ich muß dann Amok gelaufen sein. Sie gebrauchten diese Käfige aus Weidengeflecht, von der Größe einer Dusche. Ich wurde in einen gesteckt und mit dem Lastauto abtransportiert. Da drinnen schlug ich so wild um mich, bis ich auf die Straße fiel, mit dem Käfig. Ich schrie Katharines Namen. Schrie Gilf Kebir. Wo doch der einzige Name, den ich hätte schreien, den ich ihnen wie eine Visitenkarte hätte in die Hände fallen lassen sollen, Cliftons Name war.

Sie hievten mich wieder auf das Lastauto. Bloß noch so ein hergelaufener Spion. Noch so ein internationaler Bastard.«

Caravaggio möchte aufstehen und weggehen von dieser Villa, weg aus diesem Land, von all dem Kriegsschutt. Er ist nur ein Dieb. Was Caravaggio möchte, ist, die Arme um den Pionier und Hana legen, besser noch um Leute seines Alters, in einer Bar, wo er jeden kennt, wo er tanzen und sich mit einer Frau unterhalten kann, wo er den Kopf auf ihrer Schulter ruhen lassen, den Kopf an ihre Stirn lehnen kann, was auch immer, aber er weiß, er muß zuerst aus dieser Wüste heraus, ihrer Morphiumarchitektur. Er muß sich von der unsichtbaren Straße nach El Tadsch losreißen. Dieser Mann, von dem er glaubt, es sei Almásy, hat ihn und das Morphium benutzt, um in seine Welt zurückzukehren, um der eigenen Traurigkeit willen. Es spielt keine Rolle mehr, auf welcher Seite er im Krieg stand.

Dennoch beugt Caravaggio sich vor.

»Ich muß etwas wissen.«

»Was?«

»Ich muß wissen, ob Sie Katharine Clifton umgebracht haben. Das heißt, ob Sie Clifton umgebracht und somit sie getötet haben.«

»Nein. Daran habe ich nicht einmal gedacht.«

»Ich frage deshalb, weil Geoffrey Clifton beim britischen Geheimdienst war. Er war nämlich kein harmloser Engländer. Ihr freundlicher Bursche. Soweit es die Engländer betraf, hatte er ein wachsames Auge auf Ihr seltsames Grüppchen in der ägyptisch-libyschen Wüste. Sie wußten, daß die Wüste eines Tages zum Kriegsschauplatz würde. Er machte Luftbilder. Sein Tod beunruhigte sie, und zwar bis heute. Es bleiben noch Zweifel. Der Geheimdienst wußte Bescheid über Ihre Affäre mit seiner Frau, von Anfang an. Auch wenn Clifton selbst es nicht wußte. Sie glaubten, sein Tod sei womöglich als Schutzmaßnahme arrangiert, um die Zugbrücke hochzuziehen. Sie haben auf Sie in Kairo gewartet, aber Sie verschwanden natürlich wieder in der Wüste. Später, als ich nach Italien geschickt wurde, kriegte ich den letzten Teil Ihrer Geschichte nicht mit. Ich erfuhr nicht, was mit Ihnen geschehen war.«

»Und darum haben Sie mich aufgestöbert.«

»Ich bin wegen des Mädchens gekommen. Ich kannte ihren Vater. Die Person, die ich am wenigsten hier in diesem zerbombten Nonnenkloster zu finden erwartet hatte, war Graf Ladislaus de Almásy. Wirklich, ich mag Sie bereits lieber als die meisten, mit denen ich gearbeitet habe.«

Das Rechteck aus Licht, das Caravaggios Stuhl hochgewandert war, umrahmte nun seine Brust und seinen Kopf, so daß dem englischen Patienten das Gesicht wie ein Porträt vorkam. In gedämpftem Licht erschien sein Haar dunkel, doch jetzt wurde das wilde Haar erhellt, glänzte auf, die Tränensäcke unter seinen Augen verblaßten im späten rötlichen Tageslicht.

Er hatte den Stuhl herumgedreht, so daß er sich über die Rückenlehne vorbeugen konnte, Almásy zugewandt. Worte kamen nur mühsam aus Caravaggios Mund. Er strich sich über die Kinnbacken, legte das Gesicht in Falten, schloß die Augen, um im Dunkeln zu denken, und erst dann stieß er Worte hervor, riß sich von den eigenen Gedanken los. Es war diese Dunkelheit, die in ihm sichtbar wurde, als er im rhombenförmigen Lichtrahmen saß, über den Stuhl gekrümmt, neben Almásys Bett. Einer der beiden älteren Männer in dieser Geschichte.

»Ich kann mit Ihnen reden, Caravaggio, weil ich das Gefühl habe, wir beide sind sterblich. Das Mädchen, der Junge, sie sind es noch nicht. Trotz allem, was sie durchgemacht haben. Hana war sehr unglücklich, als ich sie kennenlernte.«

»Ihr Vater kam in Frankreich um.«

»Verstehe. Darüber hat sie nicht gesprochen. Sie zog sich vor jedem zurück. Der einzige Weg, wie ich sie dazu bringen konnte, sich mitzuteilen, war, daß ich sie bat, mir etwas vorzulesen ... Ist Ihnen klar, daß keiner von uns Kinder hat?«

Dann innehaltend, als bedenke er eine Möglichkeit.

»Haben Sie eine Frau?« fragte Almásy.

Caravaggio saß im rötlichen Lichtschein, die Hände vor dem Gesicht, um alles auszublenden, um genau denken zu können, als sei das ebenfalls eine Gabe der Jugend, die ihm nicht mehr so leicht zuteil wurde.

»Sie müssen mit mir reden, Caravaggio. Oder bin ich nur ein Buch? Etwas, was man lesen muß, ein Geschöpf, das man aus einem See herauslocken und mit Morphium vollpumpen muß, etwas voller Korridore, Lügen, ungebändigter Vegetation, Steinfelder.«

»Diebe wie uns hat man im Krieg viel eingesetzt. Wir wurden legalisiert. Wir stahlen. Dann begannen einige von uns, beratend einzugreifen. Wir konnten spontaner die Tarnung aus bewußter Täuschung entziffern als der offizielle Geheimdienst. Wir verstanden uns auf doppelte Irreführung. Ganze Feldzüge wurden von dieser Mischung aus Gaunern und Intellektuellen geführt. Ich war überall im Mittleren Osten, dort habe ich zum erstenmal von Ihnen gehört. Sie waren ein Geheimnis, ein Vakuum auf ihren Karten. Überließen den Deutschen Ihre Kenntnisse von der Wüste.«

»Zuviel ist 1939 in El Tadsch passiert, als ich aufgegabelt wurde, ein vermeintlicher Spion.«

»Also sind Sie damals zu den Deutschen übergelaufen.«

Schweigen.

»Und Sie konnten immer noch nicht zur Höhle der Schwimmer zurück und nach Uwenat?«

»Nicht bis ich mich erbot, Eppler durch die Wüste zu bringen.«

»Da gibt es etwas, was ich Ihnen sagen muß. Hat etwas mit 1942 zu tun, als Sie den Spion nach Kairo führten ...«

»Operation Salaam.«

»Ja. Als Sie für Rommel arbeiteten.«

»Ganz ausgezeichneter Mann ... Was wollten Sie mir sagen?«

»Ich wollte sagen, als Sie durch die Wüste kamen und den Truppen der Alliierten auswichen, in Epplers Begleitung – das war schon grandios. Von der Oase Gialo den langen Weg bis nach Kairo. Nur Sie hätten Rommels Mann nach Kairo schaffen können mit seinem Exemplar von *Rebecca*.«

»Wie haben Sie das denn erfahren?«

»Was ich sagen will, ist, die haben Eppler nicht erst in Kairo entdeckt. Sie wußten über die ganze Reise Bescheid. Ein deutscher Code war schon lange vorher entschlüsselt worden, aber wir konnten Rommel das nicht wissen lassen, sonst wären unsere Quellen aufgeflogen. Wir mußten deshalb bis Kairo warten, um Eppler zu schnappen.

Wir haben Sie die ganze Strecke über beobachtet. Die ganze Wüste hindurch. Und da der Geheimdienst Ihren Namen hatte, wußte, daß Sie drinsteckten, waren sie um so interessierter. Sie wollten auch Sie. Sie sollten getötet werden … Wenn Sie mir nicht glauben: Sie verließen Gialo, brauchten zwanzig Tage. Sie folgten der Route der vergessenen Brunnen. Sie konnten wegen der Alliierten nicht an Uwenat herankommen, und Sie umgingen Abu Ballas. Es gab Zeiten, wo Eppler an Wüstenfieber litt und Sie sich um ihn kümmern, ihn pflegen mußten, auch wenn Sie sagen, Sie mochten ihn nicht …

Flugzeuge hatten Sie vermeintlich ›verloren‹, aber man blieb Ihnen sorgsam auf der Spur. Nicht sie und er waren die Spione, wir waren die Spione. Der Geheimdienst war der Auffassung, Sie hätten Geoffrey Clifton wegen der Frau getötet. 1939 hatten sie sein Grab gefunden, aber keinerlei Spuren von seiner Frau. Sie waren der Feind geworden, nicht als Sie sich auf die Seite der Deutschen begaben, sondern als Sie die Affäre mit Katharine Clifton anfingen.«

»Verstehe.«

»Nachdem Sie 1942 Kairo verlassen hatten, verloren wir Sie. Der Geheimdienst sollte Sie schnappen und in der Wüste töten. Aber sie verloren Sie. Sie müssen übergeschnappt gewesen sein, nicht mehr bei Verstand, denn sonst hätten wir Sie gefunden. Wir hatten den versteckten Jeep vermint. Wir stellten später fest, daß er explodiert war, aber keine Spur von Ihnen. Sie waren weg. Das muß Ihre große Reise gewesen sein, nicht die nach Kairo. Als Sie wohl verrückt waren.«

»Waren Sie bei denen in Kairo, die mir nachspürten?«

»Nein, ich habe die Akten gesehen. Ich fuhr nach Italien, und sie glaubten, Sie könnten dort sein.«

»Hier.«

»Ja.«

Die Lichtraute wanderte die Wand hoch, ließ Caravaggio im Schatten zurück. Sein Haar wieder dunkel. Er lehnte sich zurück, die Schulter gegen das Laubwerk.

»Vermutlich spielt es keine Rolle«, murmelte Almásy.

»Wollen Sie Morphium?«

»Nein. Ich bin dabei, die Dinge zu ordnen. Ich war immer ein verschlossener Mensch. Schwierig, mir vorzustellen, daß *so viel* über mich geredet wurde.«

»Sie hatten eine Affäre mit jemandem, der in Beziehung zum Geheimdienst stand. Es gab da Leute im Geheimdienst, die Sie persönlich kannten.«

»Wahrscheinlich Bagnold.«

»Ja.«

»Sehr englischer Engländer.«

»Ja.«

Caravaggio machte eine Pause.

»Ich muß mit Ihnen über einen letzten Punkt reden.«

»Ich weiß.«

»Was geschah mit Katharine Clifton? Was geschah bloß kurz vor dem Krieg, daß Sie alle wieder zum Gilf Kebir kamen? Nachdem Madox nach England zurückgekehrt war.«

Ich sollte noch eine Fahrt zum Gilf Kebir machen, um die letzten Sachen vom Basislager in Uwenat zusammenzupacken. Unser Leben dort war vorbei. Ich glaubte, daß nichts mehr zwischen uns passieren würde. Ich hatte sie fast ein Jahr lang nicht als Liebhaber getroffen. Ein Krieg bereitete sich gerade vor, wie eine Hand, die in ein Mansardenfenster eindringt. Und sie und ich hatten uns schon hinter den Wall unserer früheren Gewohnheiten verzogen, in eine scheinbar ganz harmlose Beziehung. Wir sahen einander nur noch selten.

Im Sommer 1939 sollte ich mit Gough auf dem Landweg zum Gilf Kebir reisen, um das Basislager abzubrechen, und Gough würde mit dem Lastauto abfahren. Clifton sollte hinfliegen und mich holen. Danach würden wir auseinandergehen, womit das Dreiecksverhältnis sich auflöste, das sich zwischen uns gebildet hatte.

Als ich das Flugzeug hörte, es dann sah, kletterte ich bereits das Felsgeröll des Plateaus hinunter. Clifton hatte es immer eilig.

Es gibt eine bestimmte Art und Weise, wie ein kleines Transportflugzeug zum Landen ansetzt und aus der Horizontale kippt. Es neigt die Flügel ins Wüstenlicht hinein, danach hört der Motorenlärm auf, es gleitet zur Erde. Ich habe nie ganz verstanden, wie Flugzeuge funktionieren. Ich habe zugeschaut, wenn sie in der Wüste herannahten, und bin immer ängstlich aus dem Zelt getreten. Sie stippen die Flügel ins Licht und tauchen dann in dieses Schweigen ein.

Die Moth kam über das Plateau gestrichen. Ich winkte mit der blauen Plane. Clifton verringerte die Höhe und flog dröhnend über mich hinweg, so niedrig, daß die Akazienbüsche ihre Blätter verloren. Das Flugzeug drehte nach links ab und schlug einen Bogen, und als es mich erneut im Blickfeld hatte, richtete es sich wieder aus und steuerte direkt auf mich zu. Weniger als fünfzig Meter von mir entfernt kippte es plötzlich und stürzte ab. Ich lief darauf zu.

Ich glaubte, er sei allein. So war es ausgemacht. Aber als ich dort ankam, um ihn herauszuziehen, saß sie neben ihm. Er war tot. Sie versuchte, den unteren Teil ihres Körpers zu bewegen, blickte starr vor sich hin. Sand war durchs Cockpit hineingeweht und hatte ihren Schoß gefüllt. Sie schien nichts abbekommen zu haben. Ihre linke Hand war nach vorn gestemmt, um den Aufprall aufzufangen. Ich zog sie aus dem Flugzeug, das Clifton *Rupert* genannt hatte, und trug sie zu den Felsenhöhlen hinauf. In die Höhle der Schwimmer mit ihren Zeichnungen. Breitengrad 23° 30' auf der Karte, Längengrad 25° 15'. Ich begrub Geoffrey Clifton noch an diesem Abend.

War ich ein Fluch für sie alle? Für Katharine? Für Madox? Für die durch Krieg vergewaltigte Wüste, bombardiert, als wäre sie bloß Sand? Barbaren gegen Barbaren. Beide Heere würden durch die Wüste ziehen, ohne Sinn für das, was sie war. *Die Wüsten Libyens.* Weg mit der Politik, und es ist der schönste Ausdruck, den ich kenne. *Libyen.* Ein sexuelles, langgezogenes Wort, ein umschmeichelter Brunnen. Das B und das Y. Madox sagte, es sei eines der wenigen Wörter, bei denen man hörte, wie die Zunge um die Ecke fuhr. Erinnern Sie sich an Dido in den Wüsten Libyens? *Ein Mann soll sein wie wasserführend' Flüsse in einem trockenen Gebiet ...*

Ich glaube nicht, daß ich in ein verfluchtes Land kam oder daß ich in eine Situation verstrickt wurde, die böse war. Jeder Ort und jede Person war ein Geschenk für mich. Als ich die Felszeichnungen in der Höhle der Schwimmer fand. Wenn ich auf den Expeditionen mit Madox die »Burdons« sang. Katharines Erscheinen unter uns in der Wüste. Die Art, wie ich zu ihr hinging über den rot glänzenden Zementboden und auf die Knie sank, ihr Bauch an meinem Kopf, als wäre ich ein Junge. Der Stamm mit den Gewehren, der mich heilte. Selbst wir vier, Hana und Sie und der Pionier.

Alles, was ich geliebt oder geschätzt habe, ist mir genommen worden.

Ich blieb bei ihr. Ich entdeckte, daß drei ihrer Rippen gebrochen waren. Ich wartete auf ihren flackernden Blick, darauf, daß sich ihr gebrochenes Handgelenk bewegte, ihr stiller Mund sprach.

Wie konntest du mich hassen? flüsterte sie. Du hast fast alles in mir getötet.

Katharine ... du hast nicht –

Halt mich. Hör auf, dich zu verteidigen. Nichts ändert dich.

Ihr unentwegtes Anstarren. Ich konnte mich diesem zielenden Blick nicht entziehen. Ich werde das letzte Bild sein, das sie sieht. Der Schakal in der Höhle, der sie führt und beschützt, der sie nie betrügen wird.

Es gibt an die hundert Gottheiten, die mit Tieren assoziiert werden, erzähle ich ihr. Da sind diejenigen, die mit Schakalen verbunden sind – Anubis, Duamutef, Wepwawet. Das sind Geschöpfe, die einen in das Leben nach dem Tod geleiten – so wie mein Geist dich früher begleitete, in den Jahren, bevor wir uns kennenlernten. Auf all die Partys in London und Oxford. Dich beobachtete. Ich saß dir gegenüber, als du Schularbeiten machtest, einen langen Bleistift in der Hand. Ich war da, als du Geoffrey Clifton um zwei Uhr morgens in der Oxford-Union-Bibliothek trafst. Die Mäntel lagen verstreut auf dem Boden, und du staktest mit nackten Füßen wie ein Reiher mittendurch. Er beobachtet dich, aber ich beobachte dich ebenfalls, auch wenn du meine Gegenwart nicht bemerkst, mich ignorierst. Du bist in einem Alter, wo du nur gutaussehende Männer wahrnimmst. Du nimmst noch nicht die außerhalb deines eleganten Kreises zur Kenntnis. In Oxford ist der Schakal als Begleiter wenig gefragt. Ich für mein Teil hingegen faste so lange, bis ich sehe, was ich haben will. Die Wand hinter dir ist von Büchern bedeckt. Deine linke Hand hält eine lange Perlenschlinge, die von deinem Hals baumelt. Deine nackten Füße bahnen sich den Weg. Du suchst etwas. Du warst molliger zu der Zeit, doch fürs Universitätsleben gerade richtig attraktiv.

Wir sind zu dritt in der Oxford-Union-Bibliothek, aber du bemerkst nur Geoffrey Clifton. Es wird eine stürmische Romanze. Er hat eine Tätigkeit bei Archäologen, ausgerechnet in Nordafrika. »Ein seltsamer alter Trottel, mit dem ich da zusammenarbeite.« Deine Mutter ist direkt entzückt über dein Abenteuer.

Aber der Geist des Schakals, dessen, »der die Wege bahnt«, dessen Name Wepwawet oder Almásy war, stand mit euch beiden in dem Raum. Die Arme gekreuzt, beobachtete ich, wie ihr euch ganz hingerissen im Small talk versucht habt, ein

Problem, da ihr beide betrunken wart. Das Wunderbare daran jedoch war, daß ihr beide, selbst in der Trunkenheit um zwei in der Frühe, den dauerhafteren Wert des anderen, die bleibende Freude an ihm irgendwie erkennen konntet. Ihr seid mit anderen hergekommen, verbringt die Nacht vielleicht mit anderen, aber ihr habt beide euer Schicksal gefunden.

Um drei hast du das Gefühl, du solltest gehen, kannst aber den zweiten Schuh nicht finden. Den einen hältst du in der Hand, einen rosafarbenen Slipper. Ich sehe den anderen halb begraben in der Nähe und hebe ihn hoch. Wie der glänzt. Offensichtlich sind es Lieblingsschuhe, mit der Einprägung deiner Zehen. Danke, sagst du und nimmst ihn, als du gehst, siehst mir dabei nicht einmal ins Gesicht.

Ich glaube dies. Wenn wir denen begegnen, in die wir uns verlieben, hat unser Geist etwas von einem Historiker, ein wenig von einem Pedanten, der sich ein Zusammentreffen vorstellt oder sich an eines erinnert, bei dem der andere arglos seines Wegs gegangen war, so wie Clifton dir vielleicht ein Jahr zuvor die Autotür geöffnet hat, und das Schicksal seines Lebens ist ihm unbewußt geblieben. Aber alle Teile des Körpers müssen für den anderen bereit sein, alle Atome müssen in eine Richtung drängen, damit Begehren entsteht.

Ich habe jahrelang in der Wüste gelebt, und nun glaube ich an dergleichen. Ein Ort der Taschen. Der Trompe-l'œil von Zeit und Wasser. Der Schakal mit dem einen Auge, das zurückschaut, und dem zweiten, das den Weg betrachtet, den du nehmen willst. In seinem Maul sind Bruchstücke der Vergangenheit, die er dir ausliefert, und wenn diese Zeit völlig enthüllt ist, wird es sich erweisen, daß sie schon bekannt ist.

Ihre Augen blickten mich an, wollen nichts mehr sehen. Eine furchtbare Erschöpftheit. Als ich sie aus dem Flugzeug zog, hatte ihr starrer Blick versucht, alles um sie herum aufzunehmen. Jetzt waren die Augen auf der Hut, als beschützten sie etwas im Innern. Ich kam näher und hockte mich auf die Fersen. Ich beugte mich vor und legte die Zunge an ihr rechtes blaues

Auge, Salzgeschmack. Pollen. Ich trug diesen Geschmack an ihren Mund. Dann an das andere Auge. Meine Zunge, an der feinen Hornhaut des Augapfels, wischte das Blau weg; und als ich mich zurücklehnte, fegte Weiß über ihren Blick. Ich trennte die Lippen über ihrem Mund, diesmal steckte ich die Finger tiefer hinein und klemmte die Zähne auseinander, die Zunge war »zurückgezogen«, und ich mußte sie hervorholen, es gab den Todesfaden, den Todeshauch in ihr. Es war fast zu spät. Ich neigte mich vor, und mit meiner Zunge trug ich den blauen Pollen zu ihrer Zunge. Wir hatten uns einmal auf diese Weise berührt. Nichts passierte. Ich ließ ab, schöpfte Atem und drang wieder vor. Als ich auf die Zunge stieß, zuckte es darin.

Danach kam aus ihr das schreckliche Knurren, heftig, intim, zu mir hin. Ein Beben, das durch ihren ganzen Körper lief wie ein Stromweg. Sie wurde aus der aufgestützten Stellung gegen die bemalte Wand geschleudert. Das Geschöpf war in sie eingedrungen, und es sprang und stürzte gegen mich. Immer weniger Licht schien in der Höhle zu sein. Ihr Hals, der nach links, nach rechts ruckte.

Ich kenne die Schliche eines Dämons. Als Kind hatte man mir das Nötige über die dämonische Geliebte beigebracht. Man erzählte mir von einer schönen Verführerin, die ins Zimmer eines jungen Mannes kommt. Und er, wenn er klug wäre, würde fordern, daß sie sich umdrehte, denn Dämonen und Hexen haben keinen Rücken, nur das, was sie einem zeigen wollen. Was hatte ich getan? Welches Tier war durch mich in sie gefahren? Ich hatte, glaube ich, über eine Stunde mit ihr gesprochen. War ich ihr dämonischer Liebhaber gewesen? War ich Madox' dämonischer Freund gewesen? Dieses Land – hatte ich es auf einer Karte eingezeichnet und es zu einem Kriegsschauplatz werden lassen?

Es ist wichtig, an heiligen Orten zu sterben. Das war eines der Geheimnisse der Wüste. Und so ging Madox in die Kirche in Somerset, an einen Ort, von dem er spürte, daß er seine Heiligkeit verloren hatte, und übte eine, wie er glaubte, heilige Handlung aus.

Als ich sie umdrehte, war ihr Körper bedeckt von glänzender Farbe. Kräuter und Steine und Licht und Akazienasche, um sie zu verewigen. Der Körper, gegen geheiligte Farbe gepreßt. Nur das Augenblau war fortgenommen, anonym gemacht, eine nackte Karte, wo nichts abgebildet ist, keinerlei Anzeichen eines Sees, kein dunkles Gedrängel von Bergrükken wie nördlich von Borku-Ennedi-Tibesti, kein limonengrüner Fächer, wo die Nilflüsse in die offene Handfläche Alexandrias münden, am Rand Afrikas.

Und all die Namen der Stämme, der Nomaden des Glaubens, die in der Gleichförmigkeit der Wüste umherzogen und Glanz und Glauben und Farbe sahen. So wie ein Stein oder eine Gußeisenbüchse oder ein Knochen zu etwas Geliebtem und im Gebet unsterblich werden kann. In diese Herrlichkeit des Landes tritt sie nun ein und wird ein Teil davon. Wir sterben und bergen in uns den Reichtum von Geliebten und Stämmen, den Geschmack von Speisen, die wir gegessen haben, Körper, in die wir eingetaucht und die wir hochgeschwommen sind, als wären es Flüsse von Weisheit, Charaktere, in die wir geklettert sind, als wären es Bäume, Ängste, in denen wir uns versteckt hielten, als wären es Höhlen. Ich wünsche mir all dies auf meinem Körper verzeichnet, wenn ich tot bin. Ich glaube an solch eine Kartographie – von der Natur gezeichnet zu sein, nicht daß wir uns bloß auf einer Karte eintragen, wie man die Namen reicher Männer und Frauen an Gebäuden verewigt. Wir sind gemeinschaftliche Historien, gemeinschaftliche Bücher. Wir sind nicht jemandem zu eigen oder monogam in unserem Geschmack oder unserer Erfahrung. Alles, was ich mir wünschte, war, auf solch einer Erde zu gehen, die keine Karten hatte.

Ich trug Katharine Clifton in die Wüste, wo es das gemeinschaftliche Buch des Mondlichts gibt. Wir waren mitten im Gemurmel der Brunnen. Im Palast der Winde.

Almásys Gesicht fiel zur Linken, er starrte ins Leere – auf Caravaggios Knie vielleicht.

»Möchten Sie jetzt Morphium?«

»Nein.«

»Kann ich Ihnen etwas bringen?«

»Nichts.«

10

August

Caravaggio kam die Treppe hinunter durch die Dunkelheit in die Küche. Sellerie auf dem Tisch und Möhren, deren Wurzeln noch verdreckt waren. Licht kam nur von einem Feuer, das Hana eben erst angezündet hatte. Sie kehrte ihm den Rücken zu und hatte seine Schritte beim Eintreten nicht gehört. Die Zeit in der Villa hatte seinen Körper lockerer gemacht, ihm die Angespanntheit genommen, und so wirkte er größer, in den Gesten ausladender. Nur die Stille seiner Bewegung blieb. Im übrigen hatte er jetzt etwas angenehm Untüchtiges an sich, eine gewisse Schläfrigkeit in den Gebärden.

Er zog sich den Stuhl heran, so daß sie sich umdrehen, ihn bemerken würde.

»Hallo, David.«

Er hob den Arm. Er hatte das Gefühl, sich viel zu lange in Wüsten aufgehalten zu haben.

»Wie geht's ihm?«

»Eingeschlafen. Hat sich ausgeredet.«

»Ist er das, was du gemeint hast?«

»Er ist in Ordnung. Wir können's dabei belassen.«

»Das habe ich mir gedacht. Kip und ich sind beide überzeugt, daß er Engländer ist. Kip glaubt, die besten Leute sind Exzentriker, er hat mit einem zusammengearbeitet.«

»*Ich* glaube, Kip ist hier der Exzentriker. Wo ist er überhaupt?«

»Er heckt gerade was auf der Terrasse aus, will mich nicht draußen haben. Etwas für meinen Geburtstag.« Hana richtete sich aus der Hocke auf und wischte sich die Hand am anderen Unterarm ab.

»Zu deinem Geburtstag werde ich dir eine kleine Geschichte erzählen«, sagte er.

Sie sah ihn an.

»Nicht von Patrick, ja?«

»Nur ganz wenig von Patrick, hauptsächlich von dir.«

»Ich kann mir immer noch nicht diese Geschichten anhören, David.«

»Väter sterben. Du liebst sie sowieso weiter, auf alle nur mögliche Weise. Du kannst ihn in deinem Herzen nicht verstecken.«

»Rede mit mir, wenn das Morphium nachläßt.«

Sie trat zu ihm und legte die Arme um ihn, streckte sich und küßte seine Wange. Seine Umarmung schloß sie ein, seine Stoppeln wie Sand an ihrer Haut. Sie liebte das jetzt an ihm; in der Vergangenheit war er immer übergenau gewesen. Sein Haarscheitel wie die Yonge Street um Mitternacht, hatte Patrick gesagt. Caravaggio hatte sich in der Vergangenheit gottähnlich in ihrer Gegenwart bewegt. Jetzt, da sein Gesicht und sein Leib fülliger geworden waren und diese Grauheit in ihm steckte, war er ein freundlicheres Wesen.

Am Abend bereitete der Pionier das Essen vor. Caravaggio freute sich nicht darauf. Eine von drei Mahlzeiten konnte man, was ihn betraf, abschreiben. Kip entdeckte irgendein Gemüse und servierte es ihnen kaum gekocht, nur kurz in der Suppe aufgewärmt. Noch so ein puristisches Mahl, nicht das, was sich Caravaggio nach einem Tag wie diesem wünschte, wo er dem Mann da oben lange zugehört hatte. Er öffnete den Schrank unterhalb der Spüle. Dort, eingewickelt in feuchtes Tuch, war Dörrfleisch, das Caravaggio sich aufschnitt und in die Tasche steckte.

»Ich kann dich, weißt du, vom Morphium wegkriegen. Ich bin eine gute Krankenschwester.«

»Du bist von Verrückten umgeben ...«

»Ja, ich glaube, wir sind alle verrückt.«

Als Kip sie beide rief, gingen sie aus der Küche auf die Terrasse hinaus, deren Begrenzung, eine niedrige Steinbalustrade, jetzt von Licht umsäumt war.

Caravaggio kam es wie ein Kranz elektrischer Kerzchen vor, wie man sie in staubigen Kirchen sieht, und er fand, der Pionier sei zu weit gegangen, als er sie aus einer Kapelle herausholte, selbst wenn sie für Hanas Geburtstag waren. Hana machte langsame Schritte nach vorn, die Hände vor dem Gesicht. Kein

Windhauch. Ihre Beine und Schenkel bewegten sich unter dem Rock ihres Kleides, als wäre es durchscheinendes Wasser. Ihre Tennisschuhe machten kein Geräusch auf dem Stein.

»Ich bin dauernd auf leere Gehäuse gestoßen, wo ich auch gegraben habe«, sagte der Pionier.

Sie verstanden immer noch nicht. Caravaggio beugte sich über die flackernden Lichter. Es waren Schneckenhäuser, mit Öl gefüllt. Er blickte die Reihe entlang; um die vierzig mußten es sein.

»Fünfundvierzig«, sagte Kip, »so viele, wie das Jahrhundert bisher Jahre hat. Da, wo ich herkomme, feiern wir das Zeitalter genauso wie uns selbst.«

Hana spazierte an den Lichtern entlang, die Hände jetzt in den Taschen, sie ging auf eine Weise, die Kip gern an ihr sah. So entspannt, als hätte sie die Arme für die Nacht weggeräumt, in einfacher armloser Bewegung.

Caravaggio wurde durch das überraschende Vorhandensein dreier Flaschen Rotwein auf dem Tisch abgelenkt. Er trat heran und las die Etiketts und schüttelte den Kopf, verblüfft. Er wußte, der Pionier würde nichts davon trinken. Alle drei waren schon geöffnet. Kip mußte sich in der Bibliothek durch ein Buch über gute Umgangsformen gemüht haben. Dann erblickte er den Mais und das Fleisch und die Kartoffeln. Hana hakte sich bei Kip ein und ging mit ihm zum Tisch.

Sie aßen und tranken, die unerwartete Dichte des Weins wie Fleisch auf der Zunge. Bald schon alberten sie herum in ihren Toasts auf den Pionier – »den großen Furier« – und auf den englischen Patienten. Sie toasteten einander zu, wobei auch Kip mit seinem Becher Wasser mitmachte. Da fing er an, von sich zu sprechen. Caravaggio animierte ihn, immer weiter zu reden, ohne daß er die ganze Zeit zuhörte, gelegentlich stand er auf und umrundete den Tisch, sein Vergnügen über all das hielt ihn nicht an seinem Platz. Er wünschte sich diese beiden verheiratet, sehnte sich danach, sie mit Worten dorthin zu lotsen, aber sie schienen ihre eigenen merkwürdigen Regeln für ihre Beziehung zu haben. Wie kam er denn zu *dieser* Rolle. Er setzte sich wieder. Ab und zu nahm er das Verlöschen eines Lichtes wahr. Die Schneckenhäuser konnten nur wenig Öl fassen. Kip stand oft auf und füllte rosafarbenes Paraffin nach.

»Wir müssen sie bis Mitternacht leuchten lassen.«

Sie sprachen dann über den Krieg, so fern von ihnen. »Wenn der Krieg mit Japan vorbei ist, wird jeder endlich heim können«, sagte Kip. »Und wohin gehst *du*?« fragte Caravaggio. Der Pionier schlingerte mit dem Kopf, halb ein Nicken, halb ein Schütteln, der Mund lächelte. Und so begann Caravaggio zu reden, meist zu Kip.

Vorsichtig näherte sich der Hund dem Tisch und legte den Kopf auf Caravaggios Schoß. Der Pionier wollte noch mehr Geschichten von Toronto hören, als sei dies ein Ort besonderer Wunder. Schnee, der die Stadt überschwemmte, den Hafen zufrieren ließ, Fährschiffe im Sommer, auf denen man Konzerten lauschte. Was ihn aber wirklich interessierte, waren Hinweise auf Hanas Wesen, obwohl sie auswich und Caravaggio von den Geschichten, die einen bestimmten Augenblick ihres Lebens widerspiegelten, wegsteuerte. Sie wollte, daß Kip sie nur in der Gegenwart kannte, eine Person mit vielleicht mehr Makeln oder Mitgefühl oder Härte oder Besessenheit als das Mädchen oder die junge Frau, die sie damals gewesen war. In ihrem Leben gab es ihre Mutter Alice ihren Vater Patrick ihre Stiefmutter Clara und Caravaggio. Sie hatte Kip diese Namen schon überrreicht, als wären es ihre Referenzen, ihre Mitgift. Sie waren ohne Fehl und Tadel, und jede Diskussion erübrigte sich. Sie waren für sie wie Autoritäten in einem Buch, auf die sie sich berufen konnte, wenn es um die rechte Weise ging, ein Ei zu kochen, um die genaue Art, einen Lammbraten mit Knoblauch zu spicken. Sie durften nicht angezweifelt werden.

Und nun – er war ziemlich betrunken – gab Caravaggio die Geschichte zum besten, die er ihr zuvor schon erzählt hatte, wie Hana die *Marseillaise* sang. »Ja, ich habe das Lied schon gehört«, sagte Kip, und er versuchte sich darin. »Nein, du mußt es *lauthals* singen«, sagte Hana, »du mußt es im Stehen singen!«

Sie stand auf, zog die Tennisschuhe aus und stieg auf den Tisch. Vier Schneckenhauslichter auf dem Tisch neben ihren nackten Füßen flackerten, gingen fast aus.

»Das ist für dich. So mußt du lernen, das zu singen, Kip. Das ist für *dich*.«

Sie sang in die Dunkelheit, über die Schneckenlichter hinweg, über das Lichtquadrat aus dem Zimmer des englischen Patienten hinweg und in den dunklen Himmel hinauf, der sich mit den Schatten der Zypressen bewegte. Ihre Hände kamen aus den Taschen.

Kip hatte das Lied in den Lagern gehört, von Männergruppen gesungen, oft in seltsamen Augenblicken, wie zum Beispiel vor einem improvisierten Fußballspiel. Und Caravaggio hatte es, wenn er es in den letzten Kriegsjahren gehört hatte, nie wirklich gemocht, wollte nie zuhören. In seinem Herzen lebte Hanas Version aus viel früheren Jahren. Jetzt lauschte er mit Vergnügen, denn sie sang es wieder, doch das änderte sich rasch durch die Art, wie sie es sang. Nicht mehr die Leidenschaft ihrer sechzehn Jahre fand darin ihr Echo, sondern der Kreis zaghaften Lichts um sie herum im Dunkeln. Sie sang das Lied, als wäre es entstellt, als könnte man nie wieder dessen ganze Hoffnungskraft aufbringen. Verändert hatten es die fünf Jahre, die zu dieser Nacht ihres einundzwanzigsten Geburtstages im fünfundvierzigsten Jahr des zwanzigsten Jahrhunderts führten. Sie sang es mit der Stimme einer müden Reisenden, allein gegen alles. Ein neues Testament. Das Lied kannte keine Gewißheit mehr, die Sängerin konnte nur eine Stimme sein gegen die Berge von Macht rundum. Das war das einzig Sichere. Die eine Stimme war das allein Unverdorbene. Ein Lied des Schneckenlichts. Caravaggio begriff, daß sie mit dem Herzen des Pioniers sang, es widertönen ließ.

Im Zelt hat es Nächte ganz ohne Gespräch gegeben und Nächte voller Gespräch. Sie sind sich nie sicher, was geschehen wird, wessen Stück Vergangenheit auftauchen wird, ob der Kontakt anonym und stumm bleiben wird in ihrer Dunkelheit. Die Vertrautheit ihres Körpers oder der Körper ihrer Sprache in seinem Ohr – wenn sie beide auf dem Luftkissen liegen, das er jede Nacht, darauf besteht er, aufbläst und benutzt. Diese westliche Erfindung hat es ihm angetan. Pflichtbewußt läßt er jeden Morgen die Luft raus und faltet es dreifach, so wie er es auf dem ganzen Weg den italienischen Stiefel hinauf gemacht hat.

Im Zelt schmiegt sich Kip an ihren Hals. Er vergeht vor Wonne, wenn ihre Fingernägel über seine Haut kratzen. Oder er hat den Mund an ihrem Mund, den Bauch an ihrem Handgelenk.

Sie singt und summt. Sie stellt sich ihn, in diesem Zeltdunkel, halb als einen Vogel vor – etwas Federleichtes in ihm, kaltes Eisen an seinem Handgelenk. Er bewegt sich träge, wann immer er in solchem Dunkel mit ihr ist, nicht schnell wie die Welt, während er bei Tageslicht durch alles Zufällige um ihn hindurchgleitet, wie Farbe in andere Farbe übergeht.

Aber nachts überläßt er sich der Trägheit. Sie kann seine Ordnung und Selbstdisziplin nicht sehen, ohne seine Augen zu sehen. Es gibt keinen Schlüssel zu ihm. Überall berührt sie Blindenschrift-Zugänge. Als wenn Organe, das Herz, die Brustknochen, unter der Haut gesehen werden könnten, Speichel auf ihrer Hand ist jetzt eine Farbe. Er hat ihre Traurigkeit mehr als jeder andere auf einer Karte verzeichnet. Ebenso wie sie über seine eigentümliche Liebe zu seinem waghalsigen Bruder Bescheid weiß. »Herumziehen liegt uns im Blut. Darum ist jedes Eingesperrtsein so ganz gegen seine Natur, darum würde er sich umbringen, um freizukommen.«

In den Wortnächten bereisen sie sein Land der fünf Flüsse. Sutlej, Jhelum, Ravi, Chenab, Beas. Er führt sie in das große Gurdwara-Heiligtum, zieht ihr die Schuhe aus, beobachtet, wie sie die Füße wäscht, den Kopf bedeckt. Sie betreten das, was 1601 erbaut, 1757 entweiht und unmittelbar darauf wiedererbaut wurde. 1830 wurden Gold und Marmor verwendet. »Wenn ich dich vor Tagesanbruch mitnähme, würdest du zuerst den Nebel über dem Wasser sehen. Er hebt sich dann, um den Tempel im Licht zu enthüllen. Du hörst schon die Loblieder auf die Heiligen – Ramananda, Nanak und Kabir. Singen steht im Mittelpunkt der Verehrung. Man hört den Gesang, man riecht die Früchte aus den Tempelgärten – Granatäpfel, Orangen. Der Tempel ist ein Hafen im Fluß des Lebens, allen zugänglich. Er ist das Schiff, das das Meer der Unwissenheit durchfahren hat.«

Sie gehen durch die Nacht, sie gehen durch die silberne Tür zum Schrein, wo das heilige Buch unter einem Brokatbaldachin ruht. Die *ragis* singen die Verse des Buches, begleitet von Musikanten. Sie singen von vier Uhr früh bis elf Uhr nachts. Die Granth-Sahib wird aufs Geratewohl aufgeschlagen, ein Zitat ausgewählt, und drei Stunden lang, bevor der Nebel sich vom See hebt, um den Goldenen Tempel zu enthüllen, vermischen sich die Verse und schwingen in ununterbrochenem Rezitativ hinaus.

Kip führt sie an einem Becken entlang zum Baumheiligtum, an dem Baba Gujhaji, der erste Priester des Tempels, begraben liegt. Ein Baum des Aberglaubens, vierhundertfünfzig Jahre alt. »Meine Mutter kam hierher, um eine Kordel an einem Zweig festzubinden und den Baum um einen Sohn anzuflehen, und als mein Bruder geboren war, kehrte sie zurück und bat, mit einem zweiten gesegnet zu werden. Überall im Pandschab gibt es heilige Bäume und Wunderwasser.«

Hana ist still. Er kennt die Tiefe der Dunkelheit in ihr, das Fehlen eines Kindes und eines Glaubens. Er will sie immer vom Rand der Felder ihrer Traurigkeit mit sanften Worten weglocken. Ein Kind verloren. Einen Vater verloren.

»Ich habe auch so etwas wie einen Vater verloren«, hat er gesagt. Aber sie weiß, dieser Mann neben ihr ist einer der Gefeiten, der als Außenseiter aufgewachsen ist und so Parteien wechseln und Verluste ersetzen kann. Manche werden durch

Ungerechtigkeit zerstört, andere nicht. Wenn sie ihn fragt, sagt er, daß er ein gutes Leben hat – sein Bruder im Gefängnis, seine Kameraden in die Luft gesprengt, und er setzt jeden Tag in diesem Krieg sein Leben aufs Spiel.

Trotz der Freundlichkeit in ihnen stellten solche Menschen eine schreckliche Ungerechtigkeit dar. Er konnte den ganzen Tag in einer Lehmgrube hocken, um eine Bombe zu entschärfen, die ihn jeden Augenblick töten mochte, konnte nach dem Begräbnis eines Pionierkameraden nach Hause gehen, zwar gedämpft in seiner Energie, aber für ihn gab es immer, welcher Art auch die Prüfungen gerade waren, eine Lösung und Licht. Doch sie sah nichts dergleichen. Für ihn existierten verschiedene Schicksalskarten, und im Tempel von Amritsar waren alle Glaubensbekenntnisse und Klassen willkommen und teilten sich die Speisen. Sie selbst durfte Geld oder eine Blume auf ein Leintuch legen, das auf dem Boden ausgebreitet war, und dann einstimmen in den großen fortwährenden Gesang.

Sie sehnte sich danach. Ihr Nach-innen-Gewandtsein war Traurigkeit des Wesens. Er selbst erlaubte ihr, durch jede seiner dreizehn Charakterpforten einzutreten, aber sie wußte, bei Gefahr würde er sich niemals umdrehen und sie ansehen. Er würde Raum um sich schaffen und sich konzentrieren. Das war seine Fertigkeit. Sikhs, sagte er, seien unschlagbar, was Technologie betreffe. »Wir haben eine mystische Nähe zu ... wie heißt das?« »Affinität.« »Ja, Affinität zu Maschinen.«

Stundenlang war er versunken in die Betrachtung von Maschinen, und der Rhythmus der Musik im Detektor hämmerte gegen seine Stirn, in sein Haar. Sie glaubte nicht, daß sie sich ihm völlig zuwenden und seine Geliebte werden konnte. Er bewegte sich mit einer Geschwindigkeit, die ihm erlaubte, Verluste zu ersetzen. Das war seine Natur. Sie urteilte darüber nicht. Welches Recht hatte sie denn dazu. Kip, wie er jeden Morgen mit seiner Tasche, die ihm von der linken Schulter hing, hinaustrat und sich von der Villa San Girolamo entfernte. Jeden Morgen beobachtete sie ihn, seine Aufgeschlossenheit der Welt gegenüber, sah ihn vielleicht zum letzten Mal. Nach einigen Minuten blickte er hinauf in die granatzerfetzten Zypressen, deren mittlere Zweige fortgebombt waren. Plinius mochte solch einen Weg hinuntergegangen sein, oder auch Stendhal, denn manche Passagen der *Kartause von Parma* hatten sich in diesem Teil der Welt abgespielt.

Kip sah nach oben, den Bogen der hohen verwundeten Bäume über sich, der Weg vor ihm mittelalterlich, und er ein junger Mann mit dem merkwürdigsten Beruf, den sein Jahrhundert erfunden hatte, ein Pionier, ein Militärtechniker, der Minen aufspürte und entschärfte. Jeden Morgen tauchte er aus dem Zelt auf, wusch sich und zog sich im Garten an und entfernte sich von der Villa und ihrer Umgebung, betrat nicht einmal das Haus – gerade eben ein Winken, wenn er sie sah –, als würden Sprache, Menschlichkeit ihn verwirren, wie Blut in die Maschine geraten, die er verstehen mußte. Sie sah ihn etwa vierzig Meter vom Haus, in einer Lichtung am Weg.

Es war der Augenblick, in dem er sie alle hinter sich ließ. Der Augenblick, da die Zugbrücke hinter dem Ritter hochgezogen wurde und er allein blieb mit der Friedlichkeit des eigenen präzisen Talents. In Siena hatte sie ein Wandgemälde gesehen. Das Fresko einer Stadt. Einige Zentimeter außerhalb der Stadtmauern waren die Farbflächen des Künstlers abgebröckelt, so daß es nicht einmal die Sicherheit der Kunst gab, die einem Reisenden, der die Burg verließ, einen Obstgarten in den fernen Regionen bereitstellte. Dorthin, hatte sie den Eindruck, ging Kip tagsüber. Jeden Morgen schritt er aus der gemalten Szene hinaus ins dunkle, verschwommene Chaos. Der Ritter. Der kriegerische Heilige. Sie sah die Khakiuniform zwischen den Zypressen aufleuchten. Der Engländer hatte ihn *fato profugus* genannt, den vom Schicksal Verbannten. Sie stellte sich vor, daß diese Tage für ihn mit dem Vergnügen begannen, in die Bäume hochzusehen.

Sie hatten die Pioniere Anfang Oktober 1943 nach Neapel geflogen, die besten der Piontiertruppen ausgewählt, die schon in Süditalien waren. Kip war bei den dreißig Mann, die in die mit versteckten Bomben verminte Stadt gebracht wurden.

Die Deutschen hatten im Italien-Feldzug einen der brillantesten und furchtbarsten Rückzüge der Geschichte choreographiert. Der Vormarsch der Alliierten, der einen Monat hätte dauern sollen, brauchte ein Jahr. Tod und Verderben pflasterten ihren Weg. Pioniere saßen auf den Kotflügeln der Lastwagen, als die Heere vorrückten, und hielten nach frischen Veränderungen der Erdoberfläche Ausschau, die Land- oder Glasminen oder Schützenminen signalisierten. Der Vormarsch war unerträglich langsam. Weiter nördlich in den Bergen spannten Partisanen aus kommunistischen Garibaldi-Gruppen, die als Erkennungszeichen rote Taschentücher trugen, ebenfalls Sprengstoffdrähte über Straßen, die explodierten, wenn deutsche Lastwagen darüberfuhren.

Die Größenordnung, in der Minen in Italien und Nordafrika verlegt wurden, ist unvorstellbar. Bei der Kismaayo-Afmadu-Kreuzung wurden zweihundertsechzig Minen entdeckt. Dreihundert befanden sich im Omo-River-Bridge-Gebiet. Am dreißigsten Juni 1941 verlegten südafrikanische Pioniere an einem einzigen Tag zweitausendsiebenhundert Mark-11-Minen in Mersa Matruh. Vier Monate später räumten die Briten Mersa Matruh von siebentausendachthundertundsechs Minen und plazierten sie woanders.

Minen wurden aus allem hergestellt. Galvanisierte Vierzig-Zentimeter-Rohre wurden mit Sprengstoff gefüllt und an den vom Militär benutzten Wegen hinterlegt. Minen in Holzbehältern wurden in Häusern gelassen. Rohrminen waren mit Gelatinedynamit, Schrott und Nägeln gefüllt. Südafrikanische Pioniere packten Eisen und Gelatinedynamit in Fünfzehn-Liter-Benzinkanister, die dann gepanzerte Fahrzeuge zerstören konnten.

Am schlimmsten war es in den Städten. Bombenräumkommandos, kaum ausgebildet, wurden aus Kairo und Alexandria herangeschifft. Die Achtzehnte Division wurde berühmt. Während dreier Wochen im Oktober 1941 entschärfte sie eintausendvierhundertdrei hochexplosive Bomben.

Italien war schlimmer als Afrika, die Uhrwerkzünder von aberwitziger Verdrehtheit, ihre durch Sprungfedern scharf gemachten Zündvorrichtungen wieder anders als die der deutschen, an denen die Einheiten geschult worden waren. Wenn die Pioniere in die Städte einzogen, gingen sie die Hauptstraßen entlang, wo an Bäumen oder Balkonen Leichen hingen. Die Deutschen übten oftmals Vergeltung, indem sie für jeden toten Deutschen zehn Italiener töteten. Einige der Aufgehängten waren vermint und mußten so, wie sie hingen, gesprengt werden.

Die Deutschen räumten Neapel am ersten Oktober 1943. Während eines Angriffs der Alliierten im September zuvor hatten sich Hunderte von Einwohnern aufgemacht und sich in den Höhlen außerhalb der Stadt verkrochen. Die Deutschen bombardierten bei ihrem Rückzug den Eingang zu den Höhlen und verdammten die Menschen unter die Erde. Eine Typhusepidemie brach aus. Im Hafen wurden versenkte Schiffe unter Wasser neu vermint.

Die dreißig Pioniere kamen in die gänzlich verminte Stadt. Es gab Bomben mit Verzögerungszünder, einzementiert in die Mauern von öffentlichen Gebäuden. Fast jedes Fahrzeug war präpariert. Die Pioniere argwöhnten bald hinter jedem harmlosen Gegenstand, den sie in einem Zimmer vorfanden, eine Falle. Sie mißtrauten allem, was sie auf einem Tisch sahen, bevor es nicht so plaziert war, daß es auf »vier Uhr« zeigte. Noch Jahre nach dem Krieg legte ein Pionier einen Füller immer so auf den Tisch, daß das dickere Ende vier Uhr zeigte.

Neapel blieb sechs Wochen lang Kriegsgebiet, und Kip war die ganze Zeit über mit der Einheit dort stationiert. Nach zwei Wochen entdeckten sie die Menschen in den Höhlen. Ihre Haut dunkel von Exkrementen und Typhus. Der lange Zug von dort bis zum städtischen Krankenhaus war eine Geisterprozession.

Vier Tage später flog das Hauptpostamt in die Luft, und zweiundsiebzig Menschen wurden getötet, andere schwer verwundet. Die reichste Sammlung mittelalterlicher Urkunden in Europa war schon in den Stadtarchiven verbrannt.

Am zwanzigsten Oktober, drei Tage bevor die Stromversorgung wiederhergestellt werden sollte, meldete sich ein Deutscher bei den Behörden. Er berichtete, daß im Hafenviertel der Stadt Tausende von Bomben versteckt lägen, die an das ruhende Stromversorgungssystem angeschlossen seien. Sobald Strom eingeschaltet werde, ginge die Stadt in Flammen auf. Er wurde mehr als sieben Male – mit unterschiedlichen Graden der Höflichkeit und Gewaltanwendung – verhört, danach hatten die Behörden immer noch keine Klarheit hinsichtlich seines Geständnisses. Diesmal wurde ein ganzes Stadtgebiet evakuiert. Kinder und Alte, Halbtote, Schwangere, jene, die man aus den Höhlen geholt hatte, Tiere, nützliche Jeeps, verwundete Soldaten aus den Lazaretten, Geisteskranke, Priester und Mönche und Nonnen aus Klöstern. Bei Einbruch der Dunkelheit blieben am Abend des zweiundzwanzigsten Oktobers 1943 nur zwölf Pioniere zurück.

Der Strom sollte am nächsten Tag um drei Uhr nachmittags eingeschaltet werden. Keiner der Pioniere hatte sich je zuvor in einer leeren Stadt aufgehalten, und diese Stunden wurden die seltsamsten und beunruhigendsten in ihrem Leben.

An den Abenden ziehen Unwetter über die Toskana. Blitze schlagen in alles ein, was spitz ist oder aus Metall und aus der Landschaft ragt. Kip kommt immer gegen sieben Uhr abends auf dem gelben Weg zwischen den Zypressen zur Villa zurück, zu der Zeit, wenn es zu gewittern beginnt. Die mittelalterliche Erfahrung.

Er scheint für solche Zeitgewohnheiten etwas übrig zu haben. Sie oder Caravaggio bemerken seine Gestalt in der Ferne, wie er auf dem Heimweg innehält, um ins Tal zurückzublikken und herauszufinden, wie weit der Regen noch von ihm entfernt ist. Hana und Caravaggio gehen zum Haus zurück. Kip setzt seinen Aufstieg von einem halben Kilometer auf dem Weg fort, der sich langsam nach rechts windet und dann langsam nach links. Da ist das Knirschen seiner Stiefel auf dem Schotter. Der Wind erreicht ihn stoßweise, trifft mit voller Wucht die Zypressen, so daß sie sich neigen, und fährt in seine Hemdsärmel.

Die nächsten zehn Minuten geht er weiter, immer im ungewissen, ob der Regen ihn einholen wird. Er hört den Regen, bevor er ihn spürt, ein helles Ploppen auf dem trockenen Gras, auf den Blättern der Olivenbäume. Aber noch ist er in dem frischenden Wind des Berges, im Vorfeld des Unwetters.

Wenn der Regen einsetzt, bevor er die Villa erreicht, geht er im selben Tempo weiter, zieht nur rasch das Gummicape über den Kopf und die Schultertasche.

Im Zelt hört er das reine Donnern. Scharfes Krachen genau über ihm, das Geräusch eines Wagenrads, wenn es in die Berge davonfährt. Durch die Zeltwand ein jähes sonnenhelles Blitzen, das ihm immer strahlender als Sonnenlicht erscheint, ein konzentrierter Phosphorstrahl, etwas Maschinenähnliches, was mit dem neuen Wort zu tun hat, welches er bei der Ausbildung und im Detektor gehört hat und das »nuklear« heißt. Im Zelt wickelt er den nassen Turban ab, trocknet das Haar und windet sich einen anderen um den Kopf.

Das Unwetter zieht aus dem Piemont nach Süden hin und Richtung Osten. Blitze fallen auf die Kirchturmspitzen der kleinen Bergkapellen, deren Bilder die Kreuzwegstationen neu inszenieren oder die Geheimnisse des Rosenkranzes. In den Städtchen Varese und Varallo werden für kurze Zeit überlebensgroße Terrakottastatuen aus dem sechzehnten Jahrhundert enthüllt, die biblische Szenen darstellen. Die gefesselten Arme des gegeißelten Christus sind zurückgerissen, die Peitsche saust herunter, der bellende Hund, und drei Soldaten im nächsten Altarbild richten das Kreuz auf, höher den gemalten Wolken entgegen.

Auch die Villa San Girolamo empfängt dank ihrer Lage solche Lichtmomente – die dunklen Flure, das Zimmer, in dem der Engländer ruht, die Küche, wo Hana ein Feuer im Kamin macht, die zerbombte Kapelle –, alles ist plötzlich erhellt, ohne Schatten. Kip geht während solcher Gewitter bedenkenlos unter den Bäumen durch sein Stück Garten, die Gefahr, vom Blitz erschlagen zu werden, ist lächerlich gering, verglichen mit der Gefahr, der er täglich ausgesetzt ist. Die naiven katholischen Bilder aus diesen Bergheiligtümern, die er gesehen hat, begleiten ihn im Halbdunkel, wenn er die Sekunden zählt zwischen Blitz und Donner. Vielleicht ist diese Villa ein ähnliches Tableau, sie vier in ihrem privaten Tun flüchtig erhellt, ironischerweise in diesen Krieg geworfen.

Die zwölf Pioniere, die in Neapel zurückblieben, schwärmten in die Stadt aus. Die ganze Nacht hindurch sind sie in abgedichtete Tunnels eingedrungen, in Abwässerkanäle hinuntergestiegen, auf der Suche nach Zündschnüren, die mit der zentralen Stromversorgung verbunden sein könnten. Um zwei Uhr nachmittags sollen sie abfahren, eine Stunde bevor der Strom eingeschaltet wird.

Eine Stadt der Zwölf. Jeder in einem anderen Stadtviertel. Einer am Generator, einer taucht noch am Wasserreservoir – die Behörden sind sich ganz sicher, daß die Zerstörung durch Überschwemmung verursacht werden soll. Wie man eine Stadt unterminiert. Die Stille ist es, die am meisten entnervt. Alles, was sie von der menschlichen Welt hören, sind bellende Hunde und Vogelgezwitscher aus Wohnungsfenstern über den Straßen. Wenn es soweit ist, wird er in eines der Zimmer mit einem Vogel gehen. Etwas Menschliches in dieser Leere. Er kommt am Museo Archeologico Nazionale vorbei, wo die Fundstücke von Pompeji und Herculaneum untergebracht sind. Er hat den uralten Hund gesehen, in weißer Asche erstarrt.

Die scharlachrote Pionierlampe, am linken Arm befestigt, ist beim Umhergehen eingeschaltet, die einzige Lichtquelle auf der Strada Carbonara. Er ist erschöpft von der nächtlichen Suche, und es sieht jetzt so aus, als bleibe nicht viel zu tun. Jeder von ihnen hat ein Sprechfunkgerät, aber es soll nur bei einer ganz ungewöhnlichen Entdeckung benutzt werden. Das schreckliche Schweigen in den leeren Höfen und trockenen Brunnen zermürbt ihn am meisten.

Um ein Uhr mittags nimmt er den Weg zur beschädigten Kirche San Giovanni a Carbonara, wo sich, wie er weiß, eine Rosenkranzkapelle befindet. Er war einige Abende zuvor, als Blitze die Dunkelheit erfüllt hatten, durch die Kirche gegangen, und dort hatte er Darstellungen von Gestalten in Lebensgröße gesehen. Einen Engel und eine Frau in einem Schlafzimmer. Dunkelheit hatte die kurze Szene wieder verschwinden lassen, und er saß abwartend in einer Kirchenbank, aber es sollte zu keiner weiteren Enthüllung kommen.

Er betritt jetzt diese Ecke in der Kirche mit den Terrakotta-Figuren, die in der Hautfarbe von Weißen bemalt sind. Die Szene stellt ein Schlafzimmer dar, wo eine Frau sich mit einem Engel unterhält. Das gelockte braune Haar der Frau zeigt sich unter dem losen blauen Cape, die Finger der linken Hand berühren ihr Brustbein. Als er weiter in den Raum vortritt, wird ihm klar, daß alles überlebensgroß ist. Sein eigener Kopf reicht nicht höher als bis zur Schulter der Frau. Mit seinem erhobenen Arm streckt sich der Engel etwa fünf Meter in die Höhe. Dennoch, für Kip sind sie Gesellschaft. Immerhin ist es ein bewohntes Zimmer, und er befindet sich mitten in der Unterhaltung dieser Wesen, die irgendeine Legende von der Menschheit und vom Himmel verkörpern.

Er läßt die Tasche von der Schulter gleiten und wendet sich dem Bett zu. Er möchte darauf liegen, zögert nur wegen der Anwesenheit des Engels. Er ist schon um den ätherischen Körper herumgegangen und hat die verstaubten Glühbirnen entdeckt, die am Rücken angebracht sind, unter den dunkelfarbigen Schwingen, und er weiß, daß er trotz seines Verlangens danach nicht leicht in Anwesenheit eines solchen Geschöpfes schlafen kann. Drei Paar Pantoffeln, eine Spitzfindigkeit des Gestalters, schauen unter dem Bett hervor. Es ist etwa zwanzig vor zwei.

Er breitet sein Cape auf dem Boden aus, flacht die Tasche zu einem Kissen ab und legt sich auf den Stein hin. Den größten Teil der Kindheit in Lahore schlief er auf einer Matte auf dem Boden seines Schlafzimmers. Und er hat sich eigentlich nie an die Betten im Westen gewöhnen können. Eine Schlafdecke und ein Luftkissen sind alles, was er im Zelt benötigt, doch als er bei Lord Suffolk in England wohnte, versank er unter Beklemmungsängsten in der teigartigen Matratzenmasse und lag dort gefangen und wach, bis er herauskroch, um auf dem Teppich zu schlafen.

Er streckt sich neben dem Bett aus. Auch die Schuhe, bemerkt er, sind überlebensgroß. Amazonenfüße schlüpfen da hinein. Über seinem Kopf der zögernde rechte Arm der Frau. Jenseits seiner Füße der Engel. Bald wird einer der Pioniere den Strom für die Stadt einschalten, und wenn er in die Luft gesprengt wird, dann geschieht es in Gesellschaft dieser beiden. Sie werden sterben oder in Sicherheit sein. Es gibt jedenfalls nichts mehr für ihn zu tun. Er war die ganze Nacht auf den Beinen bei einer letzten Suche nach Dynamitverstecken und Zeitpatronen. Mauern werden um ihn herum zusammenbrechen, oder er wandelt durch eine Lichterstadt. Zumindest hat er diese Elternfiguren gefunden. Er kann sich, geborgen in diesem gespielten Gespräch, entspannen.

Er hat die Hände unter dem Kopf und deutet eine neue Härte im Gesicht des Engels, die er vorher nicht bemerkt hat. Die weiße Blume in seiner Hand hat ihn getäuscht. Der Engel ist auch ein Krieger. Mitten in dieser Gedankenfolge schließen sich die Augen, und er gibt seiner Müdigkeit nach.

Er liegt ausgestreckt da, mit einem Lächeln auf dem Gesicht, als sei er erleichtert, endlich schlafen zu können, ein Hochgenuß. Die Handfläche seiner Linken auf dem Beton. Die Farbe seines Turbans wiederholt die des Spitzenkragens um den Hals der Maria.

Zu ihren Füßen der kleine indische Pionier in Uniform, neben den sechs Pantoffeln. Hier scheint keine Zeit zu existieren. Jeder von ihnen hat sich die behaglichste Stellung ausgesucht, um die Zeit zu vergessen. So werden wir im Gedächtnis anderer bleiben. In solch lächelnder Behaglichkeit, wenn wir Zutrauen zu unserer Umgebung haben. Das Tableau, mit Kip zu Füßen der zwei Gestalten, suggeriert ein Gespräch über sein Schicksal. Der erhobene Terrakotta-Arm, ein Vollstrekkungsaufschub, das Versprechen einer großen Zukunft für diesen Schläfer, den kindlichen, in der Fremde geborenen. Alle drei kurz vor dem Augenblick der Entscheidung, der Übereinkunft.

Unter der feinen Staubschicht zeigt das Gesicht des Engels große Freude. An seinem Rücken sind die sechs Glühbirnen, zwei davon defekt. Dennoch erleuchtet das Wunder der Elektrizität mit einem Schlag seine Schwingen von unten, so daß ihr Blutrot und Blau und ihr Goldschimmer in der Farbe von Senffeldern lebhaft strahlen an diesem späten Nachmittag.

Wo IMMER HANA jetzt ist, in der Zukunft, sie ist sich der Linie der Bewegung bewußt, mit der sich Kips Körper aus ihrem Leben entfernte. Sie wiederholt sie im Geist. Wie er sich unerbittlich zwischen ihnen hindurch seinen Weg bahnte. In ihrer Mitte stumm wie ein Stein wurde. Von diesem Augusttag weiß sie noch alles – wie der Himmel aussah, die Gegenstände auf dem Tisch vor ihr, die sich unter dem Donner verdunkelten.

Sie sieht ihn draußen im Freien, die Hände über dem Kopf verschränkt, dann wird ihr klar, daß dies nicht eine Geste des Schmerzes ist, sondern das Bedürfnis, die Hörklappen ganz fest an den Schädel zu drücken. Er ist etwa hundert Meter von ihr entfernt in dem unteren Feld, als er einen Schrei ausstößt, wie sie ihn noch nie zuvor von ihm gehört hat. Er fällt auf die Knie, wie aufgelöst. Verharrt kurz so und steht dann langsam auf und begibt sich in schräger Linie zu seinem Zelt, kriecht hinein und macht den Zelteingang hinter sich zu. Trockenes Donnerkrachen setzt ein, und sie sieht, wie ihre Arme sich dunkel färben.

Kip taucht aus dem Zelt mit dem Gewehr auf. Er kommt in die Villa San Girolamo und fegt an ihr vorbei, wie eine Stahlkugel in einem japanischen Arkaden-Spiel, durch die Türöffnung und die Treppe hinauf, drei Stufen auf einmal, sein Atem ganz regelmäßig, das Anstoßen der Stiefel gegen die nächsten Stufen. Sie hört seine Schritte auf dem Gang, während sie am Tisch in der Küche sitzen bleibt, das Buch vor sich, den Bleistift, diese Dinge hart und verdüstert im Licht des Vorgewitters.

Er betritt das Schlafzimmer. Er stellt sich ans Fußende des Bettes, wo der englische Patient liegt.

Hallo, Pionier.

Der Gewehrschaft ist gegen seine Brust gepreßt, der Riemen Stütze für den angewinkelten Arm.

Was ging da draußen vor sich?

Kip gleicht einem Verdammten, einem Weltverlorenen, sein braunes Gesicht in Tränen. Er dreht sich um und schießt in das alte Wasserbecken, und der Mörtel sprengt Staub aufs Bett. Er schwenkt das Gewehr zurück, so daß es auf den Engländer zielt. Er beginnt zu zittern und versucht dann mit äußerster Anstrengung, dem Einhalt zu gebieten.

Tun Sie das Gewehr weg, Kip.

Er kracht mit dem Rücken gegen die Wand und hört auf zu zittern. Mörtelstaub in der Luft.

Ich habe hier am Fußende des Bettes gesessen und Ihnen zugehört, Onkel. Diese letzten Monate. Als ich klein war, habe ich genau dasselbe getan. Ich glaubte, ich könnte mich bereichern mit dem, was ältere Leute mir beibrachten. Ich glaubte, ich könnte dieses Wissen in mir tragen, es langsam verändern, es in jedem Fall aber nach mir einem anderen weitergeben.

Ich bin mit den Traditionen meines Landes groß geworden, aber später mehr noch mit denen *Ihres* Landes. Ihre schmächtige weiße Insel, die mit Sitten und Gebräuchen und Büchern und Präfekten und Vernunft irgendwie den Rest der Welt bekehrt hat. Ihr standet für korrektes Benehmen. Ich wußte, wenn ich die Teetasse mit dem falschen Finger hob, würde man mich vertreiben. Wenn ich nicht den richtigen Knoten in die Krawatte machte, dürfte ich nicht mehr dabeisein. Waren es bloß die Schiffe, die euch diese Macht verliehen? War es, wie mein Bruder sagte, weil ihr die Herren der Geschichte wart und die Druckerpresse hattet?

Ihr und danach die Amerikaner habt uns bekehrt. Mit euren missionarischen Geboten. Und indische Soldaten haben ihr Leben als Helden vergeudet, damit sie *pukkah* sein konnten. Ihr habt Kriege geführt, so wie ihr Kricket gespielt habt. Wie habt ihr uns nur hierzu verleiten können? Hier ... hören Sie, was Ihre Leute getan haben.

Er wirft das Gewehr aufs Bett und kommt ganz nah an den Engländer heran. Der Detektor hängt ihm seitlich am Gürtel. Er macht ihn los und setzt die Hörklappen auf den schwarzen Kopf des Patienten, der bei der schmerzhaften Berührung seiner Haut zusammenzuckt. Doch der Pionier nimmt die

Hörklappen nicht weg. Dann tritt er zurück und nimmt das Gewehr. Er bemerkt Hana an der Tür.

Eine Bombe. Dann eine zweite. Hiroschima. Nagasaki.

Er schwenkt das Gewehr zur Nische hin. Der Falke im Luftstrom des Tales scheint ihm absichtlich ins Visier zu gleiten. Wenn er die Augen schließt, sieht er die Straßen Asiens voller Feuer. Es wälzt sich über Städte, wie eine in Flammen aufgehende Landkarte, der Hitzeorkan läßt Körper verdorren, sobald er sie berührt, plötzlich sind menschliche Schemen in der Luft. Dieser Tremor westlicher Weisheit.

Er beobachtet den englischen Patienten mit den Hörklappen, dessen Blick nach innen gerichtet ist, der lauscht. Im Visier geht er die dünne Nase hinunter bis zum Adamsapfel, oberhalb des Schlüsselbeins. Kip hält den Atem an. Das Enfield-Gewehr exakt rechtwinklig im Anschlag. Kein Zittern der Hand.

Dann sieht ihn der Engländer wieder an.

Pionier.

Caravaggio betritt das Zimmer und streckt die Hand nach ihm aus, und Kip rammt ihm den Gewehrkolben direkt in die Rippen. Ein Prankenschlag. Und dann, als wäre es Teil derselben Bewegung, fällt er zurück in die Position »Gewehr im Anschlag« eines Exekutionskommandos, wie sie ihm in indischen und englischen Kasernen eingedrillt worden ist. Den verbrannten Hals im Visier.

Kip, reden Sie mit mir.

Nun ist sein Gesicht ein Messer. Das Weinen aus Erschütterung und Entsetzen hält er in Schach, alles, jeder um ihn herum, wird in anderem Licht gesehen. Dunkelheit könnte sich auf sie senken, Nebel könnte fallen, und doch würden die dunkelbraunen Augen des jungen Mannes den neu entdeckten Feind ausmachen.

Mein Bruder hat es mir gesagt. Kehre Europa nie den Rükken zu. Den Geschäftemachern. Den Verträgeschließern. Den

Kartographen. Trau nie den Europäern, hat er gesagt. Schüttle ihnen nie die Hand. Aber wir, o ja, wir waren leicht zu beeindrucken – von Reden und Medaillen und euren Zeremonien. Was habe ich in all den letzten Jahren gemacht? Glieder des Bösen weggeschnitten, unschädlich gemacht. Wozu? Damit *das* hier passiert?

Was denn? Um Gottes willen, sagen Sie's uns!

Ich lasse Ihnen das Radio, da kriegen Sie Ihre Geschichtslektion. Keine Bewegung mehr, Caravaggio. All das zivilisierte Gerede von Königen und Königinnen und Präsidenten …, all die Stimmen der abstrakten Ordnung. Spüren Sie's raus. Hören Sie Radio, und spüren Sie da die Verherrlichung raus. Wenn in meinem Land ein Vater die Gerechtigkeit entzweibricht, tötet man den Vater.

Du weißt nicht, wer dieser Mann ist.

Den Hals des Verbrannten fest im Visier. Dann zieht der Pionier das Gewehr hoch zu den Augen des Mannes.

Tun Sie's, sagt Almásy.

Der Blick des Pioniers trifft den Blick des Patienten in diesem dämmrigen Zimmer, wo sich jetzt die Welt zusammendrängt.

Er nickt dem Pionier zu.

Tun Sie's, sagt er ruhig.

Kip stößt die Patrone heraus und fängt sie im Fallen auf. Er wirft das Gewehr aufs Bett, eine Schlange, ihr Gift abgezapft. Er sieht Hana an der Peripherie.

Der Verbrannte zerrt die Hörklappen weg und legt sie langsam vor sich hin. Dann greift seine linke Hand zum Ohr und entfernt das Hörgerät und läßt es auf den Boden fallen.

Tun Sie's, Kip. Ich will nichts mehr hören.

Er schließt die Augen. Gleitet ins Dunkel, aus dem Zimmer fort.

Der Pionier lehnt sich gegen die Wand, die Hände gefaltet, den Kopf gesenkt. Caravaggio kann hören, wie Luft aus seinen Nasenlöchern ein- und ausgestoßen wird, schnell und hart, ein Kolben.

Er ist kein Engländer.

Amerikaner, Franzose, ist mir egal. Wenn man anfängt, auf die braunen Rassen in der Welt Bomben zu werfen, ist man Engländer. Ihr hattet den König Leopold von Belgien, und jetzt habt ihr diesen verdammten Harry Truman aus den USA. Ihr habt es alle von den Engländern gelernt.

Nein. Er nicht. Ein Mißverständnis. Von allen Leuten ist er wahrscheinlich am ehesten auf deiner Seite.

Er würde sagen, das spielt keine Rolle, sagt Hana.

Caravaggio setzt sich in den Sessel. Er sitzt immer, denkt er, in diesem Sessel. Im Zimmer hört man das dünne Kreischen aus dem Detektor, das Radio, das mit seiner Unterwasserstimme weiterredet. Er bringt es nicht fertig, sich umzudrehen und den Pionier anzusehen oder zu dem verschwommenen Fleck von Hanas Kleid zu schauen. Er weiß, der junge Pionier hat recht. Niemals hätten sie eine solche Bombe auf eine weiße Nation abgeworfen.

Der Pionier geht aus dem Zimmer, läßt Caravaggio und Hana am Bett zurück. Er hat diese drei ihrer Welt überlassen, ist nicht mehr der Wächter für sie. Wann immer der Patient in der Zukunft stirbt, Caravaggio und das Mädchen werden ihn begraben. Laß die Toten ihre Toten begraben. Er war sich nie ganz sicher, was das bedeutete. Diese wenigen gefühllosen Worte in der Bibel.

Sie werden alles begraben, außer dem Buch. Den Leichnam, die Laken, seine Kleidung, das Gewehr. Bald wird er allein mit Hana sein. Und das Motiv für all das im Radio. Ein furchtbares Geschehen, das da über Kurzwelle ausgestrahlt wird. Ein neuer Krieg. Der Tod einer Zivilisation.

Stille Nacht. Er kann die Nachtfalken hören, ihre schwachen Schreie, den gedämpften Flügelschlag, wenn sie kehrtmachen. Die Zypressen ragen über sein Zelt, unbewegt in dieser Nacht ohne Wind. Er lehnt sich zurück und blickt starr in die dunkle

Ecke des Zelts. Wenn er die Augen schließt, sieht er Feuer, Menschen, die in Flüsse, in Wasserreservoirs springen, um den Flammen, der Hitze zu entkommen, die sekundenschnell alles verbrennt, was immer die Menschen halten, die eigene Haut und das Haar, selbst das Wasser, in das sie hineinspringen. Dieses Wunderwerk von Bombe, im Flugzeug übers Meer getragen, am Mond im Osten vorbei, auf den grünen Archipel zu. Und ausgeklinkt.

Er hat weder gegessen noch Wasser getrunken, kann nichts schlucken. Vor Einbruch der Dunkelheit hat er alles Militärische aus dem Zelt entfernt, die Gerätschaft zum Bombenräumen, hat alle militärischen Abzeichen von der Uniform getrennt. Bevor er sich hinlegte, wickelte er den Turban auf, kämmte das Haar und band es dann zu einem Knoten hoch und lehnte sich zurück, sah das Licht auf der Zelthaut langsam schwinden, sein Blick blieb auf das letzte Blau geheftet, und er hörte das Schwächerwerden des Windes bis zur Windstille und hörte dann das Abdrehen der Falken, den Flügelschlag. Und all die feinen Geräusche der Luft.

Er hat das Gefühl, als hätte Asien sämtliche Winde der Welt in sich eingesogen. Er läßt die vielen kleinen Bomben aus seiner bisherigen Laufbahn beiseite und wendet sich einer Bombe zu von der Größe, scheint es, einer Stadt, so ungeheuerlich, daß sie die Lebenden zu Zeugen des Todes der Bevölkerung um sie herum macht. Er weiß nichts über die Waffe. Ob es ein plötzlicher Angriff aus Metall und Sprengkraft war oder ob siedendheiße Luft, die sich auf alles, was Mensch war, ergoß und durch alles, was Mensch war, hindurchfegte. Er fühlt – das ist das einzige, was er weiß –, er kann nichts mehr an sich herankommen lassen, kann keine Nahrung essen oder auch nur von einer Pfütze auf einer Steinbank der Terrasse trinken. Er hat das Gefühl, er dürfe kein Streichholz aus der Tasche ziehen und die Lampe anzünden, er glaubt, die Lampe würde alles in Brand setzen. Im Zelt hatte er, bevor das Licht sich verflüchtigte, das Foto seiner Familie herausgeholt und angesehen. Sein Name ist Kirpal Singh, und er versteht nicht, was er hier eigentlich tut.

Er steht nun unter den Bäumen in der Augusthitze, ohne Turban, trägt nur eine *kurta*. Er hat nichts in den Händen, läuft bloß an der Silhouette der Hecken entlang, die nackten Füße auf Gras oder auf dem Stein der Terrasse oder in der Asche eines erloschenen Feuers. Sein Körper, wach vor Schlaflosigkeit, befindet sich am Rande eines großen Tals in Europa.

Am frühen Morgen sieht sie ihn neben dem Zelt stehen. Am Abend hatte sie Ausschau gehalten nach einem Licht zwischen den Bäumen. Jeder in der Villa hatte allein zu Abend gegessen, der Engländer nichts. Jetzt sieht sie, wie der Arm des Pioniers herausfährt und die Zeltwände einem Segel gleich in sich zusammenfallen. Er dreht sich um und kommt auf das Haus zu, steigt die Treppe zur Terrasse hinauf und verschwindet.

In der Kapelle geht er an dem verbrannten Kirchengestühl vorbei zur Apsis, wo unter einer Plane, beschwert mit Zweigen, das Motorrad steht. Er zieht die Umhüllung von der Maschine. Er hockt sich neben das Motorrad und beträufelt Zahnkränze und Zähne des Kettenrads mit Öl.

Als Hana in die dachlose Kapelle eintritt, sitzt er dort, Kopf und Rücken an das Vorderrad gelehnt.

Kip.

Er sagt nichts, schaut durch sie hindurch.

Kip, *ich* bin's. Was hatten wir denn damit zu tun?

Vor ihr ist ein Stein.

Sie kniet sich hin, auf gleiche Höhe mit ihm, beugt sich zu ihm vor, den Kopf seitlich gegen seine Brust, und verharrt so.

Ein pochendes Herz.

Als sein Stillschweigen andauert, läßt sie sich auf den Knien nach hinten sinken.

Der Engländer hat mir einmal etwas aus einem Buch vorgelesen:

»Liebe ist so klein, daß sie sich durch ein Nadelöhr drängen kann.«

Er beugt sich zur Seite, weg von ihr, sein Gesicht ist nur wenige Zentimeter von einer Regenpfütze entfernt.

Ein Junge und ein Mädchen.

Während der Pionier das unter der Plane verborgene Motorrad ans Licht brachte, beugte Caravaggio sich über das Geländer, das Kinn gegen den Unterarm. Dann hatte er das Gefühl, er könne die Stimmung im Haus nicht ertragen, und ging weg. Er war nicht da, als der Pionier das Motorrad durch Gasgeben zu Leben erweckte und aufsaß – es bäumte sich auf, unter ihm lebendig geworden – und Hana in der Nähe stand.

Singh berührte ihren Arm und ließ die Maschine fortrollen, den Hang hinunter, und erst da kam sie richtig in Fahrt.

Auf halber Strecke zum Tor wartete Caravaggio auf ihn, das Gewehr in der Hand. Er richtete es nicht einmal formgerecht auf das Motorrad, als der Junge das Tempo drosselte, da Caravaggio sich ihm in den Weg stellte. Caravaggio trat an ihn heran und legte die Arme um ihn. Ein großes Umarmen. Der Pionier spürte zum erstenmal die Stoppeln an seiner Haut. Er fühlte sich hineingezogen, von Muskeln umschlossen. »Ich werde lernen müssen, dich zu vermissen«, sagte Caravaggio. Dann riß sich der Junge los, und Caravaggio ging zum Haus zurück.

DIE MASCHINE DONNERTE unter ihm los. Die Abgase der Triumph und Staub und Kies stoben zwischen den Bäumen davon. Das Motorrad sprang über den Viehrost an der Durchfahrt, und dann fuhr es im Zickzack den Berg hinunter und aus dem Dorf hinaus, vorbei an den Gerüchen der Gärten zu beiden Seiten, die im trügerischen Winkel an den Hügeln klebten.

Sein Körper nahm wieder die gewohnte Stellung ein, die Brust parallel zum Benzintank, ihn fast berührend, die Arme waagerecht, um möglichst wenig Widerstand zu bieten. Er fuhr südwärts, wobei er Florenz ganz umging. Durch Greve hinüber nach Montevarchi und Ambra, Städtchen, die vom Krieg und vom Einmarsch übergangen worden waren. Dann, als die neuen Berge auftauchten, begann er auf ihrem Grat nach Cortona hochzufahren.

Er fuhr in entgegengesetzter Richtung des Einmarsches, als wickelte er die Spule des Krieges neu auf, und die Route war nicht mehr voller Militär. Er nahm nur Wege, die er kannte, sah die vertrauten Städtchen mit ihren Burgen aus der Ferne. Er lag ganz statisch auf der Triumph, während sie sich unter ihm erhitzte beim Dahinrasen über die Landstraßen. Er hatte wenig bei sich, die Waffen alle zurückgelassen. Das Motorrad jagte durch jedes Dorf, ohne die Geschwindigkeit wegen einer Stadt oder einer Kriegserinnerung zu drosseln. *»Die Erde wird taumeln wie ein Trunkener und wird hin und her geworfen wie eine wacklige Hütte.«*

Sie machte seine Tasche auf. Da gab es eine Pistole, in Öltuch eingewickelt, und beim Auffalten entströmte Ölgeruch. Zahnbürste und Zahnpulver, Bleistiftskizzen in einem Notizbuch, einschließlich einer Zeichnung von ihr – sie saß auf der Terrasse, und er hatte aus dem Zimmer des Engländers hinuntergeblickt. Zwei Turbane, eine Flasche mit Stärke. Eine Pionierlampe samt Lederriemen, für Notfälle. Sie knipste sie an, und die Tasche tauchte in karmesinrotes Licht.

In den Seitentaschen fand sie Gerätschaften, die zur Bombenräumung dienten und die sie nicht anfassen wollte. In einem weiteren Stück Tuch war der Metallpflock, den sie ihm gegeben hatte, in ihrem Land wurde er zum Zapfen des Safts vom Ahorn benutzt.

Aus dem zusammengebrochenen Zelt holte sie eine Porträtaufnahme ans Licht, wohl von seiner Familie. Sie hielt das Foto in der Handfläche. Ein Sikh und seine Familie.

Ein älterer Bruder, der erst elf auf dem Bild war. Kip neben ihm, acht Jahre alt. *»Als der Krieg kam, hielt mein Bruder es mit jedem, der gegen die Engländer war.«*

Es gab auch ein kleines Handbuch, in dem die Bomben registriert waren. Und die Zeichnung eines Heiligen, der von einem Musikanten begleitet wird.

Sie packte alles wieder ein, außer dem Foto, das sie in der freien Hand hielt. Sie trug die Tasche zwischen den Bäumen hindurch, überquerte die Loggia und brachte sie ins Haus.

Jede Stunde einmal verlangsamte er das Tempo, um anzuhalten, spuckte auf die Schutzbrille und wischte den Staub mit dem Hemdsärmel ab. Er schaute wieder auf die Karte. Er wollte bis zur Adria fahren, dann nach Süden. Die meisten Truppen waren an den nördlichen Grenzen.

Er fuhr nach Cortona hinauf, begleitet von dem hochtourigen Jaulen des Motorrads. Er steuerte die Triumph die Stufen hinauf bis zum Kirchenportal und ging dann hinein. Es gab eine Statue, mit einem Gerüst verkleidet. Er wollte näher an das Gesicht heran, aber er hatte kein Zielfernrohr, und er war zu steif in den Gliedern, als daß er die Baugestänge hochklettern konnte. Er irrte unter dem Gerüst umher wie einer, dem das vertraute Zuhause verwehrt ist. Er führte das Motorrad am Lenkrad die Kirchenstufen hinunter und fuhr dann Richtung Küste, durch die verwüsteten Weinberge und weiter nach Arezzo.

In Sansepolcro nahm er eine Straße, die sich ins Gebirge mit seinem Nebel hinaufschlängelte, so daß er nur ganz langsam fahren konnte. Die Bocca Trabaria. Ihm war kalt, doch verbannte er das Wetter aus seinen Gedanken. Schließlich schraubte sich die Straße über das Weiß hoch, der Nebel ein Bett hinter ihm. Er umfuhr Urbino, wo die Deutschen alle Akkergäule des Feindes verbrannt hatten. In dieser Region hier hatten sie einen Monat lang gekämpft; jetzt fegte er in wenigen Minuten hindurch, erkannte nur die Schreine der Schwarzen Madonna wieder. Der Krieg hatte Städte und Städtchen einander ähnlich werden lassen.

Er fuhr bergab zur Küste hin. Nach Gabicce Mare, wo er die Muttergottes aus dem Meer hatte auftauchen sehen. Er schlief auf dem Hügel, mit Blick auf Klippe und Wasser, da etwa, wo man die Statue hingebracht hatte. Das war das Ende seines ersten Tages.

Liebe Clara – liebe Maman,

Maman ist ein französisches Wort, Clara, ein rundes Wort, und man denkt dabei an Kuscheln, ein persönliches Wort, das man sogar in der Öffentlichkeit rufen kann. Hat etwas Tröstendes und Zeitloses wie eine Barke. Wenn du auch innerlich, weiß ich, noch ein Kanu bist. Kannst eines wenden und sekundenschnell in eine kleine Bucht paddeln. Noch immer unabhängig. Noch immer für dich. Keine Barke, die für alles um dich herum verantwortlich ist. Dies ist mein erster Brief in Jahren, Clara, und ich bin nicht an die Förmlichkeit von Schriftlichem gewöhnt. Ich habe die letzten Monate mit drei anderen zusammen verbracht, und unser Reden war langsam und wie es gerade kam. Ich kann jetzt bloß auf diese Art reden.

Es ist 194-. Das Jahr? Ich habe es für einen Augenblick vergessen. Aber Monat und Tag weiß ich. Es ist einen Tag her, daß wir vom Bombenabwurf auf Japan gehört haben, und es kommt einem vor wie das Ende der Welt. Von nun an wird vermutlich das Persönliche für alle Zeit im Krieg sein mit dem Öffentlichen. Wenn wir das rational erklären können, können wir alles rational erklären.

Patrick starb in einem Taubenschlag in Frankreich. Im Frankreich des siebzehnten und achtzehnten Jahrhunderts baute man sie riesig, größer als die meisten Häuser. Wie das hier.

Die waagerechte Linie im oberen Drittel hieß Rattensaum – um die Ratten daran zu hindern, den Backstein hinaufzulaufen, damit die Tauben sicher waren. Sicher wie ein Taubenschlag. Ein heiliger Ort. Wie eine Kirche in vielerlei Hinsicht. Ein tröstlicher Ort. Patrick starb an einem tröstlichen Ort.

Um fünf Uhr startete er die Triumph, und das Hinterrad spritzte Kies gegen das Schutzblech. Er war noch im Dunkeln, konnte noch nicht das Meer jenseits der Klippe ausmachen. Für die Reise von hier weiter nach Süden hatte er keine Karten, aber er konnte die vom Militär benutzten Straßen erkennen und der Küstenroute folgen. Als die Sonne aufging, konnte er die Geschwindigkeit verdoppeln. Die Flüsse waren noch vor ihm.

Um zwei Uhr nachmittags erreichte er Ortona, wo die Pioniere die Baileybrücken gelegt hatten und im Gewitter beinah in der Flußmitte ertrunken waren. Es begann zu regnen, und er hielt an, um sich das Gummicape überzuziehen. Im Nassen machte er ein paar Schritte rund um die Maschine. Jetzt änderte sich das Fahrgeräusch in den Ohren. Das *psch psch* ersetzte das Jaulen und Heulen, und Wasser wurde ihm vom Vorderrad auf die Stiefel geschleudert. Alles, was er durch die Schutzbrille sah, war grau. Er wollte nicht an Hana denken. Und in all der Stille mitten im Lärmen des Motorrads dachte er nicht an sie. Sobald ihr Gesicht erschien, wischte er es weg, zerrte an der Lenkstange, so daß die Maschine fast ins Schleudern geriet und er sich konzentrieren mußte. Wenn es Worte sein sollten, dann nicht ihre Worte; dann Namen auf dieser Karte von Italien, die er durchfuhr.

Er hat das Gefühl, als trage er den Körper des Engländers mit sich auf dieser Flucht. Dieser sitzt auf dem Benzintank, sieht ihm ins Auge, der schwarze Körper umarmt den seinen, er sieht der Vergangenheit über seine Schulter ins Auge, sieht der Landschaft, vor der sie fliehen, ins Auge, dem zurückweichenden Palast der Fremden auf dem italienischen Hügel, der nie wieder aufgebaut werden wird. *»Und meine Worte, die ich in deinen Mund gelegt habe, sollen von deinem Munde nicht weichen noch von dem Munde deines Samens und Kindeskindes.«*

Die Stimme des englischen Patienten sang ihm Jesaja ins Ohr, wie an dem Nachmittag, als der Junge von dem Gesicht an der Kapellendecke in Rom erzählt hatte. »Es gibt natürlich Hunderte von Jesajas. Eines Tages willst du ihn als alten Mann sehen wollen – in Südfrankreich verehren die Abteien ihn als bärtigen Alten, aber die Kraft ist noch immer in seinem Blick.« Der Engländer hatte in dem bemalten Zimmer laut gerufen: *»Siehe, der Herr wird dich wegwerfen, wie ein Starker einen wegwirft, und dich zuscharren und dich umtreiben wie eine Kugel auf weitem Lande.«*

Er geriet in immer stärkeren Regen. Da er das Gesicht an der Decke geliebt hatte, hatte er auch die Worte geliebt. So wie er an den Verbrannten geglaubt hatte und an die Weiden der Zivilisation, die er hütete. Jesaja und Jeremias und Salomon waren im Buch des Verbrannten neben dem Bett, seinem heiligen Buch, worin alles, was er geliebt hatte, eingeklebt war. Er hatte sein Buch dem Pionier gereicht, und der Pionier hatte gesagt, wir haben auch ein heiliges Buch.

Die Gummischicht an der Schutzbrille war in den vergangenen Monaten brüchig geworden, und der Regen füllte nun jedes bißchen Luft vor seinen Augen aus. Er gewöhnte sich an, ohne die Brille zu fahren, das *psch psch* ein fortwährendes Meeresrauschen in seinen Ohren, und sein geduckter Körper steif, kalt, und nur die Maschine, gegen die er sich so innig preßte, ließ an Wärme denken, ihr aufspritzender weißer Schaum, wenn er durch die Dörfer raste, einer Sternschnuppe gleich, himmlischer Beistand für den Bruchteil einer Sekunde, wo man einen Wunsch frei hatte. *»Denn der Himmel wird wie ein Rauch vergehen und die Erde wie ein Kleid veralten, und die darauf wohnen, werden im Nu dahinsterben ... Denn die Motten werden sie fressen wie ein Kleid, und Würmer werden sie fressen wie wollenes Tuch.«* Ein Geheimnis der Wüsten von Uwenat bis Hiroschima.

Er nahm die Schutzbrille gerade ab, als er aus der Kurve kam und die Brücke über den Ofanto erreichte. Die Schutzbrille im erhobenen linken Arm, geriet er ins Schleudern. Er ließ sie fallen und brachte das Motorrad wieder in ruhige Fahrt, war aber nicht vorbereitet auf den harten Stoß von der Brückenschwelle, so daß sich das Motorrad unter ihm nach rechts legte. Plötzlich schlidderte er damit auf der Haut des Regenwassers dahin, über die Brückenachse, blaue Funken von schrammendem Metall um Arme und Gesicht.

Schwere Blechteile sprangen ab und wirbelten an seinen Schultern vorbei. Dann schossen er und das Motorrad nach links, wo es kein Geländer gab, und sie sausten parallel zum Wasser über den Rand, er und das Motorrad in Seitenlage, seine Arme über den Kopf nach hinten gerissen. Das Cape machte sich los von ihm, los von allem, was Maschine war, was irdisch war, und wurde Teil des Elements Luft.

Das Motorrad und der Soldat blieben einen Moment lang regungslos in der Luft, kippten dann ab nach unten ins Wasser, der metallene Körper zwischen seinen Beinen, als sie aufschlugen, eine weiße Bahn hineinpflügten, verschwanden, wobei auch der Regen in den Fluß eindrang. »*Er wird dich umtreiben wie eine Kugel auf weitem Lande.*«

Wieso endete Patrick in einem Taubenschlag, Clara? Sein Truppenverband hatte ihn zurückgelassen, schwer verbrannt, verletzt. Derart verbrannt, daß die Hemdenknöpfe Teil seiner Haut waren, Teil seiner lieben Brust. Die ich geküßt habe und die Du geküßt hast. Und wieso war mein Vater so verbrannt? Er, der sich wie ein Aal schlängeln konnte oder wie Dein Kanu, als wäre er vor der realen Welt gefeit. In seiner süßen und komplizierten Unschuld. Er war so gar nicht gewandt mit dem Wort, und ich muß immer wieder staunen, daß die Frauen ihn mochten. Wir haben es eigentlich lieber, einen wortgewandten Mann um uns zu haben. Wir sind die Rationalisten, die Weisen, und er war oft verloren, unsicher, sprachlos.

Er war schwer verbrannt, und ich war Krankenschwester und hätte ihn pflegen können. Verstehst Du die Traurigkeit der Geographie? Ich hätte ihn retten oder zumindest mit ihm bis zum Ende ausharren können. Ich weiß eine Menge über Verbrennungen. Wie lange war er allein mit Tauben und Ratten? Allein im letzten Stadium der Lebenskraft? Tauben über ihm. Das Geflatter, als sie um ihn herum mit den Flügeln schlugen. Konnte in der Dunkelheit nicht schlafen. Immer hat er die Dunkelheit gehaßt. Und er war allein, ohne Geliebte oder Familie.

Ich halte Europa nicht mehr aus, Clara. Ich möchte nach Hause. Zu Deiner Blockhütte und Deinem rosafarbenen Felsen in der Georgian Bay. Ich werde den Bus neh-

men bis Parry Sound. Und vom Festland schicke ich eine Nachricht über Kurzwelle nach Pancakes. Und warte auf Dich, warte darauf, Deine Silhouette im Kanu zu sehen, die mich retten kommt aus diesem Ort, an den wir alle gingen, Dich im Stich lassend. Wie bist Du nur so klug geworden? Wie bist Du nur so entschieden geworden? Wieso hast Du Dich nicht täuschen lassen wie wir? Du, die unermüdliche Genießerin, die so weise geworden ist. Die Reinste unter uns, die dunkelste Bohne, das grünste Blatt.

Hana

Der bloße Kopf des Pioniers taucht aus dem Wasser auf, und Kip zieht heftig alle Luft ein über dem Fluß.

Caravaggio hat mit einem Hanfseil eine einsträngige Brücke hinunter zum Dach der nächsten Villa gebaut. Das Seil ist an diesem Ende um den Leib der Demetrius-Statue befestigt und dann am Brunnen gesichert. Das Seil kaum höher als die Wipfel der beiden Olivenbäume entlang seines Weges. Sollte er das Gleichgewicht verlieren, fällt er in die rauhen, staubigen Äste der Ölbäume.

Er betritt das Seil, seine bestrumpften Füße suchen Halt darauf. Wie wertvoll ist die Statue da? hatte er Hana einmal beiläufig gefragt, und sie hatte ihm gesagt, der englische Patient habe erklärt, alle Demetrius-Statuen seien wertlos.

Sie klebt den Briefumschlag zu und steht auf, geht durch den Raum, um das Fenster zu schließen, und in diesem Augenblick zuckt ein Blitzstrahl durch das Tal. Sie sieht Caravaggio in der Luft, auf halbem Weg über die Schlucht, die sich wie eine tiefe Narbe an der Villa entlangzieht. Sie steht da, als wäre sie in einem ihrer Träume, klettert dann in die Fensternische und setzt sich hin, sieht hinaus.

Jedesmal, wenn es blitzt, erstarrt der Regen in der jäh erhellten Nacht. Sie sieht die Geierfalken, die in den Himmel hochgeworfen sind, hält Ausschau nach Caravaggio.

Er ist schon halb drüben, als er den Regen riecht, und dann überfallen Schauer ihn, durchnässen ihn von oben bis unten, und plötzlich spürt er das schwerere Gewicht der Kleidung.

Sie hält die gewölbten Handflächen aus dem Fenster und kämmt sich den Regen ins Haar.

Die Villa treibt im Dunkeln dahin. Vor dem Schlafzimmer des englischen Patienten brennt im Korridor die letzte Kerze, noch lebendig in der Nacht. Wann immer er die Augen aus dem Schlaf öffnet, sieht er das vertraute, flackernde gelbe Licht.

Für ihn ist die Welt nun ohne Laut, und selbst Licht scheint unnötig. Er wird dem Mädchen am Morgen sagen, daß er beim Schlafen auf die Kerzenbegleitung verzichten kann.

Um drei Uhr morgens fühlt er, daß jemand im Zimmer ist. Er sieht sekundenlang eine Gestalt am Fußende seines Bettes, an der Wand oder vielleicht darauf gemalt, nicht recht zu erkennen in der Undurchsichtigkeit des Laubwerks jenseits des Kerzenlichts. Er murmelt etwas, etwas, was er hatte sagen wollen, aber alles ist still, und die schmächtige braune Gestalt, die bloß ein nächtlicher Schatten sein könnte, regt sich nicht. Eine Pappel. Ein Mann mit einem Federbusch. Eine schwimmende Gestalt. Und das Glück wird er nicht haben, denkt er, noch einmal mit dem jungen Pionier sprechen zu können.

Er bleibt jedenfalls in dieser Nacht wach, um zu sehen, ob die Gestalt sich zu ihm hinbewegt. Er ignoriert die Tablette, die Schmerzlosigkeit bringt, will wach bleiben, bis das Licht erlischt und Kerzenqualm in sein Zimmer weht und in das des Mädchens weiter hinten auf dem Korridor. Wenn sich die Gestalt umdreht, wird Farbe auf ihrem Rücken sein, da sie sich in ihrem Schmerz gegen die gemalten Bäume an der Wand geworfen hat. Sobald die Kerze erlischt, wird er das sehen können.

Seine Hand streckt sich langsam aus und berührt sein Buch und kehrt zu seiner schwarzen Brust zurück. Nichts sonst bewegt sich in dem Zimmer.

Und wo sitzt er jetzt, während er an sie denkt? All die Jahre später. Ein Stein der Geschichte, der übers Wasser hüpft, aufspringt, und sie und er sind älter geworden, bevor der Stein erneut die Wasseroberfläche berührt und versinkt.

Wo sitzt er in seinem Garten, während er wieder einmal denkt, er sollte hineingehen und einen Brief schreiben oder vielleicht zum Fernmeldeamt laufen, ein Formular ausfüllen und versuchen, sich mit ihr in einem anderen Land in Verbindung zu setzen. Dieser Garten, dieses viereckige Stück trokkenenen, gemähten Rasens, sie versetzen ihn zurück in die Monate, die er mit Hana und Caravaggio und dem englischen Patienten in der Villa San Girolamo, nördlich von Florenz, verbracht hat. Er ist Arzt, hat zwei Kinder und eine lachende Frau. Die Arbeit reißt nicht ab in dieser Stadt. Um sechs Uhr abends zieht er den weißen Arztkittel aus. Darunter trägt er eine dunkle Hose und ein kurzärmliges Hemd. Er macht die Ambulanz hinter sich zu, wo auf allen Schreibarbeiten die verschiedensten Beschwerer liegen – Steine, Tintenfässer, ein Spielzeugauto, mit dem sein Sohn nicht mehr spielt –, um zu verhindern, daß sie vom Ventilator weggefegt werden. Er steigt aufs Fahrrad und fährt die sechs Kilometer nach Hause, durch den Basar. Wann immer es geht, lenkt er das Fahrrad auf die schattige Seite der Straße. Er ist in dem Alter, wo ihm mit einemmal bewußt wird, daß ihn die Sonne Indiens erschöpft.

Er fährt unter den Weiden am Kanal entlang und hält dann vor einer Häuserzeile, entfernt die Hosenklammern und trägt das Fahrrad die Stufen hinunter in den kleinen Garten, um den sich seine Frau liebevoll kümmert.

Und etwas an diesem Abend hat den Stein aus dem Wasser geholt und ihn durch die Lüfte zurück zu dem italienischen Bergstädtchen fliegen lassen. Vielleicht war es die chemische Verbrennung auf dem Arm des Mädchens, das er heute behandelt hat. Oder die Steintreppe, wo braunes Unkraut neben den Stufen wuchert. Er trug sein Fahrrad und war schon halb die Stufen hoch, bevor er sich erinnerte. Auf dem Weg zur Arbeit war das, und so wurde die Erinnerung aufgeschoben, als er ins

Krankenhaus kam und sieben lange Stunden Patienten betreute und Verwaltungskram erledigte. Oder es war *doch* die Verbrennung auf dem Arm des jungen Mädchens gewesen.

Er sitzt im Garten. Und er beobachtet Hana, inzwischen mit längerem Haar, im eigenen Land jetzt. Und was tut sie? Er sieht sie immer, ihr Gesicht und ihren Körper, aber er weiß nicht, welchen Beruf sie hat oder in welchen Verhältnissen sie lebt, obwohl er ihre Reaktionen auf andere sieht, wie sie sich hinunterbeugt zu Kindern, eine weiße Kühlschranktür hinter sich, lautlose Straßenbahnwagen im Hintergrund. Es ist eine begrenzte Fähigkeit, mit der er da ausgestattet ist, als zeigte ein Film Hana, doch nur sie, stumm. Er kann den Kreis, in dem sie sich bewegt, nicht erkennen, auch nicht ihre Ansichten; er nimmt einzig ihren Charakter wahr und das Längerwerden ihres dunklen Haars, das ihr immer wieder in die Augen fällt.

Sie wird, wie ihm jetzt klar wird, stets ein ernstes Gesicht haben. Sie hat sich aus der jungen Frau zu einer Frau mit der Gesetztheit einer Königin entwickelt, zu einer, die ihr Gesicht durch den Willen geformt hat, eine ganz bestimmte Art Person zu sein. Er mag das immer noch an ihr. Ihre Gewitztheit, die Tatsache, daß sie nicht zufällig diesen Gesichtsausdruck oder diese Schönheit geerbt hat, sondern daß das gewollt war und immer ihre augenblickliche Verfassung wiedergeben wird. Es scheint, daß er so sie alle zwei Monate auf diese Weise wahrnimmt, als wären diese Momente der Offenbarung eine Fortsetzung der Briefe, die sie ihm ein Jahr lang geschrieben hat, ohne eine Antwort zu erhalten, bis sie damit aufhörte, abgewiesen von seinem Schweigen. Von seinem Charakter, vermutete er.

Jetzt hat er oft das Bedürfnis, mit ihr während einer Mahlzeit zu sprechen und zu dem Stadium zurückzukehren, als sie am vertrautesten miteinander waren, im Zelt oder im Zimmer des englischen Patienten, beides Orte, die die heftige Strömung des Raums zwischen ihnen eindämmten. Wenn er sich an die Zeit erinnert, ist er von sich ebenso gebannt wie von ihr – jungenhaft und ernst, sein biegsamer Arm bewegt sich durch die Luft zu dem Mädchen hin, in das er sich verliebt hat. Seine nassen Stiefel stehen an der Tür der italienischen Villa, die Schnürsenkel zusammengebunden, sein Arm berührt ihre Schulter, da ist die auf dem Bett ausgestreckte Gestalt.

Während des Abendessens schaut er seiner Tochter zu, wie sie mit dem Besteck kämpft und die großen Waffen in ihren kleinen Händen zu halten versucht. An diesem Tisch sind alle Hände braun. Sie bewegen sich unbefangen in ihren Sitten, Gebräuchen. Und seine Frau hat ihnen allen einen ausgelassenen Humor beigebracht, den sein Sohn geerbt hat. Er liebt es, die Pfiffigkeit seines Sohnes in diesem Haus zu sehen, die ihn ständig verblüfft, die sein eigenes Wissen und seinen Humor und den seiner Frau übertrifft – die Art, wie er sich auf der Straße zu Hunden verhält, ihren Gang nachahmt, ihr Aussehen. Er liebt es, daß dieser Junge die Wünsche eines Hundes fast erraten kann anhand der Ausdruckspalette, die einem Hund zur Verfügung steht.

Und Hana bewegt sich möglicherweise in einem Kreis, den sie sich nicht ausgewählt hat. Sie, selbst in diesem Alter von vierunddreißig, hat nicht ihresgleichen gefunden, diejenigen, die sie hat haben wollen. Sie ist eine Frau mit Ehrgefühl und Gewitztheit, deren wilde Liebe das Glück ausläßt, immer waghalsig, und etwas ist jetzt in ihrer Miene, das nur sie im Spiegel erkennen kann. Ideales und Idealistisches in diesem glänzenden dunklen Haar! Die Leute verlieben sich in sie. Sie erinnert sich noch an Verse, die der Engländer ihr aus seinem Notizbuch vorlas. Sie ist eine Frau, die ich nicht gut genug kenne, um sie unter meine Fittiche zu nehmen, sollten denn Schriftsteller Flügel haben, und ihr für den Rest meines Lebens Schutz zu gewähren.

Und so bewegt sich Hana, und ihr Gesicht wendet sich ab, und mit Bedauern löst sie das Haar. Ihre Schulter stößt an die Kante eines Geschirrschranks, und ein Glas rutscht heraus.

Kirpals linke Hand saust herab und fängt die fallende Gabel wenige Zentimeter vom Boden entfernt auf und schiebt sie sanft in die Finger seiner Tochter, Fältchen an seinen Augenwinkeln hinter der Brille.

Danksagung

Einigen der Personen, um die es in diesem Buch geht, liegen historische Figuren zugrunde, und viele der beschriebenen Gegenden – so zum Beispiel Gilf Kebir und die umliegende Wüste – existieren und wurden in den dreißiger Jahren dieses Jahrhunderts erforscht; dennoch ist es wichtig zu betonen, daß diese Geschichte und die Porträts der Personen ebenso wie manche Ereignisse und Reisen frei erfunden sind.

Ich danke der Royal Geographical Society in London, daß ich ihr Archivmaterial einsehen und durch die *Geographical Journals* Einblick gewinnen durfte in die Welt der Forscher und ihre Reisen, die meist wunderbar beschrieben worden sind. Ich habe eine Passage aus Hassanein Beys Aufsatz »Through Kufra to Darfur« (1924) zitiert, in dem er Sandstürme beschreibt. Bei ihm und anderen Forschern habe ich die Informationen gefunden, die nötig waren, um die Wüste der dreißiger Jahre wieder lebendig werden zu lassen. Ich möchte mich für die Kenntnisse bedanken, die ich aus Dr. Richard Bermanns »Historical Problems of the Libyan Desert« (1934) und R. A. Bagnolds Besprechung von Almásys Monographie über seine Wüstenforschungen gewonnen habe.

Viele Bücher waren für meine Vorarbeit wichtig. Besonders hilfreich, um die Konstruktionen von Bomben und die Arbeit der britischen Minenräumeinheiten zu Beginn des Zweiten Weltkrieges zu beschreiben, war *Unexploded Bomb* von Major A. B. Hartey. Ich habe aus diesem Buch im Kapitel »In situ« wörtlich zitiert (die Passagen sind kursiv gesetzt) und mich bei manchen von Kirpal Singhs Methoden auf Harteys Aufzeichnungen bezogen. Die Kenntnisse über die Eigenschaften bestimmter Winde, die sich im Notizbuch des Patienten befinden, verdanke ich Lyall Watsons wunderbarem Buch *Heaven's Breath*; die zitierten Passagen stehen in Anführungszeichen. Der Abschnitt aus der Geschichte von Kandaules und Gyges aus den *Historien* von Herodot ist (in deutscher Ausgabe) zitiert nach der Übersetzung von A. Horneffer, Stuttgart 1971. Auch die anderen Herodot-Zitate sind dieser Übersetzung entnommen. Das Zitat auf der Seite 30 stammt von Christopher Smart (Übersetzung Adelheid Dormagen); auf Seite 159 wird aus John Miltons *Paradise Lost* zitiert (dt. *Das verlorene Paradies* in der Übersetzung von Hans Heinrich Meier, Stuttgart 1968), und die Zeile, an die sich Hana erinnert (Seite 311), stammt von Anna Wilkinson (Übersetzung Adelheid Dormagen). Ich möchte auch *The Villa Diana* von Alan Moorehead erwähnen, das Buch, in dem er das Leben Polizianos in der Toskana beschreibt. Andere für mich wichtige Bücher waren Mary McCarthys *The Stones of Florence; The Cat and the Mice* von Leonard Mosley; *The Canadians in Italy 1943–1945* und *Canada's Nursing Sisters* von G. W. L. Nicholson, außerdem *The Marshall Cavendish Encyclopaedia of World War II*, F. Yeats-Browns *Martial India* und drei weitere Bücher über das indische Militärwesen: *The Tiger Strikes* und *The Tiger Kills*, die 1942 in Neu-Delhi beim Directorate of Public Relations erschienen, und *A Roll of Honor*.

Mein Dank gilt auch dem English Department des Glendon College, der Universität von York, der Villa Serbelloni, der Rockefeller Foundation und der Metropolitan Toronto Reference Library.

Danken möchte ich für ihre großzügige Unterstützung: Elisabeth Dennys, die mir die Briefe zu lesen gab, die sie während des Krieges aus Ägypten schrieb; Schwester Margaret von der Villa San Girolamo; Michael Williamson von der National Library of Canada in Ottawa; Anna Jardine; Rodney Dennys; Linda Spalding; Ellen Levine, ebenso Lally Marwah, Douglas LePan, David Young und Donya Peroff.

Und schließlich geht ein besonderer Dank an Ellen Seligman, Liz Calder und Sonny Mehta.

M. O.

Inhalt